RICHARD YATES

理查德·耶茨作品

YOUNG
HEARTS
CRYING

年轻的心在哭泣

[美] 理查德·耶茨 著
陈新宇 译

上海译文出版社

Richard Yates
YOUNG HEARTS CRYING
Copyright © 1984, Richard Yates
This edition arranged with The Estate of Richard Yates, LLC
through The Wylie Agency (UK) LTD.
Simplified Chinese edition copyright © 2025 Shanghai Translation Publishing House
All rights reserved.

图字：09-2011-099 号

图书在版编目（CIP）数据

年轻的心在哭泣 / (美) 理查德·耶茨 (Richard Yates) 著；陈新宇译. -- 上海：上海译文出版社, 2025. 5. -- (理查德·耶茨作品). -- ISBN 978-7-5327-9606-9

Ⅰ. I712.45

中国国家版本馆 CIP 数据核字第 2025UZ3081 号

年轻的心在哭泣
[美] 理查德·耶茨 / 著　陈新宇 / 译
总策划 / 冯涛　责任编辑 / 杨懿晶　装帧设计 / 张志全工作室

上海译文出版社有限公司出版、发行
网址：www.yiwen.com.cn
201101　上海市闵行区号景路 159 弄 B 座
苏州市越洋印刷有限公司印刷

开本 889×1194　1/32　印张 13.25　插页 6　字数 213,000
2025 年 5 月第 1 版　2025 年 5 月第 1 次印刷
印数：0,001—8,000 册

ISBN 978-7-5327-9606-9
定价：89.00 元

本书中文简体字专有出版权归本社独家所有，非经本社同意不得转载、摘编或复制
如有质量问题，请与承印厂质量科联系。T：0512-68180628

献给我的三个女儿

第一部

第一章

迈克尔·达文波特今年二十三岁，已学会了怀疑一切。对于各种神话传奇，哪怕举世公认，他也没有多少耐心，他从来只想了解事物的本来面目。

欧洲战争快结束时，他刚成年，是 B-17 轰炸机上的一名侧翼机枪手。关于空军，他最不喜欢的是它的对外宣传。人人都以为空军是最幸运最幸福的军种——吃得好、住得好、军饷最多，自由自在没有约束，穿得也好，连军装都是"休闲"款。大家还知道，空军才懒得为军事纪律这些琐碎规范劳神费心，飞行、勇气、崇高的同志情谊，这些才是他们看重的。空军绝没有盲目的、等级森严的上下级关系；只要他们乐意，军官、士兵可以称兄道弟，甚至敬礼的规矩在他们那儿也成了随意的一扬手。地面部队提起他们，总是嫉妒地称之为——那帮飞人。

所有这些可能并无害处，也不值得争论，但是迈克尔·达文波特心里很清楚，自己在空军服役时的那段日子多么卑微、乏味而又凄凉。战斗中他吓得魂飞魄散，当战争结束，终于摆脱这讨厌的营生时，他快乐得要命。

不过，他也带回一些美好回忆。其一，他在得克萨斯州布兰查德基地的拳击锦标赛中，成功闯入中轻量级半决赛。没有几个新泽西州莫里斯敦的律师子弟，能宣称这样的壮举。其二，有句话他越品咂越觉得有哲理。一个闷热的下午，布兰查德基地某位藉藉无名的射击教官在一堂无聊至极的课上说：

"伙计们，请牢记这点：各行各业，成为行家的标志——我说的是**任何**行业——是能化难为易。"

当时，这句话之犀利让迈克尔·达文波特从一群昏昏欲睡的学员中惊醒过来，他早已想好要在哪一行中成名成家：他想当诗人和剧作家。

从军队脱身后，他马上去了哈佛，主要因为父亲极力主张读这所学校。初到之际，他决定不轻信哈佛的任何传奇和神话，他甚至不愿承认哈佛校园的景色优美，更别提赞美与欣赏。它只是"普通学校"，跟其他学校没有两样，都是急不可耐想榨干他的退役金。

但是一两年后，他的态度温和了许多。大部分课程都催人奋进；许多书**正是**他一直想读的；同学们呢，无论如何，有些也正是他一直渴望结交的。他从未再穿过旧军装——那时校园里到处是穿军装的"职业退伍老兵"——但他还保留着当兵时唯一的喜爱：改良过的八字须，因为这胡须能让他看上去老成一点。有时他得承认，他真的很喜欢当人们得知他曾是位空军机枪手时，突然眼放光芒、马上关注起他来的那种感觉——也许他的轻描淡写反而更令人难忘。他开始相信，毕竟哈佛提供了良好的环境，让他学会如何化难为易。

大学三年级的一个春日下午——所有苦涩都已消退、所有的讥讽都已淡化——他彻底臣服于拉德克利夫女子学院一位可爱女孩的传奇与神话之下，那种女孩随时可能出现在你的生活中，并改变你的生活。

"你懂得真多，"她说着，两手伸过餐桌握住他的一只手。"我不知道怎么说才好，你就是——懂得真多。"

女孩名叫露茜·布莱尼，在迈克尔的第一部像样的独幕话剧中被选为女主角，当时正在校园小剧场里彩排。这是他第一次鼓起勇气约她出来。

"剧本中的每一个字，"她说，"每一句话和每一次沉默都反映出作者对——你知道——对人心的深刻理解。噢，天啊，我说得你不好意思了。"

这倒是真的——他太难为情了，不敢直视她的眼睛——可又不想她因此而转换话题。她不是他见过的最漂亮的姑娘，但她是第一个对他如此感兴趣的漂亮姑娘，他知道这两样合在一起，可以好好利用。

看来他也得说上一两句恭维话才合适，于是他告诉她，他很欣赏她在彩排中的表演。

"噢，别，"她赶紧说。这时他才发现她一直在撕着餐巾纸，有意撕成一条条，仔细地平铺在桌上。"我的意思是，谢谢，你这么说我当然很高兴，但我知道我还算不上真正的演员。如果我是的话，我会找所表演学校读书的，我会在夏季剧团中尽量表现,得到试演机会什么的,不。"——她将所有碎餐巾纸条握在拳中,轻敲桌子以示强调——"不,我只是喜欢做这种事罢了,就像小女孩穿妈妈的衣服好玩一样。关键是,我从来没有想过——从来没有想过我会在这样一出戏里演出。"

从剧院里跟她一起走出来时,他就发现她的身材配他正合适——她的头就在他肩膀处忽上忽下——他知道她的年纪也刚好:她二十岁;他马上要二十四。现在,他领着她回他的住所,威尔街那间简陋的"学校批准的学生公寓"①,他独自住在那儿。他不知道这种无处不在的刚刚好,这种近乎完美能不能持续下去。准是哪里出了毛病吧?

"嗯,跟我想的差不多。"迈克尔领着露茜进门后,她说。而他则赶紧偷偷巡视了一遍房间,确保眼皮下没有脏袜子脏内裤。"有点简陋,但是个干活的好地方。噢,它是这么的——有男人味。"

这种近乎完美还在持续。她转身看着窗外——"清晨时,这儿一定可爱明亮,是不是?这些高高的窗户,还有这些树,"——接下来一切似乎顺理成章,他来到她身后,双臂环抱着她,将她的乳房握在手中,低头吻着她的一侧脖子。

不出一分钟,他俩已赤身裸体,躺到他的双人床上,在军用毯下作乐了。迈克尔·达文波特竟不知这个姑娘如此美好、如此迎合,他甚至从没想到一个姑娘竟是如此无边无际的奇异新

---

① 不属于学校的,但学校允许学生租用的公寓。

世界。

"哦，天啊，"当他们最终平静下来后，他想跟她说些有诗意的话，却不知从何说起。"噢，天啊，你真好，露茜。"

"嗯，你这样想，我真高兴，"她温柔地低语，"我觉得你也很棒。"

此时正值剑桥①的春天。别的什么都不重要了，甚至这出戏也不再怎么重要。《哈佛深红报》②上的评论家说这出戏"粗糙"，称露茜的表演"稚嫩"，可他俩都能一笑置之。很快便会有其他剧本的；再说，谁都知道《深红报》的评论员是一帮嫉妒成性的卑鄙小人。

"我忘了以前有没有问过你"，有一次，他俩在波士顿公园里散步时，他问，"你爸爸是干什么的？"

"噢，他是做——他管理点东西，各种生意什么的。我从来不清楚他到底在做什么。"

除了露茜优雅简洁的服饰和举止外，这是他的第一条线索：露茜家肯定很富有。

一两个月后有了更多线索。她带他回家见父母，她家在玛莎葡萄园那边有处避暑别墅，他从没见过这样的房子。首先，你得开车到名叫伍兹霍尔的偏僻小渔村，在那儿，你登上一艘异常奢华的渡船，海上漂了几里后，在远处的"葡萄园"小岛靠岸。你再沿着一条路往前走，路两旁的树篱从没修剪过，最后你来到一

---

① 哈佛大学所在地。
② 哈佛大学校刊，创刊于1873年，学生日报。

条几乎隐藏不见的私家车道上,四周草坪、树木环绕,再往下走,在一处平缓的水池处,这就是布莱尼的家了——长而大的房子,几乎是用一半玻璃一半木材建成,木材部分的顶上盖着深褐色瓦片,斑驳的阳光下,银光闪闪。

"我老惦记着我们还从没见过你呢,迈克尔,"露茜的父亲与他握过手后说,"自从——嗯,我想大约从四月份开始,好像很久了,我们老是听到你的名字,可别的就一无所知。"

布莱尼先生和他妻子身形修长,举止优雅,跟他们的女儿一样,有副聪明面孔。他俩都很结实,古铜色肌肤,一看便知是常年游泳和打网球的结果,沙哑的嗓音说明他们每天都会开怀畅饮。他俩看上去都不到四十五岁,在长长的印花布沙发上笑着坐下来后,配上他们完美无瑕的夏季服装,他们完全可以为《美国贵族尚存?》这类的杂志文章作插图。

"露茜?"布莱尼太太说,"你能过完星期天再走吗?这样会不会害你无法回剑桥承担浪漫义务?"

一个步履轻柔的黑人女仆端着酒走进来,刚见面时的紧张感慢慢消除了。迈克尔拿着酒坐下,抿上一两口冰凉、没有加苦艾酒的马蒂尼,他难以置信地偷看了一眼他梦中的姑娘,随后目光沿着一面明亮的墙上高高的天花线游走,直看到这面墙与远处另一面墙的夹角处,墙那边是一间间房间,笼罩在午后的阴影下。看得出,这样一个静谧的所在,需要几代人的成功才能换来。这才是上流社会。

"得了,你说'上流社会'是什么意思?"第二天,当他和露茜独自走在狭长的海边时，露茜蹙眉生气地问他，"你用这种字眼，只让你听上去有点像无产者，有点蠢，你肯定明白我知道的比那要多。"

"嗯，跟你相比，我就是个无产者。"

"哦，真傻，"她说，"这是我听你说过的最傻的话。"

"好吧，可是听着：你觉得我们能今晚就走吗？不留下来过星期天？"

"嗯，我想可以，当然。可为什么？"

"因为，"他停下脚步，让她面对自己，这样他的手指可以隔着她的衣服，轻轻地触摸她的胸。"因为回剑桥有许多浪漫义务。"

那年秋天、冬天，他自己最重要的浪漫义务，是找各种冠冕堂皇的借口抵御她那羞涩却锲而不舍的结婚愿望。

"嗯，我**当然**想，"他说，"你知道的，我跟你一样想，甚至比你更想。我只是觉得等我有份工作后再结婚可能更明智点。我说得有没有道理？"

她貌似同意，但他很快知道像"有道理"这类字眼在露茜·布莱尼这儿根本不管用。

婚礼定在迈克尔毕业后的那周举行。他家人从莫里斯敦赶来，整个婚礼中，他们一直困惑不解，但仍然礼貌地笑着。迈克尔发现自己还没弄明白怎么回事就结了婚。出租车把他们从教堂送到位于比肯山脚下一座古老石砌建筑，那就是婚宴处。一名骑在马背上的警察赫然耸立在迈克尔和露茜面前，他抬手到帽沿，朝他们正式敬了个礼。那匹马梳洗得漂亮整洁，安静地挺立在路边,像座雕像。

"天啊,"迈克尔走上一段雅致的台阶时说,"你觉得雇个警察站在迎宾处得要多少钱?"

"噢,我不知道,"她不耐烦地说,"要不了多少钱,这种问题用不着我操心。五十?"

"肯定比五十多多了,亲爱的,"他对她说,"买燕麦喂马的钱就不止这个数。"她笑了,挽紧他的胳膊,以示她知道他是开玩笑而已。

婚宴厅共有三四个开放式的大房间,一支小型乐队在其中一间房里演奏科尔·波特的集成曲,侍者们托着大家点的食物躬腰快步小跑。在来宾的海洋中,迈克尔看到过父母一两次,看到他们有许多人可以交谈聊天,他们的莫里斯敦服装看起来还行,心中挺高兴,然而转眼间他们就不见了。有个说话直喘气的老头,身着定制西服,前襟上还佩戴着象征崇高荣誉的丝质玫瑰型徽章,正努力解释露茜还是婴儿时他就认识她了——"她躺在**婴儿车**里!戴着羊毛连指手套,穿着**婴儿袜**!"还有个男人,年轻得多,用力跟迈克尔握手,差点把迈克尔的指关节给捏碎,他想知道迈克尔对偿债基金有何看法。三个"在法明顿[①]"时便认识露茜的姑娘,幸福地尖叫着冲过来拥抱她,可是等她们一走,露茜便迫不及待地告诉迈克尔,她讨厌她们仨。还有些跟露茜母亲年纪相仿的中年妇人,假惺惺地揩拭着根本就没有的眼泪,说从

[①] 康涅狄格州的一个小镇。

没见过这么漂亮的新娘。在假装听一个跟露茜父亲一道打壁球的男人说醉话时,迈克尔再次想起路边马背上的警察,当然不可能"租借"警察和马;唯一的可能是警察局或市长礼数周到派驻至此,这说明露茜家不但有钱,还有势。

"嗯,我觉得婚礼办得很好,你说呢?"当晚深夜,当他俩单独在考普利高级酒店的豪华套间里时,露茜说,"仪式很好,只是宴会快结束时有点乱,不过喜宴总这样。"

"没有啊,我觉得挺好,"他安慰道,"不过,我很高兴总算结束了。"

"噢,天啊,是的,"她说,"我也是。"

他们要在这家豪华酒店待上一周,有偿的奢华免去了陌生人的粗鲁瞪视,两三天后,露茜害羞地宣布了一件事,让他们之间的一切大大复杂化了。

一天清晨,刚吃过早餐,服务员收走盛着瓜皮、蛋黄的碟子和洒满法国牛角包碎屑的盘子,推着小推车走了。露茜坐在梳妆台前,对着镜子一面梳头,一面观察新婚丈夫,看他在身后的地毯上踱来踱去。

"迈克尔?"她说。"你能坐一会儿吗?你让我有点紧张,而且,"她小心翼翼放下梳子,生怕它会断似的,接着她说,"我有重要的事想告诉你。"

他们在两张鼓鼓的考普利酒店椅子上差不多面对面坐下,摆开谈话架势。他开始以为她可能怀孕了——那不是什么好消息,当然也不坏——或者医生告诉过她,她压根就不能生孩子;他脑子里飞快地转着，又想到一种可怕的可能：莫非她得了不治之症。

"我打一开始就想告诉你的，"她说，"但又怕它——会改变某些事情。"

此刻他觉得自己似乎并不了解她，"妻子"一词用在这个长腿、标致的姑娘身上还真不太合适。他坐在那里，整个人好似掉入冰窖，他看着她两片嘴唇一张一合，等着最坏的消息。

"所以，现在我只好让自己勇敢些。我只是想告诉你，我希望这消息不会让你觉得——呃，不管怎样，事情是这样的：我大约有三四百万美元，我一个人的。"

"噢。"他说。

事后回想起来，即使很多年以后，迈克尔总是觉得那周剩下的几天，在酒店里，不论白天黑夜，他们除了讨论之外什么也没做。偶尔的争论让他们提高了嗓门，但两人从未爆发过争吵。他们只是就同一个话题、两种明确不同的观点展开严肃讨论，循环往复，说个不停。

露茜的态度是，这笔钱对她来说，没有任何意义；那么，除了能给他带来极大的时间与自由从事创作外，对他也不应有别的影响。他们可以住在世界上任何地方，如果他们愿意，他们也可以旅行，直到找到合适的环境开始他们充实而有创造性的生活为止。难道那不正是作家梦寐以求的吗？

而迈克尔不得不承认他动心了——噢，天啊，真是动心——

可是，他的立场是这样的：他出身中产阶级，一直认为自食其力理所当然。难道能指望他一夜之间放弃这种终生的思维习惯？靠她的财富生活可能会榨干他的激情，甚至彻底消磨掉他的工作动力，那是难以想象的代价。

他希望她别误会：知道她有那么多钱当然好，因为它意味着今后他们的孩子会有信托基金或类似保障。不过，那些钱由她和她的银行家、经纪或不管什么人来打理岂不更好？

她一次次向他保证，他的态度"令人钦佩"，可他总是挡开这种恭维，说这压根与"钦佩"无关，这只是固执罢了。他只想按早在结婚前就为他俩想好的计划行事。

他们要去纽约，他可以在某家广告公司或出版社找份工作，这是刚出道的年轻作家常干的活——该死的，那种活任何人用左手都能干得下来——他们像普通年轻夫妇一样靠他的薪水生活，最好是住在西村简单像样的公寓里。现在知道她有几百万美元后，唯一真正的不同在于，他俩要共同保守这个秘密，不让今后结识的其他普通年轻夫妇知道。

"这样不是最合理吗？"他问她，"至少暂时是吧，你明白我的意思吗，露茜？"

"嗯，"她说，"你说'暂时'的时候，我猜我——是的，我当然明白，因为有这笔钱在，我们总有个依靠。"

"好吧，"他勉强承认，"但谁说依靠？难道你觉得我是那种要依靠别人的男人吗？"

他很高兴说出这句话。在这类谈话中，有好几次，他发现自己差点脱口而出,说接受她的钱会伤害到他的"大丈夫气概",甚至会"阉割"了他,还好及时控制住了。现在,所有这种虚弱而绝望的最后防线、这些小心翼翼的暗示可以全忘了。

他站起来,拳头插在口袋里,又踱起步来,在窗前站了一会儿,看着外面阳光下的考普利广场。这是一个普通的清晨,博伊尔斯敦街上行人来来往往,建筑群背后是碧蓝无垠的天空。真是最适合飞行的好天气。

"我只希望你能花点时间仔细考虑一下罢了,"露茜在他身后的某处说,"难道你不能豁达一点吗?"

"不能,"他最后说,转身面对她。"对不起,我不能,必须按我的想法做,亲爱的。"

第二章

他们在纽约找的住处几乎跟迈克尔要求的一模一样：一套简单但还算像样的公寓，位于西村佩利街，离哈德逊角很近。公寓就在一楼，有三间房，迈克尔可以把自己关在最小的那间房里，埋头写他的第一本诗集，他想在二十六岁生日前写完并出版。

不过，为自己的左手找份合适的工作却有点困难。经过几次面试，他寻思广告公司的工作可能会让他发疯，于是他在一家中等规模的出版社的"审批"部待下来。工作清闲无聊，每天上班的大部分时间他都用来写他的诗，似乎没人在意，甚至根本没人发现。

"嗯，听起来绝对理想。"露茜说——除了他拿回家的工资几乎不够支付家用和房租外，其他还算理想。不过他还有晋升的希望——有时这个要死不活的部门里有人被"提拔一级"后能拿到真正像样的薪水——所以，他打算熬上一年。那年他二十六岁，可是他的诗集离完稿还早得很，因为他把许多以前写的较差的诗给扔了；也是在那一年，他们发现露茜怀孕了。

一九五〇年春天，女儿劳拉出生了，迈克尔辞掉出版社混日子的工作,找了份收入更高的差事。他在一份华而不实,但正在发展壮大的贸易杂志《连锁店时代》里写文案,成天苦心锤炼零售业"大胆、具有革命性的新概念"这类文字。这份工作还说不上用左手就能胜任——这帮家伙对他们付的那点钱索要的回报太多——有时候,趴在打字机上咔哒咔哒干活时,他心中纳闷,一个娶了百万富婆的男人怎么还会在这种地方卖命?

回到家他总是很疲劳,非常想喝上几杯,吃完晚饭后,几乎不可能再与自己的诗歌手稿单独为伍,因为曾经的书房现在成了育婴房。

尽管他在不停地提醒自己,他还是明白事已至此,只有他妈的傻瓜才会抱怨。露茜一副宁静圣洁的年轻母亲模样——他爱她给孩子喂奶时脸上的那副神情——他也爱孩子,爱她那花瓣般柔嫩的肌肤、圆溜溜的深蓝色眼睛,它们总令他无比惊奇。噢,劳拉,当他抱着她走来走去哄她睡觉时,他想说,噢,小姑娘,相信我就好了。相信我,你永远不会害怕。

没过多久他便找到在《连锁店时代》里干活的窍门,当他因几篇"报道"得到表扬后,他放松下来——也许你用不着为这堆狗屎把自己弄得精疲力竭——不久他与另一个年轻文案员交上朋友。此人名叫比尔·布诺克,人殷勤、爱说话,他对这份工作的不屑更甚于迈克尔。布诺克毕业于阿默斯特学院[①],此前当过几

[①] 美国著名文理学院,建于一八二一年,位于美国东北部马萨诸塞州的阿默斯特。

年电工工会的筹办员——"那是我生命中最美好、最有收获的一段时光"——现在正埋头创作一本他所谓的工人阶级小说。

"听着,我会写出比肩德莱塞、弗兰克·诺里斯[①]的作品的,"他解释道,"我甚至能写出早期的斯坦贝克,但问题在于,美国到现在还根本没有无产阶级文学。面对真相,我们怕得要死,结果就成了这样。"有时,他仿佛觉察到自己对社会变革的激情中隐隐有些突兀的东西,对此他一笑置之,有点懊悔地轻轻摇摇头,说他觉得自己晚生了二十年。

一天,迈克尔请他到家里来吃饭,他说:"好啊,我很高兴。带个姑娘一起来行吗?"

"哦,当然。"

当他看见迈克尔写下佩利街的地址时,他说:"见鬼,我们其实就是邻居嘛。我们住的地方离你那儿只有几百码远,就在阿宾顿广场的另一边。那好,我们就等着去吃饭了。"

恐怕从比尔·布诺克带着他的女友走进达文波特家门的那一刻起——"这是戴安娜·梅特兰"——迈克尔便偷偷苦恋上她,终生不渝。戴安娜身段苗条、头发乌黑,年轻忧郁的脸上总有一丝灵动的神情,举手投足间像个时装模特——或者说,不经意的优雅中带些笨拙,模特训练也许会让她更为精致,但也可能彻底毁掉那种优雅。迈克尔的眼光无法从她身上移开,他只希望露茜

[①] Frank Norris(1870—1902),美国作家。生于芝加哥一个富裕商人家庭,"小麦史诗"三部曲反映了代表垄断资本利益的铁路托拉斯与农场主之间的矛盾,《章鱼》为其代表作。

不会注意到。

他们坐下来喝酒时，戴安娜·梅特兰朝他飞快一眨眼。"迈克尔让我想起了我哥，"她对布诺克说，"你觉得吗？我不是说他俩长得像，而是说身材和举止有点像；整个气质上有点像。"

比尔·布诺克皱着眉，似乎不太同意，不过他说："不管怎么说，这可是莫大的恭维啊，迈克。她疯狂地迷恋她哥，她哥是个很不错的家伙；我想你们会喜欢他的。他有时有点忧郁乖僻，但基本上很——"他举起一只手，挡住戴安娜的反对。"好了，得了吧，亲爱的，不是我说话不公道，你**知道**，当他闷头大口喝酒，然后像个伟大悲剧艺术家似的满嘴胡诌时，他可真烦人。"比尔自信已堵上她的嘴后，转身向达文波特夫妇解释说，保罗·梅特兰是个画家——"他妈的，画得真不错，起码我听到的是这样，我是说至少他值得赞扬：他玩命地画，至于画画能赚几个子儿根本无所谓。他住在市中心德兰西街那种糟糕的地方，工作间大得像谷仓，一个月大约要花三十块钱租金，靠打点粗木工活来付房租买烈酒——你们大致了解了吧？真正难搞的家伙。不管谁走过来说要给他一份**我们**现在这样的工作——你知道，类似于商业绘画之类的工作？——如果真有其事的话，他会朝那人的嘴巴来上一拳。因为他会觉得别人想让他屈服、想让他出卖自己——就是这个词，他就是这样说的：'出卖'。不，我一直非常喜欢保罗，我佩服他，我佩服有勇气走——你知道——有勇气走自己的路的人。我和保罗是阿默斯特时的同学，你知道吗，不然的话我也无从认识这个女人。"

吃饭时"女人"这个词一直在迈克尔脑海里回响,吃过饭后很久也没忘。在餐桌上,戴安娜·梅特兰礼貌地称赞露茜的厨艺时,在接下来一两个小时的交谈中,她也许只是个姑娘;最后在门口比尔·布诺克帮她穿好大衣,与迈克尔夫妇道别后,他俩朝布诺克的住处、"他们的"住处走去时,脚步声慢慢消失在阿宾顿广场上时,她仍是个姑娘——但只要他们一到家,插上门,只要他们的衣服扔在地上;只要她躺在布诺克的床上,在他怀中翻转呻吟时,她就成了女人。

那年秋天,阿宾顿广场上你来我往双方串了几次门。每次迈克尔都要壮着胆子,冒险飞快地扫一眼戴安娜和露茜,希望露茜会是两人中更有魅力的那个,可他总是失望。这种比赛戴安娜次次都赢——噢,天啊,多美的姑娘——没多久,他决定放弃这种可鄙的暗中比较。这种事真是无聊透顶,只有已婚男人时不时这样干,可除了折磨自己之外,并无多大益处。你用不着有多聪明,也知道这有多无聊。再说,只有他和露茜时,他从不同角度、在不同光线下打量她,还是很容易说服自己露茜非常漂亮,完全配得上他这一生。

一个严寒的十二月夜晚,在戴安娜的催促下,他们四人乘出租车去市里看她哥哥。

原来保罗·梅特兰跟迈克尔长得一点都不像:他的胡须确实跟迈克尔差不多,在与陌生人见面拘谨的时候,他匀称好看的手指时不时拨弄它们几下,但也不是一模一样,因为它太过浓密——这是无畏的年轻斗士的胡须,与那种办公室白领的胡须完全不同。他瘦长灵活,体型跟他妹妹很像,只不过他是男的。他穿着李维斯夹克和牛仔裤,夹克里面是件水手衫。他谈吐彬彬有礼,声音小得像耳语,你只好倾身向他,唯恐漏听了什么。

保罗领着客人们穿过他的工作间,工作间在大而简陋的顶楼上,以前是家小工厂。他们发现根本看不到他的什么画作,从窗棂间透进来的街灯给所有东西都笼上一层阴影。但在一个角落处,有块好几码大的粗麻布从房顶上悬挂下来,像个帐篷,这个小空间,便是保罗·梅特兰冬天的家。他撩起门帘,引大家进去。进来后,迈克尔他们发现里面早坐着人了,一盏煤油炉满室温暖,人与红酒共冶一炉。

象征性的介绍后,许多名字马上就忘了,但此时迈克尔不太关注姓名,反而更在乎衣着。手端一杯红酒,在倒扣着的、装橙子用的柳条箱上坐下后,他只想到:他和比尔·布诺克的装束与这里格格不入,他俩穿着西装,衬衫扣得整整齐齐,还戴着丝质领带,俨然一对面带微笑,来自麦迪逊大街的入侵者。他知道露茜一定也很不自在,不用看她的脸也猜得到。

戴安娜在这个聚会上很受欢迎——她低头弯腰钻进帐篷时,好几个人在喊着"戴安娜"、"亲爱的"——现在她仪态万方地坐在哥哥脚边,与一个半秃顶的年轻人亲热地说着话,看衣着那人也是个画家。如果她厌倦了布诺克——哪个出色的姑娘不会很快厌倦布诺克的呢?——她不用多久便会找到下一个的。

在场的还有个叫佩基的姑娘，看上去还不到十九、二十岁，可爱而严肃的脸蛋，穿着件宽松大领衫，下面一条蓬蓬裙。看样子她打算向大家证明她属于保罗：她尽可能紧偎着他坐在低矮的沙发上，显然那就是他俩的床；她的眼光从没离开过他，很明显她希望双手也不离开他。但保罗似乎根本没意识到她的存在，他倾身向前，抬起下巴，隔着煤油炉跟对面迈克尔身旁、坐在柳条箱上的男人简单闲聊着。但当他收回身子往后靠时，却朝她懒懒一笑，过了一会儿，他一手搂住了她。

在这间干燥、过热的临时小房间里，没人比迈克尔身边那位更像艺术家——他穿着白色的吊带工装裤，上面沾满了斑斑点点、线条纵横的各种颜料——可他赶紧解释说自己只是"玩票"而已，不过是个"真心的业余爱好者"罢了。他是本地商人，在建筑行业做包工头，就是他给保罗一些零时木工活，让保罗活下来。

"我觉得很荣幸，"他说着弯腰侧向迈克尔压低嗓门说，这样他们说的话保罗听不见，"我觉得很荣幸，因为这个小伙子十分优秀，他真有两下子。"

"嗯，那真——真不错。"迈克尔说。

"你知道吗，他在战争中受过苦。"

"噢？"这可是迈克尔从没听说过的——可能因为比尔·布诺克在战时被列为"不宜服役人员"，对此敏感，没跟他提起这些事。

"哦，天啊，是的。当然，他当时太年轻，没有目睹整场战争，但是从突出部战役①开始直到战争结束，他都全程参战。步兵、步枪手，他从没提过，可它们就摆在那里，你从他的作品中看得出来。"

迈克尔解开领带，松开衣领，仿佛那样做他能更好地理清思绪，他完全不知所云。

穿工装裤的男人跪在地上，从大罐子里又给自己倒了些葡萄酒；等他坐回来，喝上一口，用袖子擦擦嘴后，又神神叨叨、无比佩服地跟迈克尔说起来。"该死的，纽约到处都是画家，"他说，"说起来，他妈的全国到处都是画家，但也许你一辈子才能遇到这样一个小伙子。我敢保证。也许很多年以后，也许他这一辈子都看不到那一天，要是那样可真是没有天理"——说到这里，他伸出拳头敲着柳条箱——"可是总有一天，无数人会走进现代艺术博物馆，那儿全是保罗·梅特兰的作品，一个展厅连着一个展厅。我敢保证。"

好吧，行了，了不起，迈克尔想说，可是你不觉得你的嘴巴该休息了吗？但他只是点点头，露出谦恭的微笑；他隔着煤油炉偷看保罗的侧脸，仿佛仔细打量一番能找出什么让他满意的缺陷。他想到梅特兰上过阿默斯特学院——谁不知道阿默斯特学院

---

① 突出部战役（一九四四年十二月九日至一九四五年一月二十八日），又称阿登战役，二战欧洲战场上的重要战役之一，这场战役事关整个欧洲战场战局形势。一九四四年冬，希特勒以重兵在阿登高原对盟军发动的战略性反攻战役，这也是希特勒在西线发动的最后一次反攻，双方均付出巨大的伤亡和损失，最后以盟军的胜利而告终，使希特勒彻底丧失了扭转战局的能力。

是一所贵族学校，只有上流社会的子女或智商低下的人才会去读——可是，不对，据说战争改变了这所学校的旧面貌；再说，他选择阿默斯特学院也许因为那里的艺术系很棒，或者因为与其他大学相比，那里让他有更多时间可以画画。尽管如此，经过步兵军旅生涯后，他至少会很享受那里贵族式的颓废。他可能煞费苦心地挑选斜纹软呢和法兰绒服装，绞尽脑汁想出轻佻且诙谐的言谈，跟别人较量如何才能最好地打发每个周末（"比尔，我很高兴介绍你认识我妹妹戴安娜……"）。而现在他这样突然自贬身份一头扎进下等波希米亚生活，做木匠打零工，难道不是有点滑稽吗？嗯，也许，也许不是。

玻璃罐里的酒只有几寸高了，可是保罗·梅特兰用他惯常的那种咕哝声宣称道，举杯畅饮的时候到了。他伸手到帐篷的某个隐秘处，掏出一瓶廉价的混合威士忌，叫什么四朵玫瑰——他在阿默斯特绝对没喝过这种酒——迈克尔寻思现在他们能否见识到比尔·布诺克贬损他的一面：大口闷头喝酒，然后像个伟大悲剧艺术家似的满口胡诌。

不过今晚显然时间太短，而且威士忌也不够，难以看到这一幕。保罗为每人倒了一两轮酒，招来大家感激的叹息与鬼脸。迈克尔喜欢这种酒的酒劲，虽然不喜欢它的口感。过一会儿，帐篷内的谈话更热烈了——有些人开始快活地喧哗起来——然而很快到了半夜，人们陆续起身，穿上大衣，准备离开。保罗站起来，跟客人们道晚安，但在第三四次握手道别之后，他弯下腰，一动不动，盯着一台脏兮兮的小塑料收音机出神。这台小收音机整晚都在床边的地上叽叽喳喳响着，收音机的静电声现在没有了，开始播出一首轻快悦耳的单簧管小曲，把大家带回到一九四四年。

"葛连·米勒[①]。"保罗说着轻巧地蹲下，把声音调大，然后打开头顶上一盏大灯，牵着女友的手，领她到寒冷的工作间里跳起舞来。可惜含含糊糊的收音机乐声不够大，不适合他俩在外面跳。于是他赶紧回到帐篷里，一手拿起收音机，一手拔出墙上的插头，扫视着墙脚，找插座，可是什么也没找到。在地上一个阴影笼罩的地方，他拿起一块电线插板，就是那种有两个孔的长方形装置，可以用来插电熨斗或老式烤面包机，犹豫着，不知道那管不管用。

迈克尔想说，不，等等，我不会试的——看样子哪怕小孩也知道最好别试——可是保罗·梅特兰把收音机插头插了进去，一脸沉着，是一个男人知道自己在做什么才有的沉着。蓝白的火花从他两手间爆出来，但是线路通了，而且效果挺好：收音机的声音大起来，此时葛连·米勒的单簧管已换成了高昂欢快的铜管乐，他回到女伴身边。

迈克尔穿着外套站在那里觉得有点傻，但他得承认看他俩跳舞很开心。保罗笨重的高帮工作鞋在地板上轻快敏捷地移动着，他身体的其余部分也颇有节奏感：保罗牵着佩基的手，两人手臂伸得直直的，佩基转着圈，然后保罗又牵着她的手把她扯回来，佩基的大摆裙绕着她年轻漂亮的双腿撒开飘浮着。迈克尔在高中

---

① Glenn Miller（1904—1944），美国著名爵士歌手。

时代、军队中,甚至在哈佛——倒不是没有尝试过——可从没学会这样跳舞。

迈克尔觉得自己有点傻,他想不如转身看看挂在那儿的一幅画,工作间唯一的一盏灯让它浮现出来。可结果正如他害怕的一样:画作很难懂,几乎是杂乱的一团,似乎没有任何秩序,可以说根本没有任何意义,也许只有画家自己思绪沉静时,才明白它的意义。这是迈克尔极不情愿地称之为抽象表现主义的画,这种画有一次让他和露茜激烈地吵了一场。那还是在结婚前,他俩站在波士顿某家艺术画廊里,周围的观众窃窃私语地讨论着。

"……你说你看不'懂',是什么意思?"她生气地说,"这里没什么'懂不懂'的,你知道吗?它不是具象类绘画。"

"那它是什么?"

"就是它看上去的那样:形状与色彩的组合,也许是对画画这种行为本身的赞美。它是艺术家的个人表述,如此而已。"

"是啊,是啊,没错。但我想问,如果这是他个人的表述,那他在说什么?"

"噢,迈克尔,我真的不敢相信;我以为你是在逗我玩。如果他真能说出来,那就没必要**画**它了。算了,我们走吧,不然我们——"

"不,等等。听着:我还是不明白。我可不想为了这个把自己弄得像个傻瓜,亲爱的,这不行。"

"我觉得你现在就像个傻瓜,"她说,"你这副样子,我不知道怎么跟你说。"

"是啊,行了,你最好赶紧换种口气跟我说话,亲爱的,要不然会更糟。因为当你对我摆出一副傲慢的拉德克利夫小姐样时,你知道你是什么样子吗?你真的很讨厌。我是说真的,露茜……"

可是现在,在保罗·梅特兰的工作间里,露茜是穿着得体、愉快而略显疲惫的妻子。她挽着他的胳膊,他很高兴地随她来到门口。也许还有机会,如果他多看些保罗·梅特兰的作品,他可能会明白的。

他们跟着比尔·布诺克和戴安娜拖着沉重的脚步走下冰冷、肮脏的台阶,走在德兰西街上,比尔转身欢快地喊道:"希望你们做好准备走一小段路——在**这种**地方我们肯定找不到出租车的。"结果,他们双脚冻僵,鼻子扑哧着热气,一路走回了家。

"他俩是那种——罕见的人,是不是?"那晚露茜和迈克尔单独在一起,准备上床睡觉时,她说。

"谁?"他说,"戴安娜和比尔?"

"噢,天啊,不,比尔才不是,他那种人大嘴巴、小聪明,普通得很——说实话,我有点讨厌他,你呢?不,我是说戴安娜和保罗。他俩身上有些与众不同之处,不是吗?有点——不食人间烟火的感觉,有种魅惑人心的感觉。"

他马上明白她的意思了,虽然他不想那样说。"嗯,是的,"他说,"我想我明白你的意思。"

"我对他俩都有那种最可笑的感觉,"她说,"今晚我坐在那儿,看着他们,我一直在想,这些人是我一直想结识的那种人。噢,我觉得我真正想说的是我希望他们会喜欢我,我真的很希望。我紧张、我难过,我怕他们不喜欢我,或者即便喜欢我,却不长久。"

她穿着睡袍坐在床沿上,看上去凄凉无助,正是那种楚楚可怜的富家女模样,她听上去快要哭了。如果她为这种事哭,他知道她会难为情的,而那会令事情更糟。

所以,他尽可能用一种低沉的语调安慰她,告诉她他明白她的恐惧。"我是说我未必同意你说的话——他们为什么会不喜欢你?为什么不喜欢我们俩?——总之,我明白你的意思。"

第三章

位于哈德逊街的白马酒馆成了他们愉快的聚会场所。他们通常四人——比尔、戴安娜和达文波特夫妇——偶尔有些时候,保罗会带佩基到上城来,跟他们一起围着张湿乎乎的褐色圆桌而坐,喝酒谈笑,甚至唱歌,这些夜晚更快乐。迈克尔一直喜欢唱歌,能记住一些不怎么出名的歌曲的完整歌词,而且通常他知道适可而止,为此他颇感自豪。尽管有些晚上,露茜得朝他皱眉或捅捅他才能让他安静下来。

这正是狄兰·托马斯之死令白马出名前不多久①的事。("我们从没在那里见到过他,"迈克尔后来好些年还在抱怨,"那不是最倒霉的事吗?我们几乎每晚都坐在白马里面,居然从没见过他——怎么可能错过那样一张脸呢?天啊,我甚至不知道他死在美国。")

诗人之死带来的后果是,似乎所有纽约人晚上都想上白马酒馆来喝酒——结果这地方反而没什么吸引力了。

到那年春天,连这座城市对达文波特夫妇也失去了吸引力。女儿四岁了,看来在郊区找个地方更合理,当然,得是交通方便的地方。

他们选的小镇名叫拉齐蒙，与他们去过的其他小镇相比，露茜觉得这儿更"文明"一点。他们租下的房子正好满足他们当下的需要。它很不错：是工作的好地方，也是休闲的好去处。后院一片绿油油的草地，劳拉可以在那里玩耍。

"郊区人！"比尔·布诺克夸张地大叫起来，就像发现了新大陆，他挥舞着波旁酒瓶，那是他祝贺他们乔迁之喜送的礼物。戴安娜·梅特兰两手挽着他的胳膊，笑脸紧贴着他的外套，仿佛在说他这种搞笑正是她最爱之处。

在他们四人一路欢声笑语从拉齐蒙人行道拐上去新家的短短一段路上，比尔似乎不愿打破自己营造的欢闹气氛。"天啊，"他说，"瞧瞧！瞧瞧你们俩！你们像电影里刚结婚的年轻夫妇——要不就是《好主妇》杂志里的！"

达文波特夫妇不知如何是好，只得尽量笑着。倒完酒，四人在客厅里落座后，迈克尔但愿这种玩笑快点结束，可比尔·布诺克还没完：他端着酒杯的那只手的食指伸出来，先指着露茜，然后指着迈克尔，他俩并排坐在沙发上时，比尔·布诺克接着说："勃朗黛和达伍德[2]。"

---

[1] 狄兰·托马斯（Dylan Thomas，1914—1953），威尔士诗人、作家。托马斯前后三次访美，第三次时醉酒死于白马酒吧，令这间文人聚集的酒吧更为出名，成了旅游景点。
[2] 系列漫画《勃朗黛》里的主人公，全球最受欢迎的一对佳偶，一九三〇年至今，由慕拉特·伯纳德·扬和迪恩·扬父子创作，该系列漫画已被翻译成三十五种语言，在五十五个国家的二千三百多种报纸上刊载过，拥有 2.5 亿名读者，美国拍摄了二十八部有关勃朗黛的影片，还制作了很多广播和电视节目。勃朗黛还一度登上美国邮政发行的邮票，参加了国会图书馆的展览。

戴安娜几乎从座位上滚落下来,这是迈克尔第一次不喜欢她。更糟的是,当晚她还有件事让他再次反感。那是在谈话转到别的话题,大家也没那么拘束后,布诺克仿佛对他早前说的话略感抱歉,认真表示很想看看这个小镇的全貌,于是四人在树木茂密的林荫道上漫步了很久。迈克尔很高兴,因为这正是游玩拉齐蒙的最佳时刻:黑暗中,刺眼、压抑的整洁软化柔和了,从林荫道的斑驳绿意中望去,亮着灯光的窗口给人宁静有序、富足祥和之感。安静极了,连空气闻上去也很美好。

"……不,我当然明白它的魅力,"比尔·布诺克说,"没有任何差池、一切按部就班,中规中矩。如果你结了婚,有了家庭,我想,这正是你想要的。事实上,肯定有无数人不顾一切想住在这里——比如,我以前在工会工作的许多同事就这样。然而,对于某些气质的人来说,这儿不适合他们。"他朝戴安娜挤挤眼。"你能想象保罗住在这种地方吗?"

"天啊,"戴安娜轻声说,哆嗦了一下,迈克尔似乎能听到哆嗦声,害得他的后脊梁也跟着抖了一下。"他会死的。保罗绝对、绝对会死在这里。"

"我说,难道她不知道那样说很他妈不得体吗?"客人们走后,迈克尔对妻子说,"见鬼,她把我们看成什么人了?那个愚蠢的'勃朗黛和达伍德'笑话让她笑成那样,我也不喜欢。"

"我知道,"露茜安慰他说,"我知道,好了,今天晚上过得很——很尴尬。"

他很高兴他首先爆发,如果今晚他控制自己不发作,那可能就是露茜首先发作——而她的发作,不是生气,很可能是掉眼泪。

在拉齐蒙家里的阁楼一隅,迈克尔做了个书房——不是很大,却是完全私人的空间——他天天盼着独自在那儿的几个小时。他再次觉得他的书初具雏形,就快完工,只要他能完成最后那首统领所有诗篇的长诗。他给那首诗取了个恰当的名字——"坦白",但有几行诗一直缺乏生气;结果整首诗似乎要崩溃或消失在他笔下。大多数夜晚他在阁楼上工作,累到浑身酸痛。也有些时候,他找不到感觉,只得抽烟枯坐,浑身麻木,精神涣散,鄙视自己,最后只好下楼睡觉。即使他睡眠不足,没休息好,第二天大清早还得混进拥挤的人群中赶去上班。

从家门在他身后合上那一刻起,他便卷入赶往火车站的汹涌人流中。他们跟他年纪相仿或比他年长十几二十岁,有些人甚至上了六十,他们似乎对彼此的一致颇为自豪:挺括的深色西装,保守的领带,擦得锃亮的皮鞋,迈着军人似的步伐,走在人行道上。只有很少几个人是单独走着的;其他人几乎都有一个说话的同伴,大部分人三五成群地走着。迈克尔尽量不东张西望,免得招来友好的微笑——谁他妈需要这些家伙?——但他也不喜欢孤单,因为这很容易勾起他在军队中的痛苦回忆:在谈笑风生、适应性好的战友中,一言不发。当他们列队成群走进拉齐蒙车站后,这种不自在最为强烈,因为在那里除了站着等车之外别无他事可做。

有一次，他看见一个人倚墙而立，透过不锈钢边眼镜，叵眼盯着香烟发呆，仿佛抽烟需要他集中全副注意力。这人个头比迈克尔小，看着更年轻，他的穿着不太得体：没穿西装，而是穿着坦克手夹克。在欧洲战场上时，这种结实耐穿的防风夹克曾让许多步兵羡慕不已，因为这种军装只发给坦克装甲部队的士兵。

迈克尔挪近些，好跟这人说话。他问："你是装甲部队的？"

"啊？"

"我说战争中你是不是在装甲部队？"

年轻人看上去有点迷惑，镜片后的眼睛眨了好几下。"哦，这件夹克，"他终于说，"不不，这是我从一个家伙手上买来的，如此而已。"

"噢，我明白了。"迈克尔知道如果他说：嗯，这是桩好买卖，你值得拥有这种夹克，他会觉得自己更像个傻瓜，所以他闭上嘴，转身要走。

但是这个陌生人显然不想独自待着，"不过，我没打过仗。"他说。那种快速、下意识的道歉式口吻是比尔·布诺克常有的说话风格。"我直到一九四五年才参军，我从没到过海外，甚至从没离开过得克萨斯州的布兰查德基地。"

"噢，是吗？"这下话匣子打开了。"嗯，我一九四三年时在布兰查德待了一段时间，"迈克尔说，"打死我也不想留在那里了。他们让你在那儿做什么？"

这个年轻人脸上突然露出一副深恶痛绝的表情。"乐队，伙计，"他说，"他妈的行军乐队。参军时我犯了个错，告诉面试我的人说我以前打过鼓,所以,你瞧,等我完成基本军训后,他妈的,他们把军鼓挂在我身上。行军鼓、咔嗒、咔嗒,降旗军鼓、正式行军军鼓、颁奖仪式,所有那些米老鼠类的东西。天啊,我差点以为自己无法活着从那里出来了。"

"那你是搞音乐的?参军前?"

"哦,不完全是。还没拿到工会卡①,但我一直喜欢摆弄音乐。那么你在布兰查德做什么?基本训练吗?"

"不,我是个机枪手。"

"是吗?"那个年轻人的眼睛瞪得大大的,露出小男孩般的热切神情。"你是空军机枪手?"

接下来又是一场愉快的谈话,就像在哈佛、在《连锁店时代》的办公室时一样,他只要尽量简洁地回答问题就行了,他能感觉到自己在听众心中的形象越来越高大。嗯,是的,二战时他在空军——第八空军;从英格兰起飞,没有,他从没被打下来过,也没受过伤,可是有几次他怕得要命;噢,是的,当然是真的,英国女孩真的很棒;是的,不;是的,不。

像以前一样,在听众兴趣消退前,他赶紧转换话题。他问年轻人在拉齐蒙住了多久——才一年——结婚了吗?

"噢,当然;谁没有?在这儿你认识没结婚的人吗?这就是人们为什么来拉齐蒙的原因,伙计。"他有四个孩子,全是男孩,每个相差一岁左右。"我妻子是个天主教徒,"他解释说,"她很

---

① 在美国,有工会的工作一般是大家羡慕的工作,有工会保护,收入高,工作稳定。

久以来对那个一直固执得要命。我觉得现在总算说服她了,不过——不管怎样,希望如此。我是说,孩子们很好、很可爱,但是四个足够了。"于是他问迈克尔住在哪里,知道后他说,"哇,你拥有那一整套房子?真不错。我们刚买了一套楼上的公寓。不过,比在扬克斯时过得要好。我们在扬克斯住了三年,不想再过那种日子了。"

等火车轰隆隆进站时,他们已经握手交换了姓名——这个陌生人名叫汤姆·尼尔森——他们走出来,到了月台上,迈克尔才发现他带着一卷纸,用根橡皮筋松松地捆着。但那纸看上去不够软也不干净,不像是纸巾;上头有些斑驳、反复拿捏过的痕迹,让人觉得像是辛苦画好的零件或工具的"说明图",也许是汤姆·尼尔森的老板(修车铺的老板?包工头?)今天要的东西,尼尔森可能得在长岛某间阴暗的仓库里花上好几个小时去找那些零件。

如果不再发生别的事,跟汤姆·尼尔森一同坐火车进城可以成为今晚的谈资,告诉露茜几件可悲、可笑的事情:这个倒霉的、虔诚的、太过年轻的四个孩子的父亲,这个悻悻然在布兰查德基地咚咚咚敲着军鼓的家伙,甚至连件坦克夹克都没混到,更别提工会卡了。

一路上他俩坐在一起,刚开始两人都沉默着没有吭声,仿佛在找新话题;后来,迈克尔说:"布兰查德基地举办过拳击锦标赛,那时候你在那儿吗?"

"哦,是的,一直都有固定的比赛时间,很是鼓舞士气,你喜欢看吗？"

"嗯，"迈克尔说，"事实上，我参加过比赛，中轻量级的，打入了半决赛；后来，那个后勤中士用左刺拳把我打趴下了——从来没碰到过那样的左刺拳，他也知道怎么使用右手。第八回合时，从技术上讲他把我击倒了。"

"真要命，"尼尔森说，"当然，因为眼睛不好，我从来不去做这类事；不过，即使眼睛好，我可能也不会去试。差点打入决赛，你可真行啊你。那么你现在做什么？"

"哦，我是个作家，或者说至少我在试着写诗写剧本。有一本诗集就快写完了；有一两个剧本在小范围内上演过，就在波士顿这一带。不过，现在，我在城里找了份商业写作的活——你知道，得买柴米油盐呀。"

"是的。"汤姆·尼尔森侧脸看了他一眼，善意地眨眼笑他。"天啊，空中机枪手、拳击手、诗人和剧作家。知道吗？你真他妈像文艺复兴时期的人。"

不管善意与否，这种玩笑让人很受伤。这个小杂种是谁？最糟糕最痛苦的是迈克尔只能承认这是他自找的。尊严与克制是他最为看重的，那么，为什么，他总是，他总是信口开河，随口乱说呢？

虽然保罗·梅特兰那种人并不会真的"死"在拉齐蒙，但显然他绝不会在拉齐蒙的通勤火车上将自己向某个傻瓜和盘托出，还招来他的取笑。

不过汤姆·尼尔森根本没有意识到他给迈克尔造成的伤害。

"其实，诗歌对我来说，是很了不起的，"他说，"我不能写诗来养家，可我一直喜欢读诗。你喜欢霍普金斯的诗吗？"

"非常喜欢。"

"是的，他多少能触动你的灵魂深处，是不是？就像济慈；叶芝后期的某些诗作也一样。我爱死了威尔弗瑞德·欧文，伊文·萨松也还行。我还喜欢一些法国诗人，瓦雷里那样的诗人，可我觉得除非懂法语，否则很难领悟他们的东西。我以前很喜欢为诗歌配插图——这样大干过好几年，以后我可能还会做回去，但我现在主要画些普通一点的画。"

"那么，你是个画家？"

"噢，是的，是的。我以为我跟你说过了。"

"没有，你没说过。你在纽约工作吗？"

"不，在家工作。有时候把画好的东西送到城里去而已。一个月两三次吧。"

"那么你能——"迈克尔正要说"你能靠画画养家吗？"可他打住了，问一个画家如何挣钱养家是个很微妙的问题。于是他说，"——那你能全职画画吗？"

"哦，是的。不过，以前我得回扬克斯教书——我在那儿教高中——但后来情况有所好转。"

迈克尔小心翼翼、冒险地问了个技术问题：尼尔森画的是不是油画？

"不，我试过，我对油画没太多感觉。我画水彩画，用笔墨勾勒轮廓，然后刷色——就这么简单，我在画画上仅限于此。"

那么，也许他局限于广告公司的艺术部门，因为"水彩画"很容易让人想起泊在岸边的小舟或展翅的群鸟等怡人小风景。他也可能局限于那种沉闷窒息的礼品画，在礼品店里，那种画跟昂贵的烟灰缸、粉红色的牧羊人牧羊女雕像，还有印着艾森豪威尔总统先生夫人肖像的餐碟摆在一起出售。

再问一两个问题即可把事情完全弄清楚，可迈克尔不想再冒险。他沉默了，直到火车把他们带进喧闹拥挤的中央火车站。

"你往哪儿走？"当他们走进城市刺眼的阳光下时，尼尔森问，"往南还是往北？"

"往北到五十九街。"

"好；我可以跟你走到五十三街。得去那儿的'现代'报到。"

他们一路走，迈克尔一路想，等他们拐到第五大道时，迈克尔总算弄明白"去现代报到"是什么意思了，那是说他跟现代艺术博物馆约好了见面。迈克尔希望他能找到什么方法跟尼尔森一起去那里看看——他想看看尼尔森去那里到底做什么——最后，当他们走到五十三街时，还是尼尔森提出了这个建议。"想跟我一起进去吗？"他说，"几分钟而已，然后我们可以再朝北往你那儿去。"

当穿制服的人为他们拉开厚厚的玻璃门时，看门人的脸上似乎闪现出一丝敬意，开电梯的人也是，虽然迈克尔无法确定这是否只是他的想象。但到了楼上，走进一间安静的大房间后，远在房间那头的接待处，看见一名绝色美女摘下角质架眼镜，可爱的眼睛里闪耀着敬慕与欢迎之情时，迈克尔知道这不是他的想象，这是真而又真的。

"喔，托玛斯·尼尔森，"她说，"现在我可知道了，今天是个好日子。"

换作普通女孩，可能还是待在座位上，拿起电话，摁下一两个键罢了，但这位姑娘可不普通。她站起来，飞快地绕过桌子，握着尼尔森的手，展露她苗条的身段和漂亮的穿着。当尼尔森向她介绍迈克尔时，她视若无睹，嘟囔了几句，仿佛才发现他的存在；然后她又飞快地回到尼尔森身边，两人快乐地谈笑了一会，迈克尔不知道他们在说些什么。"噢，我知道他在等你，"她最后说，"你不如直接进去好了？"

里间办公室内，一个肤色黝黑的秃顶中年男人独自站在桌前，两手按着空无一物的桌子，看来确实在等着这一刻。

"托玛斯！"他叫道。

见到尼尔森的朋友时，他比那个女孩要礼貌点——他给迈克尔拿来一把椅子，请他坐下，迈克尔谢绝了——然后他回到桌前，说："托玛斯，现在让我们看看你这次带了什么好东西来。"

橡皮筋解开了，透着墨痕的一卷纸松开来，然后朝相反的方向轻轻卷一次，再平铺在桌上，六张水彩画摊开来等着这人的检视——又像是为了享受这个艺术世界。

"我的天啊，"那晚迈克尔说到这里时，露茜说，"那些画怎么样？能跟我说说吗？"

他对"能跟我说说吗？"这句话有点生气，但没有过多计较。

"嗯，它们肯定不是**抽象**画，"他说，"我是说它们是具象类绘画——画上有人、动物和其他东西——但是它们不完全真实。它们有点——我不知道怎么说"；说到这里，他非常感激尼尔森在火车上提供的唯一技术信息。"他用笔墨勾画出模糊的草图，然后刷色。"

她赞同地慢慢点了下头，显得很睿智，仿佛在表扬一个小孩有如此惊人的成熟见解。

"所以，不管怎样，"他接着说，"博物馆里的家伙开始绕着桌子慢慢走起来，他说：'好啊，托玛斯，我可以马上告诉你，如果我放走这张画，我永远不会原谅自己。'然后他又踱了一会儿步，说：'我也越来越喜欢这张，我能两张都要吗？'

"尼尔森说：'当然，艾立克；请便。'他站在那里，平静得要命，穿着那件该死的坦克手拉链夹克，一副无所谓的样子。"

"那么，他们收这些画是为了——季节性展出，还是别的什么？"露茜说。

"我们出来走在街上后，这是我问的第一个问题，他说，'不，这些画是永久收藏的。'你能想得到吗？永久收藏？"迈克尔走到厨房台面处，又加了一些冰块和波旁酒。"噢，还有件事，"他对妻子说，"你知道他是在**什么**上面画的吗？抽屉衬里纸。"

"什么纸？"

"你知道的，人们垫在货架上，然后在上面摆放罐头食品等东西的那种纸。他说用这种纸作画有好多年了，因为它们便宜，后来他觉得'自己很喜欢这种纸对颜料的表现力'。再告诉你吧，他在他家厨房地面上作画,他说他在厨房里放着一大块四方平整的白铁皮,是很好的台面,说是把一张浸湿的衬里纸铺在上面,就开始撅着屁股画画。"

迈克尔回家后,露茜就一直在尽力准备晚餐,但老是分心,结果猪排烧得太干,苹果酱忘了晾凉,绿豌豆煮得太软,而土豆没有烤熟。然而迈克尔一点没发现,要么压根就不在乎。吃饭时,他一只手肘支在桌上,手搭在眉毛上,盘子边上摆着第三或第四杯威士忌。

"于是我问他,"他边嚼边说,"我问他,画一幅画要花多长时间。他说'噢,运气好的话,也就二十分钟;通常一两个小时,有时花上一天多。一个月大概我会仔细检查两次,扔掉许多画——大约有四分之一或三分之一,留下的就是我带到城里来的这些。现代总想第一个挑,有时候惠特尼[①]也想看看;最后剩下的我就带到画行去——你知道,就是我的画廊。"

"他的画廊叫什么?"她问道,他又重复了一遍名称后,她又说了一遍"我的天啊",因为那家画廊上过《纽约时报》艺术版,非常有名。

"他还告诉我——他没有吹牛;看在老天的分上,这个小杂种说的全是实话——他告诉我他们至少一年为他办一次个人画展。去年他们为他办了两次。"

"嗯,有点难以——难以置信,是不是?"露茜说。

[①] 惠特尼美国艺术博物馆。

迈克尔把他的盘子推到一边——他甚至没动烤土豆——拿起他的威士忌，仿佛那是主食。"难以置信，"他说，"二十七岁。我是说，天啊，当你想到——天啊，亲爱的。"他不可思议地摇摇头。"我是说，想到化难为易，"隔了一会儿，他说，"噢，他说他很乐意改天晚上请我们过去吃饭，说会问问妻子，然后给我们打电话。"

"真的吗？"露茜很高兴，像孩子盼着自己的生日一般。"他真的这么说了吗？"

"嗯，是的，但你知道这种事，也可能只是他一时说说而已。我是说这种事靠不住。"

"那我们给他们打电话呢？"她问。

他有点恼火，没有吭声。作为一个出生于上层阶级的姑娘，她应该有非常良好的教养才是。不过话说回来，首先百万富翁也许根本不太具备良好教养；普通老百姓怎会明白这个？

"好了，不行，宝贝，"他说，"我觉得这个主意不好。我可能在火车上再次撞上他，我们会把这事办妥的。"他又说，"听着，我还想再补充一点。当我最后到办公室时，头晕乎乎的。我知道我无法干活，所以我到布诺克那里混了一阵，我告诉他汤姆·尼尔森的事情。他听后说'嗯，有意思，我想知道**他爸爸**是谁'。"

"噢，他就是这种人，对不对？"露茜说，"比尔·布诺克总是不停地说他有多讨厌讥讽他人，不管什么样的讥讽，可他真是我见过的最爱讽刺他人的家伙。"

"等等，更糟的是，我说，'那好，比尔，首先，他爸爸是辛辛那提的一名普通药剂师,其次,我不明白这有什么关系。'"

"而他说'哦,那好,行了,我想知道他拍的是谁的马屁'。"

露茜吃惊恶心太甚,腾地站了起来,双唇哆嗦着发出"啊"的一声。她站在那里,两手抱着自己,好像骨子里也在发冷。"噢,真卑鄙,"她发着抖说,"这是我听过最卑鄙无耻的话。"

"是啊,嗯,你知道布诺克这人。不知道怎么回事,他这几周心情都不好。我想他跟戴安娜之间出了问题。"

"好,我一点也不奇怪,"她边说边收拾桌子。"我不懂戴安娜为什么不早点甩了他,我简直不明白她怎么受得了他。"

一个周六的上午,比尔·布诺克打来电话,难得一次有点不好意思地问那天下午他能不能一个人到拉齐蒙来。

"你肯定他说的是'一个人'吗?"露茜问道。

"嗯,他有点含糊,只是一带而过,但我肯定他说了,我也肯定他用的不是'我们'这两个字。"

"那好,结束了,"她说,"好。只是现在我们逃不掉了:他会在我们这里坐上几小时,向我们诉苦。"

结果不是这样——至少,布诺克刚来时不是这样。

"我是说,我喜欢短期的关系,"他坐在沙发上,倾身向他们解释,准备就自己来一场严肃的讨论,"我知道的,因为我过去一向如此。我似乎无法对一段关系长期保持兴趣,时间久了我会**厌倦**这姑娘。而我觉得腻了时,我会心烦意乱,就这么简单。我的意思是,如果长期关系对你们适合,那很好——但是,那是你们的事,对吗?"

他向他们汇报说,过去几个月来,戴安娜一直"吵着要结婚,哦,开始时是这里暗示一下,那儿暗示一下——这还容易对付——后来情况严重起来,最后我只好对她说,我说'听着,亲爱的,让我们面对事实吧,好吗?'结果她答应从我这里搬出去——跟另一个女孩找了间公寓——我们见得没有以前那么频繁了,也许一周最多两次。上次我们来你们这儿时就是这样了。她参加了演艺班——你们知道这个城市里到处是这种小规模的'技术'班,大部分是由那种想挣几个钱的过气演员办的,对吗?好,听上去像个好主意;我觉得这对她挺好。可他妈的,一两个礼拜前,她开始跟她们班上的一个家伙——一个男演员、混蛋演员——出去约会了;那家伙在堪萨斯有个有钱的老爸,他出钱让儿子到外面闯荡。三天前的晚上,我向你们发誓,这是我这辈子中最糟的一个晚上——我带她出去吃饭,她异常冷静、疏远——她告诉我她跟那家伙住在一起了,说她'爱'他,他妈的!"

"老天啊,我跌跌撞撞走回家,感觉被大卡车撞了一般,我一头栽倒在床上"——说到这儿,他往后靠回沙发,一只手抬起来遮住眼睛,悲痛欲绝的样子——"我哭得像个孩子,我停不下来,哭了几个小时。我一直说:'我失去了她。我失去了她。'"

"嗯,"露茜说,"听上去不像是你失去了她,比尔;听上去更像是你甩了她。"

"嗯,**当然**,"他说,他的手臂还是遮着眼睛。"**当然**。这难道不是最最坏的损失?等你扔掉它后才发现它的价值?"

比尔·布诺克那天晚上住在他们家的一间空房里——"我早知道,"露茜后来说,"我知道他会在这儿过夜的"——第二天吃过午饭后才走。"你有没有发现,"等只剩他俩后,她说,"当别人说他们哭得有多伤心,哭了有多久时,你对他们的同情一下子烟消云散了?"

"是的。"

"好吧,他总算走了,"她说,"可他还会再来,可以肯定还会经常来。但你知道最糟的是什么吗?最糟的是我们可能再也见不到戴安娜了。"

迈克尔觉得自己的心抽了一下。他怎么没想到这点,可从露茜说的那一刻起,他知道这是真的。

"当一对情侣分手时,他们**总**指望你站在这一边或那一边,"她接着说,"可那几乎完全是出于偶然,这难道不可笑吗?因为,如果戴安娜先给我们打电话的话——很可能——那么**她**就成了我们的朋友,那就很容易将比尔·布诺克从我们生活中赶走了。"

"啊,我可不担心,亲爱的,"迈克尔说,"不管怎样,也许她会给我们打电话的。她可能随时打电话来。"

"才不会。我很了解她,别指望她打电话了。"

"好吧,见鬼,我们也可以给她打电话。"

"怎么打?我们甚至不知道她住在哪里。噢,我想我们可以查得到,但即使那样,我觉得她听到是我们也不会太高兴。我们还是顺其自然吧。"

过了一会儿,当她终于洗完午饭的餐碟后,她难过地站在厨房过道上擦干手。"噢,我曾对跟她交朋友抱有很大希望呢,"她说,"还有跟保罗·梅特兰。你不是吗?他们都是那种很——很值得结交的人。"

"迈克·达文波特吗?"几天后的一个晚上,电话那头传来拘谨的微弱的声音。"我是汤姆·尼尔森。听着,不知道这个周五晚上你们有没有时间,我和妻子想请你们过来吃晚饭。"

看来,达文波特夫妇永远不缺值得结交的好人。

第四章

"地方有点小,待会儿你们就知道了,"汤姆·尼尔森急匆匆从楼上公寓下来,在玻璃门前迎接他们进来时提醒道,"家里有四个孩子,真的很难保持房间整洁。"他妻子笑着站在上面楼梯口欢迎他们,这个女人一度虔诚的天主教信仰差点危及到她丈夫的事业。

她叫帕特。当她俯身去戳正煮着的菜,热气扑面时,当她弯腰眯眼隔着烤箱门察看,抽出烤肉给它们抹油时,脸上还有胆小虔诚的辛辛那提姑娘的影子;可是在小小的客厅里,当她手端酒杯,笑盈盈坐在客人中间时,很显然,现代艺术博物馆对她影响不小。她的身体端得笔直而不觉僵硬,穿着简单却很入时,大而迷人的眼睛与嘴巴,看上去快活与可靠兼而有之,仿佛生就如此。

三个年纪小些的孩子已送上床睡觉去了,但最大的孩子菲利普六岁了,被允许留下来。他矮矮胖胖的,小圆脸上没有一丝父母的痕迹,满腹疑虑地盯着客人们看。在母亲的催促下,才把装着洒过盐、抹着鹅肝酱的饼干碟子递过来,碟子放在咖啡桌上后，又回到母亲身边，紧挨着母亲站着。

"我们开始以为拉齐蒙全是那种，"帕特·尼尔森说，"你知道——那种里外透着拉齐蒙味道的人。"

露茜·达文波特赶紧向她保证，她和迈克尔开始也这样想来着。

他们没有谈绘画没有聊诗歌，达文波特夫妇还以为他们会聊那些的，相反，他们聊的全是鸡毛蒜皮。没多久，达文波特夫妇就明白以为文人们在一起时当然就该吟诗作画的想法有多愚蠢。

他们都痛恨电影，虽然大家都承认看得不少，结果大家就电影开起了玩笑。如果由简·阿利森来演郝思嘉会怎么样？如果丹·戴莱拿到亨弗莱·鲍嘉在《卡萨布兰卡》的角色又会怎么样？由平·克劳斯比或帕特·奥布莱恩来出演阿尔贝特·施韦泽的自传电影会不会更好？接着，迈克尔反问道，谁知道有多少部电影——喜剧片、爱情片、战争片、犯罪片或牛仔片都行——里有这句台词"听着，我能解释一切"。没承想，其他三人觉得这是最最搞笑的，让他很是不好意思。

菲利普被送去跟弟弟们一道睡觉去了，那准是间很挤的小房间，里面摆着上下两层的床。不久聚会转移到厨房餐桌处。餐桌的大小四人坐刚刚好，厨房里才做完饭菜，余温未散。在餐桌那边，离炉子较远处的一个角落里，迈克尔看到了那块平板白铁皮，旁边是一个纸箱，上面有家乐氏爆米花的广告，纸箱里几卷新的抽屉衬里纸伸出来。他猜画作、墨水、笔、刷子肯定都放在那个纸箱里。

"噢，脱下外套、松开领带吧，迈克尔，"帕特·尼尔森说，"要不你会热死在这儿的。"饭吃了一会儿后，她凝视着全是蒸汽的窗户玻璃，仿佛那里能通往明亮灿烂的未来。"嗯，我们在这儿只会再住几个月了，"她说，"今年夏天我们就要搬到乡下去，汤姆有跟你们说过吗？彻底搬走。"

"那**太糟**了，"露茜发自肺腑地大声强调，其实完全没这个必要。"我是说对你们来说太好了，但对我们来说却太糟。我们刚认识，你们就要走了。"

帕特爽快地向她保证，那里并不太远：他们只是搬到帕特南县去，就在西切斯特的北边，她解释道，那里很乡下——连一点市郊元素都没有。她和汤姆去过那儿几次，四处看过，最后他们觉得最吸引他们的是靠近金斯莱村的一幢房子，位置、房屋全合适。房子需要修整，不过现在快弄好了；他们得到保证六月份会完工，可以入住。"从这里开车去不用多久——多长时间来着？汤姆？一个小时多一点？——所以你们看，还是很容易跟所有朋友保持联系的。"

露茜又切了一块凉了的烤牛肉，迈克尔从她脸上看出"所有朋友"这几个字让她有点受伤。难道尼尔森夫妇不是很清楚地说过他们在拉齐蒙**没有**朋友吗？但是，嚼着牛肉时，露茜似乎明白过来，帕特说的是在纽约的所有朋友——现代艺术馆的那帮人、惠特尼的那帮人、那些有钱有地位、买了很多托玛斯·尼尔森的画作的人，还有那些快乐、机智的年轻画家同行们，他们也会很快获得成功的。

"嗯，听起来很不错。"迈克尔热情地说。他已脱下外套、松开领带，解开衬衣最上面两颗纽扣，袖子也卷了起来，身体倾向酒杯，大声说着话。他知道露茜会嫌他声音有点大，可他决心暗示一下很快他也会摆脱世俗约束。"等我能甩掉那该死的工作，"他说，"我们也愿意搬到那种地方去。"他明显地冲露茜眨眨眼。"也许等那本书出版后，亲爱的。"

吃完饭，他们回到客厅，迈克尔发现五斗柜上摆着六到八个逼真的英国士兵微型雕塑，他们全副武装，穿着历史上一支著名部队的军装——这种收藏品可能每个都要上百元。"嘿，我的天啊，汤姆，"他说，"你从哪里搞到的这些东西？"

"噢，我自己做的，"尼尔森说，"很容易。你用常见的那种锡兵，把它们稍微熔化一下，改变一点形状，用模型飞机的胶水这儿那儿改动一下，剩下的就是上色而已。"

一名士兵举着一根高高的旗杆，上面是半卷着的英国国旗，"哦，真想不到。"迈克尔说，"你怎么做这面旗的？"

"牙膏皮，"尼尔森告诉他，"牙膏皮能做成最好的旗帜，如果你能让那细纹恰到好处的话。"

迈克尔想说你知道吗，尼尔森？你太他妈的了不起了。可是，待他喝了一大口手里的波旁酒后，他只说，那些士兵看上去真漂亮。

"哦，那不过是我做着好玩的罢了，"尼尔森解释道，"再说，孩子们喜欢看我做。我觉得我一直对士兵情有独钟。看这儿——"他抽开五斗柜上的一只长抽屉。"这些是作战部队。"

抽屉里塞满了几百个锡兵，全是从廉价商店买来的——手持步枪的士兵们摆着开火的姿势，有些士兵正要投手榴弹，机枪手或坐或卧，还有些士兵俯身在迫击炮炮筒上——这令迈克尔嗓子眼里意外涌上一股怀旧之情。他曾经一度以为，如果他不是世界上唯一一个，那也肯定是新泽西莫里斯敦唯一一个十岁后还痴迷于锡兵的男孩。当其他男孩们都改玩各种运动，不再玩模型士兵之后，他还在壁橱里偷偷藏着一盒这些士兵，清晨，在父母起床前玩上一两个小时。有一次给他父亲撞到，父亲命他扔掉这些鬼东西。

"你也可以用它们来一场真正的战争。"汤姆·尼尔森说。

"真正的战争？"

"喔，当然，你没法玩枪战，但你可以来一场炮兵战。"另一个抽屉里有两把手枪，四英寸长的枪管顶上有个橡胶吸盘。"以前在扬克斯时，我跟一个朋友能玩上整个下午，"尼尔森说，"首先我们找一个好地形——没有草，只有些小山包的土地；如果是模仿一战的话，我们会在两边各挖一条战壕，然后我们把士兵们分开，部署它们得花很长时间，尽量想出最好的——你知道——最好的战术。哦，对于开炮我们有严格的纪律，你不能随意开炮，那样太乱。你得退回到自己的步兵部队后面六尺远的地方，你得一直把手掌这样撑在地上"——他弯下腰，将一支手枪的枪托紧紧竖在地毯上，演示这个动作。

两个女人坐在那边的小房间里，帕特·尼尔森故作恼怒地抬起眼睛说："噢，天啊，他们开始玩那些士兵了。算了，随他们去。"

"你可以控制发射角度和射程,"尼尔森说,"甚至可以改变阵势——我们过去玩的时候,一场战役中双方可以布局三次——但是你得从地面上一个固定的位置上开火,就像真正的野战炮一样。"

迈克尔被这一切给迷住了,被尼尔森说这些时那种认真的神情、没有一点不好意思的孩子气给迷住了。

"然后,"尼尔森接着说,"我是说,如果打得好的话,我们在整个场景上布置香烟烟雾,放得很低,拍些照片。并非次次都成功,但有些照片看上去就跟真的一样。你还以为那是凡尔登战役什么的。"

"天啊,太吃惊了,"迈克尔说,"你们能在室内玩这个吗?"

"噢,我们下雨天玩过几次,但比在外面玩差远了;因为没有山丘、没有战壕什么的。"

"嗯,听着,尼尔森,"迈克尔装出一副好斗的样子,又喝了一杯。"我真想马上跟你打一战,只要我们方便——我家后院、你家后院,或随便我们能找的最好地形"——他觉得他快要喝醉了,不知道是威士忌还是友谊的作用,看到汤姆·尼尔森愉快地笑了,他很开心——"但是我会有点吃亏,除非我先学会如何操控它们;我还不知道怎么用我的野战炮兵,要不我们就在这儿建几个连队怎么样?就现在,在这间屋子里。"

"不,这个地毯不行,迈克,"尼尔森说,"得要木地板才能让它们站好。"

"好吧，该死，我们不能把地毯卷起来吗？就让我接受一点炮兵训练？"

他没太明白尼尔森说"不，听着，这——"的意思，但是他已经猛然冲向厨房门边的地毯，倒退到地毯边外，蹲下来，两手紧紧攥着地毯边——他才发现地毯是那种便宜的绿地毯，磨得很旧了——他刚从地上掀起来时，只听尼尔森叫道："别，我说等等——它用大头钉钉着的。"

太晚了。一百颗地毯大头钉飞起来，在旧地毯三边扬起的灰尘间舞动——只有房间那头，咖啡桌和女人们坐着的地方地毯还无力地固定着，几英寸而已——帕特·尼尔森腾地站起来。"你在干吗？！"她喊道，迈克尔永远忘不了那一刻她的脸。她没有生气，至少暂时还没有；她只是太吃惊，不敢相信眼前的一幕。

"嗯，我——"迈克尔可怜巴巴地说，手里攥着的地毯快抵着下巴。"我不知道它是固定住的，我非常抱歉我——"

汤姆·尼尔森赶紧解围："我们刚才想部署士兵来着，亲爱的，"他解释说，"没事，我们会复原的。"

帕特两只小拳头抵在腰间，她现在气得要命，红着脸，对她丈夫而非客人们说，仿佛这样更礼貌似的。"我花了**四天**才把所有这些钉子敲进地板里去的。四天！"

"夫人，"迈克尔开口说，因为凭他以前的经验，把一个年轻姑娘叫作"夫人"有时候能帮他摆脱困境。"我想，如果你能借我一把小锤子，再给我一些钉子，我马上消除这场灾难。"

"噢，别傻了，"她说，这次她没再对着汤姆说话，"如果我用了四天,你可能得花上五天时间。不过,你能做的——你们俩能做的——就是弯下腰把该死的钉子捡起来,一颗都不要剩。我可不想明天早上孩子们来这儿,划破脚。"

直到这时,迈克尔才冒险看了妻子一眼——实在忍不住了——露茜脸略微侧向别处,他敢肯定他从没见她这么难堪过。

大约一个多小时,两个男人手脚着地,巡视地上的每个角落,地毯的每个褶缝处,找出那些生锈、弯曲或坏掉的钉子。他们一边找,一边时不时还聊上几句,说点小笑话什么的。有一两次,两位妻子还勉强跟着一起笑,迈克尔满心希望,这个晚上可能还有救。当活干完后,帕特给他们倒了所谓的"最后一杯"酒时,她的礼貌客气似乎全恢复了——不过他知道如果真的没事了的话,她不会说"最后一杯"的。万幸的是,直到达文波特夫妇告辞时,他们谈的全是别的。

"夫人,"迈克尔在门口问道,"如果你能原谅我地毯的事,你觉得我们还是朋友吗?"

"噢,别傻了,"帕特说,她仿佛好心似的碰了碰他的胳膊。"对不起,我发火了。"

可是跟露茜一道走回家又是另一码事。

"好了,她**当然**'原谅'了你,"露茜说,"你是谁?一个小男孩?因为妈妈'原谅'你,便觉得自己又是个乖孩子?啊?从我们一进门起,难道你没看出他们有多穷吗?至少以前一直都很穷,去年才好起来,现在他才开始真正赚钱,而且他们把赚的钱全部投到刚买的那间乡下房子里去了。凭着他的工作,他们会开始全新的生活的,而且肯定是精彩的生活,因为他们是我见过的最可敬的人。另一方面,由于他们在这儿稍微待得久了些,结果他们犯了个可怕的错,今晚请我们过来。当我看见你掀起地毯时——我是说真的,迈克尔——当我看见你掀起地毯时,我好像看着一个完全陌生的人在疯狂搞破坏。我脑子里想的只有:我不认识这个男人,我从来没见过此人。"

她住了口,仿佛说话没有任何用,只让她精疲力竭。迈克尔无话可说,他的虚弱多于憎恨。他知道说什么也没用,所以他紧闭着嘴,一声不吭。偶尔,在人行道上没树的地方,他抬起头看着漆黑的天上星星一闪一闪,仿佛在问,有没有一次——哪怕一次也行——他能学会不做错事呢。

那年春天快过去时,情况好多了。

迈克尔确实尽量甩掉了他的工作——或几乎甩掉了。他说服《连锁店时代》同意让他成为"特约作者",而不再是它的雇员。他现在可以自由工作了,每月去办公室一两次,交稿、拿新任务;他现在没有固定薪水,没有"附加福利",但他有信心这样能挣更多的钱。他向妻子解释说,这样做的最大好处是,他可以自己安排时间:他能够在每个月的前半个月完成《连锁店时代》的工作,也许半个月都要不了,其余的时间可以干自己的事。

"哦,"她说,"那可真是——振奋人心,是不是?"

"当然啦。"

但对他们俩来说,更振奋人心的是他完成了那本诗集——而且马上被一个名叫阿诺德·卡普兰的年轻人接受了。他是迈克尔在哈佛的熟人,现在是纽约一家规模不太大的出版社的编辑。

"嗯,当然它是家小出版社,迈克,"阿诺德·卡普兰解释说,"可是它会把某些大学出版社打得屁滚尿流的。"迈克尔很想认同他说的话,不过他得承认有些他十分佩服的年轻诗人——那些名气越来越大的诗人——他们的诗集都是大学出版社出版的。

他得到了五百元的预付稿酬——可能只有汤姆·尼尔森一幅二十分钟画就的水彩画所挣的零头——因为钱少得可怜,达文波特夫妇决定一次性把它花光:他们买了辆非常好的二手车。

然后,诗集的长条校样来了。迈克尔龇牙咧嘴,咒骂喊叫,扑向每个错别字,可是他自己不愿承认,或者说极力瞒着露茜的是,看着自己的文字印成铅字令他无比骄傲。

那年春天另外还有件让人开心的事:汤姆和帕特继续向他们示好。他们来达文波特家吃过两次饭,又在他们简陋的家里招待过达文波特夫妇一次,而且他们没再提上次的不愉快。汤姆看着迈克尔改好的诗集校样,宣布说它"很不错",让人听来有点失望——迈克尔花了几年时间才知道"很不错"是汤姆在赞扬某事时的最高评价——但是,这时汤姆锦上添花地问,他能不能复印两三首诗,因为他说他喜欢为它们配插图。尼尔森夫妇搬走时——那时,这个帕特南县听上去几乎就是幸福的代名词——他们保证不久后便会再见面的。

《连锁店时代》的一名摄影师毛遂自荐,愿意免费为迈克尔的诗集护封拍摄照片,只要书上提到摄影师姓名即可,但迈克尔不喜欢这人的接触印相照片；他想把它们全扔了，请一名"真正的摄影师"。

"噢，别傻了，"露茜说，"我觉得有一两幅挺显眼的——尤其是这张。再说，你想做什么？去米高梅搞一次试镜不成？"

可其实他们真正的分歧在于照片下的"自我简介"部分。迈克尔把自己关在房间里琢磨了好久，尽量写得漂亮些，他知道自己花的时间太多了，但他也知道一贯以来他是多么仔细地阅读其他新兴诗人的简介，知道这东西有多微妙有多重要。下面是最后他拿给露茜看的：

> 迈克尔·达文波特，一九二四年出生于新泽西州莫里斯敦市，毕业于哈佛大学。二战时在空军服役，曾在"金手套"业余拳击比赛初期失利，现与妻子、女儿住在纽约。

"我不太明白'金手套'这部分，"她说。

"噢，亲爱的，这无关'明不明白'。你知道我确实输了，在波士顿时，在遇见你之前的那年；我跟你说过几百次，我确实在比赛初期就被打败了。该死的，我甚至没能打进第三——"

"我不喜欢这一句。"

"听着，"他说，"如果你能加些像这样随意、自谦的东西进去，这个简介会**好得多**，要不然——"

"可这并不随意，也不是什么自谦，"她对他说，"这是令人痛苦的做作，没错，做作。仿佛是因为你担心'哈佛'听上去有点拘谨、过于严肃,所以你想用拳击手这种废话调和一下。听着,你知道那些终生待在大学校园里的作家吗?他们有高学历、有教职,一步步升至教授?好了,他们许多人害怕把**那些**东西放上护封,他们只好穿着工作服拍张照,求助于他们还是孩子时干过的暑期工:'威廉·谁谁谁曾放过牛,当过卡车司机,收过麦子,当过水手。'难道你不觉得这很可笑吗?"

迈克尔一句话也没说,腰杆挺得笔直地从她身边走过,进了客厅,等他转身在一把扶手椅上坐下,离她至少有十五英尺远后,他才张口说话。

"最近越来越明显,"他没有直视她,"你认为我是个傻瓜。"

一片沉默,当他抬头看到她的眼睛时,他发现它们闪烁着泪花。"噢,"她说,"迈克尔,你真的那样看我吗?噢,真可恶。迈克尔,我从来,从来没有这种意思——噢,迈克尔。"

她用那种极其缓慢、极富戏剧性的表演方式,跑过十五英尺的距离,他甚至还没来得及站起身把她揽进怀内,便知道这个家里不会再有找碴、不会再有迁就、不会再有麻烦。

拉齐蒙永远也不可能是剑桥,可是这个姑娘的头发、嘴唇的味道、她的声音以及她意乱情迷的呼吸永远不会变,跟多年前在行军毯下时一个样。

最后,他认为,关于护封的事也许她是对的。这个世界上,或者说极其小范围的美国读者可能不嫌麻烦拾起这本书,瞥上一眼,他们永远不会知道迈克尔·达文波特曾经在"金手套"业余拳击赛初期失利。

第五章

　　秋天的帕特南县，你可以看到野雉突然从藏身处冲天而起，飞过无垠的黄褐色田野。有时候，在橡树和白桦细长的树干阴影中，你能看到徘徊的小鹿。真正的猎人对这片地方不感兴趣，因为这里不够"开阔"：这儿有许多铺着沥青的道路，有些地方房屋、商店和学校密集，还有纽约州高速公路无情的插入。

　　这个县的南边，靠近托纳帕克湖的地方，曾是深受城市中产阶级欢迎的避暑胜地；湖早已风光不再，过了时，但小小的商业定居区还在它的另一头完好无损。

　　九月的一个下午，直到进入这个单调沉闷的小村庄后，达文波特夫妇才找到他们的路：迈克尔坐在方向盘后，注视着前面必须左转的路，露茜皱眉看着摊在大腿上的地图。

　　"我们到了，"他告诉她，"就是这条路。"

　　他们经过一片整整齐齐、你挤我挨的房屋，几幢房屋前面的草地上竖着圣母马利亚的塑料雕像，屋檐一角上插着美国国旗，在这个没有一丝风的下午，旗帜耷拉着。露茜说："好啊，俗起来了，不是吗？"不过他们顺着曲曲折折的小道一路开下来，路两边除了低矮、老旧的石头墙和茂密的树丛外,什么都没有。最后他们总算找到他们要找的地方:一个褐色的木瓦邮箱,上面写着"唐纳安"。

他们是看了一则地产广告而来,广告信誓旦旦写着:"私人产业迷人的客舍出租,四个半房间,漂亮的庭院最适合有孩子的家庭。"

"车路状况不太好。"迈克尔说,此时他开车沿着路上的车辙朝坡上开去,一路扬起巨大的灰尘,这条荒芜的长路正好激起了他们的好奇心。

"啊,好啊,你们是达文波特夫妇吧,"房东太太从自己家里冒出来,手里拿着一大串钥匙。"这儿还好找吗?我是安·布莱克。"她小小个头,但行动敏捷,脸已呈老相,尖下巴配上假长睫毛看上去很滑稽,让迈克尔想起过去的卡通人物贝蒂娃娃。

"我觉得最好还是先领你们看看房间,"她解释说,"以免你们觉得有些地方不合适——我喜欢它,不过我知道,它不一定对每个人的胃口——如果你们很喜欢的话,我再领你们四处走走,看看周围的情况。因为说实话,周围的风景才是这儿最吸引人的地方。"

对于这套房,她说得没错:并不一定符合每个人的口味。房间不长,憨笨的样子,比例也不太协调,墙上刷着浅粉色灰泥,而木窗框、木质百叶窗却是淡紫色。楼上一头是一扇法式门,通向小巧而简单的阳台,阳台上爬满了葡萄藤,随意的葡萄藤顺着台阶盘旋而下,从阳台下到石板平台上,那儿便是前门。如果往后走上草地,快速看上一眼,这幢房子似乎有点歪斜,简陋可笑,仿佛还不知道房子该是什么样的孩子画的画。

"我自己设计的,"安·布莱克告诉他们,她找出钥匙,"实际上,很多年前我和丈夫买下这块地时,我设计了所有房间。"

但是他们吃惊地发现这所房子灰褐色的内部更值得期待:露茜指出它有许多边边角角,有个不错的壁炉,客厅天花板上是仿制横梁,很迷人;还有嵌入式壁橱和书架;楼上两间卧室中大的那间宽敞明亮,能通到阳台和螺旋形楼梯,达文波特夫妻俩认定那就是他们的房间。露茜提到它时,说它"还有点优雅,你觉得呢?"

噢,这套小房子也许有点可笑,但管它的呢,基本上凑合,也不用花很多钱,至少,在这儿住上个一年半载的没问题。

"那么,"安·布莱克说,"观光可以开始了吗?"

他们跟着她出来,穿过草地,经过一棵大柳树,纤纤枝条依依垂落——"这棵树很壮观,是不是?"她问他俩——他们然后上到一个所在,顺着那儿宽阔的石板台阶可以上山。

"你们要是一两个月前来看这片梯田就好了,"当他们爬上山来时,她说,"每块梯田都有着最最漂亮、明亮耀眼的颜色:紫菀、牡丹、金盏草,还有些我说不上名字的花;而那边,越过这个栅栏,漫山遍野全是一丛丛玫瑰。当然,我们很幸运有这样一位好园丁。"她飞快地扫了他俩的脸一眼,确信他们会记住她即将说出口的名字。"我们的园丁是本·杜恩先生。"

在石板路的最上头,在这些鲜花梯田的后面,迈克尔发现了个木棚,高度大约人可走入,可能也就五乘八英尺的大小。他马上想到这是个工作的好地方,他抬起门上生锈的搭扣,往里瞄。有两扇窗,里面摆得下一张桌子、一把椅子和一个煤油炉。他仿佛能感受到一年四季全天独自泡在这儿写作的惬意,手握着笔,时不时在纸上划几下,直到一行行诗句自然而然从笔下喷涌而出。

"噢,那是小水泵房,"安·布莱克说,"你们用不着跟它打交道,村里有个很可靠的人,他负责维修保养水泵。如果你们往这边走,我带你们去看看宿舍。"

多年前,她告诉他们,边走边说让她有点喘。多年前,她和丈夫建起了这座托纳帕克剧院。"你们开车来时,有没有注意到它的标牌?从这儿望过去,就在那边?"当年,它曾经一度是本州最著名的夏季剧院,当然,现在要维持这个名声很难了。过去五六年,每年夏天她都把剧场出租给这家或那家名不见经传的小型自由制作公司,能够摆脱这种责任也是种解脱;尽管如此,她真的很怀念以前那个时候。

"现在,你们看到的就是宿舍,"一座木头加灰泥的建筑出现在树丛那端。"我们建它是为了每年夏天为剧院的人们提供食宿,你们知道。我们从纽约雇了很棒的厨师,还有个很好的女仆,也可以说是管家,她喜欢别人这么称呼她,我们只管她叫——本!"

一个高个老头推着辆装满砖头的独轮车慢慢走过那座建筑。他停下脚步,把独轮车停好,手搭凉棚,挡住刺眼阳光。他光着上身,只穿着条简单的卡其短裤,脚上一双结实的工作鞋,没穿袜子，蓝丝巾裹头，扎得很紧很低，紧贴眉毛。当看到自己要被介绍给陌生人时，他的双眼和嘴巴流露出愉快的期待之情。

"这位是本·杜恩，"安·布莱克大声说，在头脑里徒劳地搜索了一会儿达文波特夫妇的名字后，她只得说，"这两位是来看房的，本，我带他们四处走走。"

"噢，那套小客舍，是的，"他说，"很不错。不过，我想你们会发现这儿最大的优点还是这个地方本身——这些田地、草地和树木，还有这儿的隐秘性。"

"我正是这么告诉他们的，"她说，看着达文波特夫妇求证道，"是不是？"

"我们这儿远离尘嚣，你们看，"本·杜恩接着说，大大咧咧地挠了一下胳肢窝。"这个世界可以每天照它那样残酷地旋转，而我们这里远离它，我们很安全。"

"本，那些砖头是干什么用的？"安问他。

"噢，有一两块梯田需要加固一下，"他说，"我得在大雾升起来之前把它弄好。好啦，认识你们很高兴，希望你们喜欢这里。"

安·布莱克领着他们走开，她几乎等不及那老头走到听不见的地方就说起他来："你们**当然**知道本的作品，是不是？"

"哦，是的，那当然。"露茜说，好让迈克尔只点头不说话。他以前可从没听过这个名字。

"好，如果你们没听说过，那可真叫人吃惊，"她对他们说，"他是个真正的——他是美国舞台上的一道亮丽风景。朗读沃特·惠特曼的作品就足以让他闻名——那部作品他在全国各大城市巡演过——当然,他还在百老汇的《林肯先生的困境》中成功地塑造了亚伯拉罕·林肯这个角色。他多才多艺,甚至在《伸张你的权利!》的百老汇首演中担任主唱——噢,那是部多么轻松搞笑的喜剧。现在他上了黑名单,我想你们知道的——麦卡锡参议员又一个无法言说的可鄙行径,你们看——他选中我们这儿过他的流放岁月,我们深感荣幸。他是我认识的最优秀——最完美的人。"

他们走过鹅卵石路,现在来到车道上,布莱克太太又喘不过气来了,大家只好停下休息一会儿,她一手抚在胸前,待平静下来后接着说道。

"好了。现在你们看到下面的那些树了吗,它们后面有块空地,那就是我们的野餐区。看到那个可爱的户外大火灶吗,还有那些长条桌,它们全是我丈夫自己做的。我们有时候在那儿搞聚会,很好玩的,到处挂着日本灯笼。我丈夫以前总说我们只缺个游泳池,可我无所谓,因为我不会游泳。

"现在上这儿来,看前面,那是宿舍的扩建部分。有时候剧院的人太多,我们需要另外的房子。现在大部分地方都关了,用木板钉起来好多年了,但这部分是个极好的公寓,所以我们把这个地方租了出去,现在住着的是一户极为友好的年轻家庭史密斯一家,有四个孩子,他们喜爱这地方。他们是社会的中坚力量。"

鹅卵石路边的草丛里坐着一个大约七岁左右的女孩,她在细心地给洋娃娃换衣服,身边一个婴儿围栏,里面站着个吮大拇指的四五岁男孩,他一只手扶着栏杆。

"你好,伊莲,"布莱克太太快活地朝那个女孩喊道,"哦,等等——你是伊莲还是安妮塔?"

"我是安妮塔。"

"哦,你们长得太快了,人们跟不上。还有你,"她对小男孩说,"你都这么大了,怎么还做这种事?"

"他只能待在里面,"安妮塔解释道,"他得了脑瘫。"

"噢。"

他们继续走,安·布莱克觉得有必要解释一下。"嗯,我刚才说史密斯夫妇是'社会的中坚力量',"她说,"我觉得我其实是想说他们是那种非常、非常朴实的人。哈罗德·史密斯在城里当职员——他衬衫口袋里至少插着半打笔什么的。他在纽约中央车站工作,你知道,可怕的老铁路想尽方法想留住员工,其中一招便是让他们免费坐火车。哈罗德利用这个条件,把家从皇后区搬到这里。他妻子长得甜美可爱,可我不怎么了解她,因为我不管什么时候看见她,不论早上、中午还是晚上,她总是站在熨衣板前,一边熨衣服一边看电视。

"不过,奇怪的是,哈罗德曾经很不好意思地跟我说过,他念高中时演出过几次,他不知道自己能不能试演某个角色。所以长话短说吧,他就在《格莱梅西幽灵》里扮演那个警察,演得棒极了。你们绝对想不到,他天生是个喜剧演员。我说'哈罗德,你有没有考虑过把这当作职业啊?'他说'你——疯了吗?我有老婆和四个孩子啊!'所以,就这样。不过,恐怕我是真的不——不太懂脑瘫,也不懂围栏什么的。"

她终于安静下来,远远地走在达文波特夫妇前头,给他们时间漫步、思考。他们沿着鹅卵石路,又走回刚才看得到客房的地方。暮色四合中远远看去,浅草丛中的客房好似孩子画的屋子一般,迈克尔捏捏妻子的手。

"想租下来吗?"他问,"要不再想想?"

"哦,不用了,我们租下吧。"她说,"同样价位,我们找不到比这更好的房子了。"

当他们告诉安·布莱克他们的决定时,她说:"好极了,我很高兴。我喜欢有主见的人。那么,你们能到我家里来一下吗,我们这就把合同准备好。"她领着他们穿过她家乱糟糟的厨房,回身对他们说,"屋里乱七八糟的,请见谅。"

"我可不是乱七八糟的。"一个年轻人坐在高脚凳上,身子倚着厨房台面,低头对着一盘煎蛋吐司。

"啊,是的,你就是乱七八糟的,"她对他说。侧身从他身边经过时,她停下来揉揉他的头发,"因为我办正事时,你总是,总是碍事。"然后她又转身向面带微笑的客人们说,"这是我的朋友,年轻潇洒的舞蹈演员格雷格·阿特伍德,这两位是达文波特夫妇。格雷格,他们就要成为我们的邻居了,他们准备租下客舍——**如果**我能找到合同的话。"

"哦,那好。"他说,擦擦嘴,没精打采地下了高脚凳。他赤着脚,穿着洗得发白的紧身牛仔裤和一件深蓝色衬衫,腰部以上全没扣,这是学着最新流行的哈利·贝拉福特的打扮。

"你是——专业舞蹈演员吗?"露茜问他。

"嗯,以前跳过一些,"他说,"我也教舞蹈,但是现在我只是自娱自乐,尝试些新东西。"

"就像玩乐器一样,"安·布莱克边说边关上一个抽屉又打开另一个,翻箱倒柜到处找合同。"有些艺术家练上好多年才去表演。就我个人来说,我才不在乎他做什么,只要他待在我眼睛看得到的地方就行了。啊,在**这儿**。"她把两份租约摊在台面上准备签字。

当他们往门外走,去达文波特夫妇停车的地方时,安·布莱克一手公然紧握着格雷格·阿特伍德的手,还摇晃着,直到他松开手,搂着她为止。

"这地方怎么会叫这个名字?"迈克尔问她。

"'唐纳安'?噢,那是我丈夫的主意。他以前叫唐纳德,你知道——我是说,他叫唐纳德,我的名字是安,所以他出了这个傻主意,把我们俩的名字合在一起。我得永远记着他现在也叫唐纳德,因为他还活着,活得好好的。他住在离这儿四英里半的地方,比这儿大两倍。七年前,他跟一个神经兮兮的空中小姐好上了,买下那块地方。你们知道,没有永恒的东西。好了,刚才很愉快,希望很快再见到你们。"

"我觉得我们没有错,"他们开车回拉齐蒙的漫长旅程中,迈克尔说,"那里不是很完美,但从来没有什么完美的事,对不对?我觉得劳拉会喜欢得要命的,你说呢?"

"噢，但愿如此，"露茜说，"我真希望这样。"

过了一会儿，他说："不过，你知道吗，还好你知道那个推独轮车的老家伙是谁，不然的话就惨了。"

"哦，实际上，"她说，"关于他，我只知道他有点同性恋习气。我们学校里有个女孩是韦斯特波特人，她说本·杜恩在演亚伯拉罕·林肯时，在她们那里买了幢房子。不过她说他在那里住的时间并不长，因为韦斯特波特警察给他两个选择：要么滚出那个镇，要么因向小男孩放映黄色电影而接受审查。"

"哦，"迈克尔说，"嗯，那太糟糕了。我看年轻舞蹈家格雷格也有点像同性恋。"

"要我说，你的评价还算客气。没错。"

"可是如果他和老安同居的话，你觉得他们是怎么做到的呢？"

"这就是双性恋，我想，"她说，"这叫左右逢源。"

又开了五六英里的样子，露茜再次开口说话，声音柔和，特意说明她多希望女儿劳拉会喜欢这个新地方。"今天下午我做的全是为了她，"她说，"我尽量用劳拉的眼光来看东西，想她会如何看待那一切。我非常肯定她会喜欢那所房子——她甚至可能会觉得有点'温馨'——当我们往山上走时，我一直四处看着那片空旷的田野，我觉得她**真的**会喜欢这个地方的。

"后来当我们看到坐在围栏里的那个脑子有毛病的男孩时，我想，不，等等，这不对，这个不行。但后来我又想，得了，为什么不行？与她在拉齐蒙可能看到的东西相比，或者说，与**我**长大时看到的一切相比，难道这不是更接近真实世界吗？"

她说"真实世界"让他有点恼火——只有那种富家子和他们的孩子才会这样说话,就像老是在暗示没能去贫民窟体验一下生活而终生遗憾似的——可他没有向她指出这点,他明白她的意思,他同意她的看法。

"我想,"她说,"当你想为了孩子好而做出某种决定时,你得总体权衡才行。"

"完全正确。"他告诉她。

劳拉六岁半了,在同龄人中个子算高的——她是个害羞、容易紧张的孩子,有点龅牙,大大的蓝眼睛。爸爸最近教她如何打响指,她现在常常不自觉地两手同时打着响指,仿佛想以此让自己的思绪暂停。

她不喜欢一年级,害怕即将要上的二年级——甚至一想到还有漫长痛苦的学习生涯要过才能像妈妈那样长大就害怕。可是她喜欢拉齐蒙的家:她的卧室是这个世界上最安全的地方,完全属于她的地方,后院供她每天出游历险——危险的程度刚好她能承受。

最近家里老是谈起"帕特南县",不管那意味着什么,她想想就害怕,但父母极力保证她会喜欢那里的。然后一天上午,一辆巨大的红色货车小心地倒开到厨房门口,一些人咚咚咚地走进来,开始搬东西——首先是那些纸箱,几天前她看着父母装箱、封口,然后是每件家具、台灯、地毯——所有东西。

"迈克尔,我们走吧,"妈妈说,"我觉得她不想看到这些。"

所以，父母不再同意她待在那里看人们搬东西，她上了车，抱着一个脏兮兮的复活节小兔，在后座上坐了好久，妈妈说如果她愿意，她可以一直抱着，她尽量偷听父母在前面座位上说什么，试着理解他们的意思。

好玩的是，过了一会儿后她不再害怕了：她开始感到一种莫名其妙的兴奋。如果那些人把整个拉齐蒙的家都拆了，最后变成一堆碎石和尘土，那该怎么办？如果搬家货车迷了路，永远到不了他们要去的地方，那该怎么办？想到那儿，她又想如果爸爸找不着要去的路，那该怎么办？管它呢！

噢，管它呢！劳拉·达文波特和父母在他们自己的车里将永远安全，轻松地在时空中穿行；如果有必要，这辆车可能就是他们三人小而全的新家（甚至他们四个人，如果她想要个妹妹的愿望成真的话）。

"你怎么样，宝贝？"爸爸朝后面喊道。

"还行。"她告诉他。

"好，"他说，"快了，我们就要到了。"

这说明他知道他们要去哪里，意味着一切正常，生活可能很快就会基本恢复到父母安排的正常状态中去。劳拉如释重负，可同时她有点奇怪的失望：她不由想到如果事情朝另一面发展，她可能更喜欢些。

搬进新家一两天后，他们的东西都完好无损，只是还没完全整理就序。劳拉走到前门外台阶上玩耍，爸爸站在那里，用一把笨重的花园剪在修剪螺旋形楼梯底部的葡萄藤蔓,它们长得太茂密了。她看着爸爸干活,突然吃惊地看到一个跟她差不多大的女孩从草地那边径直朝她走来。

"嗨,"那个小姑娘说,"我叫安妮塔,你呢?"

劳拉像个小小孩,躲到爸爸的两腿中间。

"哦,快说,宝贝,"迈克尔不耐烦地说,放下剪刀,返身把她送到前面。"安妮塔问你叫什么名字呢。"他对劳拉说。

看来没有别的办法,只好朝前勇敢地迈出一步。"我叫劳拉。"她说,两手打着响指。

"嘿,这可真棒,"安妮塔说,"你从哪学会的?"

"爸爸教我的。"

"你有兄弟姐妹吗?"

"没有。"

"我有两个妹妹和一个弟弟。我七岁了。我们姓史密斯,最好记了,因为它是世界上最普通的名字。你姓什么?"

"达文波特。"

"哇,这个名字可真长。想上我家去玩会儿吗?"

"好的。"

迈克尔喊露茜到台阶上来,看着两个小姑娘一起走远。"看来她已经开始交朋友了。"他说。

"哦,那真好,"露茜说,"不是吗?"

他们以前一致认为最多只要一两天就可以让新家"像个样子",然后他们就可以开始他们自己的社交生活。

"……嗯，嘿，真行啊，"汤姆·尼尔森在电话里说，"你们找到一个不错的地方了？好。哪天下午来我们家玩吧？明天怎么样？"

尼尔森一家住的金斯莱小镇没什么好说的，那是几乎被人遗弃的湖边休闲地，自然而然成了蓝领工人的聚居区，只有一个半死不活的夏季剧场。它无需解释，也不值得解释。

它根本算不上一个"小镇"，除了小邮局、加油站、杂货店和酒铺排成整齐的一线外，剩下的全是乡村。金斯莱的居民之所以在这里，是因为他们有这个能力住在这里——他们在纽约挣够了钱，可以把肮脏贫穷永远抛在身后——他们看重的是隐私。路边能看到的为数不多的房屋掩藏在树林灌木之后，所以这些屋子最舒适的部分几乎不为外人所知。迈克尔顺带想起了玛莎葡萄园露茜父母的夏季避暑别墅。

尼尔森家翻新过的白色大农庄是个例外，你能一览无余。它矗立在长满青草的山坡顶上，在曲折细长的辅路上，一旦山坡进入你的视线，它就马上映入眼帘。而且，它的样子立刻让你觉得它固若金汤、密不透风。这里不会有老同性恋推着一车砖走在山路上，山脚下也不会有小同性恋面对着荷包蛋。这地方完全属于汤姆·尼尔森和他家人，是他们自己的。

"好啊，嘿，"汤姆在车路尽头迎接他们时说，他妻子笑着从门里出来，站在他身边。

接下来是兴奋地参观房子，每到一处，露茜嘴里不停地说着"不可思议"。阳光明媚的客厅太大了，难以领略全貌。对迈克尔来说，最令人惊异之处是长长一面墙，从地上直到天花板全是一架架的书，至少有两千多本，甚至可能是这个数目的两倍。

"啊，它们是多年积攒下来的，"汤姆解释说，"我一辈子都在买书。以前住在扬克斯或拉齐蒙时没地方放，只好装在箱子里，现在总算可以把它们摆出来了。想不想看看我的工作室？"

工作室又长又宽，阳光充沛。那块旧白铁皮躺在房间一角，现在看去很小，上面的大圆钉木板上随意摊着几张新画，迈克尔疑心可能只有那个角落才用来工作。

"这是我的第一个工作室，"汤姆说，"甚至有时在这里心里会觉得空荡荡的。"

但是，当他在这里觉得心里空荡荡的时候，他可以玩玩架子鼓，放松一下，架子鼓就放在工作间的另一头，跟一套立体声音响、几架唱片放在一起。汤姆·尼尔森收藏的爵士唱片几乎跟他的书一样多。

女人们在厨房里闲聊，他们往厨房走时，迈克尔注意到有一个新地方安置那些士兵：士兵们手持长剑和皱巴巴的牙膏旗帜，兵分两路列队而立，这儿有足够深足够大的抽屉容纳这些作战部队。

"哦，我真为你俩高兴，"当他们四人在客厅沙发上坐下时，露茜说，"你们找到这么完美的地方住下，抚养孩子。你们再也用不着想什么搬家了。"

但是，当尼尔森夫妇想知道他们住在什么地方时，达文波特夫妇紧张地同时开口，打断了对方的话。

"噢,嗯,我们只是租的,当然,"迈克尔开口说,"只是暂时的,但是它——"

"是旧时私人庄园里的一幢样子有点可笑的房子,"露茜说,抖掉膝头上的烟灰,"那里土地很大,那里的人有点——"

"有点像养鸭场。"迈克尔说。

"养鸭场?"

迈克尔迟疑着尽量解释他是什么意思。

"本·杜恩,"汤姆·尼尔森说,"就是那个朗诵惠特曼诗歌的人?是不是几年前受过麦卡锡委员会迫害?"

"没错,"露茜说,"当然我相信他非常——你知道——绝对不会害人,不过我觉得如果我们带个**男孩**去那里的话,我会十分不安的。我想我们跟房东太太,还有她的男朋友也保持着一定的距离。不过,我们在那里从没有独处的感觉,没有你们这儿的这种感觉。"

"啊,"帕特·尼尔森撇撇嘴说,"我不知道独处的感觉能有多美妙。我倒是觉得如果见不着朋友们,我和汤姆会憋疯的。我们现在每个月都有聚会,有些聚会真是很好玩。不过,天啊,我们刚搬来那阵可真可怕,我们给孤立了似的。有一次我们去参加这条路上某个人家的聚会——我现在记不起那人的名字了——有个男人把我堵在角落里,盘问我。他说'你丈夫做哪行的?'

"我说'他是画画的。'

"他说'是吗,是吗,好,我是说他干**哪行**的?'

"我说'他就干那个;他画画。'

"那家伙说'什么意思？他是个商业艺术家吗？'

"我说'不，不，他不是商业艺术家；他就是——你知道——他是**画画**的。'

"他说'你是说**纯**艺术画家吗？'

"我以前从没听说过那个词，你们听说过吗？'纯艺术'画家？

"嗯，我们就这样说啊说啊，误会彼此的意思，最后他总算走了；可是临走前，他很不愉快地看了我一眼，他说'你的孩子们有什么，信托基金吗？'"

达文波特夫妇慢慢摇着头，打了几个哈哈，表示这个故事很可笑。

"不，但你会在这儿发现很多这类事情，"帕特告诉他们，仿佛是好心提醒。"帕特南县里有些人想当然地认为人人都该有份工作来维生，再做一种——不知道怎么说好——出于'爱好'或什么的再做点其他的事。你无法让他们理解，他们不相信你。他们以为你在骗他们，要不然他们便觉得你有**信托**基金。"

迈克尔不知如何是好，只能一声不吭，低头看着几乎快空了的威士忌酒杯，希望杯子是满的。他在这间屋子里不能发作，因为那会很难堪，但他知道他过会儿肯定要发作的。等只有他和露茜的时候，要么在车里，要么回家后。"看在老天分上，"他要说，"她以为**我**靠什么生活？难道她以为我靠他妈的**写诗**为生吗？"

但是冷静、警惕的思绪提醒他，他也不能对露茜发脾气。为这种事朝露茜发脾气只会招来一大通微妙而惹人发火的争论，把他们带回在考普利度蜜月的那几天。

她可能会问,他能不能讲点道理?难道他不知道吗,他们从来就不需要什么《连锁店时代》,不需要拉齐蒙或托纳帕克这种死气沉沉的地方,不需要这座难看的房子。如果这样,不如让她拿起电话给她的银行经理或她的经纪或不管谁打个电话,那他们就能立即得到解脱。

不,他得再次捺住性子。今晚、明天和再以后都得保持沉默,他得忍。

第六章

一天,迈克尔去托纳帕克村买雪胎,他看见一个熟悉的背影走在前面人行道上:一个身穿李维斯夹克和牛仔裤的高个青年,走路的样子像电影里的牛仔。"保罗·梅特兰?"他喊道,梅特兰吃惊地转过身来。

"迈克!"他说,"见鬼,**你**在这儿做什么?"接着是热情、有力的握手。"有空去喝一杯吗?"他又问,领着迈克尔走进一家黑暗、邋遢的工人小酒吧,看来他本来就准备去那儿。

酒吧里几个懒散的客人跟保罗打招呼,"嗨,保罗,""嘿,保罗,"梅特兰径直往里走到后面的一张桌子处。迈克尔没想到一个艺术家竟能和这些大老粗打成一片,心中颇为感慨。

当他们叫的威士忌来了后,保罗·梅特兰把酒杯举在嘴边半天不喝,仿佛在故意拖延这小小的快乐,回忆起从前在白马酒馆的旧日时光,他的眼睛闪闪发亮。

"我永远忘不了有个晚上,你完整地唱出了《你没戴帽子,站在伊尔克利沼泽上》[①]的全部歌词——绝对标准的约克郡口音,让那个从约克郡来的烈性子水手大吃一惊,"他说,"真他妈精彩的表演。"

"哦,那个啊,我服役时驻扎在英国,认识一个约克郡姑娘,她教我唱的。"

这种感觉不错。大中午的喝着威士忌,还是和这样一位公认的天才,和这样一位以前很少对他表现出好感,而现在却极力提醒他,他曾经在白马酒馆做过多么难忘的事的天才一起。

"……你还记得佩基吗?"保罗·梅特兰说,"我们现在结婚了,她继父有一处很好的房产,离这儿不远,就在哈蒙福尔斯。我们在他那里租了一套小房子,刚开始时,我觉得这只是暂时将就一下罢了,后来我在托纳帕克和附近几个小镇上找到比较稳定的木匠活,所以我们过得还凑合。"

"那你还有时间画画吗?"

"噢,那当然;每天都画。画得像个傻子、像个疯子,没什么能阻止我画画。那么,你和露茜现在住在哪儿?"

迈克尔在告诉他时,发现自己正要说"那儿真可以说是个养鸭场",他马上住了口。他渐渐明白,有时候有些事情解释起来很麻烦,不值得费那个劲。于是他只是说:"你——你可爱的妹妹还好吗?"

"噢,戴安娜很好。我想她可能很快要结婚了——那家伙名叫拉尔夫·莫林,看上去人不错。"

"是那个演员吗?"

"嗯,他以前是演员,不过现在我想他算是导演,或者说正

---

① 《你没戴帽子,站在伊尔克利沼泽上》是一首地道的约克郡民谣,完全以约克郡方言演唱,被认为是约克郡的圣诗。

在努力当个导演。"保罗若有所思地望着他的酒杯。"我一直希望她能嫁给比尔·布诺克这家伙的,因为他俩看起来很般配,可是见鬼,这种事,谁也帮不了忙。"

"没错。"

喝第二杯时,迈克尔开了一个新话题,他希望那会是个快乐的新话题。"听着,保罗:这附近还有个画家,我觉得你会喜欢他的——也许你早就认识他——汤姆·尼尔森。"

"哦,我知道这个人,当然。"

"好。不管怎样,他是世上少有的好人,没有一点架子,我觉得你们俩可能会合得来,也许我们可以找个时间聚一聚。"

"嗯,谢谢,迈克,"保罗说,"但我觉得无所谓。"

"哦?为什么不愿意?你不喜欢他的作品?"

保罗的右手手指忙着摸他的胡须,仿佛在仔细推敲要说的话。"我觉得他是个很好的插图画家。"

"可插图只是他作品的一个部分而已,"迈克尔说,"他的画作才是主要的,而且它们——"

"是的,是的,我知道。它们很了不起,博物馆都收藏什么的。可是人们当画买的那些东西,你知道,当画作买的,其实还是插图。"

迈克尔的脑子里一片空白,仿佛他正要开始一场超出他的理解能力之外的争论:没有明确的术语,一切都很晦涩。"因为它们是——你是说它们是——具象派的?"

"不,"保罗·梅特兰有些不耐烦地说,"不,当然不是。事实上,我希望人们不要再说那种蠢话,也希望他们不再说什么'抽象派——表达主义画家'。我们就是想画画,如此而已。但是一幅画要好,它首先应该是独立的;它不需要文字解释。否则,你看到的只是些小聪明,一些朝生暮死、转瞬即逝的东西。"

"那你是说尼尔森的作品不能流传下去?"

"噢,能不能流传下去可不是我说了算的,"保罗·梅特兰说,看来因为说出了自己的观点而很痛快。"得由大家说了算,经受时间的考验。"

"好吧,"迈克尔说,想给这场气氛紧张的谈话找个比较友好的结尾,"我想我大概明白你的意思了。"说完只觉得心里空洞洞的,仿佛被逼无奈出卖了自己的朋友。

"请注意,我对这人本身并无成见,"保罗还在说,"我肯定他讨人喜欢;只是我无法想象我们有什么共同之处可以谈谈的,你知道,我们是同一领域里的两个极端。"说完后,他们坐在那儿沉默地喝酒,仿佛过了很久,保罗才问,"你还经常见到比尔吗?"

"偶尔吧,实际上他这个周末可能会来;我猜他是想带新女朋友过来看看。"

"哦,那好,"保罗说,"听着,如果他真的过来了的话,你能给我打个电话吗?"可他突然一拍前额。"哦,不行,等等——这不行,戴安娜和那个叫什么的这个周末也会来。真他妈讨厌,是不是?为什么我们老是得站在**某一边**呢?"

"是啊。"

保罗将手中的威士忌一饮而尽,又打手势再要了一杯。中饭还没吃已喝下三杯酒,还有一下午的粗木工活要干,这可真有点莽撞;不过,梅特兰从来都是知道自己在做什么的人。

"我很喜欢老比尔,"他说,"我知道,他粗声大气,傲慢自负,满嘴马克思主义分子的废话也烦死人。我读过他写的一点东西,充其量只是共产党路线的**拙劣模仿**,不过没有那么严肃罢了。我记得他有一篇小说是这样开头的:'乔·斯塔夫在流水线上将扳手一扔,说:见他妈的鬼去。'不过,他有时也是个快活风趣的家伙,是个好伙伴。我喜欢跟他一块。"

这稍稍让迈克尔的良心舒坦了一些。如果梅特兰可以将一个人贬损得一无是处的同时还能给他中肯的评价,那么自己在汤姆·尼尔森这件事上的忍气吞声也许还情有可原。

当他们站在明亮刺眼的街道上握手道别时,迈克尔知道,趁自己还没倒在床上,睡过这个下午之前,最好赶紧去买该死的雪胎。而保罗呢,他可能要在午后阳光中爬上哪个脚手架,用十六号的大钉子把厚重的木板拼装在一起,或者做其他什么赖以为生的活计。

"……这是凯伦,"比尔·布诺克彬彬有礼地扶她下了车,介绍道。凯伦娇小苗条,肤色略深,下乡来见比尔的朋友,她很不好意思。

"知道这像什么吗?"比尔走到草坪边上停下来说,"这儿有点像 F. 斯科特·菲茨杰拉德住的地方,只是这儿更破旧点,不过却更像了。你几乎能看到他穿着浴袍站在窗口的样子，手里拎着半瓶杜松子酒，心中纳闷这到底是不是清早。他花了一个晚上又写完了一个短篇，好让女儿再念一年瓦萨大学。也许就是这个下午，当他头脑清醒一点后，他会开始写《崩溃》。

"啊，不管怎样，"比尔结束他的话，豪爽地一挥手，仿佛想把整块地方尽收于手掌，"这里绝对比拉齐蒙好。"

当他们四人在客厅里坐定后（"我们有点喜欢房间里的这些个边边角角，"迈克尔解释道），整个谈话中还是比尔一人说个不停。

"凯伦可能会觉得闷，"他开口说，"因为这几个星期以来她没听过别的，光听我说我的几个大举动来着。首先，作为一个作家，我不想再当左派了。我是说，我翻出我的两本无产阶级长篇及所有短篇小说，把它们装进纸箱，用绳子捆好，塞进壁橱里头。我简直无法形容那是种什么样的解脱！'写你了解的事情'——天啊，我一辈子都会记得这句忠告，我老觉得这太简单——说实话，我太自以为是，太小看它了。可它真是一句箴言，对不对？也许我最终还是会从电子工人的书里捞些素材出来，但整个内涵完全不同了。我们得关注这个问题：为什么一个前阿默斯特大学的学子当初愿意为一本工会杂志工作——你明白我说的话吗？"

大家全都明白他在说什么，但似乎只有凯伦为此着迷，他的第二个大动作是，他扭扭捏捏地说，他已经开始看心理医生了。

这可不是个轻易的决定，他解释说，可能比他做的其他任何事都更需要勇气,最糟的是它可能要持续多年——多年!——然后才能对他的生活有所助益。不过,他直截了当地说,他也是别无选择。他老实承认,如果不迈出这一步,他可能会疯掉。

"那有用没有,比尔?"露茜问他。"我是说,你是躺在沙发上,做自由联想什么的吗?是不是那样?"迈克尔很吃惊,没想到她对此竟这般感兴趣。

"不,没有沙发——这家伙不相信沙发——也没有采用真正的自由联想法,至少没有弗洛伊德意义上的那种。我们在他办公室里分坐两把椅子,面对面交谈。最重要的是,我们讨论的全是很实际的东西。还要说明一点:我觉得遇到这个人我很幸运,我很佩服他的智慧;如果我们是在社交场合而非职业场合下相识的话,我会喜欢他的。不过,这当然只是种猜测罢了。我们甚至有许多共同点:他也有点像个老马克思主义分子。嗯,听着,几乎很难向外人解释这样一种事;不可能——你知道——难以一概而论。"

然后,他好像突然意识到他一个人滔滔不绝了这么久似的,于是埋头喝酒,让迈克尔接过话茬。迈克尔确实有话要说,他开始说起他一直在像个傻瓜似的干活。"所以,我觉得到年底我可能写完这个新剧本,"他说,"我觉得它可能有商业价值……"

听着自己说话的语调和节奏,听着自己的声音因这个话题而热情洋溢,听着自己的嗓门在谈远大志向和保守期望时越来越大,听着自己最后在过度自谦中优雅地收声,他意识到他正在做什么:他想给比尔身边这个害羞矜持的姑娘留下深刻印象。虽然她姿色平平，可她人就在这里，迈克尔总喜欢在素未谋面、刚结识的姑娘前卖弄一番。

"再喝点，"他说，"然后我们可以在太阳下山前四处走走。"

不久他们四人便漫步在巨大的柳树下，凯伦说这棵树可真令人"惊叹"；接下来，循着安·布莱克带他们走过的足迹，他们爬上了鲜花梯田旁边的石头台阶。"山顶上那个可笑的小木棚就是我工作的地方，"迈克尔告诉他们，"看起来不怎么起眼，但我很喜欢它的隐蔽性。"

"……说到犄角旮旯，"他们走过那栋宿舍的一角时，他继续说，"这儿有个角落是全美最著名的男同性恋演员的庇护地——我是说这个老家伙非常古怪，警察甚至因为他向**小男孩们**放映黄色电影而把他从韦斯特波特赶走了。"

"晚上好。"本·杜恩从门口阴影处跟他们打招呼。这回他穿着件皱巴巴的西装，衬衫倒挺干净，他整理着长领带上的绿松石领带夹，仿佛正准备下山去安·布莱克家吃晚饭。无法断定他有没有听到迈克尔说的话，但可能性很大，大到让达文波特夫妇都无法停下来介绍他们的客人。

"你好，杜恩先生。"迈克尔飞快地说。他们四人匆匆离开，走得比来时快多了。

"天啊！"迈克尔用手狠狠拍了一下脑门。"太尴尬了，这是搬来这儿后我做过的最尴尬的事。"

"行了，我觉得他没听到，"露茜说，"可那也确实不是什么好时候。"

当他们游完一圈，回到客厅后，迈克尔还是懊丧不已，他把自己埋进沙发里疗伤。

这时，露茜轻松地把晚饭端上桌来——现在吃晚饭还为时尚早，她解释说，不过他们待会要一起去参加尼尔森家的聚会。

"尼尔森？"布诺克问道，"噢，是了，那个炙手可热的水彩画家。好啊，不错，应该很不错；聚会终归是聚会。"

汤姆·尼尔森在他们家鲜艳的前门口迎接他们，这回他穿着一件空降步兵穿的野战夹克。

"你从哪儿弄来的伞兵夹克？"刚介绍完毕，迈克尔就问他。

"从一个家伙那儿买的，还不错吧，啊？我喜欢这些口袋。"

迈克尔有点恼火：在拉齐蒙时的那件坦克手夹克也是从"某个家伙那儿买的"。尼尔森他妈的想搞什么——他每搬一次家都要当一次不同兵种的退伍老兵吗？

尼尔森夫妇的大客厅里挤满了人，再往里走，工作室也人满为患。女人中有几个可爱的姑娘，好像是电影导演安排的场景。男人们则从年轻人到精神饱满的中年人都有，有些人蓄着大胡须，还有三四个黑人，他们看起来像爵士乐手。莱斯特·扬清脆的唱片音乐仿佛把房间里完全不搭界的谈笑声化为一波接一波愉快的交谈。放眼看去，哪怕走近仔细看，这里似乎人人开心快活。

这位是阿诺德·斯宾塞，普林斯顿大学的艺术史教授。

这位是乔尔·卡普兰，《新闻周刊》和《国家》杂志的爵士乐评论家。

这位是杰克·伯恩斯坦，雕塑家，他的最新作品刚刚在市中心博物馆开馆展出。

还有这位是马乔妮·格兰特，诗人，她马上说能认识迈克尔她真是开心得要"死"，因为她爱死了他的那本诗集。

"啊，你真好，"他对她说，"谢谢你。"

"我疯狂地爱上了你的诗，"马乔妮·格兰特说，"我觉得只有一两首诗稍逊，可是我爱你的诗句。"她即席背诵了一首，以证明她还记得。她跟迈克尔年纪相仿，身上有种旧式的美：她裹着一条厚重的大披肩，整个胳膊和上身全给遮住了，她的金发编成粗粗的辫子，盘在头上像皇冠。如果你取下她的披肩，解开她的头发，她也许很美。可是有个名叫雷克斯的高壮男人不离她左右，当她跟迈克尔交谈时，他一直在旁边耐心地笑着。显然，这个世界上，到目前为止，如果说有谁见过她不戴披肩、头发披散的样子的话，那人就是雷克斯。

"嗯，"迈克尔说，"恐怕我不太熟悉你的作品，那是因为我最近没太关注——"

"噢，不，"马乔妮·格兰特回答他说，"我只出了一本书，卫斯理大学小出版社出的一点东西而已。"

"卫斯理大学出版社可是最好的——"

"是啊，我知道人们会这样说，但对我并不管用。一位批评家说我的书有点'矫情'，后来我不哭了，我逐渐明白他的意思，我现在写的诗好多了，所以我希望你会——"

"噢,我当然会,"迈克尔告诉她,"不管你高不高兴,我要第一本书。"

"马乔妮?"雷克斯问道,"想不想去工作室,看看汤姆的新作品?"

他们走了,可她的赞美还让迈克尔飘飘欲仙——她背诵的那些诗句以前从没觉得有什么特别的——不过他想找个法子问问她觉得哪几首诗稍逊。

一两杯酒下肚后,迈克尔看着汤姆在四处客气地招呼客人,他决定不再纠缠于什么伞兵夹克了。这里的大部分人肯定都知道尼尔森从没当过空军;可是如果他们不知道呢?战争结束都已十一二年了;难道人们不能想穿什么就穿什么吗?再做他想岂不是有点傻有点老土?也许,他尼尔森真的就是喜欢那些个口袋,那又怎么样?

"你知道吗?"一两个小时后,露茜飘到他身边来说,眼睛放着光。"我觉得我这辈子还从没见过这么多聪明人在一起呢。"

"是啊,你说得没错。"

"嗯,"她补充道,"墙边那两人除外。他们真是——我不知道尼尔森是从哪儿把他们给挖出来的,也不知道为什么请他们来,还好比尔·布诺克现在跟他们在一起,他们正相配。"那两人中一个是个壮实的年轻人,说话时,黑头发总是耷拉在眼睛上;另一个是个普通姑娘,裙子是那种大路货,看上去很不舒服,腋下还汗湿了。他们的脸那么渴切、那么一本正经,竭尽全力澄清他们想表达的意思,搞得他们似乎与这个聚会格格不入。

"他俩叫达蒙，"露茜说，"男的是普莱森维尔的一名自动排字机操作员，说是正在写一本'社会史著作'；女的自称在写烂小说，帮忙挣钱养家。我是说，我猜他们人很好，但他们**太吓人**了。"她从他俩身上移开视线。"你想去工作室吗？"

"还不想，"迈克尔对她说，"我过会儿再去。"

"……用绳子捆好，"比尔·布诺克的大嗓门正向达蒙夫妇解释着，凯伦挽着他的胳膊，小鸟依人的样子。"放在一个纸箱里。那是六年半的作品，所以，你们看，艾尔，我可以同意你说的一切，以及**可能**要说的一切——但是仅限于政治方面。那种素材本身并不适宜小说体裁。也许从来就不适合，也许以后也不会适合。"

"啊，"艾尔·达蒙说，手指神经质地把头发从额头上捋开。"好了，我不打算用'出卖'这个词来指责你，我的朋友，可是我想跟你说，你正在追随虚假的神。我想跟你说，你还死抱着三十年前'失落的一代'不放，问题是我们跟那些人再也没有共同点，我们是失落的第二代。"

迈克尔还从没听哪个成年人说过"我们是失落的第二代"这种蠢话，他想认识达蒙夫妇，于是靠了过去，紧挨着比尔。

"……我听说你是开自动排字机的，对吗，艾尔？"他问道，"在普莱森维尔吧？"

"哦，是的，我以此为生。"艾尔·达蒙说。

"有道理，"迈克尔同意他的说法，"学会这门手艺，拿工会工资和福利；可能比我和比尔有意义得多。"

比尔·布诺克同意很可能是这样。

"你看起来身体很健康,艾尔,"迈克尔说,"平时都做些什么锻炼?"

"哦,我骑自行车上班,"达蒙说,"我还搬重东西。"

"好;这两样都值得做。"

达蒙太太名叫雪莉,有点不安起来。

"跟你这么说吧,艾尔,"迈克尔说,"我们来试点东西,好玩而已。"他指着自己的上腹部。"朝我这里打一拳,用尽全力,朝这里。"

"你开玩笑吧?"

"不,我是当真的。用尽全力。"迈克尔收紧、锁定上腹腹肌,哪怕是业余拳击手也会来这套小把戏。

这时,达蒙脸上不解的傻笑不见了,他眼睛眯成一条缝,射出愤怒的光,他摆好架势,聚集全身力气,右手朝迈克尔指定的地方狠狠来了一拳。

这一拳并没有让迈克尔太吃惊,他只是踉跄着后退了几步,不过比他料想的痛。他从大学毕业后就没再玩过这游戏了。"这一拳很棒,艾尔,"他说,"现在轮到我了。你准备好了吗?"他站好后问。

迈克尔这一拳打得快狠准,艾尔·达蒙躺在地毯上不省人事了。

雪莉·达蒙尖叫着跌坐在他身旁,露茜不知从哪儿冒出来,冲到前面,抓住迈克尔的胳膊,仿佛她当场捉到他用手枪杀了人。"你为什么这样做?"她厉声责问。

现在房间里的女人们发出轻微的尖叫声,有些男人嘟囔着说"喝醉了……喝醉了"。一开始迈克尔以为他们是在说达蒙喝醉酒了倒地;后来,当露茜不停地摇晃、责骂他时,他方才明白人们是在说他喝醉了。

马乔妮·格兰特哆嗦着的尖叫声传过来:"哦,我受不了暴力;我受不了暴力,不管什么样的。"

"听着,这是游戏,"迈克尔向露茜以及其他愿意听他解释的人说道,"我们各打一拳,绝对公平。他先打我的,天啊,我从没想过要——"

汤姆·尼尔森站在工作室门口,隔着眼镜眨眨眼,笑着说:"怎么回事?"

几秒钟后,艾尔·达蒙回过神来;他侧着身,抱着肚子,两腿蜷起,身子缩成一团。

"给他一些空气,"有人指挥说,但他有足够多的空气,大概数到七的时候,他在妻子的帮助下站了起来。雪莉·达蒙磨蹭着恶狠狠瞪了迈克尔一眼,然后小心地搀扶着丈夫朝大门口走去。有人给他们拿来外套,可是他们还没有穿上,艾尔·达蒙就停下脚步,弯下腰,在门口呕吐起来。

"……如果他在昏迷中呕吐的话,呕吐物可能会进入肺部,他会死的!"露茜说,"那会怎么样?**那时候**你还能一笑置之吗?"露茜在开车,每次她想证明迈克尔喝多了不能开车时,她便来开车,坐在乘客座位上总让迈克尔觉得很丢脸——甚至少了几分气势。

"你说得太过分了,"他说,"我跟那家伙各打一拳而已,又没发生什么人间惨剧,更没残杀无辜。许多人都一笑了之,汤姆·尼尔森就是的——还说想让我教他怎么打。帕特也说没事,她在门口还吻了我一下,要我不用为此担心。你**听到**的。"

"要我说,"比尔·布诺克坐在后面,一手搂着凯伦,"我很高兴看到这一幕。那家伙是个讨厌鬼,他妻子也是。"

"啊,一点没错,"凯伦快睡着了。"他们俩——你知道——他们俩全无魅力可言。"

"嗯,她无聊得很,"星期天晚上,等比尔和凯伦回城里去后,露茜说,"却讨人喜欢,她比戴安娜·梅特兰更适合比尔。"

"当然,"迈克尔心头一热,因为这是自星期五晚在尼尔森家聚会后,妻子第一次客气地跟他说话。运气好的话,他们又会和好如初。

可是他们永远不会知道凯伦后来怎么样了,因为几周后比尔带来另一个女孩。这次这个姑娘名叫詹妮弗,金发宽肩,一笑就脸红。

比尔说他们只是路过,他们要去皮茨菲尔德看望詹妮弗的父母,他们想见见他。

"我和比尔在一起才三个星期,你们知道,"那姑娘告诉他们,"而我犯了个大错,让我父母知道了。事情是这样的,一天早上,我正好在冲凉,电话响了,我让比尔接,结果是我妈打来的。自从我搬到纽约后,她和我爸都很不放心——哦,我知道听来有点可笑,因为我都快二十三了,可是他们很老土。他们是另一个时代的人。"

"见鬼去吧,我才不担心呢,"比尔说,晃着他的车钥匙。"我要把他们迷得神魂颠倒。"

比尔也许办到了,不过后来他们再也不知道詹妮弗后来如何,或者琼,或者维克托妮娅或接下来一两年里他带来给他们看的任何一个姑娘后来如何;他们只能认为比尔像跟他们解释过的那样,只能适应短期关系。

艾尔·达蒙事件一个月后的一个周五下午,达文波特夫妇无事可做,坐在客厅的不同椅子上看杂志。他们谁也没吭声,但心里都很焦虑,今晚尼尔森家一定又有聚会,而他们的名字可能被从客人名单中划掉了。

就在同一天,保罗·梅特兰打来电话,说戴安娜这个周末会和她男朋友一道过来,如果能见到他俩,她会很高兴。五点钟左右他们能到哈蒙福尔斯来吗?

在去那儿的路上,想到即将再见戴安娜,迈克尔心中忐忑不安。也许她成了个蠢姑娘,成天和她那个演员男友、演员笨蛋、演员讨厌鬼待在一起——姑娘们是会变的——可是,也许什么都没变。从他见到她的那一刻起,从她和哥哥嫂子,还有那个高个子年轻人一道站在车道上,笑着迎接他们的车开进来时起,他知道她一点没变。她还是那儿的唯一:既优雅又笨拙,一个如此独特、如此完整的女孩。如果有了她你还想要世界上别的姑娘,那你准是个傻瓜。

接下来是亲吻握手——拉尔夫·莫林看来想证明,只要他愿意,他能把迈克尔的关节捏碎——随后一群人走进一座乡村石砌大屋。那是为佩基的继父沃尔特·福尔森建的,他是退休工程师。客厅里,福尔森先生和太太站起来迎接这些年轻人。客厅的大窗俯瞰外面青郁葱翠的山谷,一线明亮、湍急的小溪飞流而下。"我这一辈子,"福尔森先生对他的客人们说,"就想在房间墙上装一个龙头,一开龙头威士忌就流出来;现在你们看,我的愿望终于实现了。"

拉尔夫·莫林埋身在大窗户旁的沙发里,正在跟福尔森太太解释说他一直觉得"这儿真正透出宁静祥和的气息"。他挥着手臂仰靠在沙发背上,阐述他的观点。"如果我能住在这样的房子里,我愿一辈子待在这儿不离开,靠着这面窗户看书。我要看我一直想看的书,甚至更多。"

"是的,"女主人看来更想与别人交谈,"这是个看书的好地方。"

如果你不知道拉尔夫·莫林曾经接受过演员训练,迈克尔想,你也可以从他的动作和姿势中猜得出来:他的头摆在光线最好的位置上,一只手看似随意地搭在沙发上,另一只手则泰然自若地握着酒杯,还有地板上他那擦得锃亮的上等小牛皮皮鞋。一切看似随意,实则不然,他做什么都像正在拍照一般。

沃尔特·福尔森跟妻子一样，退休后开始画画，他们都很喜欢年轻的佩基挑的这个丈夫。那天下午，只要保罗听不到时，他们都急于让达文波特夫妇知道他们对保罗的作品评价有多高。有一次福尔森说了句很久以前迪兰西街上那个包工头说过的话："这个年轻人真有两下子。"看来不管走到哪，保罗·梅特兰都有崇拜者。

可是迈克尔大部分时候都在想方设法寻找戴安娜独自一人的时候，在角落里或在房间什么地方，没跟着大家一起说话的时候。他不知道想对她说什么，他只想挨她很近，就他们俩，这样无论她跟他说什么，他都能风趣作答。

只有一次，当他们大伙出了福尔森家，去梅特兰家吃晚饭时，戴安娜走在他身边说："那真是本相当出色的诗集，迈克尔。"

"是吗？你真的看过？喜欢吗？"

"嗯，我当然看过，也喜欢。不然我告诉你干吗？"最紧张的一刻过去后，她说，"我特别喜欢最后那一首，那首长诗《坦白》，写得真美。"

"嗯，"他说，"谢谢你"——可是他太害羞，不敢叫她的名字。

保罗和佩基住在一间小而简陋的木板房里，这房子是在沃尔特·福尔森买下这块地之前早就有了的。客厅里处处都是年轻夫妇贫穷的标志：保罗沾满泥巴的工作靴立在前门口，旁边是他的木匠工具箱；几个硬纸箱里装着没有拆封的书，不远处是熨衣板，你可以很容易地想象出佩基站在那儿给丈夫熨工作服的样子。当大家挤在一起对着佩基端上来的一碗碗炖牛肉时，还不如在以前迪兰西街那座帐篷底下舒服。

"噢，真好吃，佩格①。"戴安娜直夸炖牛肉。

福尔森太太因听到女儿的厨艺受到称赞而开心不已，漂亮的脸上似乎无法掩饰得意之情，她接着说，"保罗，等会儿我们能去那间屋里看看你的画作吗？"

"噢，海伦，如果你不介意，我想现在还是不拿出来看的好，"保罗对她说，"我才粗粗画了几笔，还很稚嫩。我觉得，从海角回来后，我还没有什么拿得出手的东西。不过，还是谢谢你。"

迈克尔一直还记得"稚嫩"这个词，《哈佛深红报》评论员曾用这个词评论露茜在他第一部话剧中的表现；此刻他寻思不知道自己能否区分得出保罗"稚嫩"和成熟作品之间的差别。保罗这样说他很高兴，省去了他努力分辨的麻烦。

过了一会儿，他听露茜在问"嗯，不过**为什么**，保罗？"又看到保罗边嚼东西边朝她摇头，很温和却很坚定，仿佛连解释任何"为什么"的问题都不恰当。迈克尔马上反应过来她问的绝不是看他的画的事情，而是另有其事。

"好吧，但我还是不明白，"她坚持说，"尼尔森夫妇很棒，他们是我们的好朋友；我知道你会喜欢他们的，难道就因为你和

---

① 佩格是佩基的昵称。

汤姆对画画的见解不同，就说明你无法跟他们交朋友了吗?"

拉尔夫·莫林侧身朝露茜靠过去，捏了捏露茜的胳膊，"我不会强迫他做这个的，亲爱的；很多时候，艺术家得靠他自己的判断行事。"

迈克尔听到他叫露茜"亲爱的"，还有那愚蠢的小议论，气得真想掐他的脖子。

"……哦，可是半岛在淡季时也很可爱，"佩基·梅特兰说，"景致有点凄凉，风很大，色彩缤纷美极了。去年冬天我们在那儿时，还有人在那里狂欢。他们让人开心，吉卜赛人，非常友善但有点骄傲……"

迈克尔从没听她一次说过这么多话，她通常只用单音节字回答问题，要不干脆沉默，向丈夫投以爱慕的一瞥。此刻她正要说到趣事的高潮部分：

"……于是我问他们中的一个人，他是——他在狂欢节上是表演什么的？——他说'我是玩吞剑的。'我说'那会受伤吗？'而他说'你以为我会告诉*你*吗？'"

"噢，真不可思议，"拉尔夫·莫林夸张地叫道，大笑着，"那是演艺人员的精髓。"

在回托纳帕克的路上，露茜问："你觉得那个叫什么来着的人怎么样？叫莫林的？"

"我不太喜欢他，"迈克尔说，"虚伪、自我，无聊——我觉得他是个傻瓜。"

"呃，你肯定会这样说的。"

"为什么?"

"你觉得为什么?因为你一直疯狂迷恋戴安娜。今天你脸上全写着,一切都没变。"

由于他觉得没法否认——也不特别想去否认——他们一路沉默地开车回家了。

除了哈罗德·史密斯和其他几个因车票由雇他们的铁路公司出的职员之外,每天坐火车往返于托纳帕克和纽约的人很少,从托纳帕克到纽约一路要用一个小时五十分钟。当迈克尔不得已每月去两次纽约时,在火车站月台上,他总会跟哈罗德简单打个招呼。上车后,他会一个人看报,而哈罗德加入走道那边的其他几个铁路工人中,坐在面对面的火车座上,玩纸牌一直玩到纽约。可是,有天清早,哈罗德看起来有点开心又有点不好意思,他走过来坐到迈克尔身边。

"我和妻子昨晚还说来着,"他开口道,"你们住在那个客房里,我们真的很高兴。安·布莱克人很好,可我们真担心她把房子租给什么古怪夫妇,我是说这儿住着正常家庭真好,我们安妮塔很喜欢你们家小姑娘。"

迈克尔赶紧对他说,劳拉也很喜欢安妮塔——他又说这真的特别好,因为劳拉是独生女。

"嗯,"哈罗德·史密斯说,"这样她们就有个伴玩了,对不?我家另外两个女儿也才九岁、十岁,也可以一起玩。我儿子六岁,他有点——残疾。"然后,过了一会儿他说,"你平时做些什么,迈克?你喜欢打保龄球吗?你玩牌吗?"

"啊,大部分时间我都在工作,哈罗德。我想快点写完一个剧本,你知道,同时我还在写诗。"

"是的,我知道;安跟我说过,你把那个老水泵房修好了,在里面工作,对不?不过,我是说你休息时做些什么?"

"啊,我和妻子主要是看书,"迈克尔说,"要不,有时候我们去哈蒙福尔斯,或上金斯莱去拜访朋友"——听到自己说出"上金斯莱"和"朋友"时,他才意识到自己有多无礼,可惜话已出口。

哈罗德·史密斯坐在座位上往前弯下腰,伸手去挠一只脚短袜上方的踝关节,他的西装豁开口子,看来他真的在衬衣口袋里插了五六支圆珠笔,迈克尔担心他再次坐好后,可能会打开报纸,余下的漫长旅途恐怕要在受伤的沉默中度过了。

有些事不得不说。好了,我恐怕不是太喜欢打保龄球,哈罗德,迈克尔可能这样开始说,而且我从没真的学会玩扑克;但我喜欢看拳击——你呢?噢,女人们可能不喜欢这个,不过也许你我可以一起去你喜欢的哪个酒吧看,等哪天晚上电视里有拳击比赛的时候,我们可以——

错了,错了,哈罗德·史密斯可能说不,我不看拳击的;或许他会说不,我不去酒吧的;或者更糟,他可能说,哦?我没想到你还是个拳击迷——而那只会让变幻莫测的思绪回到尘封已久的从前,回到布兰查德基地,甚至回到不能提及的金手套上去。

最后,在关键时刻,迈克尔没有经过任何思索和筹划,就任话从自己嘴里这么说了出来。

"哈罗德?"他问道,"不如哪天晚上你和南茜来我家吃晚饭吧? 要不,如果你们无法过来吃晚饭的话,晚点儿过来坐坐也行,我们可以喝点酒,熟悉一下。我的意思是只要我们是邻居,我们起码就是朋友,对不对?"

"哦,你真太客气了,迈克,谢谢。"就在那一刹那间,哈罗德·史密斯普通、快乐的脸上有点飞红,微微露出安·布莱克曾经说过的那种喜剧天分的痕迹。

原来竟如此简单! 他们两人的报纸窸窸窣窣地展开来,意味着余下的行程将互不干扰、惬意地过去。迈克尔头脑里还想着刚才的发现,原来有时候——也许只是偶尔——与人交往也没那么可怕。

在约好的那个晚上,史密斯夫妇用只大手电照路,穿过草地来到客房。

哈罗德换了套户外休闲装,厚重的红黑格子打猎衬衫,领子竖着,下摆露出来;南茜看来也收拾了一番,穿着蓝色毛衣和洗得泛白的牛仔裤。而达文波特夫妇却犯了个大错,他们穿得太过正式——迈克尔西装革履,露茜穿的那种裙子一望便知是鸡尾酒会礼服。可是迈克尔相当肯定,只要聊得欢畅、喝得尽兴,着装不是问题。

好了,当然,在铁路上工作是个鸡肋,哈罗德·史密斯承认。他手端金汤力靠坐在一把简易椅子里。多年前,他被铁路公司聘用,在办公室当一名小职员时,他就不太喜欢,老实说,到现在他还是不喜欢。"我父亲说'孩子,有工作好过没有工作',

所以我就干了，就开始了我的职业生涯。"他喝了一口酒，留点时间让房间里响起一片笑声。

"不过，"他接着说，"从一开始也有些没有想到的好处。我工作的第一年夏天，一天早上我偶然走过人事部，看见这根瘦竹竿。"他冲妻子眨眨眼。"她跟别的姑娘一样，坐在打字机前面，可她没有打字，而是两手举到头顶，在打呵欠——看来好像这个地方是世界上她最不想待的地方一样——而我记得当时我想，也许我跟**这个**姑娘能谈得来。可是我那时很胆小，你们知道。噢，我是个自作聪明的机灵鬼，还当过海军呢，可是只要跟姑娘们在一起，我就很胆小。"

"那么你们有一段办公室罗曼史喽，"露茜·达文波特说，"这个故事真诱人。"迈克尔马上担心"诱人"这词有点居高临下的意味。

"嗯，当然不是立即就去找她说话了，"哈罗德说，"我每天去人事部三四次，不管去那里有没有事要办——有时候我只是拿一把回形针去——三个星期后我才鼓起勇气跟她说话。"

"可能有六个多星期吧，"南茜·史密斯说，赢来一阵轻笑。"那段时间我一直在想为什么这个帅小伙老来这儿，怎么从不跟我说话？"

"好了，在这里打住，笑星，"哈罗德命令道，食指硬邦邦地指着她。"到底由谁来讲这个诱人故事，是你还是我？"

当哈罗德确信自己已夺回话语权后，重新开始了他的故事版本。"以前那个时候，你们知道的，那时我们只有半小时的午餐时间。你得跑到街角的自助店,投几个硬币,买个三明治和一块讨厌的小馅饼,快快吃完后像只耗子似的溜回办公室。也就是说,我知道请她出去吃午饭的可能性很小,你们听明白了吗?于是我有个更好的主意。我说'听着,今天天气真好,想不想出去走走?'我们沿着公园大道一路从四十六街走到五十九街,不急不忙,说个不停。好几次她说'哈罗德,我们会**被开除**的,'我就说'想打赌吗?'而她只会笑。因为你们知道,像我们这种小儿科的工作,公司炒掉我们比留下我们花费更高,而且我们只不过消失了一下午,甚至可能没人发现。所以不管怎么样,最后我们四点左右在中央公园的自助餐厅吃了中饭,靠近动物园的那家,可是我觉得我们都没怎么吃,我们只忙着手握手,亲热,彼此说些傻话——那些话我猜都是从电影上学来的。"

"噢,我觉得这故事真浪漫。"露茜说。

"不过后来我们遇到许多麻烦,"哈罗德说,"我全家是天主教徒,你们知道,而南茜家却信路德教,两教水火不相容,还有个可恶的小麻烦——她父母觉得她应该嫁个事业有成的家伙。我们用了一年多才说服每个人,他们总算回心转意了。"

那一刻迈克尔很紧张,生怕史密斯夫妇可能要求听听达文波特夫妇的恋爱经历,那肯定少不了尴尬,免不了将"大学"等词含糊不清地一带而过,更别提"哈佛"、"拉德克利夫"了,但是看来哈罗德觉得任何询问都可以等等。此刻他正在喝第二杯酒。他已经习惯了掌控整个谈话,现在他把谈话带回到他一开始就想聊的话题——他的抱负。

即使在像中央铁路这种破烂过气的公司里,他说,你也得有雅量承认它的优点。比如,免费乘车这件事,难道这不是开明管理的一个最鲜活生动的例子吗?还好他和南茜还年轻,还能从中获益,要不然他俩怎么能在这种地方养活孩子呢?见鬼,他得承认他喜欢数据处理部门的同事,他们一起工作很长时间了,彼此了解。星期五下午还有个男子手球俱乐部的聚会;他发现他真的喜欢手球,能让他保持好身材。

最大的好处是,他端着刚倒的一杯酒,背靠着椅子说,最令人期待的是中央铁路现在有一个高级管理人员培训项目,职位较高的数据处理人员可以接受这个培训。他自己这一两年可能还不够资格,但起码他有个盼头。这个课程的部分内容是在"公司内部"完成的,不过绝大部分是"由纽约地区几所著名大学的商业管理教授讲授的……"

在哈罗德讲带南茜外出散步时,三名听众的眼神全都活跃明亮,而此时又全陷入坚忍克己的忍耐状态中。南茜看似没有在听,因为她以前听过了;露茜每次在他言语停顿时,努力冲他点头以示赞同,表明她跟得上他说的话,只不过表情呆滞;迈克尔则盯着他的酒杯,仿佛只要酒喝得够多就可以有效抵御要命的无聊。

终于哈罗德屁股挪到椅子前部,说明他快说完了。"所以,你们看,"他说,"在未来的运输行业,一个人是在铁路部门还是在航空部门得到晋升并不重要,重要的是他应该是——你们知道——应该是运输企业管理部门中负责任、有决断的一员。"

"嗯,那当然很——有意思。"露茜说。

"你说对了,"他告诉她,"是很有意思。我对你的领域也很感兴趣,迈克。"

"我的领域?"

"《连锁店时代》。我的意思是,天啊,变化真大,就几年前,我们住的附近有杂货店、药房,街道拐角处有小贩在卖鱼。现在,整个零售业的概念来了个革命性变化,我说得对吗?所以你们那份杂志处于变化的最前沿;我想每当你走进办公室时,肯定觉得自己身处充满机遇的世界。"

"哦,不,哈罗德,"迈克尔说,"我没这么觉得。我只是挣点油盐柴米钱,你知道,这样我才能做自己的事情。"

"好吧,当然,我理解那一点,但你还是为那份杂志工作,对不对?最近你为他们写了什么?我真想知道。"

迈克尔咬着嘴唇,觉得头皮阵阵发麻,但愿这一切能快点结束。"嗯,是这样,"他说,"我为特拉华州一个叫卡拉普的家伙写了个系列报道。他是位建筑师,他在一些市镇里建了那种超级市场,他觉得那是极好的,他想在其他城市也这么做,但他说'政治'一直在从中作梗。"

"你见过那家伙吗?"

"在电话里跟他聊过几次,听他说话像个笨蛋。编辑之所以想要这些文章,全因为我们杂志打算做一期城市复苏更新的特别专题报道而已。"

"好,那好,"哈罗德·史密斯说,"现在,假设你的文章真的让这家伙看上去很棒;再假设《生活》杂志采用了这篇文章,并广泛流传;这家伙通过在许多市镇建这种商场而发了财,假设他很感激你,他说,'迈克,我希望你能过来,做我的公关经理。'哦,当然他还是个笨蛋,我同意。但是听着——"哈罗德的脸皱起来,眨巴着眼,他第一次鼓起勇气走进人事部对南茜说话时一定也是这样子——"每年挣五万,同时再去写你的诗歌和剧本不是更好吗?"

史密斯夫妇终于在手电筒的亮光照射下走回家去了。露茜说:"好啦,我们总算意思过了,希望我们用不着再来一次,至少暂时不用。"接着她又说:"真好笑,你知道吗?看得出如果他登上喜剧舞台,表演效果会有多好,他能让你捧腹不已。但是,天啊,如果他不想让你笑,他简直能让你睡着。"

"是啊,这就是白领工作多年辛劳的结果。他们在开始相信管理之前都还不算太糟,一旦相信管理,他们就迷糊了。杂志社里到处都是这种人,有点可怕。"

她收起空酒杯,把它们拿到厨房里。"为什么'可怕'?"她问。

他很累了,加上喝太多酒,所以夸张地表达了他的恐惧。"嗯,因为如果我这个剧本写完后并没有突破怎么办?如果下一个剧本也没有怎么办?"

她站在水池旁,洗着酒杯和装过饼干、奶酪的盘子。"首先,"她说,"你知道,那是不可能的。其次,你很快就能出两到三本好诗集,很多大学会来巴结你的。"

"是啊,真好。不过,你知道吗?美国大学的英语系到处都是哈罗德·史密斯这样的家伙。他们可能不相信管理,但他们相信的那套东西味如嚼蜡。如果我变成大学英语老师，我可以向你保证，一两年内，你便会烦我烦得要死。"

她没有回答，厨房里的沉默开始让人有点难堪。他知道她没有说出口的话是什么：第三，反正她有钱。此刻他惊恐万分，唯恐这个无聊之夜竟又让她差点说了出来。

他走到她身后，摸着她笔直结实的后背。"好了，好了，宝贝，"他说，"我们上楼去吧。"

这年年底他没能写完剧本。冬天最后几个月，他在水泵房内没日没夜地工作，煤油炉给他的手、脸、衣服全蒙上一层油烟。到三四月间，当他可以不用炉子，可以打开窗户后，他觉得第二、三幕改得还不错，多少有了些活力，但第一幕还是纸上的东西，了无生气，矫揉造作。那种写法他发誓好多年前就不用了，可它顽固地拒绝改进。如果行家的标志是化难为易，那么这个剧本的创作过程似乎正朝相反的方向前进：在可怜的第一幕里，他使用的每种新手法都在让简单的东西复杂化。

七月中旬时，他一次还能集中精力几个小时，只有这还让他稍感鼓舞。他不觉得热也不觉得地方狭窄逼仄；甚至没有意识到手中的笔，也没意识到得不停地擦掉眼睛上的汗珠；有时候从小棚子里钻出来时已是黄昏时分，他却以为还是中午。

一天下午他正拼命工作，几乎没有听到小棚子外面一声闷响，仿佛有人朝地上扔下什么东西。半小时后，他方才发觉小棚子里有股恶心难闻的气味。见鬼，这到底是什么东西？他只好用力推开门，门口堆着个湿乎乎、大约有一百磅重的粗麻袋，袋子瘫倒在地，袋口敞开，滚出无数泥刀形的东西，乍看之下不知道是什么，因为每个上面都叮着群绿头苍蝇。后来总算看清了，原来是腐烂的死鱼头。

"噢！"本·杜恩在五十码开外叫道，他急急地朝棚子跑过来，还是穿着卡其布短裤，有点罗圈腿，但对于一个老头来说，跑得可够快的。他笑眯眯地说："我不知道里面还有人，不然我会把它们堆在别的地方的。"

"哦，是啊，我在这里工作，你看，杜恩先生，"迈克尔说，"我这几年一直在这里工作，每天如此。"

"是吗？真好笑，我竟然不知道。来来来，我把这些东西拿走，不挡你的路。"他蹲下身子，用手抓起那些死鱼头、苍蝇什么的，把它们装回麻袋里。"这些是鲭鱼头，"他解释说，"眼下味道不好闻，但它们却是上好的肥料。"然后他又站起来，还是笑着，把麻袋搭在赤裸的肩上，说："好了，对不起，给你添麻烦了，朋友。"说罢朝花田走去。

那天没办法再工作。鲭鱼头虽然不在了，但味道还是那么浓，仿佛它们已渗透到每面墙里，不管何时，迈克尔只要合上眼，便看到一群群蠕动着的绿头苍蝇。

"你知道吗？"后来他对露茜说，"我敢打赌这个老不死是故意的。"

"哦？"她说，"他为什么要故意？"

"啊，我不知道；妈的，我什么也不知道。"

第七章

迈克尔的父母每年会从莫里斯敦开车来看他们一次,他们是模范客人:逗留的时间从不会太长,也不太短,拿捏得刚好让人舒服;他们不会去找托纳帕克的奇怪之处,或拿这里跟拉齐蒙的家比较,也不会问令人难堪的问题。他们目的明确:来这里看孙女,而劳拉也真心喜欢他俩。

可是露茜的父母却没那么让人放心。除了潦草的圣诞贺卡和劳拉生日时偶尔的一点礼物外,可能两三年音讯全无;然而也可能事先连个招呼也不打,他们便不期而至——两位漂亮、夸夸其谈的有钱人,他们的每个眼神、每个手势似乎都透着有意的冷漠。

"原来你们躲在**这里**,"夏洛特·布莱尼从一辆极长而干净的汽车里钻出来大声说。她在草坪上停下来,四处打量,然后说:"嗯,它有点——不同,是不是?"他们正要进房间时,她说:"我喜欢你们这个小小的螺旋形楼梯,亲爱的,可是我不太懂它有什么用?"

"是个谈话间。"露茜告诉她。

迈克尔觉得岳父比上次见面时老了很多，斯图尔特·布莱尼可能还在玩激烈运动，市内玩壁球、乡下打网球；他可能还会高台跳水，在游泳池里游上几圈；但是他一脸迷惑，似乎无法想象这些年时光都哪儿去了。

据说他曾经对露茜说过一次，他觉得迈克尔拒绝她的财产"可敬可佩"；不过，此时，他坐在那里，眯眼看着手中兑水的波旁酒，显然想法变了。

"嗯，迈克尔，"他打破了长时间的沉默，"你那本零售杂志怎么样了？它叫什么来着？"

露茜代他回答了，随意的浅笑让迈克尔心头一热。

"噢，我们差点把它给忘了，"她说，接着解释迈克尔当了自由职业者，听上去仿佛一两个月他都几乎无需为《连锁店时代》费心，然后，在意味深长的停顿之后，她说"他又有一本诗集快完稿了"，以此结束了谈话。

"哦，那真不错，"布莱尼先生说，"剧本怎么样了？"

这次是迈克尔自己回答的。"嗯，我的剧本运气没那么好，"他说，事实是他的剧本根本没运气可言。早期的几个剧本还在一些非百老汇制作人的桌子上或一叠文件里，但最大的那个剧本，那个三幕悲剧，耗费了他许多心血的那个剧本，只换来经纪人一封草草的收稿信，现在正"四处给人看"——一条漫长而希望渺茫的路。那年夏天，他有时候甚至想把这个剧本交给托纳帕克剧场来演出，但他每次都抑制住自己的这种念头。这年巡回演出公司的导演是个神经兮兮、慌里慌张、没有决断的人，让人没有信心；演员要么是群没有教养、为了资质认证不顾一切的孩子；要么就是些不合格的老演员，年纪总太大，演不好他们的角色。再说，如果他们看了剧本却拒绝的话，那更让人受不了。"戏剧是件非常、非常棘手的事。"他结束道。

"噢，我知道是这样，"布莱尼先生说，"我是说，我想它肯定是的。"

这时，劳拉放学回来，迈克尔知道这意味着这次拜访快要结束了。斯图尔特和夏洛特自己很少承担为人父母之职，所以也别指望他们会对下一辈的孩子表现出多少兴趣。他们假意惊呼一声之后，似乎便没再理这个害羞的大眼睛女孩。劳拉衣服上还沾有青草汁，她就站在他们膝边，离得太近，害得他们为了安全起见，只好高举威士忌酒杯，可笑地伸长脖子从劳拉的这侧换到另一侧，尽量继续大人们的谈话。

布莱尼夫妇刚走，迈克尔紧紧地搂着妻子，感谢她替他回答了她父亲的问话。"你真是帮我解了围，"他说，"太好了。当你——你这样帮我时，真是太好了。"

"哦，"她说，"我这样做既是为你也是为我自己。"他怀中她的身体似乎硬邦邦的，可能是他的手臂有些僵硬的缘故，也可能是因为他踩着她的鞋子，否则他们不会这么快便分开。不管怎么说，这是他们生活中最笨拙的一次拥抱。

一个秋日，水泵房门口传来敲门声，汤姆·尼尔森笑着站在门口，穿着那件坦克手夹克。

"想不想出去打野鸡？"尼尔森问。

"我没有猎枪，"迈克尔告诉他，"也没有狩猎许可证。"

"见鬼，弄这些又不难。你花二十五块钱便可以买到一把像样的猎枪，许可证更容易。这几天早上我都是一个人，我觉得有个伴更好。我想一个老空中机枪手要打飞鸟肯定了不得。"

这个想法不错——当然也是奉承，所以汤姆·尼尔森一路从金斯莱来到这儿告诉他；迈克尔带他回家，让露茜也开心。他们参加过尼尔森家的好些聚会，尼尔森夫妇也经常到他们家来坐坐聊天；即使这样，任何能保证尼尔森夫妇是他们朋友的事都能让她高兴。

"打鸟？"她说。"这主意好吗？"

"打猎传承古风，夫人，"汤姆·尼尔森说，"而且它能让你走出户外，这是种锻炼。"

一天一大早，迈克尔忸怩地扛起他新买的便宜猎枪，穿过金黄的田野，朝尼尔森所描述的"自然景致"走去，他兴致慢慢提起来了。他玩拳击是出于某些更复杂的原因，除此之外，他很少从事或喜欢过其他什么体育运动。

但是当他们在一块长满青苔的大石头上坐下来后，迈克尔发现汤姆关心的不是野鸡，他需要的是有人作伴，他想聊的是女人。

上次聚会时，迈克尔可曾留意到那个黑发姑娘？那甜美的嘴、那迷人的胸，真是为她而死都值得！她跟耶鲁大学那个搞艺术史的混蛋同居——难道那不让人心碎吗？最糟的莫过于她似乎还很喜欢那个糟老头。

哦，天啊，再说说伤心事吧：两三周前，汤姆在现代博物馆里逗留好久，想跟那个漂亮可爱的小东西套近乎，她刚从莎拉劳伦斯学院或类似学校毕业，媚眼流波、长腿甜美，他刚说到他是个画家。

"她说'你是说你就是托玛斯·尼尔森？'可是狗娘养的，那个该死的同性恋馆长偏偏挑了这个时候从房间那头喊我，声音跟笛子一样响：'噢，托玛斯，过来见见自然博物馆的布莱克·谁谁谁。'老兄，我**极不情愿**地走了过去。我敢肯定，她以为我是同性恋。"

"难道你不能过后再回头来找她吗？"

"伙计，吃中饭啊，我得同自然博物馆的混蛋一起吃中饭。后来我花了半小时四处找她，可她已经走了。她们总是走掉了。"他重重地叹了口气。"我的问题是结婚太早，我不是太挑剔：这是家，是家庭，要稳定什么的。"他在两腿间的石头上掐灭了烟头。"可是这些姑娘——这些姑娘真是太那个了。想不想干掉一两只鸟？"

他们真心实意地想打鸟，只是一只也没找到。

转眼就到了猎鹿季节。在帕特南县，霰弹猎枪是唯一合法的猎鹿枪支，不允许使用步枪——那些霰弹枪的枪管钝钝的，从包得很紧的纸枪筒里戳出来，看着极其残忍，以致许多猎人在跟踪他们的猎物时难以专心。迈克尔和汤姆甚至连三心二意都谈不上，清晨他们在树林间主要是闲谈漫步，或者把枪搁在膝盖上长时间地休息。

"你有没有收到过喜欢你的诗的读者写来的崇拜信？"

"没有。从没发生过。"

"不过那样真好，是不是？某个好女孩爱上你，给你写封让你呼吸急促的信；你回信，约好在哪里见面，精心安排好，要那样可真不错。"

"是啊。"

"我差一点就有这么一次经历，我是说**差一点**。有个女孩看了我的画展后，给我写了这样一封信：'我觉得你有什么话要对我说，也许我们彼此都有话要说。'我处理得很酷，我做得很好。我回了封信，向她要张相片，事情就是这样。相片上的她好像给树叶阴影遮住了半边脸，我猜她是想让自己看上去有点艺术气质，但是她的小眼睛、噘着的嘴、卷曲的头发还是藏不住——我不是说完全像条狗，但至少有一半像。真是失望，老兄，如果我脑子里没有这姑娘的另外一副形象，感觉也不会那么糟。天啊，想象真是捉弄人！"

另一天，尼尔森抱怨说好些日子没有出过远门了，只有一次《财富》杂志派他去画些插图。"通常我很喜欢这类工作，这种工作很轻松，我也喜欢旅行。去年他们派我去南得克萨斯州，为那旦的钻井平台画些草图。工作是没问题，麻烦的是有两个家伙负责开吉普车领我四处走走瞧瞧。你知道，我搞不懂他们为什么不喜欢我：他们一直叫我做'艺术家'。有一个是这样说话的：

'嘿，查利，要不要带艺术家去五号工地？'或者'你觉不觉得艺术家今天够累的了？'后来，有一次我们三人在货车休息站之类的地方吃中饭，他们谈起他们的家庭，我无意中提到我有四个儿子。

"哇！你真应该看看他们的脸，他们的下巴都要掉了！仅听我说有'四个儿子'，一切马上天翻地覆。问题在于，你知道，很多这种人觉得'艺术家'一词就等于'同性恋'，你没法怪他们。不管怎样，从那时起，他们对我好得不能再好。晚上给我买酒，叫我'汤姆'，问我关于纽约的各种问题，对我讲的笑话大笑不已。我觉得他们甚至打算给我找个姑娘，可惜没时间了，得去赶该死的飞机。"

猎鹿季节的最后一天，他们回家吃早饭时，像疲惫的步兵双肩扛着武器保持平衡一般慢慢吃力地走着，汤姆·尼尔森说："啊，我真搞不懂我小时候怎么回事，我发育太迟。看书、打架子鼓、玩那些锡兵——那时候我本该外出找女人做爱的，可我却在干**那些事**。"

一天晚上，露茜洗碗的时间比平时要长，当她从厨房里出来进了客厅后，她将一缕耷拉下来的头发抚到脑后，这模样说明她有个困难的决定要宣布。

"迈克尔，"她开口道，"我想好了，我该去看心理医生。"

迈克尔的心揪了起来，就像完全接不上气。"哦？"他说，"为什么？"

"有些事情无法解释为什么,"她对他说,"如果可以解释,我会解释的。"

他又模糊想到以前在波士顿博物馆里讨论抽象-印象派画作时她的不耐烦。"如果他真能说出来,那就没必要画它了。"

"好吧,但我想问,主要是因为婚姻吗?"他问,"还是另有其他问题?"

"它是——各种问题都有。有目前的问题,还有些是自我小时候起就有的问题,只是我现在觉得我需要帮助而已。金斯莱有个叫费恩的医生,应该还不错;我已经跟他约好了这个星期二见面,我想一周去两次。我只是想让你知道,因为我觉得如果你不知道的话有点可笑。噢,当然没必要为费用担心,我会用我自己的——你知道——我自己的钱。"

于是,星期二的下午,他只好站在窗前看着她开车离去。可能她很快就会回来,被心理医生的问题或态度弄得很不开心;更大的可能是,从现在开始,她每周二、周五都会消失在一个秘密、不便告人的世界;她会离他越来越远,她会蒸发掉,他会失去她。

"爸爸?"有一次就他和劳拉两人在家时,劳拉问他,"什么叫困境?"

"哦,它的意思是你不知道怎么做决定。比方说,你可能想出去跟安妮塔·史密斯玩,可是电视里有很好看的节目,你又有点想待在家里看电视,那你就处于某种'困境'之中,明白了吗?"

"噢,"她说,"是的。这个词不错,是不是?"

"肯定啦,你能在很多事情上用到它。"

帕特南县下了最大的一场雪,安·布莱克用了四五天才请人把车道打扫干净。在这种清晨,迈克尔和劳拉手牵着手,一路哆嗦着、笑着,吃力地在积雪中穿行,走到校车停靠的地方。他们总是有哈罗德·史密斯和他的孩子们作伴。哈罗德背着他的脑瘫儿子基斯,说"你一点没轻,还这么死沉,伙计",女儿们跟在后面。他俩把孩子们在车站上安顿好,孩子们沾着雪花的围脖、僵硬的连指手套和橡胶靴,看起来像一副凄凉景象。然后该哈罗德挥手说再见了,他大步朝一里半外的火车站走去——如果那天碰巧是去《连锁店时代》的日子,迈克尔会跟他一道走。他们走得很快,偶尔停下弯腰,在雪中擤擤鼻子,他们像两个共患难的同志在交谈。

"婚姻很搞笑,迈克,"有一次哈罗德说,大风把他说话时哈出的热气横扫开来。"你跟她一起生活了很多年,却不知道你娶的这个人到底是谁。真是个谜。"

"你说得没错,"迈克尔说,"真是这样。"

"当然,大部分时候似乎也没什么关系:你混日子,一直混到孩子们出生、长大,转眼间,你能做的只有尽量让自己别睡着,到该睡觉时再去睡。"

"是啊。"

"有时候,你看着这个姑娘、这个女人,你想:怎么回事?

为什么会这样？为什么是她？为什么是我？"

"是啊，我懂你的意思，哈罗德。"

到一九五九年春天，迈克尔觉得他对诗歌有了新的认识。他出版的第二本诗集让人失望——评论不多，仅有的几个评论也不冷不热——但是现在他开始着手写的新诗集，看上去会是极为出色的一本。

有几首新诗很短，但分量并不轻，结构也很紧凑。他独自一人在水泵房时，大声朗读好一些的几首诗，觉得很快乐。有时候，他为它们而哭，丝毫不觉难为情。这本诗集最后的那首长诗、那首浓郁而激情洋溢的长诗——可跟戴安娜·梅特兰说她最喜欢的那首《坦白》相提并论——离写完还早，不过他已写下强有力的开头几行，对接下来该怎么写心中也大致有数。他自信只要这个夏天进展顺利，到九月底就能写完。刚开始节奏可能缓慢，随着纷繁复杂渐增，节奏也越来越快。这首诗探索的是时间、变化与衰亡，最后，于隐约微妙中，暗示着一段婚姻的破裂。

每天晚上他从小棚子走回家时，当露茜在蒸汽迷漫、香气四溢的厨房里忙碌，他端着威士忌坐在客厅里时，脑子里都没停止过寻章觅句。

唯一令他分神的是咖啡桌上摆着的一本鲜艳的紫白色书。这书摆在这儿好几天了，书名叫"如何爱"，作者是德瑞克·法尔，看封底的作者照，原来是个秃头男，双眼热切地直视镜头。

"这是本什么书？"当露茜走进来布置饭桌时，他问，"性爱手册?"

"才不是,"她告诉他,"是本心理学著作。德瑞克·法尔是哲学家,也是职业心理医生。我觉得你可以从中学到很多。"

"是吗?为什么是我?"

"嗯,我不知道。为什么是你?"

接下来的这个星期天,客厅里所有的声音、活动都覆盖在星期天的报纸下了。迈克尔从《纽约时报书评》中抬起头来说:"露茜?你知道那个叫德瑞克·法尔的家伙连续二十五周保持在畅销书排行榜的榜首吗?"

"我当然知道。"她在房间那头翻着时装广告,然后望着他说,"你觉得畅销书全是垃圾,是不是?你向来这样看。"

"嗯,不全是。不对,我从来没有说过这种话。不过,当然**大部分**这类东西都是垃圾,对不对?"

"我觉得根本不对。如果一个人写的东西能吸引无数人;如果他的思想、他的表达方式正是许多人想要的,或需要的——难道这不是相当了不起的成就吗?"

"哦,得了吧,露茜,你知道得很清楚。问题是从来就不是人们'想要什么'或'需要什么'——而是他们愿意**忍受**什么。同样讨厌的商业法则决定了我们在电影、电视中能得到什么,低级趣味主导着大众品位。天啊,我**知道**你明白我的意思。"他抖抖报纸,回到看报状态,清楚地表明这个话题到此为止。

沉默了十到十五秒后,她说:"是的,我明白你的意思,可是我不同意你的看法。我一直都了解你对一切的看法;那不是问题,关键是我从来不同意你的看法——从来没有过——而最可怕的是直到最近几个月我才发现。"她腾地站起来,一副挑衅的样子,但同时又奇怪地显得很害怕。

迈克尔站起来,书评版滑落到地上,"喂,等等,他妈的等一下,"他说,"这就是你从跟费恩医生这些个舒服的亲密会谈中得出的结论吗?"

"我就知道你会得出这么醒醍的结论的,"她说,"正好相反,你完全错了——我甚至拿不准还要不要去见费恩医生——可是随你的便,你爱怎么想怎么想。现在你能闭嘴吗?"

她飞快走进厨房,而他紧跟其后。"我会住嘴的,"他对她说,"要等我他妈的想闭嘴的时候才闭嘴,不是现在。"

她转身面对他,上下打量一番。"噢,这可真奇怪,"她说,"可真够有意思的,我是说真够吃惊的。我发现我原来一直讨厌听你那套《肯雍评论》[①]般宝贵的精英言论——天啊,说我现在不想听你谈'诗歌'或'戏剧',可能言之过早——但现在我只知道我讨厌的是你的声音本身。你听懂了吗?我再也受不了你的声音,再也不想看你那张脸!"她拧开水池上方的两个水龙头,拧到最大,开始洗碗。

迈克尔走回客厅,在洒落一地的星期天的报纸中跟跄踱步。没有比这再糟了;这已糟至极点。以前吵嘴时,有时他会尽量留点时间让她一个人待着,让她在沉默中慢慢恢复,觉得抱歉,可

[①] 美国著名文学杂志,学院派主流知识分子的重镇。

是这条老规矩不再管用了,而且,他还有话没说完。

她弯腰对着热气腾腾的泡沫水,他在她身后站定,保持一段距离。"你从哪里弄来的'宝贵'?"他问道,"从哪里弄来的'精英'?又从哪里弄来的《肯雍评论》?"

"我觉得我们最好马上住嘴,"她告诉他,"劳拉会听到的,她可能在楼上哭了。"

他摔上厨房门,走出家来,一路经过本·杜恩那夸张的花田,但在书桌前坐下后,他已无法握笔,什么也看不清。他只能把半只拳头塞在嘴中,鼻子喘着粗气,努力去理解真相已经大白。结束了。

他三十五岁,一想到将再次独自一人生活,他怕得像个孩子。

露茜也不好受。她在水池边洗完碗,将湿洗碗巾往墙上的钩子上用力一搭,钩子却从墙上掉下来,廉价的灰泥墙上露出四个可笑的小伤疤。这间凑合着用的厨房里没有一样东西好使;在整个将就凑合的家里,在这个二手的、二流的地方没有一件东西对头。

"我还要跟你说件事,"她对着墙壁恶狠狠地低声说,"当诗人就该像狄兰·托马斯,当剧作家——哦,天啊!——当剧作家就该像田纳西·威廉斯!"

打记事起,劳拉·达文波特就想要个妹妹。有时候,她想,如果要她在有个弟弟或干脆什么也没有之间选的话,那弟弟也行,但她最想要、连做梦都想要的是有个妹妹。她甚至很久以前就给她取好了名字——梅丽莎——她经常跟幻想中的妹妹说上几小时的话。

"你准备好吃早饭了吗,梅丽莎?"

"还没。我还没梳好这讨厌的头发。"

"哦,过来吧,我来帮你。我最会梳打结的头发,只要一秒钟就好。喏,好些了吗?"

"啊,是的,好多了。谢谢你,劳拉。"

"不客气。嘿,梅丽莎?吃完早饭后,想不想去史密斯家?要不你就在这儿玩洋娃娃?"

"我不知道,我还没想好。我待会儿告诉你,行吗?"

"行。你知道,如果你愿意,我们也可以干点别的。"

"什么?"

"我们可以去野餐的地方,看看我们能不能爬上那棵大树。"

"你是说那棵真正的大树吗?喔,不行。我害怕,劳拉。"

"怎么会?你知道我也在那儿,如果你脚滑掉下来的话,我会接着你的。为什么你总是怕呢,梅丽莎?"

"因为我没有你那么大,这就是为什么。"

"你甚至怕学校里的那帮孩子。"

"我没有。"

"你怕的——二年级学生不过是群娃娃;人人都知道。如果二年级的你都怕,我简直不敢想象你到**四年级**该怎么办。"

"那又怎么样?我打赌**你**怕四年级的学生。"

"这可是我听过的最可笑的话了。我有时候是有点害羞，但那并不是害怕。害羞与害怕完全不同，梅丽莎，记住了。"

"嘿，劳拉？"

"什么？"

"我们别再吵了。"

"嗯，好的。但是你还没说你今天想干什么。"

"噢，没关系。你说了算，劳拉。"

还有些时候，原因不明，一连好几天或好几周梅丽莎消失不见了。可能是劳拉在想些有意思的新东西，准备告诉梅丽莎，或者在计划些新事情，要跟梅丽莎一起做；她甚至可以一半以梅丽莎的身份，小声问问题答问题，但在那些时候，她不由自主地、难为情地发现，她这是在自言自语。而且一旦梅丽莎离开，似乎再也不会回来。

劳拉九岁那年，一个温暖的九月下午，事情这样发生了。放学后，她独自待在自己房间里，仔细梳着一个小洋娃娃长长的褐发，露茜站在楼梯脚下，叫她："劳拉？你能下来一下吗？"

她抱着洋娃娃和梳子出来，站在楼梯顶端问："为什么？"

露茜奇怪地有点局促不安。"因为我和你爸有重要的事要跟你说，亲爱的，要跟你讨论，这就是为什么。"

"噢。"劳拉慢慢走下来，进了客厅，她开始明白这准是件极可怕的事情。

第二部

第一章

长时间分居后紧接是闪电般的离婚。露茜不知道接下来该何去何从,看来是可供选择的范围太过宽泛之故——她知道她想去任何地方、做任何事情都行——但好几回她私底下心存恐惧地想,其实这纯粹是惰性使然。

"为什么还**留在**这里,亲爱的?"她母亲在一次简短且不耐烦的拜访中问她。

"噢,我想这样合情合理,至少目前如此,"她解释说,"仅仅为了离开这里而突然来个冲动的大搬家对劳拉不太公平。我不想让她离开住惯了的地方,离开这儿的学校,离开这一切。我要等自己真正知道要什么、自己真的想去哪里后再说。同时,对于——嗯,对于反省自己、理清思路、试着做些打算来说,这里可能跟别处差不多。再说,我在这里有朋友。"

然而,等母亲走后,她想,她所说的"朋友"是什么,其实自己完全不清楚。

人们还是很欢迎她,对她关心体贴;大家似乎急于让她知道,他们还像以前她是迈克尔的妻子时一样喜欢她、一样重视她——甚至更甚于前，因为他们会更了解她。她很感动也很开心，甚至很感激——不过，问题是，她讨厌感恩这种情绪，不喜欢脸上老是挂着一副感谢的微笑。

"我真的很羡慕你妈和你继父。"一天傍晚，当他们离开哈蒙福尔斯的大房子时，她对佩基·梅特兰说，这话让佩基有点不解。这个下午他们受到殷勤款待，过得很愉快：威士忌从墙上有名的水龙头里恣意喷涌；福尔森夫妇坐在远眺山谷的大窗户边谈笑风生，看上去那么安逸诱人。

"你说'羡慕'是什么意思？"佩基问她。

"嗯，因为他们这么——安逸，"露茜说，"他俩似乎洞察世事，多方权衡后，决定就按现在这样子过。我是说，他们生活中似乎没有任何压力。"

"噢，"佩基说，"得了吧，那只是因为他们老了。"她不易察觉地伸出优雅的手，挽住保罗的胳膊。"要是我，我宁愿年轻。难道你不是？难道有谁不这样想？"

回到梅特兰的小木屋里，佩基去准备晚餐，保罗坐在吱嘎响的摇椅里对着她，一副顾念旧情的动人神态。"戴安娜常常问起你，露茜。"他对她说。

"噢？好啊，"露茜说。她差点要说"她真是太好了"，但及时止住了自己。"她怎么样？——喜欢费城吗？"

"我觉得他俩对费城倒无所谓，"他说，"但对那儿的工作都很有兴趣。"

拉尔夫·莫林被一家名叫费城集团剧院的新机构聘为"艺术指导";他和戴安娜结婚有一两年了。

"那好,千万记得转达我的问候,保罗,"露茜说,"我的意思是问他们俩好。"

这时,佩基拿着一个小塑料袋从厨房里出来,塑料袋里装着一两寸烟草状东西。"你抽吗,露茜?"她问道。

迈克尔·达文波特总说他讨厌大麻,他试过几次,每次都让他头脑不清,露茜也不怎么喜欢;可是现在,也许是佩基自豪地谈到"年轻"触动了她,她说:"当然,我喜欢。"

于是他们小心翼翼地卷着大麻,一起坐在那儿飘飘欲仙,炉子上肉菜都烧干了。

"这可是上等货,"佩基盘腿坐在沙发上对她说,"我们是从海角上一个朋友那里买的,不便宜,但是值这个价。我想说这附近都是些儿童村、中学城。"

佩基从黑人那里学来的这些新潮字眼、这些"村"、"城"之类的俚语极不自然,过去总让露茜恼火。不过,今晚她一点也不觉得佩基矫情,佩基样样都好:年轻鲜活的生命诚实完整。她生来就是为了嫁给保罗·梅特兰,侍候他、激励他。她是个让人嫉妒的姑娘。

"你知道吗,很奇怪,"保罗说,"我喝醉时无法作画,好多年前就发现这个问题了,但是我在迷幻状态下却可以。"所以,他只吃了三四口抢救下来的饭菜,道个歉,走进另一间房,打开房顶的灯,躲进他的画里去了。

那晚露茜只好非常小心地开车回家。她觉得明天早上她会有很多想法的——新的领悟，关于自己关于未来的好打算——可是一觉醒来，除了要叫醒劳拉做好准备坐校车外，脑袋一片空白。

有时候露茜和尼尔森夫妇一起去看电影——坐在他们中间，想到这是个多么傻的主意而暗自发笑，但不管怎么样，还是挺享受。他们三人像安静的孩子坐在黑暗中，聚精会神地对着银幕，爆米花分成三份。这些消遣的精彩之处在于看完电影回到尼尔森家或露茜家后，他们会再逗留一会儿，把电影贬损一通，喝上一两杯，最后一致同意不管影片有什么缺陷，有多么庸俗，它还是很好看，直到夜深该说晚安后才道别。

有时候尼尔森家有聚会。露茜起初不好意思独自赴会，可她每次总是玩得很开心。这些年来，聚会上的那些人，她差不多全认识了——每次聚会上很少有新面孔——最近在那些热火朝天、精致高雅的房间里，她至少能数出三个离婚女人来。

一天晚上，她无意中看到一个粗壮男人在工作室那头朝她微笑，那笑容仿佛在说他已经注意她好久了。此人是这里的常客，大学老师，她有时候跟他随意聊几句，感觉轻松愉快。以前他从来没有对她表现出任何特别的兴趣，可是，今晚，他突然开口对她说——不如说是朝她喊，快活的声音大得盖过所有其他声音：

"喂，露茜·达文波特，找到新男人了吗？"

露茜真想走过去，朝他的笑脸甩上一巴掌。她从没有受过这种羞辱，只想找个地方放下酒杯，拿起外套，离开这里。

"噢，我肯定他不是故意无礼的，"帕特·尼尔森在车道上说，尽量劝她留下来。"他人很好；如果他知道刚才的话让你生气，他会难过得要死。听着，他可能喝多了，在聚会上，他很容易，**你**知道，我是说人们很容易发生这种事，对吗？"

露茜答应再待一会儿，不过她不言不语，独自待在一旁。她觉得很受伤。

这些天来，每当劳拉放学回家时，厨房里备好一切已成了件非常重要的事。新出炉的花生酱果冻三明治摆在一尘不染的餐台上，碟子旁一杯冰牛奶。露茜收拾打扮一番后，也等在那里，仿佛她的整个生活全交由劳拉来支配似的。

"……真正好的是，他们搞了个比赛。"劳拉边嚼三明治边说。

"什么比赛，亲爱的？"

"我跟你说了，妈，用雪堆一座林肯像。你知道林肯纪念馆里的雕像什么样吧，他坐在那里的样子？嗯，我们要用雪堆成那座雕像。你知道，四年级的三个班分别做自己的雕像，做好后参加比赛，我们班赢了，因为我们堆得最好。"

"不错，"露茜说，"听起来一定很有意思。你堆哪一部分？"

"我帮着做他的腿和脚。"

"那谁做他的脸？"

"哦，我们班的两个男同学，他们很会雕脸，所以由他们来雕林肯的脸。看起来真不错。"

"赢了有什么奖励吗?"

"哦,确切地说,没什么奖励,但是校长来到我们教室,在黑板上头挂了一面奖旗,上面写着'祝贺'。"劳拉喝完牛奶,擦擦嘴。"嘿,妈?我去安妮塔家玩玩,行吗?"

"当然可以。不过你要穿暖和点。"

"我知道。不过,妈?"

"什么事?"

"你愿意一起去吗?"

"哦,我就不去了——为什么这么问?"

劳拉看起来有点不好意思。"因为,安妮塔说,她妈妈说你从来不关心她。"

她们在南茜·史密斯常待的地方找到了她,她站在熨衣板前,两旁是一堆塌下来的孩子衣服和内衣。

"**露茜!**"她放下手中的活抬起头来。"难得啊,好长时间了,过来坐坐,如果你能找到个地方坐下的话。来这儿坐,等一下,我把电视关掉。"

这时候女孩们到另一间房玩去了,母亲们则在一张宽桌子的两边坐下。

"我觉得自打你和迈克尔分手后,我才见过你一两次,"南茜·史密斯说,"现在有多久了啦,六个月?"

"五个月吧,我想。"

南茜似乎明知接下的问题说出来会有点失礼,但还是忍不住想问。"你想他吗?"

"噢,不是很想。现在看来这个决定是对的,因为我没有任何——你知道——任何遗憾。"

"那么他还是一个人住在城里?"

"嗯,我猜他也不会老是一个人,那间公寓里会有姑娘们进进出出的。每个周末劳拉进城去看他,他和劳拉过得很愉快。他带她去百老汇看过几场演出——她真的很喜欢《音乐人》这出戏——他们一起有很多事做,两人在一起很开心。"

"哦,那真好。"

说完她们沉默了,露茜觉得谈话可能朝两个方向发展下去:要么南茜婉转地提到她自己的婚姻,宁静而幸福;要么,她也可能目光游离,迟疑着说她也想鼓起勇气离婚。

然而,南茜心里想的跟这些事全不相关。"明天是我弟弟的生日,"她说,"我弟弟叫尤金。他一直很高兴他跟亚伯拉罕·林肯同一天生日,他真把它当回事了。到他十一二岁时,我想有关林肯的事情他知道的比任何历史老师还多,他能背诵葛底斯堡演说。有一次,他们让他在全校师生面前表演,我记得我好怕同学们会嘲笑他,可是我的天啊,当时哪怕一根针掉到礼堂的地面上你也能听到。

"真是令人骄傲!哇,我太为他骄傲了。我比他大一岁,你知道;我终其一生都希望没人捉弄他、摆布他。结果证明我根本用不着瞎操心,没人找尤金的麻烦,人们自然而然知道他与众不同。我是说大家都知道,像他那样的孩子,你知道吗?那么聪明、那么出众的孩子,大家都明白不要去打搅他们。

"四四年，他高中毕业后应征入伍。在军训时，有一次他告诉我他在步枪射击上可能会不合格，他们用的就是这个词——'合格'。你必须是个合格的步枪手，你知道吗，尤金在打靶场上拿不到高分，他说他扣扳机时老眨眼，问题就在这儿。他去海外前有三天短假，他回了趟家，我记得他穿着军装的样子可笑极了：袖子太短，背后的领子戳出来，好像穿着别人的衣服。我问他'你合格了吗？'他说'没有，不过没关系；最后他们在分数上做假，让人人都合格了。'

"我猜等尤金他们的增援部队到达比利时时，突出部战役差不多快结束了，所以他们作为预备部队候命了好多天，直到来福连从前线撤下来，选中他们。于是他们只好全部南下到法国东部，因为那里有个科尔马口袋保卫战。我认识的人里面谁也没听说过科尔马口袋这个地名，可世上就是有这么个地方。无数德国人在科尔马负隅顽抗，你知道，有人得去那里把他们清理干净。"

"于是尤金的连队开始穿过一大片耕地，我总能想象出那个样子——那些孩子们背着步枪吃力地走着，尽量不流露出胆怯，彼此尽最大努力保持十码距离，因为那是纪律，你与别人得相隔十码远——尤金踩到了地雷，几乎尸骨无存。再过一个星期他就十九岁了。给我父母写信来的那个小伙子说，我们应该心存感激，因为他没有一点痛苦，那封信我读了不下二十次，我还是不懂，为什么要'心存感激'，这个词用在这里真不合适。

"听我说，别误会，露茜，我真的不再怎么想这些事了，我不想让它老是折磨我。只是亚伯拉罕·林肯的生日这一天总是——亚伯拉罕·林肯的生日总是要我的命,每年都这样。"

南茜的头埋得很低,低得快碰到桌子,她像是哭了。可当她再抬起头来时,她的眼睛是干的,眯成一条缝。"我跟你说,露茜,"她说,"你知道吗?许多人同情我和哈罗德,因为我们的儿子有残疾。不过,当我们发现他有残疾时,你知道我首先想到的是什么吗?我想:噢,天啊,感谢上帝,现在他们可是不能送他去当兵了。"

安·布莱克猫腰坐在厨房里的一张高脚凳上,两手抱在胸前,对着一杯咖啡发呆。她像在哆嗦。露茜走进来交这个月房租支票时,她立即起身开门,但是脸上挤不出一丝笑容。

"哦,露茜,"她说,"你活得还好吗?"

"我什么?"

"撑得下来吗?努力活着?"

"噢,我们过得很好,谢谢。"露茜说。

"啊,是的,'我们'。你总是可以说'我们',是不是?因为你有女儿。我们这些人就没这么幸运。好了,我不想让你觉得——来来,这儿坐坐,如果你不赶时间的话。"

没多久,安就承认格雷格·阿特伍德离开了她。他跟一个舞蹈团签下为期六周的巡回演出。行程结束后,他打电话来说他不会再回来,他打算加入一个新舞蹈团,成员几乎全是之前那个团的核心人员,他们打算再继续巡回演出,时间呢,用他的话说,可能将是无限长。"他飞走了,你看。"安解释说。

"飞走了？"

"嗯，当然。跟那群鸭子。听着，露茜，答应我一件事，永远不要爱上骨子里——骨子里是同性恋的人。"

"呃，"露茜说，"那不太可能。"

安皱着眉，细细打量她。"是的，我想你不会。你还年轻，你漂亮——我喜欢你最近的发型——你生活中会有无数男人。就算你的运气要变坏的话，那也是很多年之后的事，"然后她下了高脚凳，后退两三步，理了理衣服。"你觉得我多少岁了？"她问。

露茜猜不出。四十五？四十八？但是安等不及答案。

"我五十六了，"她走回来坐在厨房桌边，"从我和丈夫建起这个地方算起，三十年过去了。噢，你想不到我们的期望有多高。我真希望你认识我丈夫，露茜。他以前在很多方面都是个傻瓜——**现在**也是——但是他喜爱戏剧。我们想成立个夏季剧团，那样整个东北地区的人们都会羡慕我们，而我们差不多做到了。我们剧团里真的有几个直接从这里去了百老汇，不过我不想告诉你他们的名字，因为你肯定会说你从没听说过。噢，但是我可以告诉你那些年这里活跃着很多出色的年轻人——出色的青年男女，追求他们注定永远得不到的东西。好啦，我不耽误你了，很抱歉向你发了一堆牢骚，露茜。因为你是我接到格雷格那通恶心电话后见到的第一个人，而我——"她的嘴唇开始失去控制地哆嗦起来。

"没什么，真的，安，没事的。"露茜赶紧说，"你没有耽误我什么事。如果你愿意的话，我在这里再陪你一会，等你觉得好些后再走。"

除了厨房，露茜从未获邀走进过这所房子的其他区域，当安欢迎她走进客厅时，她奇怪地觉得很荣幸。客厅小得惊人——整所房子比它从外面看起来的要小——楼梯可能通往唯一一间双人卧室。这种房间能让二十世纪二十年代某些词作家脑中浮现出"爱巢"一词来。

"嗯，你看壁炉大得没必要，"安说，"是我丈夫的主意，我猜他爱想象着我俩亲亲热热坐在沙发上，看着窗外雪花纷飞，上床前暖烘烘的情景。他以前非常多愁善感。当然，我从没去过他为那个小空姐建的房子，但我敢打赌，那里至少有个跟这里一样大的壁炉。"她沉默了一会，然后接着说："格雷格也很喜欢它。他会坐在这里盯着火苗发上几个小时的呆，被火催眠了一般。有时候我会一个人先上楼去，躺在床上想：好，那我呢？那我呢？"她看上去又很凄惨了。"所以见鬼去吧，我想我今后好多年都不会生火了。"

"不如我们现在就来生个火？"

"噢，不用了，亲爱的。你人真好，不过我想你肯定有更重要的事要做——"

屋外刮着二月间的大风，厨房门边有一堆木头。露茜敲掉三四块木头上的雪，拢好足够的引火干木条，她抱着木头回到客厅，发现安开了一瓶苏格兰威士忌。

"现在喝还太早了点，"安说，"但是管它的呢，你不介意吧？"

很快，第一缕火焰稳稳地在嘶嘶燃烧的木头中间升起来，房间里有种来之不易的宁静。安·布莱克像个姑娘似的盘腿坐在沙发上,她的客人坐在安乐椅上。露茜从来不喜欢苏格兰威士忌,可此时她发现只要习惯了那股味道,它并不比波旁酒差。酒起了作用,它将这天的苦楚一扫而光。

"你很有——钱,是不是,露茜?"

"呃,我——是的;你怎么知道的?"

"喔,我能从人们身上闻得出来。迈克尔就从没有过这种特别的味道,但是你有,你一直都有。好了,'闻'字可能用得不对,希望没有冒犯你。"

"没有。"

"而且,我看过你父母一两眼,有钱全写在他们脸上。祖传财富。"

"是的,我想他们是的。我们家一直都有——有很多钱。"

"我不明白你为什么还住在这里?为什么不带着女儿到你们这种人该住的地方去?"

"啊,"露茜说,"我想是因为我真的不知道我是哪种人。"

初听上去这似乎不像个答案,但是她越思索这个问题,越觉得这个回答很好。这比回答说"我在这里有朋友"更接近真相;比说"突然来个冲动的大搬家对劳拉不太公平"要好。噢,她就快搞清真相了——或者说她甚至已经接近真相了;也许她能做的只是顺从于她的内心。真相——如果渗进血管的威士忌能让真相明晰起来的话——是她不想离开费恩医生。

有两次她断了与费恩医生的联系。那两个下午,她高昂着头，既是挑衅又是骄傲地从他那里出来开车回家——这两次的结果都是，几周后，她又屈辱地回去了。别人有没有察觉到他们与心理医生之间的这种枷锁？别人有没有发现他们在细细品味每天的各种小事，只为了下次该死的心理治疗时有东西可说？

嗯，星期三我跟房东太太喝多了，她开始在心中模拟排练起来，知道在费恩医生的治疗室里说出来的肯定跟这一模一样。她五十六岁了，刚被一个比她小得多的男人抛弃，我猜她是我认识的人里面最可怜的了。我想我希望在那里陪她喝几杯能让我自己解脱一点，你明白吗？就像上次听南茜·史密斯讲她弟弟的故事让我解脱一样，因为我想说没人，医生，没人能光靠自己活着，活得滋润……

"好了，我无法想象那么有钱，"安·布莱克还在说，火在壁炉里噼啪作响。"钱的事，我从没想太多，因为我一直想要的是天分——如果有一点点我就很满足。不过，我想这两样有点像。拥有其中之一便会让你与众不同。生而有其一能带给你许多人想都不敢想的东西，可是它们都要求无穷无尽的责任。如果你忽略它们，或置之不理，它们的好处就会溜走，只剩下懒惰与挥霍。最可怕的是，露茜，懒惰和挥霍那么容易就成为一种生活方式。"

"……然后，突然，她吓了我一大跳，医生。她说'最可怕的是，露茜，懒惰和挥霍那么容易就成为一种生活方式'——它像一句预言，因为我在这里的生活正是这样，难道你没看出来吗？我一直忧心忡忡只想着自己，你不断鼓励我这样，别否认——噢，是的，你是鼓励来着，医生，别否认了——这种无望的惰性。它就是懒惰，它就是挥霍……"

"露茜？"安说，"你不介意拉上窗帘吧，亲爱的，这样我就不用管现在是什么时候了。噢，谢谢你。"房间里暗了下来，她说："好多了。我想让现在看来像是晚上。我想让它是晚上，我不想要清晨。"

威士忌酒瓶里酒只剩下四分之一了——露茜从火光中看得出来——她不由分说又为自己倒了一大杯，确保自己会记住所有她打算跟费恩医生说的话。

"露茜，如果你不介意的话，我想在这里躺一会儿，"安说，"我没有——我根本没睡好。"

"当然不会，"露茜对她说，"没事的，安。"房间里的静默似乎正适合，她自己也需要孤独与沉思。

往门口走时，她轻轻碰到了墙壁，只好靠墙站了几秒钟，免得摔倒；还算幸运，她在刚才脱衣服的地方找到了她的大衣。

安·布莱克的厨房门和露茜家之间的那段冰雪路大约五十码远，可是仿佛永远走不到头；甚至在走完这段路后，她还站了好一会儿，厌恶地盯着结了层冰的盘旋楼梯，风像刀子似的割着她的脸。这根本不是什么该死的谈话间，从来就不是，除非你想来一场世上最无聊、最没意义的谈话。

她把衣服扔到客厅的一把椅子上，赶紧走进厨房，因为该是准备牛奶和三明治的时候了。她拿出装花生酱的罐子，四处摸索果冻罐，但是她才走上这几步，就得两手撑着倚在厨房台面上，垂下她的头。

可是还好，劳拉大了，她可以自己做三明治。只要她能站起来上楼去卧室，一切都会过去的。她走得很慢，扶着楼梯边的墙；然后她掀开床罩，和衣钻进被子里。那一刹，她希望迈克尔在这里，把她搂在怀里（"噢，天啊，你是个可爱的女孩"），可是那种情绪很快就过去了，知道自己现在独身，只让她觉得宁静。

一会儿工夫，她便睡得很熟，连劳拉回家后大叫"妈妈"也听不到——又叫了几声，没有回音后，孩子的声音里可能有点害怕——但是也没关系。如果劳拉想知道妈妈在哪里，她只要上楼来就行了。

"这个对'枷锁'的恐惧，"费恩医生说，"并不少见。来这里的病人常常觉得自己依附于医生，这种依附感会表现为一种压迫感。这是种错觉，达文波特夫人。我并没有约束你，从任何意义上来说，我们在这里做的也没有约束你。"

"嗯，什么事情你都有个解释，是不是？"露茜说，"你们这些人老于世故，对不对？"

他看起来就像她是在开玩笑。"噢？"他说。

"好吧，当然。你们这一行不可信、不负责。当人们不知道该往何处去时，你们把他们吸到这里来，引诱他们把所有秘密告诉你们，直到他们暴露无遗——是的，让他们彻底无遮盖无防备，以致认为这个世界上没什么是真的。如果有人说'等等——停下——我要**离开**这里'，你们就耸耸肩，抖掉一切，说这只是个错觉罢了。"

她差一点又站起来,再次走出办公室。这次可能不单只有纯粹的挑衅与骄傲——她甚至觉得有点傻,因为以前这样做过两次了——不过在回家的路上,她越来越觉得这次是最后一次。

她坐在椅子上没有动,不是因为别的,而是因为难堪。她不喜欢刚才她提高的嗓门,她不喜欢自己尖细而莽撞的声音,音调那么高、那么沙哑,几乎在哭,在安静的治疗室内半天不散。如果她不能带着一定的尊严离开,那她最好还是待着不动。

"达文波特夫人,设想我们回到以前一点,"费恩医生从交叉的两手上方一直盯着她。她常常有种印象,这个瘦小秃顶、苍白沉默的男人身上有种蠕虫样的东西,现在这种印象让她觉得更不值得发作。怎么会有人受一条虫的束缚呢?

"有时候总结和澄清一下很有帮助,"他说,"自从你离婚后,我们在这儿讨论的核心问题是如何最好地利用你的财富和离婚带给你的自由。"

"是的。"

"一直以来有两个不确定因素——去哪里和做什么——虽然我们详细讨论了这两个问题,但我们从一开始就认识到这两者互为依赖:若其中之一找到满意答案的话,那另一个也解决了。"

"是的。"

做了这么多总结、这么多澄清,现在费恩医生该进入正题了。他说,近来露茜似乎不再关心这两个核心问题,转而关注其他问题,因她目前处境中的许多不满意之处分心。这些事情可能真是不尽如人意,但它们只是暂时的;仅仅是暂时的而已。朝前看岂不是更有益些?

"嗯,当然,"她对他说,"我是这样做的,至少我尽量在这样做。我知道这只是个过渡时期;我知道这只是反省自己的一段时间;理清我的思路;试着订些计划……"她记起来,去年秋天,她向母亲汇报时说的正是这三点。

"好,"费恩医生说,"也许我们又上了正路。"

但是他看来有点疲倦,甚至有点厌烦的样子,似乎他可以放任自己走神,露茜不能为此责备他。即使是一个小镇心理医生,脑袋里也会有比评估一个不知往何处去、不知做什么的富家女的情感更有意思的事情可做。

那年冬天剩下的不多日子里没什么再值得回忆的事情发生,三月、四月甚至五月初都是。然而,一个灿烂明媚的日子里,厨房门口有人在敲门,露茜发现是个英俊帅气的年轻人,两个大拇指勾着牛仔裤口袋,站在那里。

"您是达文波特太太吗?"他问道,"请问我能借用一下你的电话吗?"

他说他叫杰克·哈罗兰,是一家新剧院集团的导演,马上就会在剧场开始排演。这时他打电话给电话公司,语调干脆利落、公事公办,又带着不耐烦,要求"立即"给剧院、宿舍及附属楼装上电话。

"我能——请你喝杯咖啡吗?"等他打完电话,露茜问他,

"或者喝杯啤酒?"

"嗯,如果你啤酒够多的话,"他说,"我很高兴来上一杯。谢谢。"当他在客厅里,在她对面坐下后,他说,"简直不敢相信,以前在这座戏院里演出的人没有电话是怎么办事的?你能想象吗?难道这听来不像农村业余演出吗?"

她以前从没听过这种说法,好奇地想不知这是否他自己编的。"嗯,"她说,"我觉得这几年夏天这儿的东西有点破旧,不过这个地方以前确实风光过。"

"如果有人能让它重新风光,那岂不好?"他喝了一大口啤酒,突出的喉结明显地一上一下。"今年夏天就可能实现,"他擦擦嘴说,"我无法保证什么,但我用了一年多时间才组织好这个剧团,我们可不是来这儿鬼混的。我们有一些很有天赋的年轻演员,我们要排几出好戏。"

"好啊,"露茜说,"听上去真的——真的很不错。"

杰克·哈罗兰眼睛灰蓝,一头黑发,有着电影里那种坚毅、敏感的脸,她孩提时代起就异常喜欢这样的面容。她知道自己想要他;唯一的问题是如何让它最美好、最优雅地实现。首先是让他一直说下去。

他告诉她,他是芝加哥人,那里一些"好心眼的外人"抚养他长大——先是在一家天主教孤儿院里,后来在好几户收养家庭里——直到他够年纪参军,他入了海军陆战队。退伍前,他在旧金山休假三天,生平第一次走进剧院,看了一场莎士比亚巡回剧团的作品《哈姆雷特》。

"我觉得我连一半也没看懂,"他说,"但是我知道我跟以前再也不同了。我开始读凡是手头能找到的所有有关戏剧的书,莎士比亚和所有其他剧作家的书,还有演出——各种演出——从那以后我想方设法待在剧院里。该死的,也许我永远不会成功,不管是作为演员还是导演,但这并不意味着我会半途而废。这是唯一我懂得的世界。"

喝第二、三杯啤酒时,他说了件事,通常在这么短暂的相识中,一个人不可能这么快就坦白的事情:他的名字是假的。"我的真名是立陶宛人的名字,"他解释道,"音节太多,很多人的嘴发不出这些音,所以十六岁那年我改名叫'杰克·哈罗兰',因为在我看来爱尔兰孩子都很走运;我就是这样报名参加海军的。后来,当我开始在演艺界混时,这名字似乎更自然了,因为许多艺人都有艺名。"

"当然。"露茜说,可这真是条让人失望的消息。她认识的人里面从没有谁用假名的;她甚至没想过人们会做那种事,除非他们是罪犯,要么除非——嗯,除非他们是演员。

"好了,我想我们这个夏天会很愉快的,"他说着站起身准备走。"我喜欢这里。跟你说件好玩的事:我从没想到像本·杜恩这样有名气的演员会住在这里。我问他想不想跟我们一起演出,可他是个倔老头:如果不能在百老汇演出,他宁愿在这里种花。"

"是的。嗯,他很有——很有个性。"

"是杜恩先生告诉我你的名字的,"杰克·哈罗兰说,"他也告诉我你离婚了——我提起这个没事吧?"

141

"当然。"

"那好。听着露茜,既然我们是邻居了,我们也许还能再见面,是吗?"

"当然,"她说,"我很高兴,杰克。"

厨房门在他身后一合上,她踮起脚尖舞起来,来了个六到八步漂亮的旋转步伐,一路跳回客厅,在那里行了个屈膝礼。

……从我见到他的那一刻起,费恩医生,我便有种陌生、温暖而奇妙的感觉——

不过她心里的这句话没说完,因为这种事没必要说给费恩医生听。随着心情慢慢平静,她只是站在敞开的窗前,看着外面五彩缤纷的春天。

第二章

等他再来的一两天里,她冷静而慎重地考虑:难道你连他真名都不知道,就可以跟他做爱?可是等他真的来了以后,她马上知道这个问题的答案。

是的,可以。你可以成天狂喜地亲吻一个男人、紧搂着他,跟他在你丈夫曾经躺过的床上一起扭动翻滚;你可以想要一个男人到如饥似渴的地步;只要他喜欢,你可以把腿张得大大的;你也可以双腿紧紧地箍着他,如果他更喜欢那样的话;你甚至可以大叫"噢,杰克!噢,杰克!"其实你明知"杰克"是他自己取的假名,只因为爱尔兰小伙子们老是走好运。

她想马上问他名字的事——她知道等得越久会越尴尬——可她找不到合适的词,因为现在她生活里全是杰克·哈罗兰,他占据了她所有的感觉,充溢在她的血管里,填充着她的梦。

时间似乎永远不够。起初,每天下午,他们得早点起身,穿好衣服下楼来,保持一定的距离坐着谈话,因为劳拉快放学了。而且学校临近放假,让保密工作更显微妙更添难度:劳拉可能跟史密斯家的女孩们在外面玩很久,到树林那边,或者穿过草地去玩。但是她也可能不打招呼突然砰地摔上房门回家来了。还有演员们和舞台技师们也开始来这里，每天五六个人甚至更多，杰克得花很多时间来办公事。

彩排的前一天，杰克整个下午偷偷和她待在一起，他俩都知道忙里偷闲做爱的滋味更美好。一切结束后，他们精疲力竭地分开来躺在那里，杰克说些可笑的小事让他俩发笑，他们懒懒地穿上衣服，一路下楼时，还控制不住地笑着，直笑得浑身发抖。在厨房里，一切恢复正常后，他站在那儿，浪漫地紧搂着露茜久久不放。

她的脸依偎在他衬衫上，十分害羞地说："杰克？你愿意告诉我你的真名吗？"

他抽身出来，疑惑地扫了她一眼。"不，亲爱的，这个问题我们以后再说好吗？真抱歉，我告诉你了这事。"

"嗯，可是我想要你告诉我，"她担心他可能看出她在撒谎，"当初这是我喜欢你的地方之一。"

"是啊，嗯，好吧，但那是我们彼此了解之前的事了。"

"是的，没错。问题是我根本无法再老是说'杰克·哈罗兰'了，你知道吗？这就好像拿着什么伪造的东西，还假装无所谓一样。噢，听着：不管多少音节，我的嘴都发得出，而且我喜欢这样做。你觉得我是个势利小人吗？"

他脑子里似乎想了一下这个问题，然后他说："不，还不如说我是个势利小人好了。你会发现平凡的立陶宛贫民窟孩子面对高贵的新英格兰小姐时要多势利有多势利——难道没人警告过你吗？我们这种人从来觉得比你们这种人高一等，你知道吗，因为我们有头脑、有胆量，而你们只有钱。噢，也许偶尔我们可以跟你们这种人接触一下，但即便如此，这里面也有种屈尊降贵的意味。所以，我真的觉得我们现在这样还好些，露茜，难道你不觉得吗？只要我是杰克·哈罗兰，我们一起就会有很多欢声笑语，我保证。"

说到这里，他突然走了，走到外面阳光下，沿着来时路径直朝山上宿舍走去。宿舍里至少有一半是姑娘们。

但是那晚他又回来了，天刚黑，隔着纱窗门几乎看不清他，只看到燃着的香烟头。露茜让他从厨房进来，他似乎没觉得有道歉的必要，她只好将他眨巴眼、嘴里嘟囔着"露茜"、亲吻她当成含蓄的道歉。然后他说："听着，亲爱的。我现在每天都要工作了，而且晚上我在这里也会让劳拉心烦，所以不如这样：我在宿舍里有一间房——是我自己的，大小可容两人。你觉得你能不能抽时间偶尔到我那儿去一下？"

"嗯，它是——它有没有单独出入的门？"

"你的意思是？"

"嗯，每次我去你那里时，难道必须从全宿舍人中穿过去吗——"

"啊，那没关系，他们不会注意的。即使他们注意到，他们也不会在意。这群孩子人都很好。"

露茜以前从没进到宿舍里面来过，里面一股灰尘和木头味，一楼很阴暗，剧院的人在里面做饭吃饭，此刻还有一股饭菜的温暖香味：看来今晚吃的是鹅肝和熏肉。

上得楼来，她发现几乎整个场地是一个开放空间，每隔一段距离靠墙摆着一张狭窄小床，样子有点像兵营。随处可见害羞的人挂起床单或毯子想保留一点隐私，可是不成功的隐藏反而更引人注意，显然剧团里的人对于住在这种开放空间里也无所谓。此时，这间明亮的大房间里，许多人这儿一群那儿一堆地谈笑着。除了偶尔看到几张中年人的面孔外，其余的人全都很年轻，露茜小心地挑了一个小伙子来问路，她不想找姑娘们打听。

"对不起，你知道我在哪里能找到哈罗兰先生吗？"

"谁？"

"杰克·哈罗兰。"

"哦，**杰克**。当然知道，就在那边。"

她顺着小伙子手指的方向看过去，发现自己本来也可以很容易找到的，因为那是目光所及之处唯一的一扇门。

"嘿，宝贝，"杰克说，"坐吧。等一下我马上就来陪你，好吗？"他没穿衬衫站在小水池和镜子前面，用电动剃须刀刮着胡子。除了床没处可坐，床是张帆布小床，和外面那些床大小差不多，可是露茜不想坐。她像个验房人似的四处走动，仔细打量一切。房间里有个洗手间，大小不如说是装着抽水马桶的壁橱；有扇窗户，白天可以俯瞰本·杜恩的花田，靠墙的地方摆着两口瘪瘪的大行李箱，很便宜的那种，用的时间太长磨损厉害，现在很难看了。如果你在汽车站看见这种箱子，你能想到它们是旅途中一位聪明、雄心勃勃的年轻演员兼导演的吗？嗯，绝对想不到；你可能偶尔一瞥随即忘掉，可怜的它们象征着压力与失败——那种行李箱只有黑人才用，他们为了谋取各州福利，辗转于各州。

她在床上坐下，发现房间门上有个老式钥匙孔，大大的洞口，适合偷窥，却没有一把大大的老式钥匙插在里头，几乎同时电动剃须刀持续的小声嗡嗡令她牙齿生疼。

"你这儿有钥匙的吗？"她问他。

"啊？"

"我说这门有钥匙的吗？"

"哦，当然，"他说，"在我口袋里。"

终于他关上了剃须刀，把它放在一边。他去锁门，看上去不容易——他抓着门把手试了好几次才把门锁上——然后走过来在她身边坐下，一手搂着她的腰。"还好我多了个心眼，在这群孩子们来之前，把这间房留给了自己，"他说，"我知道我会需要一点个人空间的，但绝没想到我会跟你这么个可人儿一起。噢，我还给我们准备了啤酒。"他伸手到床下，拖出六瓶装的莱茵金干啤。"可能不冰，不过，管它呢，啤酒就是啤酒，对不对？"

对。啤酒就是啤酒；床就是床；性就是性；人人都知道在美国没有阶层之分。

当她脱去衣服后，她问："杰克？我待会儿怎么从这儿出去？"

"怎么来的怎么出去呗。你的意思是？"

"嗯，我不能在这里待太久，你知道，劳拉不习惯一个人在家，问题是我真的不知道我——"

"你有没有把这里的电话给她?万一她有什么事要找你的话?"

"没有。我没有给她。问题是我真的不知道我还能不能从这里走出去,再次面对那些人。"

"啊,我觉得你有点傻,露茜,是不是?"他说,"好了,躺下吧。我们时间不多,最好还是赶紧。"

当然他们抓紧时间了。从某种程度来说,在帆布小床上做爱比在双人床上做爱感觉更好:它意味着你们永远不可能分开;它让你们觉得你们俩是一只迫不及待且势不可挡的痛苦野兽的一半。在最后的挣扎时,露茜担心自己的叫声会让整个宿舍都听得到,这么多年来,莎士比亚的一句话第一次浮现在她脑海:"现正两张背皮朝外,干那畜牲的勾当。①"

"噢,天啊,"当她喘过气来说,"噢,我的天啊,杰克,这真是——这真是——"

"我知道,宝贝,"他告诉她,"我知道。它真的是。"

新托纳帕克剧院以一出轻喜剧开始它的演出季——"只是热身罢了,"杰克·哈罗兰解释道——露茜来看了最后的几次彩排,独自坐在路那边谷仓样的老剧院里。

演出排练过许多次了,现在许多部分几乎用不着杰克的指导可以自行演下去,但是看到他全神贯注、紧张地站在舞台阴影处,知道他完全掌控着整个演出还是很开心。他一手拿着打开的

---

① 出自《奥赛罗》。

台词，另一只手的食指在大腿处的牛仔裤上摇摆着，仿佛在为演出打节拍。有时候，他会高声叫某个演员的名字："不行，到左边去，菲尔，你到左边去"或者"简，那句话你还没有找到正确的音调，我们再来一次"。

再一次，当一串笨拙的台词可能影响整出戏时，他大声喊停，走到灯光中间。

"听着，"他开口说，"为了这出戏我们已经投入了大量的心血和时间，我们要演好它。如果我们加把劲，排练时不松懈，我们是能演好的，明白吗？"

他停顿了一下，仿佛允许大家提问和抱怨，可是谁也没说话。许多演员像难为情的孩子望着地面。

于是他说："我只是不明白我们怎么还会犯这种错。看来你们有些人觉得这是农村业余演出吧。"

又是一阵沉默，当他再度开口说话时，换了一种低沉、平和的语调。"好了。我们回到玛莎关于幸福的那句台词那儿，从那里开始。不过，这次用心点。"

首夜演出，剧场里的观众只有三分之二多点，可是让人鼓舞的是他们看上去不全是当地人。显然今年夏天有不少纽约人可能会来这里——就是为了这场不起眼的首演。

演出还算好，没有明显的错，该笑的地方有笑声回应，结束时掌声持续了很久、很热烈，保证了三次谢幕。就在幕布最后一次落下之前，一位演员把杰克·哈罗兰从侧翼拖出来，他害羞地朝观众鞠了一躬，露茜骄傲极了，几乎哭出来。

杰克有辆十一年的老福特车,嘎吱直响、味道难闻、很少修理,可能从未清洗过,他老是为此道歉。可是那年夏天,好多个夜晚他这辆车可是派上用场,他开车带露茜到外面很远的地方去,"暂时远离这鬼地方"。

车子上路后,跟别的车没什么两样,他们会在帕特南县里开上几里路,他跟她说起白天的排练,晚上的演出,说起剧团里的有些人表演不是很到位,而跟有些人一起工作很愉快。

他们会在那类有弹子球游戏和大罐腌制猪脚的酒吧里停下来喝上几杯,那种古怪的"城里人"酒吧她从大学毕业后从没进去过,可是他们不会在那种地方待太久,因为待的时间长了杰克记挂着第二天他还有很多事要做。露茜也无所谓,在外面逗留一两小时后,她总是急于回他的小房间。

夏天快过去了,每周都有新戏上演,剧团已经上演过契诃夫、易卜生、萧伯纳,还有尤金·奥尼尔的戏剧,甚至还上演了极富挑战的《李尔王》,杰克承认这是目前为止他们唯一的失败("啊,我们大家都付出了太多努力,不管怎样戏是上演了")。

演员们没有足够的睡眠、足够的休息,好几次在排练中有些女演员们忍不住流泪。甚至有个男演员也爆发了,还哭了,他转身骂杰克,说他是他妈的讨厌鬼,把他们当奴隶,不过显然他自己也为此难为情。

然而不断有人从纽约来看演出,人越来越多,看来许多个夜晚的演出都很成功。有个从威廉莫里斯经纪公司来的人走到后台，问杰克愿不愿意让他当经纪人。可是后来，当露茜说"太好了！"时，杰克却说没什么大不了的，"像莫里斯这样的人多得很，"他解释说，"况且我已经有了经纪人。不，今晚我们这儿唯一真正取得突破的人是茱莉娅。妈的，难道不好吗？我非常——真的非常为她骄傲。"

"哦，我也是，"露茜说，"当然她受之无愧。"

茱莉娅·皮尔斯是个纤瘦的姑娘，二十四岁，直直的黑发，明亮的大眼。她在《海鸥》《玩偶之家》，还有《巴巴拉上校》里都出演女主角——而她的"真正突破"是在知名百老汇剧作家的一出新喜剧里获得试演机会。

茱莉娅在舞台下非常安静羞涩，常常显得十分紧张——露茜注意到她的指甲给咬得光秃秃的，甚至看见肉——可只要一上台，紧张便一扫而光。剧团里有三四个姑娘比茱莉娅·皮尔斯要漂亮，她们也知道，但她们只能嫉妒和羡慕她。她们说她天生有着演员的"极度自信"，她清晰洪亮的声音，哪怕在呢喃时也充满整个剧院。这种精湛技艺足以弄假成真。

一个闷热的晚上，杰克·哈罗兰的房门前传来敲门声。绝不会弄错，是茱莉娅·皮尔斯的声音，她安静地叫道："达文波特太太？你女儿的电话。"

露茜躺在杰克的怀里，迷迷糊糊正要睡去，杰克一手捂着她的一个乳房，她挣扎着脱身出来，急急穿上衣服，袜子和内裤留在地板上没来得及穿。

出到外面，电话在靠近楼梯的墙边，她说："劳拉？"

"妈，你现在能回家吗？爸爸刚才打电话来，他听上去好可笑。"

"亲爱的，有时候你爸爸确实喝得有点多，喝多了他就——"

"不，这次没有醉；这次不同。我是说他说话莫名其妙。"

她穿过那片香气四溢的鲜花梯田时还不能太着急，因为她担心黑暗中不小心踏空一级台阶，等她来到平地上，拔腿便朝亮着灯的家跑去。在客厅里，她飞快地抱了抱劳拉，让她安心。"告诉你我们该怎么做：我会给爸爸打电话，看看他是生病了还是怎么回事。如果真的生病了，我们会尽力帮他治病，让他好起来。"

她在电话机前坐下，开始拨迈克尔在纽约的电话号码，她担心他不在家，他可能是用一百万部投币电话中的任何一部打过来的。

可是电话铃响第一声，迈克尔便接了电话。"噢，露茜，"他说，"噢，我知道你会打回来的，我知道你不会让我失望。听着，你能不挂电话吗？我是说你能跟我说会儿话吗？"

"迈克尔？"她说，"你可不可以告诉我出什么事了？"

"出什么事了？"他重复道，仿佛问问题有助于他理清自己的思路。"嗯，我大概连续五天没有睡觉了——不，大概七天——见鬼，我不知道有多少天了。我一直看着太阳从第七大道升起，半小时后我转过身，已是午夜时分了。我觉得我有一星期没出过门——也许有两三星期。房间里到处是垃圾袋，有一两个倒在地上，垃圾洒了出来。你能想象得出这个场景吗？露茜？我很害怕,我怕得要死,你知道吗,我怕出门,怕上街,因为每次出门,我总能看到许多人和东西,我知道他妈的他们根本**不存在**。"

"等等,迈克尔,听着。你有没有朋友我可以打个电话?有没有谁可以去你那儿照顾一下你?"

"'朋友',"他说,"你是说姑娘吗?没有。这儿根本没这种人。噢,可是别误会我,甜心。自从你把我从家里赶出来后,我有的是小妞,比我分内该得的还多。耶稣基督啊,我一直拿小妞当早饭,拿小妞当中饭,拿小妞当——"

"拜托,迈克尔,"她不耐烦地说,"听着,我给比尔打电话,行吗?"

"——晚饭,"他还在说,"哦,半夜还有很多小妞可以当剩饭吃。哪个比尔?"

"比尔·布诺克。他也许能过来看看,而且——"

"不,不用想了,我不会让布诺克走进这地方的。他好多年一直泡在心理医生那里,他会坐在这里企图给我来个心理分析。问题是我也许疯了,但没他那么疯。噢,天啊,露茜,你懂不懂,我需要的是睡眠。"

"那好,"她说,"也许比尔能给你拿点安眠药去。"

"啊,是的,'也许'。告诉我,露茜,当你脑子里冒出'钱包小姐-护士小姐'①这种想法时,你为什么总是说'也许'而不说'可能'?你总是有大概六种做作的说话方式,你知道吗?你

---

① 出自童谣《背鳄鱼皮包的女士》。

的整个性格随着环境变化。早在剑桥时我便发现了,可是我以为你再成熟些就不会了。可惜你根本没有成熟,我估计你一辈子都会这样,而且我猜这是由于你以百万身价却身处平民之中的原因。我是说你觉得你一直像生活在舞台上,对不对?演着一个又一个角色,乐善好施的富婆大发善心?好了,这种狗屁话我烦了好多年,我烦死了,露茜。你还想知道点别的吗?我们婚后的大部分时间里,我都爱着戴安娜·梅特兰。从没拥有过她,从没出现在她周围过,可是,噢,天啊,我愿意为那姑娘而死。啊,我过去总是想如果你知道我的感受会怎么办,可是后来我又想,没关系,因为你很可能也爱着保罗——或者即使不是保罗,也可能爱着汤姆·尼尔森,要不其他哪个比我强上百倍的浪漫抽象派人物。知道我们怎么做的吗?你和我?我们一辈子都在**思慕别人**。那岂不是最该死吗?"

她说他们最好现在就挂电话,这样她才能给比尔·布诺克打电话,然后她挂了电话,用一两分钟安慰了一下眼里全是恐惧的劳拉。

"听着,会没事的,宝贝,"她说,"你会看到的。现在答应我别担心了,好吗?"

"他这次正常些了吗?"

"嗯,开始时有点糊涂,我们说了一会儿话后,他——是的,他说话有点正常了。"

比尔·布诺克听上去是给电话吵醒的,她想象着有个穿着睡衣、熟睡的姑娘躺在他旁边——她无法想象没有姑娘陪伴的比尔。

"好的,当然,露茜,"当她解释完整件事后,他说,"我马上就过去看看。我能给他带些我自己的安眠药去——它们很温和,可是很管用——我会一直陪着他,直到明天早上。那时我可以给我的心理医生打电话,我是说我的这个心理医生是个很好、很可靠的人——你会喜欢他的,而且你会信任他,我敢肯定他会有许多办法。等方便的时候,我再给你打电话。所以,听着:别担心,好吗?没什么大不了的,实际上每个人都可能会发生这种事。"

"好的,比尔,我真是太感谢你了。"她咬着嘴唇,因为他是多年来她最讨厌的人。

"啊,亲爱的,别傻了,"他告诉她,"这是朋友间该做的。"

她几乎还没来得及把电话放回机座,电话铃又响起来,是迈克尔。她以为他在电话里笑得前仰后合,后来才发现他是在哭。

"……噢,露茜,听着,我刚才说的都不是真的,"他努力控制自己的声音,"我说的关于戴安娜·梅特兰的那些话都不是真的,还有其他那些也不是,你明白吗?"

"没关系,迈克尔,"她说,"比尔现在在路上了,他会给你带些药去,而且他会陪陪你。"

"好,可是听着,我可能永远再没有机会跟你说这个了,所以请你看在老天爷的分上别挂我电话。"

"我不挂。"

"好。这是我希望你能记住的,露茜,我觉得这也许是我最后一次有机会跟你说了。我这一生只有一个姑娘，只有一个夺目出众的——"

"是的，嗯，很好，"她干巴巴地说，"可是我觉得我更喜欢听你之前说的那番话。"

他似乎没听到她在说什么。"……噢，亲爱的，你还记得以前的威尔街吗？还记得我们年轻时，觉得世界上一切皆有可能吗——那时每当我们做爱时，我们觉得整个世界都为我们停止不转了吗？"

"好了，迈克尔，我想你说够了，是不是？"她说，"现在安静点，待在那里别出去，等比尔来。"

长长一段沉默后，他才出声，简直无法相信一分钟前他还在哭，此时他的声音简洁平淡，仿佛士兵在接受命令。"是！明白！收到！"他挂断了电话。

她上楼去看劳拉，小心翼翼给她盖好被子，仿佛劳拉还是四五岁的孩子而非现在的十岁半。

等她进了自己房间，脱下衣服，方才想起内裤和袜子还在杰克·哈罗兰房间的地上。

只要她一离开，杰克很可能轻松地起身，套上裤子，打开门说："茱莉娅，我能请你喝杯啤酒吗？"

那个害羞而有才华的姑娘可能很轻松地走进来，在帆布床上挨着他坐下，谈论起她光辉的前程。她激动得喘不过气来说，如果没有他的帮助，这个夏天她可能永远也"找"不到自己，他则会坚持说她的成绩全归功于她自己。

噢,他可能不会马上扑向她——杰克有着完美的时间感——可是在她说话的当中,几乎可以肯定他会最后一次走到门口,把门上的钥匙放进口袋,为那个晚上锁好门。

上午,劳拉早已上学去之后,比尔·布诺克打来电话,从他的声音里听得出他在努力克制自己。

"听着,一切都会好的,露茜,"他告诉她,"迈克尔很安全,他现在有人悉心照料,正在治疗中。"

"哦,"她说,"嗯,那好。那么你的——医生能够帮上忙?"

"不,那不管用。听着,我会告诉你发生的一切的,好吗?"

"好。"

"那好。我昨晚到他那里时,他正在房间里走来走去,嘴里一直说个不停——强迫性说话。有时候,有五分钟左右他会显得有条理,接着又是那种散漫无特定主题的说话,完全没有理性。戴安娜·梅特兰的名字不断被提起,他一直企图在告诉我关于戴安娜·梅特兰一些支离破碎的事情,我想那是因为他在脑中还将她与我联系在一起,你知道的。"

"那当然。"露茜说。

"哦,他房间简直一塌糊涂,露茜。我觉得他可能有一个月没扔过垃圾,我这辈子还从没见过那么多烟头。接着我为他铺好床,给他吃我带来的药。可是它们不管用——我跟你说过它们很温和——过了一会儿,他说他想出去走走。嗯,我开始想跟他说说话,劝他别出去了,但是后来我觉得出去走走也好,锻炼身体可能有助于睡眠。所以我们出了门,走在第七大道上,一路走到十四大街,他都还好,很安静,很听话,甚至没说什么话。可是突然他变得狂躁起来。"

"变得'狂躁'?"

"嗯,他突然爆发,他不断想挣脱我,我完全没有办法控制他。他跑到街上,冲进车流中,好像想自杀。我知道我一个人应付不了这件事,所以我叫了个警察来帮我——我知道你可能不爱听这个,露茜,可是有时候你真的需要警察——那个警察叫来警用救护车,我们把他安全地送到了贝尔维尤。"

"啊?"

"好吧,听着,露茜,我们都听说过关于贝尔维尤的事情。没错,在那里的头几天他可能休息不好,但你得记住,那里有最新的设施,一些纽约最好的心理医生都是那里的会诊医生,这些人精通业务。我跟那名接收医生聊了很久——这个年轻人非常随和,非常聪明,毕业于耶鲁医学院——我真希望你也能跟他说说话,因为他真的让人很放心。他说迈克可能在那里待上个一礼拜就行了,最多两礼拜。他说他们会用最好的药,如果是自费要花一大笔钱。今天一大早我就给我的心理医生打电话,因为我想跟他说说整件事,他说,在他看来,我做得很对。"

"当然,"露茜说,"我是说我相信他会——我相信很可能是的。"

"所以露茜,有什么新消息我会马上告诉你,好吗?一旦他们允许我们探访迈克,我就会去看他的,我要看看他怎么样了,我会告诉你的。"

露茜说那很好,并再次感谢他,甚至说"太谢谢你帮忙了,比尔",还有"谢谢你做的这一切"。

可是她几乎等不及要摆脱他的声音。

她的确听说过有关贝拉维尤的故事。成群的人赤着脚,穿着破旧的病服,整天被锁在不透气的病房里,被迫在肮脏的地板上走过来走过去——走到墙壁处又折转回来,再走到对面墙壁处再转回来,因为那是大块头黑人护工最容易监视他们的办法。有些人会大吼大叫,有些人甚至会打起来,而对每种捣乱的惩罚都一样:闹事的人会被强迫打一针大剂量的镇静剂,单独锁在一间墙壁、地板、天花板上全装着软垫的房间里。

她想象迈克尔耷拉着头走在那可怕的队伍里,或者在那间肮脏的帆布软垫房间里羞辱地蜷缩成一团,她知道他会难以置信。这一切真的不应该发生在他身上,因为他是——嗯,因为他是迈克尔·达文波特,因为他需要的只是睡眠。

当杰克·哈罗兰到她家来接她去看排练时,他问:"昨晚怎么啦?劳拉打电话来有什么事?"

"哦,没什么大不了的事。她有点不高兴——我想,主要是因为一个人在家——所以我觉得我还是陪陪她的好。今天早上她就没事了。"露茜几乎从没撒过谎,因为撒谎会让她觉得自己变成了另一个人,不过这次显然没必要说出真相。

今天跟前两天一样热,没有一丝风。他们沿着安·布莱克的车道走着,露茜很小心,等快走到路的尽头,演出公司的其他人都看不见的地方时,她转向杰克,笑容灿烂,却不自然。

"那么,"她说,"昨晚你跟茱莉娅过得还好吗?"

他的脸一片空洞,那么诚实地表现出他的困惑,她感到片刻的安慰。

"我想你准是疯了,露茜。"他对她说。

"也许我是,也许光是想象你俩在那张该死的帆布小床上就足以让我发疯。"

他们停下脚步,面对面站着,他两手扶住她的肩膀。"露茜,你能不这么想吗?"他说,"我的天啊,你把我当成什么混蛋了?你真的觉得我会在你前脚刚走,后脚就带别的姑娘到房间里来吗?那可能像出法国闹剧,看在上帝的分上,也像个恶心的笑话。"

于是她任他领着穿过那条温暖的沥青路,一直朝剧院走去。

"而且,"他搂着她一路走着,每走一步前额上的一缕短发便上下起伏,颇为迷人。"而且,我压根就**不想要**茱莉娅·皮尔斯。该死的,我为什么会想要茱莉娅·皮尔斯?她那么瘦,根本就没有胸。也许她很有天分,但我觉得她脑子有点毛病。所以,亲爱的,我现在可以开始一天的工作了吗?可以不用再听你这些混账话了吗?"

"我很抱歉,"她告诉他,"噢,我很抱歉,杰克。"

"嘿,宝贝?"几天后的一个晚上,他轻轻地问她,"你醒了吗?"

"是的。"

"我们坐起来,说几句话好吗?"

"好的。"她知道他一直在思考什么,思考了几个小时,甚至几天,现在很高兴终于有机会知道他到底想的是什么了。

"喝啤酒吗?"

"噢,我无所谓。好吧,我想。"

于是他开始说了。"你以前演过戏,对不对,以前在哈佛时,在你丈夫写的几出戏里?"

"哦,那个啊,"她说,"当然演过,但那只是——你知道——那只是大学女生的玩意儿。我从没受过正式训练。"

"嗯,关键是我真的很想跟你一道演出,"他告诉她,"我想看看你能做什么,我有种感觉你能演得很好。"

她想抗议,又想一笑了之,但是她没吭声,因为心底慢慢有了种愉快的期待。

杰克解释说,他想来一出大戏结束这个演出季。最后一出戏要非常有力,让坐在新托纳帕克剧场里的人们永远不会忘记。这个夏天他一直在思考这件事,想了很多,他知道他想上演什么戏,但现在还没把握能不能排好。他问露茜可曾看过《欲望号街车》?

"噢,我的天啊。"她说。

迈克尔·达文波特曾带她去看过百老汇的初演,他们刚认识不久的一个周末他们去纽约玩时看的,她一直记得他们从戏院出来时，他脸上沉醉痴迷的样子。"知道吗，亲爱的？"他说，"这是目前他妈的最伟大的戏剧。威廉斯这家伙让奥尼尔不值一提。"她挽着他的手，告诉他她也很喜欢这出戏——爱这出戏；一个月后，他们特地从波士顿来纽约又看了一遍。

"……问题是今年整个夏天我让茱莉娅累得要命，"杰克·哈罗兰还在说，"我有点担心她的神经受不受得了。而且，她还年轻，演布兰琪·杜布瓦不太合适。我觉得她可以演斯黛拉，那也是个要求很高的角色；我也可以选其他姑娘来演，不过，主要问题在于找一个适合演布兰琪的演员，所以我想到了你。现在，等等；听着"——他很快抬起一只手，挡开她的拒绝——"在你说不之前，亲爱的，听我把话说完。时间很充裕，你完全不用担心时间，我们有整整两周时间。"

他解释说，从明天开始算起，一周后这出戏才会开始排练，那他们便有七天时间做准备，他称之为前期辅导。每天下午，正常的工作时间结束后，等这帮孩子全走后，他们俩可以单独在舞台上碰面，他来帮她过一遍台词，一句一句过，直到她对台词完全"安心"后；直到她"有足够信心"后，才会与其他演员一起开始排练。难道这听上去还不够公平吗？

"嗯，杰克，"她说，"当然——当然我很荣幸"——说到这里，她瞟了一眼他的脸，确信他不会觉得"荣幸"这个词说得很傻——"我很愿意试试，但是你得向我保证一件事。如果你发觉我不行，你保证要立即告诉我，好吗？不要等到来不及了再说。"

"好的，当然没问题，这个我可以保证。听着，你愿意演出真是太好了，露茜。真的让我卸下了心里一个大包袱。"

从床下，从放啤酒的地方，他拖出一个纸箱，里面装着许多份剧本。她可以拿一本回家看，在上面做笔记；这是他们工作的第一部分，她可以先准备好。

"你想谁来演那个男的？"她问他，"叫什么名字来着？斯坦利·科瓦尔斯基？"

"嗯，那是另一码事了，"他说，"我知道剧团里有两三个男孩也许能演他，可是我真的很怀念演戏——见鬼，这会是最后一出戏，对吗？所以我想由我自己来演。"

第三章

"哈罗,斯坦利,"露茜背诵着,"你看看我,洗得干干净净,香喷喷的,感觉简直就像是换了个新人!"

可是,杰克·哈罗兰没有接上斯坦利·科瓦尔斯基的下一句台词,也没有摆出斯坦利·科瓦尔斯基的懒散姿势,他从角色里出来,重新成为她的教练。"不,听着,亲爱的,"他说,"我来解释一下,我们知道观众从一开始就怀疑布兰琪可能会发疯,否则他们不会相信最后的一幕。但是,我担心你让她疯得太早了,你脸上一副歇斯底里的神情,声音也给人那种感觉。你让我们少了紧张,少了悬念,过早地透露了剧情,如果你明白我的意思的话。"

"嗯,我当然明白,杰克,"她说,"只是我一点也没意识到——歇斯底里罢了。"

"那好,可能我没说得太清楚,但就是那个意思。还有一件事,我们知道布兰琪讨厌斯坦利,他的一切她都厌恶,这个部分你演得很好。可是内心里——或者说事与愿违地,在潜意识中——他又吸引着她。它只是股暗流,可它就在那里,以后它会显出来。我知道这些你全意识到了,宝贝,但问题是我觉得你还没有表现出来。现在,接下来几句台词非常重要,她请他帮忙扣裙子背后的纽扣。我不想看到假调情,上次你读的时候就是这种感觉;至少我想看到其中那种微妙的真——你知道——里面还有种真正的挑逗。"

露茜只能告诉他她会试试。这是他们辅导的第三或第四个下午了,一天天她越来越不自信,一点也没加强。她已经开始害怕舞台上的那股味道了。

"……你觉得,"同一幕中几句台词后,她问,"我有可能一度也曾——相当迷人吗?"

"你样子还行。"

"我是指望着钓到一两句恭维话呢,斯坦利。"

"我对这套玩意儿可没兴趣。"

"什么——玩意儿?"

"恭维女人的外貌。"杰克·哈罗兰对斯坦利·科瓦尔斯基这个角色了若指掌,以前的夏季演出中他演过这个角色。"我还从没碰到一个女人不知道自个儿好不好看,非要人家告诉她一声的,有些女人对自己的评价还往往过了头呢,我曾经谈过一个洋娃娃一样的女朋友,她对我说,'我好迷人,我好迷人!'我说,'那又怎么了?'"

"那她又是怎么说的?"

"她什么都没说。我这一句话就让她像个蛤蜊一样闭上了嘴巴。"

"这段罗曼史也就结束了?"

"也不过结束了那次谈话——仅此而已……"

"杰克,我觉得这不成,"最后一个下午,当他们在金黄夕阳下走上车路时,她告诉他,"我觉得我无法——"

"听着,我向你保证过的,对不对?"他一手揽着她的腰,无论何时,只要他这样做,便能让她觉得安全,觉得自己很重要。"我向你保证过如果我觉得你应付不了这个角色,我会告诉你的,对不对?好了,听着,一切都很好。也许有几处还略显粗糙,但可以等等。明天茱莉娅和其他演员就要加入我们,你会看到真正的排练会带来多大不同。随着这出戏的发展——我们大家都会比自己觉得的要好得多——到首演之夜,我们会征服它的。"

"是——茱莉娅来演斯黛拉·科瓦尔斯基吗?"

"嗯,我劝她别演来着,因为我知道她有多累,但没用,她总是说她宁愿工作也不愿休息。所以我假装很勉强的样子——我是说我真的很担心她的神经受不受得了——不过最后我说行。当然我很高兴这出戏里有她。茱莉娅是那种演员,她赤手空拳便能撑起整出戏。"

一天晚上,快要吃晚饭时,迈克尔再度打来电话。劳拉接的——"嗨,爸爸!"她跟迈克尔聊了几分钟,说些小事,挺开心的,然后她捂住话筒,将电话递给露茜。"妈,他想跟你说话。他听上去挺好的。"

"嗯,那好,"露茜告诉她,"现在,你不如上楼去,亲爱的,也许我和爸爸要讨论些不想旁人听到的事情。"

"什么样的事?"

"哦,我不知道,大人们的事情。上楼去,好吗?"

然后她拿起电话说:"喂,迈克尔。我——真的很高兴你从那里出来了。"

"好,"他说,"谢谢。不过,我想你并不知道那地方的真实模样。"

"噢,我想我多少知道点。我想只要在纽约生活过的人都听说过贝尔维尤。"

"是的,嗯,好的,除了贝尔维尤比任何一个生活在纽约的人想象得可能要糟上百倍以外。不过,没关系,我出来了。我用去虱香皂、除虱香皂彻底洗了个够,我现在是他们所说的门诊病人——有点像假释。我一周得回那儿一次,接受一个身穿紫色西装、爱发号施令的危地马拉小杂种的治疗。哦,我还要吃药。我要吃很多种药,你从来没见过那么多种。这些药,它们可不得了:它们能让思维停止而让脑袋继续工作。"

她知道让他再这样说下去绝对是个错误——他说个不停,就像她还是他的妻子——可是她不知道说什么能让他停下来。

"不,最糟的是这个,"他说,"是对我的档案有影响。"

"你的'档案'?什么档案?"她随即后悔她又问了。

"噢,天啊,露茜,别傻了。在美国人人都有档案——FBI 文件只是其中的一小部分——你没法隐瞒什么,也没法逃避什么。

哦，我想我的档案一开始本来很好的，那些莫里斯敦、空军、哈佛的事都挺好。后来关于你和劳拉，还有《连锁店时代》以及我出版的那些诗集也都不错——我是说甚至离婚都说得过去，因为没人在乎这种事情。但是突然，哇！出现一个'精神病时期'，一九六〇年八月，还有某个纽约警察的签名，然后，亲爱的上帝啊，还有个他妈的威廉·布诺克的签名——这个关心公共健康与道德的市民、护卫者！——就是这个狗娘养把我送去的。哦，露茜，难道你不明白我在说什么吗？我被确诊为精神病，我下半生都是个确诊为精神病的人了。"

"我觉得你还是很疲劳，"她说，"我觉得你并不相信自己刚才说的那番话。"

"想不想打赌？"他问她。"想不想打赌？"

"我想挂电话了，"她告诉他，"不然劳拉又会着急的，这一段日子她不好过。不过，首先我要跟你说件事。我只打算说一次，所以给我听仔细了：从现在开始，你给劳拉打电话时不要再找我说话。如果你还这样，我会拒绝听电话的，那样我们都会伤害到劳拉，完全没必要。听清楚了吗？"

"可是在男女之间确实有那种暗地里发生的事儿，"茱莉娅·皮尔斯扮演的斯黛拉说，"——那会让别的任何东西都显得不再——重要。"

"你说的就是，"露茜·达文波特演的布兰琪说，"野蛮的欲望——无非就是——欲望！——就是轰隆隆地开过本地区的那辆破烂电车的名字，从这条老旧的窄街开上去又从另一条……"

"你不是也坐过那辆电车吗？"

"就是它把我带到这里来的，"露茜说，"——这个既不欢迎我又让我引以为耻的地方。"

"那么你不觉得你那副优越的谱儿有点摆错了地方吗？"

"我并没有摆什么，也没感觉到有什么好优越的，斯黛拉。相信我说的话！仅此而已。我就是这么看待这个地方的。一个那样的男人，在你鬼迷心窍的时候你可以跟他约会个——一次——两次——三次，可是跟他一起过日子？还要给他生孩子？"

"我跟你说过我爱他。"

"那我真要为你**不寒而栗**了！只能——为你**不寒而栗**……他的举止行动就像是野兽，他有野兽的习气！吃起来、动起来、说起话来都像是野兽！他身上有种——低于人类……是的，类人猿一样的东西……多少万年的时间已经从他身边逝去，他——斯坦利·科瓦尔斯基——依然岿然不动，他是石器时代的劫余！在丛林里猎杀以后将生肉带回家！而你——**你就在这里**——等着他……"

"好了，"杰克·哈罗兰叫道，"我觉得我们可以在这里暂停一下。明天我们从第五幕开始。嘿，茱莉？"

"嗯，杰克？"

"你演得真的不错。"

但是他什么也没对露茜说，甚至他俩单独在一起，疲劳得慢慢走在崎岖不平的车路上时，他也什么都没说，甚至也没搂着她。

"嗯,那么你合格了吗?"南茜·史密斯曾这样问她弟弟,而他说:"没有,不过没关系;最后他们在分数上做假,让人人都合格了。"

那晚他们衣着整齐地坐在杰克床边,坐了好久,仿佛两人都在等着对方迈出第一步,脱下衣服。

"知道吗,亲爱的?"他说,"你看茱莉表演可以学到很多东西。"

"哦?那好,我——你是什么意思?"

"嗯,她整个的——她整个的表演。注意她如何把握节奏,她从来不会慢半拍;注意她如何理解舞台的,她在舞台上从不会迷失,除非那出戏需要她迷失;如果那样,她知道如何看上去一副迷失的样子。我是说她是那种不容易找到的演员——我不知道怎么说,难得一见。她真是个人才。"

而我不是,露茜想说。我永远不会是,你知道的,在这出戏里你只是利用我。你利用我,利用我!我恨你,我恨你!可她只是说:"好吧,在剩下的一点时间里,我会尽量多留心她的表演。"

他们似乎根本没剩多少时间了——随着每天飞快地过去,转眼就到了彩排时间,杰克一再提醒她注意脸上歇斯底里的表情和歇斯底里的声音。

"不,亲爱的,"他飞快地从斯坦利·科瓦尔斯基的角色里脱身出来。"这儿你的声音还有点刺耳——有点不稳定。你得尽量把握住这段话,露茜。你得像布兰琪·杜布瓦那样努力控制自己,好吗?好的。我们从这里再开始。"

可是首演之夜,开幕前两三个小时,他走进她家,吻她的样子意味着成功即将来临。

"知道我们要做什么吗?"他说,"你和我?"他从一个纸袋里隆重地掏出一瓶波旁酒。"我们要喝一杯。我觉得我们俩都值得喝上一杯,对不对?"

也许是威士忌,也许是杰克保证过随着这出戏的发展,她最终会成功,反正露茜以自己从没料到的自信度过了首演之夜。她几乎肯定她的脸和她的声音没有过早流露出歇斯底里;她知道在最初跟斯坦利相处的微妙一幕里,她把亦真亦假的挑逗演得恰到好处;她不由地发现,哪怕只是脑子里偶尔想想,茱莉娅·皮尔斯的表演跟她的比起来多么像温吞水。说到底,茱莉娅的角色是个配角,如果有谁赤手空拳撑起整个演出的话,那是她露茜·达文波特。

比如,在某些安静的时刻——时候,当这出戏需要她在舞台上看似迷失时——她发现自己在想也许尼尔森夫妇或梅特兰夫妇,或者这两对夫妇都在观众席上。她赶紧努力打消这些念头——真正的演员不会让思绪这样飘移的——可她还是继续这样想。她几乎能感觉到他们就在这儿,黑暗中两对夫妇坐在不同的位子上,因为他们彼此不认识——她的"朋友们",这些人的生活改变了她的生活。如果这些年来他们可怜她,把她当作一个不快乐的妻子、一个可怜的富家女,那么,现在请他们坐好了,仔细看看现在的她。

她很有把握今晚她的表演很到位，没人能说不是靠她一个人，是露茜·达文波特一个人让布兰琪·杜布瓦从神经兮兮、自欺欺人变得恐惧；在最后一幕里，是露茜·达文波特一个人让她成了疯子。这世界上没有观众会怀疑，会忽视，更没有谁能忘记。

当配角们都到舞台上来谢幕时，雷鸣般的掌声变成喝彩声，持续了好久。露茜哭了，但她马上想法止住了。轮到她和杰克走出来，单独站在缓缓升起的幕布下时，她竭力装出很羞涩、很谦恭的神态。他紧扣着她的手，仿佛在告诉观众他们真的在恋爱，掌声重新热烈起来，当幕布最后一次落下后掌声还在持续——人们似乎想再看一次他们两手紧扣。

但是杰克已经领着她急急穿过灯光昏暗、忙碌无序的后台。

"你演得很好，露茜，"他小心地领着她避开一架高梯子，朝外门走去。"你做得很好。"直到他们走出来，穿过马路，走上车道，借着他的手电筒晃动的微光走着时，他只说了这么两句。

"有——有几个问题，"他开始说道，"嗯，其实真正的问题只有一个。"

"杰克，"她说，"如果你又要说什么'歇斯底里'，老实说我觉得我无法——"

"不，那个部分还行，今晚你控制得很好。没什么特别的；只是些总体上的感觉，而且更重要。"

他伸过手来搂着她，但没有带来安慰。"我想说的是，"他说，

"你今晚整个表演——太做作了。你在演出中好像我们其他人都不存在，你不断地抢别人的戏，一直这样，这样可不好，因为显而易见，观众看得出来。"

"噢，"羞愧似乎传遍全身，钻进了她的五脏六腑，这也许并不是她平生第一次觉得羞愧——在童年、在大学，甚至大学以后的那些年里，她肯定也感觉过羞愧——但似乎从没像这次这样完全领会这个词的含义。这是羞耻。"哦，"她又说了一遍，然后她很小声地说，"那么我出丑了。"

"啊，露茜，得了吧，我完全没有那个意思，"他告诉她，"听着，没什么大不了的。新手刚开始都很容易这样，看到真正的观众在那儿便兴奋莫名，都想成为'明星'，你知道，他们还没学会如何跟其他演员配合。你要记住，亲爱的，戏剧是公共事业。嘿，听着，我们去你那里，再喝些好威士忌怎么样？那会让你恢复精神的。"

他们坐在客厅里喝了半小时的酒，可是那种羞耻感仍没过去。

露茜不知道她的声音听上去是什么样，但她尽量正常点。"我猜茱莉·皮尔斯是那个最注意到我抢戏的人吧？"她问道。

"不，不，茱莉是专业演员，"他说，"她向来理解这种事。再说，我觉得没有任何人'介意'任何事，亲爱的。我们大家都喜欢你，我们为你骄傲。你突然出现在这里，学难度这么大的东西，而你做得很好。我想你会发现，普通人其实人都很好，实际上远远好过你的评价，露茜——可能好得你都不相信。"

然而她的思绪飘远了，飘到那些并不普通的人身上。

"哦，当然她表演过头了，"汤姆·尼尔森和妻子准备上床睡觉时，对妻子说，"而且她肯定会难为情的。不过，她终于找到点事做，不也挺好？她跟那个叫什么来着的家伙搞到一起也不错。组织这次演出的家伙叫什么名字来着？"

在另外一幢完全不同的屋子里，保罗·梅特兰可能用手捋着胡须，脸上浅浅的坏笑。"你觉得露茜怎么样？"

佩基会说，"恶心"以及"僵硬村，伙计"，还有"情感城"等所有她能想到的轻蔑之词。露茜脑子里同时浮现出穿着紧身连衫裙的佩基，还有她的吉卜赛朋友，甚至看到波希米亚孩童似的佩基。

"如果我再为你明晚的表演出点主意，"他说，"不知道有没有帮助？"

"不要。请别再说了。我觉得我再也受不了任何建议。"

"那好吧，见鬼，整件事我可能言过其实了。早知道会让你这么难受，我绝不会这么说的。听着，露茜，我能再跟你说件事吗？只一件？"

他走到她的椅子旁，用手托起她的下巴，抬起来，让她看着他英气俊朗的脸。"这没什么，"他向她眨眨眼，"你明白吗？根本不值一提。这只不过是没人听说过的无聊的夏季剧场。行吗？"

他松开手，说："想不想跟我去宿舍？"他语调里的犹豫让她马上明白如果她说不的话，他绝不会有意见。

"我想不了，杰克，今晚不去了。"

"那好,那么,"他说,"好好睡一觉。"

第二天晚上,在演出中,她小心翼翼地避开一切可能会成为"明星"的地方。她非常耐心、非常体贴地对待那些跑龙套的,当她和茱莉·皮尔斯在一起时,她几乎想消失,这样茱莉想要什么就能得什么,且不管它是什么。而这一切,她不断告诉自己,这一切很快就会结束的。

但是,在第三幕结束时,当她走到侧景时,杰克·哈罗兰拦住她,哀求地看着她,那表情与他身上斯坦利·科瓦尔斯基的保龄球 T 恤完全不符。

"听着,亲爱的,"他说,"别生我的气,可是听着,这次你又走到另一个极端去了。你太克制、太冷淡。前几幕里也许还凑合,但问题是你得赶紧打住,别再这样了,露茜,要不然我们今晚就等于什么也没演。你听懂我的意思了吗?"

她听懂了。他是导演,他以前从没出过错,今天她一直在后悔昨晚没跟他去宿舍。

其实就是个轻重拿捏的事——别太过火也别太欠缺——露茜几乎肯定第二晚的余下几幕里,她把握得恰到好处。

可是她得想办法演完第三天的戏,还有第四天、第五天——有时,她还来不及分辨她有没有拿捏好这个分寸,最后一幕就要落下了。有些晚上比较好——她知道——但是到这周末,她再也分不清谁好谁坏,记不得哪出是哪出。

她记得最清楚的是,最后一幕演完后,她和杰克一起走出来向观众谢幕,最后一次她和杰克手牵手站在观众面前。她不会忘记，心里清楚最好还是开心地接受这掌声——站在这里，顺其自然——因为有些事情永远不会再发生了。

杰克那晚在后台没跟她多说什么，只说她演得很好，接着又说："哦，听着，这帮孩子待会儿会在宿舍里搞个小聚会，你想来吗？大概一个小时以后吧。"

"当然。"

"那好。嗯，你瞧，我还得在这里待会儿，帮他们收拾这些东西。你要不要拿手电筒？"

"不用了，我没事。"她让他放心，自我解嘲地说她习惯了一个人在黑暗中走路回家。

不出她所料，这个聚会不像个庆功会，倒像场磨难。杰克看到她来似乎很高兴，茱莉·皮尔斯也是，这群奇怪的形形色色的人看来也是。她开始还觉得他们是群"孩子"——有几个人小心地拿着一听啤酒或端着纸杯装的酒，想告诉她今年夏天能认识她有多么荣幸。从回答这些恭维的声音来听，露茜知道自己做得不错，应付得很好。

可是她累得很。她想回家睡觉——这个该死的夏天夺走了她的隐私与沉默——不过，她知道如果她太早离开的话有点无礼。

她在房间阴暗处站了大约有半小时，看着杰克和茱莉在一起说着悄悄话。唯一合理的解释是他们有事情要讨论：茱莉的纽约试演很快就到了，杰克也会去纽约，首先去找间公寓，然后不管什么工作先找份做着再说。（"我总是想尽量多花些时间待在纽约，"他以前解释过一次，"因为那里是——你知道——那里有剧院。")

可是当露茜发现她想尽量不看他们谈话时——当她开始有意让自己望着房间别处,然后才允许自己看回他们,甚至快到有点偷偷摸摸的地步时——她知道自己该走了。

她走到那些待她友好的人们身边,跟他们道晚安,祝他们好运,有三四个人吻了她的脸颊。然后她走到杰克身边,杰克说:"我明天给你打电话,好吗,亲爱的?"而跟茱莉道别时,茱莉说她"棒极了"。

第二天上午,她开车到怀特普莱恩斯——这是数英里之内唯一有家像样商场的小镇——她在那里买了两个一模一样漂亮的深褐色行李箱,每个要一百五十块钱。

她把它们拿回家,藏在卧室储物间里,这样劳拉不会发现,也就不会问问题了。然后她在客厅里坐下,开始等杰克的电话。

电话响起时,她腾地弹起来去接,原来是帕特·尼尔森。

"露茜吗?我这周一直在给你打电话,可是你都不在家。听着,我们真的很喜欢看这出戏。你**真的**很感人。"

"噢,谢谢,帕特,你真是——太好了。"

"听着,露茜,"帕特压低嗓门,用一种女孩子般自信的沙哑声音说,"你的这位杰克·哈罗兰真有两下子。他很可爱。有时间的话,你愿意带他来我们家吗?"

梅特兰夫妇没有打电话来。露茜想,竟然以为他们会把作为非工会木匠辛苦挣来的工资浪费在剧场门票上,自己可真够傻的——更何况是这种没人听说过的无聊夏季剧场。

那天下午她站在窗前,看着新托纳帕克剧场的人们零零散散地往火车站走去。从这么远看过去,他们真的全像孩子——来自五湖四海的男孩女孩,拎着他们廉价的行李箱或行军袋。勇敢的演艺人员,他们——或者说他们中的大多数人——可能要辗转多年才会发现,这条路行不通。

茉莉·皮尔斯不在他们中间——不过也没人指望她会在这儿。无疑,茉莉会在这里再盘桓一两天,让她大名鼎鼎的神经得以休息,重振雄风,好迎接真正演艺人员的挑战。

黄昏时,电话铃又响了。

"露茜吗?我是哈罗德·史密斯?"有些人说出他们的名字时总像在问问题,仿佛你认为他们不配自报家门。"我不知道如何跟你说,"他开口说,"因为我还没有恢复过来,可是我和南茜觉得你太棒了,我们完全被你征服了。"

"哦,你们真是——太好了,哈罗德。"

"真好笑,"他说,"这怎么可能,多年来你跟某人毗邻而住,友好来往,却不知道他们是谁?噢,听着,我要说这不对,我知道我会这样说。我只想表达我们的——我们真正的敬佩,露茜,还有我们的感谢,感谢你为我们所做的一切。"

她说这是很久以来她听到的最美的话了;不过,她不好意思地问他,他们看的是哪一场表演。

"我们看了两次——第一晚和倒数第二晚的。我无法比较它们,因为它们那么出色;两场都很棒。"

"哦,实际上,"她说,"有人跟我说我第一晚的表演有点过头了。有人跟我说我想当'明星',让别人难堪了。"

"啊,太可笑了,"他不耐烦地说,"这种话真搞笑。不管谁说的,他准是疯了。因为,听着,噢,听着,宝贝,你**控制着**整个舞台,你掐着大家的脖子不放手。你那时**就是**个明星。跟你说吧,我不是爱哭的人,可是当幕布落下来时,你让我哭得像个小杂种,南茜也是。我是说,看在上帝的分上,露茜,剧院的作用不就在此吗?"

她设法为劳拉和自己做了一顿丰盛的饭,不过她希望劳拉不要发现她几乎什么也没吃。

八点过后,杰克终于打电话来了。"亲爱的,我今晚不能请你到宿舍来了,因为我今晚要算账,"他说,"我可能要忙到明天早上。有许多账务要处理,你知道,全剧团的,整个夏天我给忘到脑后了。这是演出这一行中我最不适合的部分。"

也许他是个好演员,甚至天生就是个演员,不过就是孩子也能从他的声音里听出他在撒谎。

第二天几乎整整一天,她都在家里走来走去,指关节压在唇边——这正是剧本舞台指导中提到的布兰琪·杜布瓦的特征,她特有的小动作,露茜心里牢牢记住了。

"这些数字表格可能会让我忙死,"那天晚上,杰克在电话里告诉她,她想说,噢,那好,听着,算了吧。你不如忘了这一切,哪里来的回哪里去,让我一个人安静待着行吗?

可是他又说:"如果我明天到你这儿来喝一杯,怎么样?四点钟?"

"好吧,"她说,"当然,那很好。我有点东西要送给你。"

"有东西要送给我?什么东西?"

"嗯,我想我还是留个惊喜吧。"

那天下午,因为某件不想让大人知道的好笑的事,史密斯家的女孩们让劳拉整个下午都不在家,对此露茜很是感激;不过,当她不好意思地把行李箱拿到客厅,放在杰克·哈罗兰的椅子旁时,她真希望劳拉跟她一起,看他惊奇得两眼大睁,像圣诞节清晨的小男孩。

"狗娘养的,"他小声说,"狗娘养的,露茜,这是我这一辈子见过的最漂亮的两样东西。"她知道劳拉会喜欢看他这样。

"嗯,我觉得它们可能有用,"她说,"因为你经常出门旅行。"

"有用?"他重复说。"知道吗?从我记事起我就想要这样的东西。"他放下杯子,伸出手解开一只行李箱的搭扣,打开来查看里面。"内置大衣衣架,什么都有,"他大声说,"唉呀,我的天啊,看看这些分开的隔层,露茜,我不知道怎么——不知道怎么谢谢你。"

身为富家女的一个小小不幸,她这一生都知道,便是你送给人们贵重礼物时,他们常常夸大自己的快乐,因为他们很羞愧,因为他们无法还之以同样贵重的礼物。每次她都觉得自己很傻,可下次她还犯同样的错。

她端着新倒的酒,再次坐在他对面。越来越明显了,他们之间无话可说,他们甚至无法直视对方,只有长长的间歇,仿佛彼此害怕对方那愉快而捉摸不定的微笑。

接下来她说:"那么你打算什么时候走,杰克?"

"噢,明天什么时候吧,我想。"

"你觉得那辆车能开到纽约吗?"

"哦,当然。我怎么开来的就怎么开回去。我担心的是去哪儿找个地方住。如果我想在纽约待下来,找个地方住是我每年必经之事。不过,每次总是解决了;我总能想出法子躲起来过冬天。"

"而今年可能会特别好些,是不是?"她说,"因为你可以跟茉莉·皮尔斯一起躲起来过冬天。"

他脸上的表情说出了一切,他立即明白再隐瞒也没什么意思。

"那又怎么样?"他说,"为什么不可以?"

"如果我没记错的话,"露茜开口说,"她那么瘦,根本就没有胸。也许她很有天分,但她的脑子有点毛病。"

"你品位也太差了,露茜,"等她说完后他说,"我以为像你这种阶层的姑娘,品位会很高。我以为你们这种人生来品位高雅呢。"

"啊,那么**你们**这种人天生有什么呢?无止境的欲望与背叛?也许还有一点小聪明,只会造成无谓的痛苦。对不对?"

"错了。我们生来有种求生的本能。我们很快便明白世界上别的什么都不重要,"他说,"啊,天啊,露茜,这太傻了。我们像对演员似的在对话。听着,难道我们真的不能成为朋友吗?"

"我常常发现,"她说,"'朋友'这个词是所有语言中最不可信的一个。我想要你滚出去,杰克,好吗?"

最难堪的莫过于——似乎对他俩都是——他只好一手拎着一只箱子滚出去了。

第二天上午她正在清洁厨房,尽量不去想他。他出现在纱门外面,正像第一次他出现时那样,一位英俊帅气的年轻人大拇指插在牛仔裤口袋里,站在那儿。

她让他进了厨房,他说了声:"卡什米尔·米克拉兹维齐。"

"什么?"

"卡什米尔·米克拉兹维齐。这是我的名字。你要我写下来吗?"

"不,"她说,"没必要了。我会永远记得你是——斯坦利·科瓦尔斯基。"

他赞许地朝她眨眨眼。"不错啊,露茜,"他说,"漂亮的落幕台词。我猜我永远也说不出这样一句台词。嗯,不管怎样,听着,过好每一天,好吗?"然后他像突然出现那样突然消失了。

后来,从客厅的窗户里,她看到他那辆旧车车头从远处宿舍的树林间冒出来。一缕阳光射在挡风玻璃上,她飞快转过身,弯下腰,两手遮住眼睛:她不想看到茱莉·皮尔斯坐在他旁边。

再后来,她躺在床上,最终忍不住像田纳西·威廉斯所说的"失声痛哭"起来,要是她刚才让他写下他的名字就好了。卡什米尔什么?卡什米尔谁?她知道她那句关于斯坦利·科瓦尔斯基的落幕台词太虚伪太恶毒——哦,甚至更糟,糟得多。那只是个谎言,她会永远永远记住他是杰克·哈罗兰。

第四章

当露茜最后想好要往何处去时，其实走得并不太远。她在托纳帕克北边，几乎是在金斯莱镇沿线找到一座坚固舒适的房子，便立即做安排买下来。多少年来，她心里想的，嘴上说的都是"租"房子，这次走进银行买下房子的举动让她觉得是个大胆的新开端。

她喜欢这个新家的一切。它轩敞开阔，但又不是大得空洞；它很"文明"，四周高高的灌木和树丛挡住了邻居的视线，这也是她喜欢这所房子的一个原因；但是她最喜欢的是，她家和尼尔森家之间只隔着短短一小段弯路。只要她愿意，任何时候都可以去他们家。夏日午后，尼尔森家的客人可以端着酒杯，嘴里嚷嚷着"我们要露茜！让我们找露茜去！"沿着阳光斑驳的小路，一路笑着而来，那么就会有许多浪漫的机会。

梅特兰一家现在离得更远了，从那时起，她觉得从另一种意义上说他们也离得更远了。如果他们想固守清贫——如果保罗继续固执地不跟尼尔森家来往，躲开尼尔森家那个世界暗藏的机遇——那么把他们抛在身后也许是唯一明智的决定。

她知道劳拉会想念史密斯姐妹,可能也会怀念老地方的破败广阔,但露茜答应只要她想去就带她回去看看。露茜在电话中跟母亲还有其他人解释过几次,留在托纳帕克最实际的好处是:劳拉不用转学。

几天之内她买了全套新家具,还有几样所谓"无价之宝"的古董,她还买了辆新车。为什么她生活中的一切不该是她所能找到的最好的呢?

纽约社会研究新学院,就露茜所知,只是所成人教育大学。好些年前,有传闻说它是保守共产党人的庇护所,但她无所谓,因为她常常觉得,如果自己早出生个十年,很可能也是个老派的共产党。有些同志可能会因她的钱而鄙视她,不过她谦卑的生活方式别人无可诟病,而其他人可能会因此而更尊重她。其实不忙的时候,她总是很有耐心跟共产党人谈话,当然比尔·布诺克这种人除外,因为她总疑心只要稍有政治压力,比尔·布诺克准是第一个投降变节的人。

此时,在新家新客厅里的新咖啡桌上摊着新学院的春季招生目录,厚厚一沓,颇为壮观。她慢慢翻看,计划着她的新生活。

名为"创意写作"的学系开设了五六门课程,每门课程大约有一两段描述性介绍,她没用多少时间就搞清楚了。为了与其他讲师竞争,各位讲师在写课程介绍时一定下了苦功夫。

有一两位老师是她听说过的作家,但没读过其作品;其余的她根本不认识。最后她在不认识的老师中选了名叫卡尔·特雷诺的老师,用铅笔在他旁边的空白处重重做了个记号。他的课程简介并不怎么吸引人("从若干杂志及文选中选取的短篇小说"),可是她发现自己不时回头来看他的课程介绍,最后她承认最喜欢的是他。

　　本课程讲授短篇小说写作技巧。学生阅读指定知名作家的短篇小说作品,但每周课的主要任务是评析学生自己的习作。通过学习,学生们将获得有用的写作技巧。本课程的最终目的是帮助每位初学写作的人找到自己的文学声音。

在等着春季学期开学的那些天内,露茜内心安宁,觉得自己已是一名作家。她看着手头的一两篇短篇小说,这是她去年什么时候努力写完的,做过些改动,直到她觉得若再有改动只会破坏现有作品为止。这些短篇小说就在这儿,它们还说得过去,它们是她的。

　　当你写作时,你的脸上、你的声音是否流露出歇斯底里并不重要(当然,除非你让它出现在你的"文学声音"里,那又另当别论),因为写作是在宽厚的私密与沉默中完成的。纵然你有几分疯癫,结果可能也还凑合。你可以尽量驾驭,甚至比布兰琪·杜布瓦更努力,运气好的话,你甚至可以在纸面上给读者一种条理分明、心智健全的感觉。阅读,再怎么说,也是一件私密与沉默的事情。

　　这是二月间的一个清晨,难得的温和清澈,沿着第五大道走下去感觉很美好。这个宁静的高尚小区是迈克尔·达文波特一直说"等我的剧本完成后"想住的地方;很久以前的某一天,她犯了个错,提醒他说,只要他们愿意,他们可以随时——他们可以立即搬到这里来——结果导致他眉头紧锁,良久没有吭声,他俩就这样一路走回佩利街的家,让她知道她又一次触犯了约定的老规矩。

她记得新学院有点阴暗,有点像苏联那种地方,现在它的某些部分还是那样,但旁边一幢新建筑主宰着这里,它更大更高,全是钢筋和玻璃结构,跟美国本身一样明亮,一样贪婪。

安静的电梯送她上了要去的楼层,她不好意思地走进教室:长条会议桌,四周一圈椅子。一些学生已经坐在那里,仿佛不知道要不要微笑致意,有几个人聚在一起。大部分都是女人——这相当令人失望,因为露茜心里暗暗期待教室里全是魅力男士——除了一两个年轻姑娘外,全是中年妇女。很快她便有了个大致印象:这些女人们的孩子全已长大离开了家,她们终于自由了,可以来实现她们生活中的抱负。也许这个整体印象错了,因为还有几个男人。最惹眼的是那个表情迟钝、像卡车司机的家伙,他穿着件绿色工作服,左胸口袋上印着某家公司的标志——这种类型的作家可能会在他拙劣的作品里尽可能频繁地使用"他妈的"这个词——此刻他在跟身边比他块头稍小些的男人谈话。小个头男人脸色苍白、表情冷淡,穿着西装,戴着粉红的无框眼镜,露茜觉得他准是个会计或牙医。桌子那头坐着个年纪稍大的男人,头上的白发呈怒发冲冠状,鼻孔里一簇簇鼻毛,可能他已退休,想到这个游戏里来一试身手。他幽默的嘴唇一直在轻微翕动，仿佛在为他自封的本班喜剧演员这个角色而排练。

最后进来的人自觉地坐在桌子最前头，这就是老师了。他高而瘦，初眼看去像个男孩，不过露茜从他的消沉、从他微微颤抖的双手和两眼下深深的黑眼圈看得出他已年过三十。"忧郁"是她想到的第一个词，她认为这个词对一位写作老师而言不算太坏，如果他还有活泼的一面的话。

"早上好，"他说，"我叫卡尔·特雷诺。我估计我得花点时间才能弄清楚你们谁是谁，也许最好的方法是按他们给我的名单点名，如果可能的话——我不想有谁觉得是被迫的，你们可以不这样——如果可能的话，当点到你们的名字时，你们可以说一两句话介绍一下自己。"他的声音低沉稳重，很好听，露茜觉得自己开始信任他了。

当他点到她的名字时，她说："到；我三十四岁，离异，"——她马上纳闷为什么自己竟会觉得有必要说这个——"我和女儿住在帕特南县。我只是在读大学时有过一点点写作经验。"

至少有半数同学拒绝提供个人信息，露茜知道如果她的名字按字母顺序排在后面的话，她也会这样选——不管如何她就不该说。在哪怕一点点情感流露都会拿来展示的教室里，沉默寡言是最好的选择。她只能心中猜想，自己莫名其妙不慎说出的"离异"会不会一直在这间教室里伴着她，让她不自在。

点完名后，卡尔·特雷诺坐下来，说起了他的开场白。"呃，"他说，"我想只要半小时我就可以将我所知道的小说写作技巧全告诉你们——我想那样试试看,因为我最喜欢显摆了。"说到这儿,他停下来等着大家的笑声,然而没有,桌上他的手开始明显地哆嗦起来。"可是这门课不是说教,我们学会这门技艺的唯一方法只有将自己沉浸在小说里,深入作品,然后学着把我们找到的最好的东西放进我们自己的作品里去。"

他接着说了一大通,解释他觉得"写作研讨班"的价值应该是这样的:从某种程度上说,大家的每部作品会得到发表,也就是说会让十五位同学来评价。接着他谈到他期待大家的评论,他一直期待的是建设性批评,他说,不要模棱两可的两面派;不要恶语相向;"诚实"这个词他并不相信,因为它常常成为粗鲁的挡箭牌。他希望大家能够公平冷静,不要无礼。

"今天我们坐在这里素不相识,"他说,"但是接下来的十六周,我们彼此会十分熟悉的。写作课会让人情绪不稳定,我们有时候会抬高嗓门,有时会觉得感情受到伤害。所以,指导原则是这样的:作品比人格更重要。让我们尽量成为实话实说的朋友,而不是甜言蜜语的情人。"

他再次期待笑声,依然只有沉默。现在他的两只手都看不到了,一只手垂到桌下他的腿边,另一只手放在大衣口袋里。露茜想,她还从未见过这么局促不安的老师。如果说话让他紧张,为什么他还说上这么一大通?

他还在说,如果不是他谈到所谓的"教学流程",她可能都不想再听下去了。

"很不幸,"他说,"新学院没能为写作课程提供油印设备,所以我不可能把下节课要评论的作品的复印件预先发给你们,当然,能那样做最好,不过事情如此,我们也只能将就。我们只能请作者大声朗读作品,我读也行,然后就我们所听到的来讨论。"

这太没劲了。露茜本来以为她的作品会像真正的小说那样,发给大家阅读,然后看的人把写有评论的复印件交还给她。让作品仅仅朗读出来似乎不够,还要碰运气——听众可能会漏听整个句子,下一句紧接着又来了——而且,这有点像舞台上的表演。

"有几位同学提前交来了作品,"卡尔·特雷诺说,"所以我今天可以从中挑选一篇。加菲尔德太太?"他犹疑着扫视了一遍桌子。"你愿意自己朗读这篇作品,还是——"

"不,我情愿你来读,"一位主妇样的女人说,"我喜欢听你的声音。"

要卡尔·特雷诺掩饰自己的快乐真不容易,这可能是几个月来第一次有人说他的好话。"那好,"他说,"这篇小说有十五页,标题是《复苏》。"然后他用一种很夸张的语调铿锵有力地朗读起来,仿佛要证明他的声音配得上加菲尔德太太的喜欢。

那年春天来得迟。在积雪尚未消融的一块空地上,报春花几乎还没开,树全光秃秃的。

黎明时,一条野狗从朴陋的小镇主街上跑过,四处嗅着寻找生命的迹象。远处,穿过一片开阔地,传来火车孤独的凄鸣。

似乎读了两页后，作者才开始介绍镇上贫民区的一座公寓，十分详尽地介绍了这所房子和邻里后，她带着读者进了房间，读者们发现有个名叫阿诺德的二十三岁男子在极其缓慢困难地醒过来。据说阿诺德昨晚喝得太多，一夜没睡好，"有点麻木"。可是读者，不妨说是听众，只得跟着他走完清晨必经的每一道程序——摸索着在一块旧加热板上煮咖啡，在污渍斑斑的浴缸里冲凉，套上那种中低阶层才穿的衣服——然后大家才知道是什么让他"麻木"。原来由于他的"野蛮行径"，他年轻的妻子一个月前离开他，回另一个镇的娘家去了。现在阿诺德爬进他那辆破烂不堪的卡车，朝那个镇开去，到那儿后，他发现岳父岳母都很"方便地"不在家。

"'辛迪，你觉得我们能谈谈吗？'"他问那个女孩，接着他们谈了，不太久，但谈得"不错"，因为两人说的都是对方最想听的，加菲尔德太太的故事在他们两人的真心拥抱下戛然而止。

"好了，读完了，"卡尔·特雷诺看起来有点累，"大家有何评论？"

"我觉得这个故事很美，"一个女人说，"标题就点明了主题，这个主题在对自然的描写中展开——大地复苏，春天来临——年轻人的婚姻也复苏了。我很是感动。"

"哦，我同意，"另一个女人说，"我要向这位作者表示祝贺。我只有一个疑问：如果写得这么好，为什么还要来学习？"

接下来轮到卡车司机样的男人发言，他是凯利先生。"我对小说开篇部分很不理解，"他说，"我觉得进展太缓慢。我们了解了气候、了解了这个小镇、狗、火车鸣叫,还有只有上帝才知道的其他许多东西,然后我们才进了公寓,在公寓里我们等了好久后才见到这家伙。我不知道我们为什么不能直接了当地从这个家伙开始,然后再说其他。

"不过我主要的问题,"他接着说,"是最后的对话。我觉得几乎没人会像这两个人这样说话,一人给另一人喂下一句台词。电影里你可能受得了这样的对话,因为这时候背景会响起美妙的音乐,让人们知道这出戏要结束了。可这不是电影,我们这儿只有纸和墨水,所以作者得再好好努把力,把对话写好。

"还有——我甚至没有把握这个谈话到底有没有用。我不知道有没有人的生活会因一场谈话而转变。要我说,此处我们还需要一点东西。我觉得报春花不管用,因为从象征意义上来看,它有点沉重。我猜我们不希望那个姑娘告诉男孩她怀孕了,因为那会让整个故事朝别的方向发展,但是这儿得有点什么东西:一次事故、一件事、一些没有料到但听上去又真实可信的东西。好了,见鬼,我想我是在信口开河,胡说八道。"

"不,你不是,"那个白发男人说,"你说得很有道理。"他转向老师。"我完全同意凯利先生的意见。他说的全都是我想说的。"

其余学生大多数是随声附和——也有几个不愿评论的——该由卡尔·特雷诺总结了。他时而流畅时而犹疑地谈了二十多分钟,其间不停地瞟着手表,他不过是在安抚教室里的不同意见。一开始,他看似站在凯利先生这一边——他重复了凯利先生的观点,并建议加菲尔德太太最好还是记下来——但是他又向那位被深深打动的太太屈服,他说他也觉得很奇怪,加菲尔德太太居然还把自己当成学生,可是他很高兴她这样做,不然他们可能就少了她在这儿的这种荣幸,当然也就无从受益了。

"好吧,"他说完了——或者不如说是他的手表告诉他他完成了当天新学院指派的任务——"我想我们本周的功课就到这里。"

没什么意思,似乎犯不着从大老远的托纳帕克一路奔波到这里来,但是露茜宁愿相信以后可能会好些;再说,她闲着也是闲着。

第二、三周的小说都是一个年轻姑娘写的——一个苗条漂亮的姑娘,当特雷诺先生在朗读时,她蹙眉红脸,盯着绞在一起的手。

这是个姜汁汽水般的天。詹妮弗在校园里老房子间漫步,过去这三年来她慢慢喜欢上这些老建筑了——差不多四年了,她提醒自己——她鬼使神差地觉得今天可能会发生什么美好的事。

确实如此。在学生餐厅里,她遇见了一位帅呆了的男生,她以前从未见过:他大四了,最近刚从另一所大学转学而来。他们"喝咖啡",整个下午都在散步、聊天,相处异常愉快。男孩有一辆蓝色名爵汽车,他开车的技术让人"钦佩",他带她去隔壁小镇一家极棒的餐馆吃饭。烛光摇曳中,詹妮弗发现自己对着那些菜肴发呆，那些菜名全是法语，注出了正确发音（可惜特雷诺先生怎么都发不准那些音），詹妮弗心想"这可能是真正的恋爱"。回到学校，他们一起走进她宿舍楼后面的阴影地里，躺在那儿的草地上，亲热了好久。

露茜依稀记得在战争期间"亲热"一词就是做爱的意思，可她不知道，在这篇小说里，在比她小一辈的年轻姑娘们那里，这个词仅意味着耳鬓厮磨——可能为一个男孩松开你的"胸罩"，也许让他的手伸进你的内裤，但仅此而已。

詹妮弗邀请那男生到她房间里去"喝茶"。从那开始一切就乱套了：他很粗鲁，想立即跟她上床。一开始就对她很不好，当她拒绝后，更是"像换了个人，疯狂得不像个人"。他朝她咆哮，可怕地吼着她的名字，简直无法形诸文字，甚至想想都害怕。当他的暴力升级时，她吓得缩成一团，幸运的是，梳妆台上有把剪刀。她一把抓起来，双手紧握瞄准他的脸。当他终于摔门出了房间后，她蜷缩在被子下哭泣。她现在明白这个男孩是个精神有毛病的人，有严重的精神病，需要专门治疗——这也可以解释为什么他大四了还要转学。快到黎明时，她想起了父亲睿智温和的话："我们一定要体谅那些比我们不幸的人。"而她入睡前最后的念头是：看来真正的恋情还得等待。

桌边几个女人谨慎地表扬了这篇短小精悍的作品，有个女人说她很喜欢餐馆那一段，不过她立即又补充说她也不明白是为什么。

接下来点了凯利先生的名，但他粗壮的胳膊抱在穿着工作服的胸前,他说他今天情愿什么都不说。

剩下就是卡普兰先生了,那位牙医——或会计完成了主要评析。"这个故事给我的感觉是,这个作品还很不成熟,"他说,"通篇都是无意识的愚蠢——我说这是作者而非人物的问题——多得我都没想到这竟出自一个成年人之笔。如果非常重要的东西都错了,在我看来,任何写作技巧都帮不了忙。"

"我同意,"老男人说,"我还要告诉你们的是:我倒愿意听听那个**男孩**是怎么说这个故事的。我很想知道她拿把剪刀对着他时他的心情。"

"嗯,可是她吓得要命,"有个女人说,"他可能完全失去了控制,她只知道她很可能被强奸。"

"呸,强奸个屁,"老男人说,"很抱歉,女士们,这不过是个戏弄挑逗的故事罢了。噢,还有一点:我从没见过姜汁汽水般的天,我猜你们也没有。"

露茜几乎不敢看写这篇故事的那个姑娘,可她还是冒险看了一眼。那姑娘的脸不再红了,一脸平静的不屑,脸上甚至还泛起了苍白的微笑,意味着对这个班上、这个世界上所有傻瓜的容忍与同情。

这个姑娘还行,她挨过了这个上午;特雷诺先生似乎知道这点。他甚至没有责怪老男人没必要的粗鲁,虽然这与他第一天开场白里对"无礼"的约束有所不符;相反,他哈哈笑着评论道有些素材总是比别的更有争议,接着他告诉那姑娘她的小说可能还需要加工。"如果你能想出法子让这些自以为是的,"他说,"或者说明显自以为是的语气缓和些,也许你能得到更满意——更满意的评价。"

接下来的一周,选读的是露茜两个短篇中的第一篇,也是较短的那篇:《戈达德小姐与艺术世界》。特雷诺大声朗读时,她直挺挺地坐在那里,心中忐忑不安。不过,她得承认他读得很好。问题是,文章中的许多小毛病,以前没有发现,此时在他的朗读下却十分明显。读完后,她觉得很虚弱;她想藏起来,她唯一希望的是凯利先生今天不要选择又保持沉默。

他没有,他是第一个发言的人。"嗯,这次我们有了些尊严,"他说,她立即觉得"尊严"这个词多么不同寻常,多么可爱。"这位女士理解句子——太少见了——她知道如何让它们一起发挥作用,这就更为难得。这样写的文章有力、优雅,还有——嗯,我已经说过尊严了,但这里我还得再说尊严。

"不过,说到这篇小说的素材,我没有太大把握。我是说我们读到了什么?我们只看到这个富家女,她不喜欢寄宿学校,因为那里的女孩老是取笑她;她也不喜欢放假回家,因为她是独生女,而父母眼里只有对方没有她。后来她跟这位不寻常的教绘画的年轻女老师交上了朋友,这位女老师说她有画画天分,有那么一刻我还以为我们手头上的是女同性恋的故事,可我猜错了。这位老师帮助这个姑娘通过艺术找到自尊,所以故事结尾时,姑娘意识到她终于能直面她的生活。

"问题是:这基本上是过去称之为'醒悟'类的小说,自从电视出现，那类通俗小说杂志垮台后，这种迎合大众口味的套路行不通了。

"可是，不要紧，"他飞快地补充道。"这还在其次，可能这样的批语意义不大。我觉得我想说"——他皱着眉头，努力筛选想说的词——"我想说的是恐怕我从其中品味出一种'关我什么事'的感觉。非常有力、非常优秀的写作，然而这个素材让我想到，是啊，是啊，我知道，可是谁在乎呢？"

其他人，课桌四周的人，似乎都同意凯利先生表扬与批评。对卡尔·特雷诺而言，这一天过得很轻松：没人挑战他怯懦的领导能力，也没有冲突需要他去安抚或妥协，他的总结也无需独到精辟。

露茜还是每周继续到新学院上课，因为她更看好的第二篇小说可能有机会朗读。她想知道乔治·凯利和杰拉米·卡普兰，还有一两个其他同学会对此说些什么。她只好等着好些同学的短篇小说被朗读讨论，忍着那些乏味或激烈的讨论，最后终于轮到她了。

"我们今天上午要朗读达文波特太太的另一篇小说，"特雷诺宣布说，"有二十一页，标题为《夏季剧场》。"

这次在朗读中她没有听到错误。她自信她的遣词造句会再次得到喝彩，新素材也不会让人说谁在乎。读到最后，她甚至发现自己被它感动了——她的嗓子眼里有点肿胀——仿佛这是别人写的小说一般。

"嗯，好啊，"等读完后，乔治·凯利说，"这次跟上次一样，我挑不出任何语言上毛病——这位女士运用语言像个行家——这次的故事也更有趣点。年轻的离婚女人爱上夏季剧场的导演,这部分看似可信,故事展开得也很好。有关性的描写跟顺着这条思路我读到的其他部分一样高雅,它们很有力,也让人信服。这个男人劝说她在一场重要演出中扮演最困难的角色,她知道她没有准备好,但是还是去演了,她为此心力交瘁;然后,她还没从中缓过劲来时,却发现她已失去了这个男人,他投向了一个年轻女孩的怀抱——这也说得过去,因为从一开始就注定会是如此——所以,到这里一切结束,我觉得这篇文章写得很不错。

"我唯一的问题是——"说到这里,他开始了评论的第二部分,露茜咬着嘴唇——"我唯一的问题是我不知道最后三四页,或者不管多少页,我在做什么——这个部分从那个男人跟那姑娘一起离开后开始。我不明白这些页里除了这个女人的心理描述以外还有什么东西。这是篇关于背叛与孤独的哲理小散文,你不能把抽象的东西放在小说里,至少我从没想过可以这样。于是我们想当然地相信她担心自己会像前夫一样疯掉,这也很无聊,因为我们知道她不会疯。我们甚至得跟着她想自杀的思绪闲逛,这更是浪费时间,因为她从未打算做那种事情。噢,在这篇小说中,也有些好的片断,比如那个放学回家的小女孩,吃花生酱三明治,可是为什么这些事情不能早点写出来呢,放在故事主体部分呢。总体上,最后这一部分,是一个女人在许多方面的自怨自艾。如果我知道有什么更好的词可以形容这个的话,那便是——'情感脆弱',行吗?

"我讨厌再次提起它,达文波特太太,因为上次我就不想说的,可是这次我觉得你在努力扭曲这个好作品,只为了让它再次进入'醒悟'类小说的套路。你想告诉我们这个女人发现她自己因为这些事情变得更'坚强'了,可没人会相信,因为这毫无道理。怎么回事?任何有脑子的人都知道不幸可以磨炼人!我也不想你宣称她一直很'脆弱',因为这些词根本就没有任何意义,没有一个合适。事实上,一个人坚强或脆弱,在仔细考量之下其间的区别总是土崩瓦解,人人都明白。这便是为什么太过伤感的念头会令一个好作家难以信服。

"所以,你看,你的作品就是说这个女人被人辜负了。我们可以认为她觉得恼火,我猜我们大家都看得出来,这就够了,这个故事说的就是这个。你得这样做,达文波特太太,你得砍掉这个男人跟那个姑娘走后的所有篇幅,我想这样你就走上了正路。"

卡普兰先生清清嗓子说:"我喜欢行李箱那个部分,我觉得行李箱是很好的一笔。"有个老女人说她也喜欢行李箱这部分。

"凯利先生?"那天下课后,露茜把他堵在走廊饮水处。"谢谢你给我这么多帮助,两篇都是。"

"噢,这是我的荣幸,"他说,"很高兴你没生我的气,对不起。"他转过身喝了好大一口水,仿佛教室里谈话把他烤焦了似的。

他用袖子擦嘴时,她用从尼尔森家的聚会上学来的那种矜持而得体的表情,她问他是"做"什么的。原来他不是开货车的,他是个电梯修理工,主要在高楼里工作。

"那肯定很危险。"

"不不,在电梯升降机井里,他们给我们多达二十七种的安全保护措施;其实我们跟打字机技术人员没有两样,除了我们收入更高些以外。不过,问题是,我一辈子想的是用脑子工作。"

"嗯,在我看来,"露茜说,"你用脑子工作得很好。"

"是的,还行,但我是说靠它维生,你知道。用我的脑子挣钱维生。这个有点难,如果你明白我的意思的话。"

她明白他的意思,于是她问:"什么时候我们可以在班上读到你的大作?"

"哦,那很难讲。也许今年不可能了。我在写一部篇幅很长的小说——我想太长了,可能有点失控了——卡尔告诉我,我可以摘取部分章节,找个像短篇小说的章节拿到班上来读。他说得不错,但问题是我看来看去,找不到像那样的章节。这是个大家伙——你知道——大部头。"

"嗯,这可能本来就不是个好主意,"露茜说,"恐怕我对特雷诺先生没多大信心。"

"噢,千万别。"乔治·凯利看上去有点不安。"不,你不要小瞧了卡尔·特雷诺。我在杂志上读过他的四篇小说,他很不错,真的很棒。我是说,这家伙真有两下子。"

茱莉·皮尔斯、保罗·梅特兰、汤姆·尼尔森、尼尔森家聚会上的有名客人——怎么她的生活中尽是有两下子的人?你到底得怎么做才能得到这样的赞誉?

乔治·凯利夸张地行了个工人大佬粗礼,从她身边走开了,他还不如一直用双手把布帽子摁在胸前的好。"嗯,"他说,往后退着。"听着,跟你聊得很开心,达文波特太太。"

那天下午她在西村走了一两个小时,每转一个弯她都惊奇地发现情况变化多大。这并不是漫无目的的散步:她在寻找所谓的"素材"。

往西走到佩利街,她找到了她和迈克尔·达文波特以前住的房子,跟以前相比,现在完全不同了——简直破旧得不能再破旧。所有邮箱的锁都被砸烂了,租客的名字写得潦草马虎,用透明胶带贴在那里,这地方成了一处临时旅馆。

即使如此,当她在肮脏的小街里逡巡时,这幢老房子让她回忆起很多人和事。比尔·布诺克的大嗓门还在那里回响,她还能看到迈克尔那副傻样,他被戴安娜·梅特兰的一举一动迷得神魂颠倒,还以为她不知道。深夜时,这条小巷里总有人在亲吻。戴安娜喜欢亲吻,不管男女,她给以同样飞快而甜蜜的一吻,除了好心别无他意。喏,她似乎在说。你真好。我喜欢你。

而比尔·布诺克会用手搂着她,把她带回他住的地方,"他们的"地方,穿过阿伯丁广场,露茜知道迈克尔只要想到他俩在一起便饱受折磨。

好了,是的;这些过去可以写成一篇小说——四个年轻人带着他们的小秘密分开了。比尔·布诺克可能是最不重要的人物,她很讨厌他,不想写他,也许她可以把他变成另一个人——不;最好还是保留他的本色,因为可笑之处就在于戴安娜·梅特兰竟会爱上这样一个男人。故事的焦点在于戴安娜，她如何一连多个小时四处卖弄风情，吸引别人的注意，而没人介意，因为人人都知道她是个多么特别的女孩。主角应该是年轻的妻子（第一人称好还是第三人称好？），还有那个可悲的丈夫，可能那时就给点情感崩溃的征兆，也许能起到一种——嗯，不要紧，当她回家时，她会想清楚的。

可是，那晚她还没回托纳帕克，这个想法似乎就很淡了。她坐在华丽的家里，觉得自己没有天赋。除了乔治·凯利留有余地的赞扬，除了卡普兰先生点缀似的偶尔赞许外，没人给过她鼓励，甚至她语句中的"尊严"也只是她读私校的唯一收获，所以没什么理由说明她可以成为一个作家。可能她花一两个月写下这个佩利街的故事，结果只是发现每一页、每一段都分崩离析，直到她意识到它什么也不是——凯利先生，那作为本年度的"醒悟"类小说如何？

她焦虑沮丧，不知道还要不要继续去新学院上课。现在她的两个短篇都读过讨论过了，没有什么继续待下去的理由。剩下的几节课，特雷诺可能无法帮她找到她的"文学声音"。不过，如果她此时离去，别人可能觉得她很自私，甚至觉得她自命不凡。

所以，这种害怕被人视为自命不凡的恐惧驱使她继续上了新学院的几节课——在她这一生中，这并非第一次害怕被视为自命不凡的恐惧反而让她变成了这种人。

她坐在那里，不屑地吐出缕缕香烟，听着本周手稿的朗读，接着是桌边缓慢支吾的讨论。她觉得她的勇敢耐心简直应该得到表扬，她不知道自己能不能坚持到老师的总结部分，还好那天的总结非常简短，当他的话音刚落，她知道该她行动了。教室里其他人都还坐在那里没动，好像在等什么——在乞求什么——露茜·达文波特把椅子往后一推，站了起来。

"这个课，"她宣称说，"这个课是乡村业余晚场。我很抱歉，特雷诺先生，因为我知道你是个高雅的人，可是这么多星期以来，我们坐在这里，忍受着彼此的平庸，我们只做了这些。对那些需要它的人来说，我猜这样的活动可能有某种疗效，但是这跟写作毫不相干，今后也不会有关系。有人真的相信编辑们会花上哪怕三分钟来读我们这儿谁写的小说吗？哪怕任何一篇？"

她说得极快，嘴巴发干。乔治·凯利看起来有点不好意思，仿佛她打破了一条重要的潜规则——仿佛露茜在他家当着他妻子和家人面前醉酒倒下一般。

"呃，好吧，我很抱歉，"她说，更多地是对着乔治·凯利说明，尽管她几乎不能把视线从桌面上抬起来看他。"我很抱歉。"然后，她冲出了教室。

如果她算好时间，早几分钟爆发就好了，那她可以独自一人撤退，可现在她只得跟班上一帮沉默的女人一起坐电梯下楼。

上到街上，离开她们——摆脱了她们，彻底摆脱了她们——她开始快步走起来。她差不多走出一个街区远后，听到有人在叫："嘿，达文波特太太！嘿！露茜！"

一个人跑过来，沿着人行道跑着，身上的雨衣拍打着他的瘦腿：是卡尔·特雷诺。

"听着，"等他追上她，呼吸平和下来后，他说，"我想请你喝杯酒，行吗？"

他领着她走进一家酒吧——他此时看来对他的行动很开心，就像解决了一桩难题——他让她在面朝第六大道的窗边的一张小桌前坐下。

"让你对我的课这么失望，真是惭愧，"他说，"但我完全能理解。我首先想告诉你的是，这里面另有原因。我们能谈谈吗？"

"当然。"

"我尽可能说清楚些，"他一本正经地喝着没兑水的波旁酒，旁边是一杯冰水。她但愿这不是滥饮的头一杯，他会一直喝到傍晚吗，因为他看上去太瘦了，难以消受这么多酒精。"每次我走进教室，我便觉得迷失觉得害怕，我知道人们能感觉得到——**你**感觉到了——所以解释一下我为什么要这样做才说得通。老天爷知道这并不是为了钱：这份工作我拿的薪水不够我养家、养自己的四分之一——我离婚了，可我有两个孩子，所以我还是有些义务。不，整个问题在于我需要资历，新学院是美国唯一一所愿意雇我的大学。你知道吗，我没有上过大学，我没念完十二年级，我不知道该怎么当大学老师，我甚至不知道大学老师该怎么说话。好多次我坐在那儿，听着自己说个不停，单调沉闷，我想这混蛋是谁？我只想赶快回家一枪把我的脑袋打开花。这个理由说得过去吗？"

"哦，"露茜说，"我真没想到你没念过大学。"看到他略微受伤的表情她立即醒悟这话说错了，这有点像她告诉一个黑人说他看起来跟白人一样聪明。她想弥补过错,于是说:"这是怎么回事,你怎么错过了大学?"

"哦,说来话长。"他说,"这个故事并不能反映出我好的一面。我并未因此觉得不好意思,但这也不值得我骄傲。不过,问题是,现在全美的大学都设有写作研究课程——我猜是种学术风气,可是看起来这会持续一阵——它们还付你真正的薪水。我追求的就是这个,你知道吗?我想让自己合格,能当上真正的大学老师。"

再一次,她又想起了南茜·史密斯的弟弟:最后,他们在分数上做假,让人人都合格了。

"噢,我并不是说那有多了不起,"卡尔·特雷诺还在说,"不过不管我干得怎么样,它能给我大部分人都有的那种安全感,肯定比我为了谋生干过的——我现在还在干的——那些破烂活计要好得多。"

"什么破烂活?"

"自由职业者,写些商业类特约文章,"他告诉她,"别人雇我写些垃圾文章,这里挣个一百,那里挣个五十,年复一年,从我本该读大学的时代直到现在——所有这些没有别的目的,只是争取时间,争取时间。真的非常——累。"

"是啊,我能想象得到。"露茜说。他看上去真的很累——自从她认识他以来,疲惫加悲伤是他脸上的主要表情。过了一会儿,她说:"凯利先生告诉我,你发表过一些很优秀的小说。"

"哦,凯利先生人太好了,"他喝完了第二杯,也许是第三杯。"可是我要告诉你一点凯利先生不知道的事。十月份我有本大部头书要出版了。"

"噢,那很——好啊。书名是什么?"

他说了书名,但她立刻忘了,就像在聚会上有人向你介绍一个微笑着的陌生人一样。

"是关于什么的?"她问。

"噢,我不知道我能不能说清楚它是'关于什么的',"他说,"但是我可以告诉你它是什么,它是我在三十五岁年纪上对这个世界的认只。"

"它是不是"——她问的这个问题,据说所有的小说家们即使不生气,也会很厌烦——"它是不是自传性的?"

"嗯,可能吧,"他说得仿佛正在思考这个问题,"如果说《包法利夫人》也是自传的话,仅限于这个程度。"

这个回答让她很好奇。他迅速地变成一个全新的卡尔·特雷诺——不哆嗦,不消沉,不再缺乏自信。他可能还是有点累,有点难过,但他看起来十分自信,令人愉快,她第一次能够想象他跟哪个姑娘相处的样子——也许是跟许多姑娘们。

"花了我五年,"他还在说他的那本书,"用了那么多时间,长得我都记不住,可是我觉得它写得很好。事实上,我觉得它岂止是好,是非常棒。也许不会举世轰动,但人们应该会关注它。"

"我——我绝对盼着读它,卡尔。"这是她第一次直呼其名,不过她觉得可以这样称呼他了。

那天,在酒精的作用下,没多久他便说自从开学第一天他就觉得她异常迷人。他一直希望他能更了解她。现在，如果露茜能说说她自己及她的生活，也许更公平些。

"嗯——"她开口说道，同时感到自己有点醉了。她记不清面前摆过多少杯金汤力，刚刚喝完满满一杯又斟上了。她一定喝得跟卡尔·特雷诺一样多，他现在正在打手势再叫一轮。

"嗯，"她笑着说了一大通事后自己都记不得是什么的话。她知道她跟他说了许多但又不太多；她知道她说的一切是真的，却又都经过仔细斟酌，是酒精刺激下的真相，调情而已。

所以当他的手横过桌子，紧紧地握着她的手时，一切不足为奇。

"嘿，露茜？"他沙哑地说，"你愿不愿跟我回家？"

她的血液里有太多酒精，无法让她立即作出决定，可是让他等太久也不行，她马上回答了他。

"不了，我不想这样，卡尔。我不太喜欢做这种随便的事。"

"这未见得是随便的事，"他说，"我们可能会发现我俩能处得很好，甚至可能发现我们是天造地设的一对，就像电影中的人们一样。"

可她只是再说了一次不，这次她想柔和一点，所以她把手放在他的手上。她知道说"不"将来很可能会后悔；但是，说"好"可能会令她悔之不尽。

走到街角，他飞快地吻了她一下，久久抱着她，她也全力回抱着他，这种道别法很愉快、很柔和。

"露茜？"他对着她的头发说，"当我追你的时候，你为什么停下来等我?"

"我想是因为我在楼上说了那些话我很不好意思。那你为什么要追我?"

"噢,见鬼,你知道的,因为我一直想认识你,我不能让你就那样走掉。可是听着,露茜。"他还抱着她,她并没有不耐烦想松开,她也抱着他,他的雨衣感觉不错。"听着,"他又说。"还有一个理由。如果我告诉你,你能理解吗?"

"当然。"

"那是因为——噢,宝贝,因为你说我是个高雅的人。"

第五章

露茜用了两三个月写她的佩利街故事,却发现素材难以把握,飘忽不定,老是跑题。当她觉得基本上把握住后,她设计了大结局,至少在最后一章里没人要认知什么大道理。一天晚上,那个姑娘吻别他俩走后,年轻的妻子因嫉妒与丈夫大吵起来,丈夫只能做苍白无力的辩解,企图否认对那个姑娘的"渴望",反而让妻子气上加气,责骂更多。一只厚重昂贵的餐碟打碎在洗碗池里,象征着婚姻不久即将破裂。这就是结局。

她觉得这可能还行;可能"管用",除了——除了这并没有真的发生以外,而这似乎给整个作品投下一层欺骗的阴影。你怎么会相信你编造的东西呢?

一连好多天,她觉得无法面对这部手稿,她想修改早前的这篇或那篇小说,时时听到乔治·凯利的声音在冷静地提出忠告,觉得他就在场,仿佛站在她椅子旁,从她肩后看着她的小说一般。

她知道他说得对。寄宿学校的故事确实需要更多戏剧性的转变,《夏季剧场》的最后部分里确实充斥着太多让人不好意思的语句。

一天清晨,她找到了结束《夏季剧场》的合适之道——三句话,简洁但意味深长,令她颇觉骄傲,仿佛自己是个真正作家,她把多余的那些页全撕掉扔进了废纸篓。

可是完事后,她发现小说主干部分有些不妥之处:有的情景太拖沓,而有的又不够长;许多段落没有尽到叙述之职;语句们不知怎么好像在逃避乔治·凯利说的尊严,遣词造句太过简单、太过贫乏。现在看来,真正专业的方法是重写这个故事。

《戈达德小姐与艺术世界》的手稿躺在那里好几周,怎么看也没有生气。结尾处的虚弱看来只是问题的一个部分;主要问题在于,她想了很久后才得出结论,主要问题是她不喜欢它。如果这是别人写的话,她才不会喜欢。她甚至想到给这篇小说一个不屑的小结,乔治·凯利可能会同意;这是那种"噢我曾是多么敏感的小孩"类的小说。

不过,她没毁掉它,她只是把它扔进抽屉。有些章节她还想挽回,也许哪天再来修饰润色,比如那个姑娘跟戈达德小姐的第一次见面("有那么一刻我以为我们手上的是女同性恋故事,结果猜错了")。

到八月份,她坐在书桌前的时间越来越少了。有一天,阳光灿烂,她穿上旧泳装——一件蓝色棉质比基尼,以前迈克尔·达文波特总说只要她穿上这件泳衣他就要发狂——她拿出毛毯,在阔大的后院里躺了好几个小时晒日光浴,装在隔热冰桶里的金汤力近在手边。傍晚,有两三次她换好新买的夏裙,往尼尔森家走去,都在半道中折转回来,因为她不知道去了尼尔森家,她能跟这对夫妇说些什么。

起初她对自己说这种情况叫做"卡壳"——是作家都有卡壳的时候——可是,后来,有一天晚上临睡前,她怀疑自己已经彻底玩完了。

也许表演让你情感枯竭,但写作会令你大脑麻痹。写作让你沉沦、让你失眠,成天带着一张憔悴的脸走来走去,露茜觉得自己还没有老到那般地步。当大脑疲劳时,独处与沉默的快乐只成了孤独,别无其他。你可能酒喝得太多,又或者为了惩罚自己而故意不喝,却发现不管喝与不喝,都令你才思枯竭无法动笔。如果大脑太累、用得太久,一些莫名其妙的大错可能害你被人拖走,关进贝尔维尤,一辈子担惊受怕,被人瞧不起。还有另一种危险,若不是她如此发狠地写这三篇小说,她不会意识到的这种危险:如果写的全是你自己,那么完全不相干的陌生人也会很了解你。

许多年前,还住在拉齐蒙时,她曾腼腆地评论迈克尔的一首诗,说:"似乎太节制了点。"

他在房间里低头踱步,良久没有吭声,后来他说:"是啊,可能是真的。太节制也许不好,这点我明白。不过你也不想在梅西百货的橱窗里脱下你的裤子,对不对?"

对。露茜从这三篇学徒作品中明白了,无论她的期待有多高,无论自己再怎么努力,她能做的只是不时在梅西百货的橱窗里脱下裤子罢了。

那年秋天，在尼尔森家的一次聚会上，她认识了一个男人，几乎把她迷得晕头转向，她才不关心他"做"什么——他是个股票经纪，是托玛斯·尼尔森水彩画的忠实收藏者——她喜欢他的脸、宽阔的胸膛和扁平的腹部。不出五分钟，她发现他浑厚殷勤的嗓音能让她两侧锁骨微微颤动。她不可救药地迷上了他。

"我得老实承认，"当晚他开车载着她朝他在康涅狄格州雷吉菲尔德的家驶去时，她说，"我忘了你的名字，是叫克里斯什么吗？"

"哦，差不多，"他告诉她，"我叫克里斯托夫·哈特利，不过别人都叫我契普。"

在路上，她突然想到，如果不是先遇上迈克尔·达文波特，契普·哈特利很可能就是她会下嫁的人——那种她父母觉得舒服的人。那晚，在他车上，在一些玩笑问题后，她还知道一件事，原来他也是生来富有，他继承的钱几乎和她一样多。

"那你为什么还工作？"

"我想是因为我喜欢工作。我甚至没把它当成'工作'；我总是把股票市场当成一场游戏。你了解游戏规则，你接受挑战，你承担风险，整个关键是赚钱盈利。一旦我发现我没有达到客户的期望，我便出来，整个过程十分刺激，很好玩。"

"嗯，难道它不枯燥吗？每天就是那么老一套？"

"当然有一点。不过我喜欢这种老一套。我喜欢每天清早坐火车进城，我觉得《华尔街日报》是美国最好的报纸。我喜欢跟朋友们一起吃午饭,那里的侍者全认识我们。我甚至喜欢那种下午,无事可干,只好在办公室闲逛,等着到点走人。我常常想,嗯,好吧,也许这不值什么,可这是我的生活。"

他住的地方,除了每面墙上都挂着装裱精美的托玛斯·尼尔森的画以外,看不出这里有多奢华。地产经纪通常把这种房子叫做"马厩"——朴素、有品位的套间,正适合离婚三四年、没有孩子的男人——从他自信地领着她上楼去卧室的样子,她知道他很少会一个人待在这里。

姑娘们一定把这个直率、坦诚的高大男人惯坏了。当她们知道还有许多女孩在等着时,肯定会抑制自己的矜持与羞怯。从别人信任他,让他打理钱财来看,他肯定也是个好情人:他周到体贴、留意细节,既谨慎又大胆,每一步似乎都安稳踏实。

第一个晚上,他要了她两次,然后随意地抚摸着她赤裸的身体,直到一手握住她的乳房才慢慢睡去。清晨醒来,听到他在楼下厨房里走动,甚至闻到淡淡的咖啡香味,她放松地伸了个懒腰,又蜷进被子里。这感觉真好。

最好的莫过于,不久她发现他生活中暂时没有别的女人。他愿意用他所有的空闲时间陪她,在雷吉菲尔德或在托纳帕克或在纽约都行。许多个礼拜不知不觉就这样过去了。

不过,他是她认识的第一个对任何艺术均无热情的男人,这令他怪异地不完美。嗯,听着,契普,她常常想对他说,通常是当他们在某家高档餐厅的谈话变得索然无味时,难道这真的就是你的全部?挣钱和做爱,做爱和挣钱?她从没问过这个问题,害怕他会从冰镇生蚝的冷盘或从烤牛排的热盘里抬起头，眨眨眼说，嗯，当然。不行吗？

"你只收藏尼尔森的画吗？"有个星期天的下午，他们在雷吉菲尔德，她问他。

"没错。"

"为什么？"

"哦，我想是因为我喜欢他的作品里没有废话，有种货真价实的感觉。现在许多别的东西，要么我搞不懂，要么无法打动我，大部分时候我分不清到底是哪种情况，所以不管是出于喜好还是为了投资，我都不想瞎掺和。"

"我曾听过相反的说词，"她说，"说他只是个画插图的，而不是什么艺术家。"

"也可能，"他承认，"不过，我喜欢它们挂在我家墙上的样子，知道还有许多人也这样做让我很高兴。肯定的，不然他不会这么成功。"

似乎约定俗成的一般，契普·哈特利井井有条的生活中，星期天什么也不干，完全休息，喝精确定量的酒，阅读时事新闻——就像星期六完全是运动与玩乐，就像五个工作日，除了他们缩短了的晚上外，全用来工作一样。

卡尔·特雷诺的第一本长篇小说并没真的火起来，但是露茜很仔细地看了几条极为出色的评论，并立即买下来。她做的第一件事是扔掉那丑陋难看的护封——前面是廉价的插图，后面是张不快乐的大学男生的照片——然后坐下读起来。

语句的"尊严"与场景的清晰让她很愉快，读到第三四章时，她略微明白他说的《包法利夫人》是什么意思了。对于一个在新学院从来得不到笑声的人来说，有些地方写得十分搞笑，但是全书透着一股悲凉的调子，结尾时即将发生悲剧也在情理当中。

她整晚坐在床上，还哭了一会儿，她把书放下，一手捂着嘴哭了；清晨她努力想睡一下，可怎么也睡不着，她在曼哈顿的电话簿上找到卡尔·特雷诺的名字，给他打电话。

"露茜·达文波特，"他说，"嗯，很高兴你打电话来。"

她有点不好意思，搜索着适当的词句，想告诉他她对这本小说的感觉。

"嗯，谢谢，露茜，那很好，"他说，"你喜欢它，我很高兴。"

"噢，不是'喜欢'，卡尔，是'爱'。我记忆中从没哪本小说这般令我感动。我想跟你讨论讨论，可是一通电话真的不——你觉得我们能在城里什么地方喝一杯吗？就这几天？"

"哦，实际上，我现在这里有个伴，"他说，"而且我可能——你知道——维持一段时间；所以喝酒的事情我们还是改天再说，好吗？"

挂上电话后好几个小时，他粗俗的话语还让她有些恼火。难道用"我现在这里有个伴"来告诉她他有女人不是很可笑吗？她好多年没听人说过什么"改天再说"之类的话，所以这点也很可笑——特别是从一个痛恨陈词滥调的作家嘴里说出来。

可是她无法否认谈话中她自己也有错——太开放，太直接，太过主动。如果她昨晚睡了一会儿，她肯定会说得委婉些。

最糟糕的莫过于，不管她怎么仔细品味刚才这通搞砸的电话，最糟糕的莫过于她非常非常失望。整个晚上，尤其快到清晨时，她的思绪不断从卡尔·特雷诺的感染强烈的故事中游离出来，对这个男人本身充满浪漫幻想。那么多星期，她错看了他，瞧不起他，似乎只让他俩在第六街一起度过的那个下午显得更为刺激。她非常后悔那天对他说"不"——如果她说"好"的话，现在她可能跟他在一起享受这本书带来的快乐——而她永远忘不了，他们在街上缠绵拥抱，双手紧扣的感觉有多美妙。

这天清晨五点，万籁俱寂，她把书放到一边，先不读最后一章，因为她知道最后一章会让她心碎，她记得自己嘴贴着枕头喃喃说出声来："哦，卡尔。噢，卡尔……"

现在还不到中午——甚至没到让自己喝上一杯的时间——然而想不出有什么可做的。全完了。一切是那么令人绝望，像场灾难，因为卡尔·特雷诺说还是改天再说。

过去她发现，冲个长而舒服的热水澡相当于一夜睡眠，有益健康。她也知道煞费苦心地挑选衣服，然后再穿上衣服有时候也是打发时间的好方法。

这一天她运气不错：等她手端第一杯酒，在电话桌前坐下时，已过了下午四点钟。这杯酒闪着光，深沉、实在，像挚友的爱。纽约证券交易所已经收市一个多小时了，在这种下午，哪怕是尽责的经纪可能也无事可做，只能在办公室里闲晃，等着到点下班。

"契普?"她对着电话说,"你很忙吗? 能跟你说几句话吗? ……哦,太好了。我只是在想,你有没有——你知道——你今晚有没有空,因为我真的很想见你……噢,那太好了……不,**你**说什么时候,**你**说在哪里。我只想听凭你的处置。"

"妈! 妈!"一天晚上,露茜还在厨房里收拾,劳拉在客厅里大叫起来。"妈,快来看,快点,电视里在放一部新的连续剧,挺好看的,猜猜**谁**在里面?"

一闪念间,露茜以为是杰克·哈罗兰,但不是,是本·杜恩。

"是讲一个农场家庭的,我想可能是在内布拉斯加,"露茜走进来,在劳拉身旁坐下,望着色彩斑驳、嗡嗡直响的电视,劳拉介绍道,"我觉得真的很好看。故事应该发生在大萧条之前,你知道,他们都很穷,他们只有这一小块——"

"嘘——嘘,"露茜让她别说话,这个女孩说话像竹筒里倒豆子似的噼里啪啦一大串,太快了跟不上。"我们还是看电视,我想我接得上。"

许多这类电视"连续剧"很没意思,可是他们偶尔也会找到个走运的套路,这部连续剧就相当被看好。年轻的父亲沉默寡言,自尊心很强,然而生活的艰辛让他过早苍老;漂亮的母亲安详宽容,大气雍容;满脸疑惑的儿子刚刚进入青春期;女儿再小一两岁——也许还有点顽皮,大眼睛里洋溢着初生的美丽。

本·杜恩扮演生气勃勃的老祖父,从他高兴地下楼来吃早饭那一刻起，你便知道在这部电视剧中他会可爱到底。编剧在第一集或者说"试播"集里没有给他太多台词——他只是时不时从麦片碗上抬起头，来上一句辛辣妙语——但是他赢得许多笑声，或者说赢得许多预先录制好的笑声。

"我打赌这个女孩会成为明星，你说呢？"节目放完后，劳拉说。

"嗯，也可能是那个男孩，"露茜说，"他父母也有可能。还有这么多集，如果有些集里他们让本·杜恩当主角，我丝毫也不会奇怪。他以前是那么出色的演员，你知道，好多年都是。"

"是啊，我知道，不过以前我和安妮塔总觉得他是个老怪物。"

"噢？为什么？"

"我不知道。他好像总是穿得太少。"

劳拉站起来，关掉电视，漫步走出家门。她现在似乎到处游逛，而不是散步，再过几周她就要十三岁了。

佩基·梅特兰在放弃学业，将自己完全奉献给保罗之前，曾在纽约艺术学生联盟学画画学了大约半年时间，她常说她"爱"那里。联盟没有入学要求，没正式的学习课程，初学者和高年级学员"混在一起"，老师根据每个学员的需要给以辅导。

于是露茜决定去试一试。她并没觉得有学画画的必要——以前寄宿学校里那位深受爱戴的老师对她的画评价极高，但那是半辈子前的事——不过在帆布上画油画还是个全新的挑战。再说，她去学学又没有什么坏处。

在联盟学习的第一天,在一间宽敞整洁、光线充足的教室里,她对油画的最初了解是它的气味不错,闻上去就很艺术。后来,随着一些小错,她渐渐学到更多。一切都跟光线、线条、形式和色彩有关:空间有限,你的责任是用一种满意的方式填满它。

"现在你有点开窍了,"一天下午,指导老师走到她身后,透过她的肩膀说——天知道从她注册以来,已经上过多少周课了。"我想你有点开窍了,达文波特太太。如果你这样坚持下去,你就要画出一幅画来了。"

指导老师名叫桑托斯,矮个子、秃顶,西班牙人,但英语说得没有一丝口音。打一开始露茜就知道他是当老师的料,他不卑不亢,从来不会迎合哪个笨蛋或傻瓜;他期望每个人都能达到他自己这种水平——他的最高表扬是说:"你就要画出一幅画来了。"就是这样一句话他也很少说,所以每当说出来便倍显珍贵。

"我*爱*画画。"一个周六晚上,在契普·哈特利家里,她宣布说。她旋转着来到他椅子跟前,望着他,她的裙子飘起来,绕着她的腿,十分迷人。"我*爱*这种感觉:喜欢我正在做的事,而且做得很好——这个我做起来一点也不紧张,也不担心失败;可能我天生就是画画的料。"

"哦,那很好啊,"他对她说,"找到这样的事做让一切都会不同,是不是?"但他只抬起头瞟她一眼,又忙着拆他膝头上一架昂贵的德国新照相机。他穿着百慕大短裤。这天下午这架照相机不知哪里出了毛病,他原本打算这一天都拍照的,全给毁了,此时他膝盖并拢，脚呈内八字状，坐在那里，用手拨弄着那些零件，仔细检查。

"我记得你有一次说起汤姆·尼尔森的作品，"她说，"说他给你一种货真价实的感觉。嗯，我开始觉得我也能做到这一点了——噢，当然不是他那样，而是以我自己的方式。我这样说，会不会脸皮太厚？"

"我听来还行，"他说，举着一个小部件在台灯下仔细检查着。"不过，说到货真价实，恐怕德国货这次骗了我们。"

"最好去退货，难道不是吗？"她问道，"你别再试着修它了。"

"事实上，亲爱的，"他说，"我半小时前就得出相同的结论了。我现在在做的是，将它复原才好退回商店。"

这已不是头一回她觉得契普·哈特利并非理想伴侣，当然这也不会是最后一次。他可能会坐在那里愤怒地摆弄他搞坏了的玩具一直到上床睡觉；然后很快就是星期天，这是他们在一起的日子里最乏味的时候，到新的一周开始后，她生活中唯一的乐趣就是猜想他俩谁会先给对方打电话。

好吧，当契普·哈特利的女友可能并不算什么——甚至可以说是在等着更好的男人出现——但有些小事总还能如愿以偿。比如，今晚等会儿，她也许能想法告诉他，她从来就不喜欢百慕大短裤。

每天她去纽约，无论是坐火车还是自己开车，托纳帕克小村都是必经之处。沿着弯弯曲曲的沥青路，路的一边是"新托纳帕克剧场"的老招牌，风雨侵蚀下破败不堪；路的另一边，在安·布莱克家陡峭的车路脚下，竖着"唐纳安"邮箱——露茜认为联盟比新学院要好的原因之一便是她现在可以承认那些令人痛苦的标志的存在，而不会看上第二眼。实际上，有时候她从这里一路到公路入口，或直到火车站，根本没有留意到它们。

但是一天早上，她看到安·布莱克独自站在路边，还收拾打扮了一番，穿着上好的秋装，还戴着亮晃晃的耳环。于是她把车停到路边，从驾驶室的车窗里笑吟吟地望着安。

"我能送你一程吗，安？"

"噢，不用了，谢谢，露茜。我在等镇上的出租车。他们总是讨厌开到这条车路上来，我就不懂这是为什么。我知道这条路有点烂，但还不至于烂到这种地步吧。"

"去旅行吗？"

"哦，我打算去纽约——待上一段时间，多长不确定。"安说，不过她脚旁的行李箱小小的，看得出只带了一次换洗的衣服。"实际上，我很——"她不好意思地垂下她的假睫毛。"算了，我想还是告诉你吧，露茜，有什么不能说的？我要去斯隆-凯特林。"

露茜也许能立即反应出"贝尔维尤"是什么意思，但斯隆-凯特林这个名字让她想了一两秒钟，才明白这是家肿瘤医院。她赶紧下了车——这种谈话你不能隔着车窗说——走到安·布莱克身边，不知说什么。

"天啊，安，我非常难过，"她说，"这个消息太可怕了。这种消息真是太讨厌太难受了。"

"谢谢,亲爱的,我知道你很好。我想老天这次待我不公,不过我也不想变成个老太婆,所以随它去吧,就像我丈夫以前老说的,管它呢。"

"有很多人会难过的,安。"

"嗯,那样想倒不错,可是这些人你用手指头便能数得清。四个?也许三个。"

"听着,跟我一起走吧,"露茜说,"我送你去火车站,我们可以喝上一杯——"

"不用了。"安看着仿佛无法挪步。"如果不是万不得已,我不会离开这里。走下这条车路已是我的最后让步,每走一步我都后悔不已,我现在只想站在这里等他们来——等他们来接我。你明白吗?"她眼里突然盈满泪水。"这是我的**地方**,你知道。"

出租车开过来,停在她身边时,她极慢极小心地钻了进去,露茜看得出她很痛。她可能这样痛着过了好几个星期甚至好几个月,独自一人在她的爱巢里,却不愿去看医生。车开走时,她坐在车里,直视前方,决意不回头看,但露茜还是站在那里挥着手,直到汽车看不见了为止。

按她的老习惯,她突然想到这很容易就可以写一篇有关安·布莱克的小说。也许是个长篇,总体调子很伤感,但是也会有些好笑的地方,这个出租车场景就是个最好的结尾,甚至无需半点编造。

那天,去城里半道上,她才彻底想明白,写小说跟她再也没有关系了,她现在是个画家。如果她不能当个画家——嗯,如果她不能当个画家,她最好还是放弃任何尝试算了。

"露茜·达文波特吗?"一天晚上,电话里传来浑厚有力的声音。"我是卡尔·特雷诺。"

上次他们紧张而尴尬的那通电话还是一年以前的事,露茜马上知道他现在没伴了。

"……哦,我很愿意,卡尔,"她听到自己在说,仿佛声音突然挣脱了大脑的控制,"实际上,现在我周一至周五都在市内,所以我们很容易——你知道——很容易在一起。"

第六章

不出她所料,他给她的地址,还是第六大道那间小酒吧,上次他们在那里待过几个小时。他坐在原先那张桌前等她,看到她进来,他站起身,一束尘埃轻舞的阳光照在他身上。

"啊,露茜,"他说,"我希望你别介意这地方。我觉得这有点从哪儿分手从哪儿再开始的味道。"

他看起来没从前那么瘦,不过也可能是添了自信,而非添了体重的缘故。穿着也讲究多了。手也不抖了,即使没喝酒时也不抖,她第一次发现这双手其实挺漂亮。

他在好莱坞待了六个月,他说,有人请他将一本当代小说改编成剧本,他很愿意,可是这部电影在演员选角时泡汤了,因为"他们没能请到娜塔莉·伍德[①]当主角"。现在他回家了,可以说再次身无分文,几乎回到起点——除了,当然,除了他自己的第一本小说,不过那是很久以前的事。

"它真是本精彩的书,卡尔,"她说,"卖得还好吗?"

"不,不,不怎么好,不过平装本还过得去。现在我还收到许多读者来信,我才知道还有很多人在读这本破书,我想我期待的也莫过于此。不过,现在我烦的是,另一本书我已经写了三分之一,可我觉得还没上路。我算是明白作家们所谓的第二本恐惧症是什么意思了。"

"我看你并不怎么恐惧,"她说,"现在你给人的感觉是:这个男人完全知道他自己在做什么。"

没错,他知道他在做什么。不出二十分钟,他领着她出了酒吧,来到一两个街区之外他僻静的公寓。

"噢,宝贝,"当他帮她脱去衣服时,他低语着,"噢,我可爱的,噢,我可爱的姑娘。"

起初有点小麻烦,她头脑冷静清醒,游离于身体之外,观察着男人在这种时刻有多么神圣,多毛的裸体多么迫切,全在意料之中。你只需挺起胸,他饥渴的嘴便会交替吮吸两只乳头,令它们变硬;你只需张开腿,他的手便会在那里忙活,永不疲倦地掏挖着;你再找到他的嘴,然后你得到全部的他。他像个小男孩,为自己第一次插入而骄傲,猛冲猛插准备爱你到永远,哪怕只为了证明他能够。

然而她喜欢——噢,她全都喜欢,在这一切结束之前,她那点不听话的小心思早已不见踪影。等她的呼吸平和后,她告诉卡尔·特雷诺,他真是妙不可言。

"你嘴可真甜,"他说,"希望我也是。"

---

① Natalie Wood (1938—1981),美国知名电视、电影演员;曾经荣获金球奖最佳女主角奖及三次奥斯卡提名,代表作是歌舞片《西区故事》;1981年在加州搭乘游艇时意外溺毙。

"哦，可是你能的啊；你已经会了。"

"可能有时候吧；有些时候我不会。我想起一两个姑娘，在这个问题上，她们跟你的看法不同，露茜。"

他住的地方不太干净——她有股冲动，很想找把刷子，拎桶热水和氨水来彻底清洁一次——洗手间看上去是最脏的地方。可是当她冲完澡出来，发现两条干净的浴巾挂在钩子上，仿佛是为她的来临特意准备的，真好。他给她拿来一件法兰绒浴袍披上，这也不错，浴袍长及脚踝，让她从头至脚的皮肤都感觉很舒服。

虽然他说别麻烦了，她还是整理好他的床，然后她赤脚走在光地板上，四处看看。房间看起来比刚进来时感觉要大，空间很高，结构也不错，清晨时光线一定很好，只是现在窗户里透进来的都是忧郁的夕阳。房间里空荡荡的，没什么家具，也没什么装饰，甚至连书也没几本。为数不多的几本书胡乱地塞在书架上，对有人指望这儿该有书的念头透着不耐烦。

他的书桌初眼望去也是乱糟糟、一副不耐烦的样子，说一片狼藉也不为过，只有一小块干净的地方，那是以前摆放便携式打字机的地方，现在打字机给挤走了。削好的铅笔拢在一起待用，几页新手稿面朝上摊在那儿，第一页上的字几乎全给划掉了，仿佛那页纸能容纳多少字就划掉了多少字。这可能不是契普·哈特利想要的书桌，也绝对不是契普·哈特利可以理解的书桌。

"宝贝？"他在她身后某个阴影处问她，"你能在这里多待一会儿吗？我是说你今晚能陪我吗？还是得回什么地方去？"

她想都没想便回答道："如果我能用一下你的电话，"她说，

"我想我可以留下来。"

没过多久,她一周便有三四个晚上住在他那里,只要她能做到,几乎每个下午都跟他在一起;这样子差不多有一年。

有时,她发现他神经兮兮地在房间里踱步,一根接一根地抽烟,话说得飞快,像个小男孩似的心不在焉扯着裤裆,她简直无法相信就是这个男人写出那本她万分敬佩的书。可是也有些时候,这种时候越来越多了,当他心绪宁静时,他睿智风趣,很知道如何取悦她。

"你真是个非常腼腆害羞的人,是不是?"有天晚上,她这么问他。当时他俩刚从一场糟糕的小聚会出来,两人都不怎么尽兴。

"对啊。难道你在新学院上了那么多堂无聊的课还没发现?"

"哦,你在那里时,总是很不自然,"她说,"但你的话可不少。"

"我的话不少,"他重复说,"天啊,我真不懂,为什么人们总觉得害羞腼腆便意味着开不了口,意味着含蓄,或者意味着没有勇气吻女孩子。腼腆并不全是那样,难道你不明白吗?因为还有一种腼腆,这种腼腆让你说个不停,仿佛你永远停不了口,让你极不情愿地去吻女孩,只因为你觉得她们可能在等着你的吻。这种腼腆真可怕,它让你老是麻烦不断,我一辈子都要为此受苦。"

露茜紧挽着他的胳膊,一路这样走着,觉得越来越了解他。

有一次卡尔说，他想在有生之年出版十五本书，其中有遗憾的书不能超过三本——"或最多四本"。她欣赏这种抱负这种勇气，她说她相信他能做到。不过后来，她偷偷地开始为自己在他的职业生涯中寻找重要位置。

把自己一生奉献给一个男人的念头曾经出现过一次，那还是跟迈克尔一起时的头几年；那次的无疾而终难道还不足以打消这个念头吗？

卡尔很可能在他第二本小说上"卡壳"了，因为他老这样说，但有露茜在这儿帮他渡过这一关。于是，便会有下一本书，再下一本，写出很多本，只要露茜始终忠心耿耿陪着他。她知道她不用担心她的钱会吓倒他。他不止一次地跟她说过——虽然是玩笑话，但反正他这么说了——他愿意靠她的钱过一辈子。

对此她私下忖度，迈克尔·达文波特和卡尔·特雷诺态度上的不同在于，前者的独立与不妥协是因为他从不知贫穷的滋味；而后者却清楚得很，所以他懂得自食其力并非美德——他也懂得不劳而获并非堕落。

似乎没有什么卡尔不能理解的，或者经过一段时间的反思后不能理解的。这也许可以解释他如何成了让人敬佩的作家，无论如何，这也让他很容易便宽宏大量。

露茜发觉她可以跟他说些自己的事，一些从没跟任何人说过——甚至迈克尔也不知道，即使费恩医生也不知道的事——这更令她自觉在他身上投资巨大。

她永远无须放弃画画。这些年来，她的画可能越画越好，越画越多，最后她跟他一样成为名家，可是永远也不会有冲突——也不存在相互竞争甚至攀比的可能。他们的世界完全独立，彼此只令对方更为愉悦而已。

如果他邀请她出席他的出版聚会，她会高高兴兴地去参加，甚至跟他一道作宣传促销之旅，就像他在她的画展开幕式上站得挺拔骄傲，笑得彬彬有礼一样——这种聚会活泼、高雅，出席者嘛，不用说，都是托玛斯·尼尔森夫妇、保罗·梅特兰夫妇之流。

如果五十岁之前不是，那么五十岁后，他们在熟人面前绝对是令人艳羡嫉妒的一对——他们甚至会成为无数陌生人不顾一切要来结交的人。

然而，几乎从一开始，他们之间就有些小的不快——有时候吵嘴吵到能破坏一切的地步。

有一次，还是在他们交往之初，在西村一间据说是卡尔最喜欢的牛排土豆旧餐馆里，她问起那本书刚出版时跟他"做伴"的女孩。

"嗯，"他说，"这个故事可能让我招人非议，改天我再告诉你，现在我们还是暂时放在一边吧，好吗？"他往嘴里塞满面包，仿佛面包能挡住她的下一个问题。

如果他真那样想，她倒很愿意把它放在一边。可是才过了一两天，有天晚上他们刚做完爱躺在床上，他便说起整个讨厌的故事来，她只觉得时机不对，再说，他讲的时间也太长。

他说,那个姑娘很年轻,刚从大学毕业,对她称之为"艺术"的东西充满梦想,而且长得也非常漂亮。卡尔·特雷诺以为她会很棒,当她搬进来跟他一起住时,他记得他曾经想,如果我能让她再成熟一些,那她就完美了。可是没多久,他发现在他认识的所有女人当中,她是唯一一个比他喝得还多的。

"她醉倒在酒吧里,"他说,"在聚会上,她从椅子上跌落;每天晚上她都喝得不省人事。那意味着我总是得担起责任,每天清晨我得把她叫起床,帮她穿好衣服,带她来到街上,送进出租车——而且总是得搭出租车,因为她说地铁很'可怕'——坐车去上城,她在那里有份无聊的小编辑差事。

"所以,当我得到那份改编剧本的活时,我甩了她,可以这么说——我告诉她我想独自去加利福尼亚——那天晚上,她想用剃须刀片割开两手手腕上的动脉。哦,天啊,说起来都可怕。我尽可能地给她包扎一下,然后抱起她一路朝圣文森特医院跑去。你能想象那样子吗?抱着她奔跑?那晚在急诊室值班的是位年轻的西班牙医生。他告诉我她没有碰到动脉,她只是划破了几根静脉,他还说缠紧纱布就能止血。而且她比我更清楚——她知道在纽约企图自杀可能让你自动进贝尔维尤待上六周——所以,一等包扎完毕,她便坐起来,滑下治疗台,比猫还快。她穿过走廊,跑过第七大道,快得警察都追不上。最后我在她以前住的旧公寓门廊里堵住她,她对我说的只有'走开,走开'。"

他重重地叹了口气。"所以,就这样。我觉得我有点爱她——从某种程度上说,可能今后一直会——但是我现在甚至不知道她的下落，我也不着急马上把她找出来。"

沉默了好久之后露茜说："这故事真不好听，卡尔。"

"天啊，我知道它不好——你是什么意思？"

"讲故事的人太过得意，"她说，"这是自我吹嘘，这是大言不惭吹嘘性爱的故事。我对这类故事从来不感冒。为什么，比如说，有什么必要强调你是抱着她跑到医院去的呢？"

"因为从市中心到第七大道的交通堵塞，那就是为什么。乘出租车又贵又费时间，而我只知道她在流血，她可能会死。"

"啊，是的，为了爱你而流血至死。听着，卡尔，千万别把这故事写成小说，好吗？至少不要用你刚才讲述的那种口吻来写。因为如果那样，只会损害你的名声。"

"噢，真该死，"他说，"凌晨一点钟，你躺在我的床上警告我说什么'会损害我的名誉'。你可真行，露茜，你知道吗？而且，我跟你**说过**这个故事可能——"

"——让你招人非议。我知道。你最喜欢这样说话，是不是？这样可以激起人们的兴趣，对吗？拖延他们，让他们等，等到大家都不抱希望时再告诉他们。"

"我们这是在吵架吗？"他问道。"是吗？我是不是该回击，这样我们可以坐起来，通宵对吼？即使你脑子里有这种打算，甜心，你可没有这样的好运，我现在只想睡觉。"他翻过身背对着她，可是他并没有说完。过了一会儿，他换了种小心克制的语调说，"亲爱的，我想，如果以后你能克制自己，不要告诉我什么不能写或为什么不能写，也不要给我任何其他这类不着边际的狗屁建议，也许反而对我很有帮助，行吗？"

"好的。"她搂着他的腰，让他知道她很抱歉。

第二天清晨，她更觉惭愧，因为这时她才明白她的愤怒主要源于对那个酗酒女郎的嫉妒，所以她极为谦卑地道歉。可话没说完，他便笑着打断了她，搂住她，要她忘了这件事。

他俩很容易就把这次冲突抛到了脑后，几近完美、无比和谐的很多个星期就这样过去了。不过，你永远也料不到下一次争吵何时爆发。

"你还跟凯利先生有联系吗？"一天，她问他。

"谁？"

"你认识的，乔治·凯利，我们班上的同学啊。"

"噢，那个修电梯的家伙。不，没有联系了。'保持联系'？你是什么意思？"

"我希望你还跟他有联络，仅此而已。他对我帮助很大，我总觉得他非常睿智。"

"是啊，当然，'非常睿智'。听着，宝贝，这个世界到处都是这类外粗内秀的家伙，这类社会中坚，他们**全都**非常睿智。我的天啊，我在军队中认识的那些半文盲，他们的智慧也会吓死你。所以，如果你教这种写作课，班上有一两个这种人，你就偷着乐去吧——你甚至能让他们完成你的大部分工作，我让凯利做的就是这样——可是，课程结束，一切也就**结束**。他们跟你一样清楚，如果还指望别的什么，那简直疯了。"

"噢。"她说。

"好了，看在老天分上，露茜，你到底想做什么？你想搭地铁，坐上半小时，到皇后区去跟乔治·凯利共度良宵？凯利太太会端上咖啡和蛋糕，说话快得像机关枪，为这场见面，身上戴着七种不同的假珠宝，还有四五个小凯利站在地毯周围，全都在边嚼泡泡糖边瞪眼看着你。你想要这样？"

"真是太奇怪了，"露茜说，"一个只受过十二年级教育的人，居然如此势利。"

"是啊，是啊，我知道你会这么说的。知道吗，露茜？你还没张口说话我就知道你要说什么。如果我要写本关于你的书，里面的对话是小菜一碟，轻而易举。我会往后一靠，任打字机自己去干。"

那次她一气离开了他家，临走丢了句他有"多可恨"之类的话。

可是三个小时后她回来了，为他家的墙壁精心挑选了四幅印象派油画复制品，他看到她很开心，简直落泪了，他一把搂过她，紧紧地抱了好久。

"我的天啊，"当她小心地把四幅画粘在墙上后，他说，"它们带来这么大的变化，真让人吃惊。真不知道这么长时间以来，墙上什么也没有，我是如何过的。"

"哦，这些只不过是临时的罢了，"她解释道，"我有个想法。我有很多跟你有关的想法，你知道吗？我打算，等我攒足自己画的画——我喜欢的、桑托斯先生也喜欢的画后，我打算把它们拿到这里，挂在墙上，那时它们就是你的了。"

卡尔·特雷诺说，那可真是太好了，他真是无比荣幸。他压根就没敢指望，也配不上她的画。

他们现在手牵手坐在床沿上，像两个害羞的孩子。他告诉她他不是故意的，在乔治·凯利这件事上他并非存心想做个讨厌鬼。他说他今晚非常非常愿意给乔治·凯利打个电话，要不这个周末也行，或者只要她高兴，随便什么时候都行。

"哦，太好了，卡尔，"她说，"这事儿我们先放到一边吧，等你觉得舒服了再说，那不更好吗？"

"好的，那好。不过还有一件事，露茜。"

"什么？"

"请不要再像那样走掉。我是说，天知道，我无法拦住你。别那样走出去——甚至永远离开我，如果你决定这样做的话——但是下一次，尽量提前给我警告，好吗？我好尽早想方设法留下你。"

"哦，好的，"她说，"我觉得这种事我们用不着太操心，对吗？"

消磨那个快乐无比的下午的唯一办法便是脱去衣服，钻到被子下面，疯狂做爱。

他从没在厨房里做过饭，仅仅煮点咖啡，冰箱里也只存放啤酒、牛奶，可是没多久，露茜就让厨房里设备齐全起来。她买了铜底锅和各式平底锅，全在架子上挂成一排，还有足够丰富的碟子和银制餐具，甚至还有装调味品的架子。（"调味品架？"他问她,而她说:"嗯,当然啦,调味品架。调味品架不行吗?")

那年冬天,她常为他俩做晚饭,为此他一直感动加感激。但是她慢慢理解为什么他宁愿上餐馆吃饭了,因为他整天窝在家里干活,晚上"实在得"离开这个地方一会儿。

随着春天来临,手头的这本书让他越来越焦虑。有时候焦虑让他喝得太多,根本无法工作。不过对于这类麻烦,露茜就算是新手,也多少有点了解。她帮他定好每天适当的饮酒量——如果想喝的话,下午只喝啤酒,晚饭前最多只能喝三杯波旁酒,之后什么也不能再喝。但是她无法帮他写小说。他不让她读草稿,因为"大部分都很讨厌,再说你无法认清我的笔迹——更别提页边的那些手迹,我自己几乎都不认识"。

他曾经打出二十页纸的一个章节给她看,自己躲进厨房,直到她叫他出来,告诉他写得"美极了",他憔悴的脸上方才有了一点犹疑的宁静。他问她几个问题,想确定他希望她喜欢的地方正是她最喜欢之处;然而,一两分钟后,他又焦虑起来。她几乎猜得到他在想什么:嗯,好吧,她人很好,可是她懂什么?

现在她知道这本小说写的是个女人,以这个女人的视角来讲述整个故事——这本身就是个大问题,他说,因为他以前从来没站在女人立场上想过问题,他不知道能否以别人信服的方式一直写下去。

"哦,这个部分绝对令人信服。"她说。

"是啊,嗯,好了;可是二十页跟整个三百页并非一码事。"

从他提供的一些线索,也从这个摘选的章节里,她知道主人公名叫米丽娅姆,基本上以他前妻为原型。这个发现并没让她不开心,他是这么出色的作家,不会让描写因恶意或思念而走样。再说,人人都知道作家有权在任何地方寻找素材。

"即使我控制好这个角度,"他说,"还是有很多东西让人头疼。我担心这姑娘身上发生的事情不够多;我担心它故事性不够强,不足以成为一本小说。"

"我可以想出很多有名的小说,它们的'故事性'也不强,"露茜说,"所以你也可以。"

他又一次告诉她,她总是很会说话。

一天晚上,他们打破了三杯波旁酒的规则,好几个小时后才回到他的住所。他们喝得太多——多得让他们迷糊,步履不稳,随时会倒头睡去——可是这个晚上,让人愉快的是他俩似乎都"把握"得不错:他们情绪高昂,话很多,仿佛今晚的谈话比其他任何时候的谈话都要聪明都要有趣。他们甚至又喝了几杯才在面对面的椅子上坐下来。

女性角度有个麻烦之处,卡尔说,但也许露茜能够帮上忙。他问她,能不能跟他说说怀孕的感觉。

"啊,我只怀过一次孕,当然,"她说,"那也是很多年之前的事了,可是我记得那段时间很宁静。你的身体变得笨拙沉重,你担心自己变丑,至少我有这个担心,可是很安宁,你觉得很健康,胃口好,睡眠好。"

"好,"他说,"一切都好。"接着他的脸色一转,说明他的下一个问题跟他的研究毫无关系。"你有没有过癔病性怀孕?"

"有过什么?"

"嗯,你知道。有些姑娘特别想结婚,她们就假装怀孕。她们不是嘴上说说而已,而是逐渐形成各种症状让别人相信她们真的怀孕了。我就认识这样一个姑娘。那是三四年前的事了,她是弗吉尼亚人,可以说长得很标致、很可爱。她每个月都在发胖,她的乳房胀大,看起来真像那么回事;然后,哇,她来例假了,一切告吹。"

"卡尔,我觉得你又来了。"露茜说。

"又来什么了?"

"又来吹嘘你的风流韵事,想证明你跟姑娘们相处时你从来都是个魔鬼。"

"不,等等,"他说,"那不公平。什么意思,'魔鬼'?如果你知道每个月我有多恐惧,你在我身上就看不到任何'魔鬼'样的东西了。我像个温驯、听话的小可怜虫绞着双手。最后,可能在她第七次或第八次那样做时,我带她去看帕克大道上最有名的产科医生。花了我一百大洋。你知道结果是什么吗?那家伙笑着从检查室里出来,他说,'好消息,特雷诺先生,祝贺你。你妻子是个健康的孕妇。'好了,你能想象得出我有多震惊。可是两三天后她又来例假了,又是虚惊一场。"

"那接下来你怎么办?"

"我做了任何正常人都会做的事。我帮她收拾好行李,把她送回了弗吉尼亚,哪里来的回哪里去。"

"好吧,得了,"露茜说,"不过跟我说点别的,卡尔。谈到姑娘们时,你有没有失败过?有没有哪个姑娘主动跟你分手的?主动甩掉你或要你滚蛋的?"

"噢,宝贝,别说傻话了,当然有,我的天啊,姑娘们对我颐指气使,她们把我当成一坨狗屎。万能的主啊,你真该听听我**妻子**在这个问题上对我的评价。"

六七月间,卡尔交给她一叠打好的稿纸,约莫一百五十页——他说,不到全书的一半——要她拿回托纳帕克的家,在那儿待上几天。

"你会发现它跟我的第一本书完全不同,"他告诉她,"里面没有雷霆闪电,没有令人印象深刻的对抗或惊喜或类似情节。我并不是说第一本小说就肯定比这本书更有激情,只不过它的激情更明显罢了,它是一本强大、厚重、'坚韧'的书。

"这次我尝试的是完全不同的东西。我希望这是部宁静、看似谦逊的作品。我试着在写作中获得宁静与平衡。你知道,我追求的是美学价值而非戏剧效果。"

他们站在他家门口,露茜拿着装着手稿的牛皮纸信封,她希望他别再说了。她宁愿他把手稿给她就好了,让她跟任何陌生读者一样自己去阅读领会,可他偏偏不把一切解释完说清楚就不放她走。

"我觉得最好是,"他还在说,"用你自己正常的阅读速度看一遍,然后再非常慢地读一遍,寻找其中你觉得应该修改的地方——可能需要扩充或删节或重写的地方。好吗?"

"好的。"她说。

"哦，听着：你知道关于冰山的老比喻吗？八分之七的冰山在水面下，你看到的只是冰山之巅？嗯，这有点像我追求的。我想要读者们体会到日常琐事中隐藏的某些巨大而可悲之处。你明白那个的作用吗？"

她告诉他她会记着他的话的。

当晚，在托纳帕克，她和劳拉一道吃晚饭，耐心加小心地跟劳拉说说话，以证明她还是个尽责的母亲。之后，露茜早早地上了床，安顿好准备开始阅读。

她一口气读完，失望之情简直无以言表。时睡时醒一阵子之后，毫无胃口地吃了点早餐，她坐下来重读一遍。

她认为她能欣赏其中的美学价值，当然也明白他所谓的"谦逊"，如果不是"貌似"谦逊的话。

它温驯、冷漠、乏味。她读着技术上非常非常完美的句子，等啊等啊，等某种东西出现，她无法相信这是出自同一作家之手。他的另一本书，它的尖锐与力量，它的爆发力，曾让她那么入迷。相形之下让她觉得这是种背叛。

当她读到她看过的那二十页后，这种背叛感更强了，她曾告诉他说这部分写得"美极了"，可当它们嵌入整个乏味之中后，"美"似乎给削弱了。

她再也不相信卡尔的前妻是米丽娅姆的原型，因为任何一个有血有肉的女人绝不会似这般平淡。问题不在于他试图让她品行高洁，而是他让她永远正确。她的每一点感知与领悟都是卡尔完全同意的，他也指望读者完全同意；几乎没一句对话听着像真的，因为她总是想到什么便说什么。

米丽娅姆喜欢哲学反思——有时尖锐的小品文会打断全文的叙事节奏，它们如此尖锐，看得出小说作者在努力尝试这种另类文体。读着一篇连一篇的随笔，露茜不禁纳闷，卡尔不厌其烦地这么写是否因为他觉得受过大学教育的人就该这样写。

整本书中"故事性"可能够强了——他无须为此担心——但这是任何称职却平庸的作家都能写的故事。在开头几章里，米丽娅姆是个被人忽视的孩子；然后她是个孤独的女孩，爱过几个男孩，时间都不长，他们也没时间与她周旋，直到她遇到这个你知道她会下嫁的男人：一贫如洗、生活动荡、野心勃勃的商业写手。小说第一部分写到这里。

显而易见，几乎所有读者都猜得到第二部分会怎么写：你可以断定这个婚姻不太幸福；你知道总是有争执，即使有争执，米丽娅姆也总是那么理智冷静；你知道她会从离婚中站起来，成为勇敢而自信的女人；你知道她条理分明的哲学思维定势从始至终支撑着她，直到最后一页。

如果卡尔·特雷诺真的能出十五本书的话，那这本绝对是令人遗憾的一本。这座冰山不管从什么位置看都是安全的，因为水面之下根本什么都没有。

即便如此，露茜仍不太喜欢自己尖锐的评价。回纽约的前一天，她独自在后院里阴凉处走着。对这份手稿的每个疑点，她尽量往好处想，她承认她可能对它有点苛刻，因为——嗯，因为她对卡尔有点厌倦了。你如何知道你厌倦了某个男人？不管何种亲密关系都得包容某些不耐烦与厌倦；这不是人人皆知的吗？

看来，早在与迈克尔·达文波特分居前，她便厌倦了他；不过，她知道，如果不是最后几个月中他们格外地不合，他们也许不会离婚。他们也许能在彼此身上找到新的兴趣，那可能是件好事，哪怕是为了劳拉。

关于这本书，该如何应付卡尔呢，她决定说点鼓励的话。如果她无法说她"爱"这本书，至少她可以赞扬他的某些句子、某些场景；她越思索，越发现有很多好东西可告诉他，那并非撒谎。

所以，回到他的公寓后，她就照此办理，而他也来之不拒。无疑他很失望，但无疑他自己对这本书的兴趣也只够撑到写完这本书。有关冰山的比喻没有再次出现，她很高兴就这样算了：她生怕在问他米丽娅姆这个故事隐藏着什么巨大且可悲之处时，他可能会若有所思地望着她，说出"人的境况"那类东西。

有些炎热的夏日午后，在卡尔公寓里，露茜会想着他是个失败者，以此折磨着自己。她坐在那里假装看杂志，其实十分密切地注意着他背影的细微移动，他正埋头写着，一个小时或更长时间，她任自己的思绪想到最坏之处。

这个缺乏自信、老犯错误、自怨自艾的男人根本写不出十五本书，最多两三本罢了，而且一本比一本差；然后下半辈子他会说个不休、喝个不休；找女人，跟她们讲他的其他女人；谋一份教职，就像在新学院里那样，对学生们没有任何用处。他可能早死，也可能活得长，但他死时他知道除了第一本书外他没什么可说的。

她为这种念头而鄙视自己。如果她对卡尔如此没有信心，那她还在这里做什么？

有时候她会起身去厨房，因为厨房总是最能代表她与卡尔在一起的家庭生活，在厨房里她的苦涩通常会淡去。不管怎样，对一个男人有"信心"与否并不重要——当然更不能根据他的职业前景来决定；如果重要的话，就不会有成千上万的妇女献身于那些一望而知没有前途的男人们。而且，这第二本书还没写完。他还有机会找到法子让这本书起死回生。她还有机会出点力。

"卡尔？"一天，她坚决而随意地从厨房里踱出来。"关于米丽娅姆我觉得我有些好主意。"

"噢？"他头也没抬地说，"什么主意？"

"嗯，没什么特别的；只是些总体上的感觉。"她立即想起这是杰克·哈罗兰说过的话，那晚他说她的整个表演太做作。

"我在想，"她说，"你可能有让她成为一个坚强人物的危险。"

"我不明白，"他说，现在他直瞪瞪地看着她了。"危险在哪儿？这跟人物坚强有什么关系？"

"嗯，我在想乔治·凯利以前说过的话。他说一个人坚强或脆弱，在仔细考量之下其间的区别总是土崩瓦解，这便是为什么太过伤感的念头会令一个好作家难以信服。"

"噢，得了，听着，甜心，我觉得我也有个绝妙主意。我们能不能让乔治·凯利修他妈的电梯,让我来写他妈的小说,好吗?"

九月的一个下午,一场毛毛雨让艺术学生联盟正面那阔大漂亮的窗户玻璃闪闪发光。露茜可以不急不忙地研究这幢建筑的样子,仿佛她正打算为它画一幅画,她很惬意地坐在街对面一家亮堂堂的熟食店里。好几周来,每天下午放学后她都要来这里吃一个奶油奶酪贝果,喝杯茶;这是她对自己努力作画,且画得不错的小小犒劳。但她打一开始便知道这里头还有另一层原因。这是在延宕,在不得已要去卡尔那里之前,至少可以打发半小时。

这天下午,从他为她开门的那一刻起,她知道有麻烦。

"天啊,今天可真倒霉,"他说,"我跟经纪人吵了一架——他觉得到现在我应该**写完**这本书了——他还觉得我应该删掉二十七页,那可是我六个礼拜的工作成果。"她从他的声音和呼吸里分辨得出他一定喝过威士忌。"别人怎么过日子的?"他发问道,同时用力扯着他的裤裆。"我是说律师、牙医、保险经纪那些人?我猜他们在打网球、玩高尔夫、钓鱼,可是对我来说压根不可能,因为我总在**工作**。哦,今儿早上我还收到国税局通知——他们想从我这里搞钱。人人都想要我的钱,甚至电话公司也是;还有房东。才欠他们一个月的房租,他就说得好像是世界末日。当然,我没指望你理解这种事:有钱人甚至不知道钱意味着什么。也许他们知道钱的意义,但他们不明白它怎么来的。"

他俩在昏暗的客厅里面对面枯坐,露茜还没有开口说一个字。

"好了,我并非完全不懂它怎么来的,"她开口说,"但是现在我们没必要探究它。现在重要的是你不该让钱财上的麻烦分心。我可以很容易地帮你还清这些债务,不管多少钱。"

他的脸上明明白白写着他不知道说什么好。他当然希望她提出这个建议,可没想到会来得这么快。如果他马上接受,那么这出戏今晚就结束了;不过,如果他表现出一些骄傲或不屑,又可能拿不到这笔钱。

所以此刻他回避了这两种可能。"呃,"他说,"这个可以考虑考虑。想喝一杯吗?"

她认识的其他男人没有谁像他这么离不开酒的——这让她觉得没有酒便不完整——由于这个原因,当她犹豫着抿了几口兑水的波旁酒,发现自己真的不想喝,甚至不太喜欢这味道时,心里颇为振奋。

她也真不想坐在这间家具丑陋的大房子里,难以置信她居然在这儿耗了这么多时间。如果最初她曾觉得自己属于这儿的话,那也难再想起来了。

除了女儿住在其中的那栋房子以外,目前露茜·达文波特只属于一个地方。

今天她画了九个小时,这幅画差不多快画完了,差不多很出色。再过一两天它就是她的了——她知道再添一笔或改一下都不好——桑托斯先生也知道。那才是她的地方:在明亮嘈杂、味道好闻的大教室里,一切都只与光线、线条、形状和色彩有关。

"好了,"卡尔说,"我觉得我们还是认真谈谈这件事。联邦政府想要差不多五千块,加上其他小账单,可能有六千块。向你借六千块钱怎么样?"

"听你说话的口气,"她说,"我以为数目比这个大得多。"她从钱包里掏出支票簿。

"我们可以说定还款期限,你觉得多长时间比较合理,"他说,"我们还要按当前利率计息;我明天可以去银行查到。"

"噢,我觉得没什么必要,卡尔,"她写完支票对他说,"我觉得我们用不着谈什么还款期和利息。照我看,这甚至不是借款。"

他站起来走动,扯他的裤裆;然后转身面对着她,眼睛眯缝着直直盯着她手里的支票,发着光。"好了,"他说,"那么说这不是借钱给我了。好,如果它不是借款,那我告诉你怎么做。你最好把支票翻过来;在它的背面,就在我应该背书的上面,你最好写上:服务费。"

"噢,"露茜说,"噢,那太无耻了。哪怕你喝醉了酒,卡尔,哪怕你觉得你是在开玩笑,那也太无耻了。"

"嗯,这是我不断增长的收藏中的又一件新藏品,"他说着从她身边走开。"许多女人给过我许多称呼,甜心,但还没人说过我'无耻'。"

"无耻,"她说,"无耻。"

"那么,这场架可能我俩都等了好久。难道这不是个突破?让我俩都好脱身?也许以后,在你不想见我时,再也不必勉强从艺术学校一路下来看我了。也许我也永远不必因为不想见到你而每天下午喝个半醉了。天啊,露茜,难道你真的要用这么长时间才明白我们彼此都已烦得半死了吗?"

她站起来,翻捡着壁橱,找出她的东西。三四条裙子,一件上好的山羊皮夹克,两双鞋子。可是没东西来装它们——甚至连个购物袋也没有——所以她决绝地摔上壁橱门。

"我想我早就意识到了这种厌倦,"她说,"至少意识到自己对你的强烈厌倦,已经很长时间了,长得甚至你不敢相信。"

"好,"他说,"精彩!这意味着不会哭哭啼啼,对吗?不会有任何指责或愚蠢的废话,我们两清了。好吧,祝你好运,露茜。"

她没有回答,她只想赶紧离开那里。

那天晚上,在回托纳帕克的漫长旅途中,她希望她也对他说了"祝你好运",那她的离去可能没那么难堪。再说,他才需要被祝福走运。她记不清那张六千元的支票扔在地上时是一撕两半还是完好无缺、仍可兑现,不过没所谓。如果支票是完整的,几天后他可能会连同一封措辞优雅的道歉、后悔信邮寄回来。那么她会再次退还他,并添上一句"祝你好运",这不难办到。

第七章

劳拉十五岁那年重了四十磅,她身上还有些其他惊人的变化。

在她的词汇表里,"酷"、"一级棒"之类的词代替了"很好",但更非同寻常的是她现在几乎不怎么使用词汇。

这孩子以前曾是个话匣子,有时候,话说个没完好似永远住不了口,让她父母很是恼火——这个说话飞快、有点紧张、曾经骨瘦如柴的小女孩已经养成了沉默与保密的习惯,再添上那些赘肉,大部分时间她都一个人待着。

她的卧室,曾经摆着泰迪熊、到处散放着芭比娃娃服装的地方,现在昏暗、私密,成了琼·贝兹那甜美的女高音倾诉的圣殿。

过了一阵子,露茜发现她能忍受琼·贝兹——如果你听歌时稍稍留意的话,至少她声音里还有一丝温柔——可是她无法忍受鲍勃·迪伦。

是什么令这个年轻大学生如此傲慢,妄称诗人的?写歌词之前为什么他不先去学学如何写作?大庭广众之下演唱这些歌曲之前,为什么不先去学学如何唱歌?在俘获成千上万的孩子们的心之前,为什么这个伪民谣歌手不先去上几节吉他课——或者是几节口琴课,哪怕改改那拙劣的口琴声也好?有些下午,露茜为了躲避他的声音,只好抱着胳膊,或两手叉腰绕着后院走上一两个小时。

当披头士刚出道时,她以为他们是让人愉悦、训练有素的艺人,可是在他们前几张唱片里,她纳闷为什么他们老是想着像美国黑人那样唱歌:

当啊——啊——啊
我说起这件事
我以为你会明白
当啊——啊——啊
我说起这件事
我想握着你的手

后来,他们放松下来,用自己的英国口音演唱后,她开始喜欢他们了。

劳拉房间里贴着许多歌手的巨幅照片,有男有女。有一天露茜发现她正在挂一幅新海报,但这个与音乐无关,实际上,可以说与任何东西都无关,它是抽象派画作的印刷品,可能是个疯子画的。

"那是什么,亲爱的?"

"哦,迷幻艺术罢了。"

"什么艺术？你能再说一遍那个词吗？"

"你从没听说过？"

"没有。我从没听说过。那是什么意思？"

"嗯，它的意思是——它的意思就是迷幻，妈，就这意思。"

一天晚上，露茜从纽约回来，发现劳拉不在家。这可非同寻常——以前她总是在家，把自己关在房间里听唱片，要不就是跟学校里几个饥饿、超重的女同学一起把厨房弄得一团糟——几小时过去了，事情显得越来越不一般。露茜知道两三个女孩的名字，劳拉可能去她们家玩，却不知道她们的姓，所以没法在电话簿上查到。

十点钟了，她开始想打电话报警，但她没有，因为她不知道说什么。你不可能因为当晚十点钟孩子没回家就报告说孩子"失踪"了。即使你这样做，也只会招来警察错综复杂的枯燥盘问。

快十一点钟时，这姑娘终于懒洋洋地进了家门，她看上去很茫然，早已准备好的道歉话跟青春期本身一样窘迫、一样气人。

"对不起我回来晚了，"她说，"我们一帮人说话说得忘了时间。"

"亲爱的，我都快急疯了。你去哪里了？"

"哦，就在唐纳安那边而已。"

"哪儿？"

"唐纳安，妈。我们在那里住了**一百年**。"

"那好，可是那里离这儿有好几里地，你怎么去的那儿？"

"恰克开车带我去的，和几个朋友一起，我们常去那里。"

"恰克是谁？"

"他的名字叫恰克·格雷迪。听着，他是高年级学生，好吗？所以他有两年的驾照了，好吗？他甚至还有**商业**驾照，因为他放学后开货车送面包。"

"再问一件事，"露茜说，"为什么你们想去那里？"

"我们去那里的宿舍玩而已，有一大群人。那是个——好地方。"

"去宿舍？"露茜觉得自己脸上、声音里都开始有点歇斯底里了。

"你知道的，"劳拉告诉她，"以前，在剧场关闭前，演员们住在那里。那儿是个好地方，这没什么。"

"亲爱的，"露茜说，"我想要你告诉我，你和你的朋友们使用那间废弃的宿舍有多久了？我还想要你告诉我，你们在那里做什么？"

"什么意思？'在那里做什么'？你以为我们去那里乱搞？"

"你才十五岁，劳拉，我不允许你说这种词。"

"狗屁！"劳拉说，"我靠！"

她们站在那里，瞪着对方，像对敌人，如果露茜不想个法子缓和这种紧张，情况可能更糟。"嗯，"她说，"现在，我们俩都试着冷静下来，你坐到那边去，好吗，我坐在这儿，我等你回答我的问题。"

劳拉看起来快哭了——这是好事还是坏事？——但她还是说

出了整个事情。去年夏天,她认识的两个男孩发现宿舍大门上的锁坏了。他们走进去,发现里面有厨房,所有的电线都完好无损;于是,在几个姑娘的帮助下,他们把那地方打扫干净,把它变成了个俱乐部。大家带来些零碎家具、碗碟,还有一套立体声音响和一些好唱片。现在这个圈子大概有十到十二人,女孩比男孩多,谁都看得出他们没干坏事。

"你们在那里有没有抽大麻,劳拉?"

"**没有**——噢,"这姑娘说,可她自己马上又对这个回答加以修饰限制。"嗯,他们带了些来,我猜有些人抽,或者至少他们说过他们抽的。我试过几次,但是不喜欢,我也不喜欢啤酒。"

"那好;再跟我说说,当你和这些男孩子在一起时,那些大孩子,像恰克·格雷迪之类的,你们有没有——你们有没有——你还是个处女吗?"

劳拉的表情仿佛觉得这个问题问得太荒谬。"妈,你在开玩笑吗?"她说,"**我**?我肥得像幢房子,长得又可笑。天啊,我**这一辈子**可能都是个处女。"

她声音里浮现出悲伤,在说到"这一辈子"时的哽咽让露茜赶紧越过椅子扶手抱着她。

"哦,宝贝,这是我听过最傻最傻的话了。"露茜说。她两手温柔地抱着劳拉的头,把它贴在自己胸前,只要劳拉有一丝想松开的表示,她就准备放手。"我不知道你怎么会有这种想法,觉得你自己长得可笑?这不是真的。你有张甜美可爱的脸,以后也一直是。你现在体重超重,那主要是因为零食问题,我们讨论过无数次了。再说这也十分正常，我在你这个年纪时也很胖。你愿意让我告诉你一点事吗，亲爱的，真心真意地？从现在开始两三年后，就会不停地有男孩给你打电话，你这辈子会有无数男孩让你选择；而这选择——这选择，亲爱的——将完全由你自己决定。"

劳拉没有回答——甚至不清楚她有没有在听——露茜没有办法，只好坐回到自己位置上，再次面对劳拉，开始讨论这事的棘手之处。

"不过同时，劳拉，"她说，"你不能再去宿舍那里，再也不行。"

她俩看着对方，房间里浓厚的沉默正契合这种氛围。

"那么，"劳拉小声说，"你打算怎么阻拦我？"

"如果有必要，我会停止去联盟画画，我会时时刻刻待在家里。放学后我去接你回家，也许那能让你明白你还是个孩子。"露茜深深吸了口气，好让接下来的话不带有任何感情色彩。"或者，想想这样，也许这更简单易行：我只需打个电话，说你们这些孩子擅闯他人领地。你知道，擅闯他人领地可是犯法的。"

劳拉的脸上显出恐惧的表情，不过是犯罪电影里那种廉价的恐惧：眼睛瞪得老大，然后突然眯成一条缝。

"这是恐吓，妈，"她说，"纯粹是恐吓。"

"我觉得你不如成熟一点，亲爱的，"露茜对她说，"然后再用那样的字眼说我。"她任沉默再次弥漫，越来越浓厚，然后再试着耐心地跟劳拉讲道理。"劳拉，为什么我们不能理智地讨论这个问题?"她说,"我完全了解你们年轻人喜欢有自己的聚会场所;年轻人都是这样。我反对这个只是因为它不适合你。它不健康。"

"你从哪里弄来这个'不健康'的?"劳拉问,这种说话方式是跟她爸爸学的("你从哪里弄来的'宝贵'?从哪里弄来的'精英'?又从哪里弄来的《肯雍评论》?")。"妈,你想知道吗?你想知道谁一天到晚泡在宿舍里吗?看在上帝的分上,是菲尔·尼尔森和泰德·尼尔森,就是他们,你总觉得尼尔森家的人是多么了——不起的人。你就是那样说的,妈,我永远记得:'噢,尼尔森家的人真了——不起。'"

"我并不欣赏这种模仿,"露茜说,"也不欣赏你的这种嘲笑。听到尼尔森家的两兄弟也有这种坏习惯我非常吃惊,因为他们是在非常有教养的家庭里长大的。"她马上就后悔说了"非常有教养的家庭"这几个词,因为正是这种词让汤姆·尼尔森笑得全身发软,可是她现在无法收回来。"不过,尼尔森家两兄弟喜不喜欢那是题外话,跟我们没关。我关心的只有你。"

"我不明白,"劳拉说,"为什么男孩可以想做什么就做什么,女孩们却不行?"

"因为他们是**男孩**!"露茜喊道,从椅子上站了起来。她马上意识到自己失控了。"从古至今,男孩们想做什么便做什么,难道你不知道吗?难道你还没明白吗?你这个可怜、无知的小——你要多聪明才能明白这个?他们不负责任,他们放纵任性,他们肆意妄为,他们粗鲁,他们做了错事都能逃脱惩罚,因为他们是男孩!"

她住了口,她知道太迟了。劳拉站起来,往后退着穿过房间,脸上恐惧与同情兼而有之。

"妈,你真该看看你自己的样子,你知道吗?"她说,"也许该让你的心理医生给你开些强效药吃,或者让那些人想点别的办法。"

"我想这个问题还是让我自己来操心吧,亲爱的,你说呢?现在,"露茜往后一甩头发,故作镇静。"我能——给你热点东西吃,然后你去上床睡觉吗?"

但劳拉只说了句她不饿。

"……问题是我气得要命,"几天后,露茜在费恩医生的办公室里说,"我像个对男人深恶痛绝的疯婆子一样朝她大发雷霆。我好怕,从那之后我一直都觉得恐惧,因为我从来不是那种人,我不想变成那种人。"

"嗯,青春期这几年确实很让做父母的头痛。"费恩医生谨慎地说,仿佛在告诉她什么她不知道的事。"而且在单亲家庭中尤为困难。孩子的行为越惹人生气,父母的反应便越激烈;反过来这又导致孩子进一步的愤怒反抗,就形成了这种恶性循环。"

"是的,"她竭力忍着,"不过我觉得我已说得很清楚,医生,正如我极力解释的:劳拉与宿舍之间的问题,我绝对相信自己能处理好。今天我想跟你讨论的,你知道,是另一回事——是对自己的那种真正惊慌、对自己越来越强烈的恐惧。"

"我明白,"他飞快而机械地说,那样子总让人觉得他根本不明白,"你已经表述过这些恐惧了,我只能说,我觉得你有点言过其实。"

"呃,那——呃,"露茜说,"那么我这次来又是没事找事喽。"

如果换在几年前,露茜可能腾地站起来,拿上外套和手提袋,朝门口走去。可是她觉得她已经用完所有可能的戏剧性退出方式,好多次她径直走出费恩医生办公室,只为强调自己的新观点。而且,下次见面时你永远无法辨别出你这样做他到底在不在乎。

"真可惜,"他说,"有时候你觉得你来这里是没事找事,达文波特太太,这个问题我们倒是可以好好探讨一番。"

"是的,是的,好吧,"露茜说,"好吧。"

"桑托斯先生?"一天下午,在联盟里,她问道,"你有时间吗,我想跟你说几句话?"

当他留心听时,她说:"我有两个朋友,他们是专业画家,我很想给他们看看我的画。这儿有十二幅油画,我自己留下来的,不知道你能不能仔细看看,从中挑出四五幅你觉得好些的。"

"当然没问题,"他说,"我很荣幸,达文波特太太。"

她指望他从那堆画里拿出每幅画,多花些时间审视它们,或左或右地歪着头思考下,就像他碰上没有完成的画时那样;可是正好相反,他飞快地看完所有画作,显然急于完成这项工作。她第一次觉得,他是否有点——嗯,有点不可靠。

他把六幅画放到一边，然后看上去有点拿不准，又从其中拿回两幅画。"这些，"他对她说，"这四幅，是你画得最好的。"

她几乎想问你怎么知道？不过，长久养成的习惯让她只是说："非常感谢你的帮助。"

"千万别客气。"

"我来帮你，露茜。"一个讨人喜欢的年轻小伙子，名叫查理·瑞奇，也在她这间工作室里画画，他们一起把这十二幅画运出了艺术学生联盟，来到人行道上，装进她汽车的后备厢里，桑托斯先生挑选的四幅画小心地放在最上面。

"你不是想离开我们吧，是不是，露茜？"查理·瑞奇问她。

"噢，我没这打算，"她告诉他，"暂时不会。我会回来的。"

"那好，很高兴听到你这样说。因为你是我每天盼着见到的为数不多的几个人之一。"

"哦，这真是——太好了，查理，"她说，"谢谢你。"他是个健壮迷人的小伙子、一个好画家。她怀疑他可能比自己小上十岁或十二岁。

"我常常想请你吃中饭，"他说，"可是我不敢问你。"

"嗯，我觉得那挺好，"她说，"我会很喜欢的，这几天我们就去吃吧。"

查理的头发被风吹乱了，他用一只手试图让它们复原。他的头发比一般人要长要浓密——有点像披头士；有点像肯尼迪兄弟——她最近发现大多数年轻男人都是这副样子。再过几年，可能男人们不会再有"普通"发型，也不会再戴帽子了。

"好了,"她掏出车钥匙,拿在手里准备着,"我该走了。今晚,我打算把我的画拿给两个非常专业的画家看看,我有点害怕。或许,你最好为我祈祷。"

"噢,我从不为任何人祈祷,露茜,"他说,"因为我不相信这类东西。告诉你我会怎么做,"他走近一点,碰到她的胳膊。"我会一直想着你。"

哈蒙福尔斯是她的第一站。她昨晚给保罗·梅特兰打过电话,安排这次拜访。他极力推托,说什么他从来就不是个好评论家,不会评论别人的画作。可是她锲而不舍,"谁说让你当'评论家'了?保罗,我只想要你看看这些画,看你喜不喜欢它们,如此而已,因为要是你喜欢,对我来说意义重大。"

她已经开始想象见面的情况。她知道,她一眼便能看出他喜不喜欢。如果他看完画后,看她一眼,轻轻点点头,面露一丝微笑,那说明他觉得它们还不错。如果他冲动地伸出双手搂住她,或做出那类举动,说明他觉得她是个画家。

佩基·梅特兰可能会走过来,加入他们的拥抱,三人久久地抱在一起,革命同志般情深意切——他们会哈哈大笑,因为他们会失去平衡,踩着另外人的鞋子——在这种兴高采烈的氛围下,也许很容易带他们一道去参加尼尔森家今晚的聚会。

"难道还不是时候吗,保罗?"她会说,"难道还不是时候抛弃你的偏见吗?尼尔森夫妇是十分了不起的人,他们很高兴认识你。"

于是,三位画家在汤姆·尼尔森的工作室里欢聚一堂。开始时两个男人也许还有点拘谨——他们使劲握手，然后稍稍后退，上下打量对方——但是当露茜拿出她的画时，所有的紧张烟消云散。

"我的天啊，露茜，"汤姆·尼尔森轻声说，"你怎么学的，怎么画得这么好？"

然而，无需他人告诉她这想象可能会多么不靠谱，这是费恩医生所谓的"幻想"，跟他大部分话一样讨厌粗俗，她决定完全忘掉不再去想。

当露茜到梅特兰家时，保罗外出做木匠活还没回来；这太糟了，因为她早就知道佩基不怎么欢迎她。

"……保罗回家前，我从不喝酒，"佩基解释说，她们一起坐下来，不怎么自在，"不过我可以给你端杯咖啡来。今天早上，我做了些葡萄干曲奇饼，你想不想来一块？"

露茜真的不想喝咖啡，葡萄干曲奇的问题在于它看起来至少有六英寸宽。她不知道怎么才吃得完。她跟佩基·梅特兰可聊的话题并不多，她拖延着每个话题，竭力抵挡即将袭来的沉默。

是的，她母亲和继父都"好"。是的，戴安娜和拉尔夫·莫林也很"好"，不过还在费城，他们现在有了两个男孩，第三个也快生了。"说起孩子，"佩基说，"我也怀孕了，我们刚发现的。"

露茜对她说那真是太棒了；她说她很高兴；她说她敢肯定他俩会非常幸福，她甚至说她希望这只是第一个孩子，他们以后还会生好几个，因为她总是认为保罗和佩基是对理想父母，有一大群孩子。

可是听着自己说这些话,手举巨大的曲奇饼放在嘴边,她完全明白只要她的声音一停,沉默便会降临这间屋子。

确实如此。她甚至咬了一口曲奇,边嚼边说"噢,真好吃",可是从那时开始彻底沉默了。佩基没有问露茜任何问题——甚至连劳拉都没提及,更别提艺术学生联盟这回事——因为没有问题,所以没有交谈。她俩只能飘浮在沉默里,等保罗回家。

我从不喜欢你,佩基,露茜在心里说。你很漂亮,我知道大家把你当宝贝,但你总是让我觉得像个宠坏的自私粗鲁的小女孩。为什么你还没长大,不能像大多数人那样对人和蔼、体贴他人、周到客气?

终于前门口传来重重的脚步声,保罗走进来。"嘿,"他边说边放下沉重的工具箱。"见到你很高兴,露茜。"

他看上去很疲劳——为了艺术长年从事手工劳动让他有点见老——他径直走到放酒的地方。对露茜而言,运气不错,因为这意味着梅特兰夫妇会转过背,她就能打开手提袋,把曲奇饼放进去。

保罗很舒服地喝了两杯,似乎才想起露茜来这里的目的。"你的那些画呢?"他问。

"在我的车里。"

"要不要帮你把它们拿出来?"

"不用;你坐在这里别动,保罗,"她说,"我去拿,只有四幅。"

当她把它们拿进客厅里,倚墙放好时,她硬着头皮面对自己的失望，她已开始后悔来这里。

"嗯，它们真不错，露茜，"保罗过了一会儿后说，"很不错。"

桑托斯先生说"不错"的方式让你觉得很自豪，充满希望，可是保罗·梅特兰用这个词却没有这种感觉。他看完画后甚至没再看露茜一眼。

"我跟你说过，我从来就不是个好评论家，"他说，"但是我肯定联盟对你很有帮助，你学会了很多。"

收拾这些画把它们装回车里花的时间没有拿出来那么长，她很轻松地把四幅画夹在一边胳膊下，走到门口。

保罗站起来跟她道晚安，这时才第一次直视她的眼睛，因为无法说更多而感到道歉，老友的道歉。

"改天再来看我们，露茜。"他说。佩基什么也没说。

露茜回到家，只冲个凉，换件衣服，因为她答应汤姆·尼尔森在聚会客人来之前先去他的工作室。她梳头时，突然想起一件开心的小事，她差一点忘了，查理·瑞奇会一直想着她。

汤姆正伴着莱斯特·扬的唱片打着鼓，沉醉在音乐里，但当他看见露茜走进来，便立即停手，站起身关掉了唱机。

"听着，汤姆，"她说，"我要你保证一件事。如果你不喜欢这些画，我要你告诉我。如果你能说出**为什么**不喜欢，那更好，因为我能从中学习。但是最重要的是直截了当告诉我，不要敷衍了事。"

"噢，那还用说，"他说，"我会无情，我会残酷。不过，如果我首先告诉你，你今天很漂亮，可以吗？"

她谢谢他这样说，无法假装羞涩，因为她知道她看上去很漂亮。她穿着一条令她顿放异彩的新裙子，发型也正好，加上她急于知道这些画到底怎么样的心情，让她脸上、眼里熠熠发光。

她把四幅画放在架子鼓旁边的地上，汤姆敏捷地猫下腰，审视着每幅画。他看了很长时间，她怀疑他是在拖延时间，在想着如何说。

"啊，"终于他开口了，一只手极富表情地照着画上一道弧线画一下，那幅画是她认为她最喜欢的一幅。"啊，这幅不错，你这样处理很好。这上面整个部分也不错，这儿也好。而这一幅，这儿，你的构思很好地表达了自己，色彩也好。"

然后，他站起身，她知道如果她不问一两个问题，那他们就无话可说了。

"嗯，汤姆，"她说，"我觉得它们并没有强烈感染你，真的，可是你能跟我说说你对这些画的整体感觉吗？你觉得它们是不是有点像农村业余演出？"

"有点像什么业余？"

"哦，那只是个说法而已。我是说你觉得它们是业余作品吗？"

他从她身边后退几步，双手插在他的伞兵夹克口袋里，又是烦躁又是同情。

"啊，露茜，得了吧，"他说，"让我说什么好？它们当然是业余作品，因为你就是业余的。你不能指望在联盟里学上几个月就成为专业画家，也没有人期望你成为专业画家。"

"不是几个月,汤姆,"她告诉他,"差不多三年了。"

"我能看一眼吗?"帕特·尼尔森从厨房里喊道,她在洗碗巾上擦干手,走进工作室。她本着良心看了很久,看完后她告诉露茜,它们真的让人印象深刻。

聚会的第一批客人就快来了。露茜把画拿回车道上她的车里,她把它们放在那八幅画的上面,然后用力摔上门,锁好后备厢,把它们锁在里面——随着这最后一摔,她知道她永远不会再回艺术学生联盟了。

她独自站在高大茂密、沙沙作响的树下,站了好久,两手关节紧按在嘴唇上,像布兰琪·杜布瓦那样,但她没有哭,布兰琪也从不哭,只有斯黛拉才会"纵情地"哭。布兰琪也没必要哭,因为她太清楚失望是怎么回事,露茜觉得她也越来越懂得失望。

但是绝望至少得再等几个小时后才能来,因为尼尔森家的聚会马上就要开始了。契普·哈特利可能也会来,但她早就学会了不害怕,分手后,他们常在这类聚会上碰到,聊得挺愉快。有一两次——或者三次,实际上是三次——她甚至跟他回雷吉菲尔德,跟他睡了一晚。他们是"朋友"。

走到尼尔森家的厨房门口时,她对联盟的想法变了。她还要回那儿去,但只是为了见查理·瑞奇。也许他年纪比看上去要大一点,而且不论"朋友"这个词有多么不可靠,她知道她需要一切她能交到的朋友。

在厨房濡湿的明亮中,她像个时装模特般站在那里,一手搁在胯上,另一只手平静地理着头发。她三十九岁了,涉事仍不太深，可能永远也不会太深，但她不需要汤姆·尼尔森或任何什么人来告诉她她从未如此漂亮过。

"帕特？"她说，"既然人人都知道我是个酒鬼，你觉得我可以给自己来上一杯吗？"

第三部

第一章

回首以往，迈克尔·达文波特离婚后的生活可以分为两个历史时期：前贝尔维尤时期和后贝尔维尤时期。虽然前一时期持续时间不到一年，但在记忆中它显得很长，因为许多事情发生在那个时期。

那是忧郁与遗憾的一年——他只要看着女儿无比悲伤的脸就能想起来，即使她笑时，即使她大笑时也还是悲伤。然而，不久他便发现单身的日子有时也有意想不到的活力——他常常情绪饱满，勇敢年轻，乐于尝试一切；离婚后搬离托纳帕克不出三周，他便赢得了貌美如仙的年轻姑娘的欢心，私底下他一直为此十分自豪。

"嗯，这地方还行，"比尔·布诺克边说边在迈克尔租的廉价公寓里走来走去，这间公寓位于西村乐华街。"不过你不能一直窝在这里，迈克，要不然你会发疯的。听着：周五晚上在上城有个超级棒的聚会——是个我不怎么熟悉的广告人办的，他看着有点像特圆滑的黑帮分子。可是管他呢。那种聚会上什么都可能发生。"布诺克猫腰在迈克尔桌上，写下了名字和地址。

一个热情的男人打开门,他说:"比尔·布诺克的朋友就是我的朋友。"迈克尔壮着胆走进了一个人声鼎沸的房间,满屋子说话喝酒的人,他们像是从街上随意找来的。因为除了身上崭新昂贵的衣服外,彼此间似乎没有任何相似之处。

"人可真多,"当迈克尔终于找到比尔·布诺克后,比尔说,"恐怕这里没什么好的——都有主了。那间房里有个英国小妞相当不错,可是你无法接近她,她周围全是人。"

呃,她给人团团围住:五六个男人说着什么企图吸引她的注意。但她是那么与众不同——她的眼睛、嘴唇和脸颊,当她站在那里用上流英国口音说话时,像是英国电影中最漂亮的姑娘——只要能接近她,任何尝试都值得一试。

"……我喜欢你的眼睛,"她告诉他,"你有双悲伤的眼睛。"

不到五分钟,她便同意跟他在前门会合,"只要我能摆脱这些人";那用了不止五分钟;然后他们在街角的一间酒吧里逗留了半小时,喝了杯酒。在那里,她告诉他,她叫简·普林格,二十岁,五年前来到美国,因为她爸爸被任命为"一家大型跨国企业的美国区总裁",不过她父母现在离婚了,有阵子她"有点无所适从"。但是,她希望他明白,她完全自力更生,她在一家戏剧公关公司里当秘书,自己挣钱养活自己,而且她爱她的工作:"我爱那里的人,他们也爱我。"

在她喋喋不休之际,迈克尔带她出了酒吧,坐上出租车。不一会儿,她便光着身子躺在他的床上,她美妙的腿缠着他的腿,翻滚喘息,最后,像她后来流着泪宣称的那样,迎来了她人生第一次高潮。

简·普林格美好得几乎不真实,最妙之处莫过于她想永远跟他在一起——或者,用她的话说,"直到你厌倦了我为止。"他们在一起的最初几天和头几周在迈克尔记忆里可能不是最快乐的——有太多太多做作的微笑与叹息——可是它们让他知道他所有的感觉又活过来了,出人意料地鲜活生动,暂时来说,那就够了。

每隔一周的周末,她迅速、愉快地抹去她在这里的痕迹,因为劳拉要来纽约看爸爸;在每个这样的周日晚上,看着劳拉安全地上了回托纳帕克的火车后,他知道他可以搭地铁回家,发现乐华街上他家的窗口亮着灯:简总是在那里等着他。

她名义上的住处,就是她放自己东西的地方,是靠近格拉梅西公园她一个烦人的老姑妈的家。难道姑妈对她新的生活安排不闻不问吗?"不,不,"简向他保证,"她从来不问问题。她不敢,她自己就极其放浪不羁。噢,迈克尔,你还脱不脱衣服?"

她找出许多方式来说他有多棒,如果不是每天的工作日益削弱他的自尊心,他几乎会信以为真。自从搬到纽约后,他写的诗没有一首像样的。起初他以为有了简可能会不同,但她在这儿住了一两个月后,他还在搜肠刮肚地寻章觅句。

他不能抱怨说需要更多独处时间,因为周一到周五简白天都不在家;但这也是麻烦之一,她不在家时,他很想她。

她似乎很爱她的工作。她称之为"好玩工作",他跟她说过多少次"好玩"后面要加个"的"。早上她从不迟到,也绝不会头不梳脸不洗、衣冠不整地去上班。晚上,他惊异地发现,在那么长时间的秘书工作后,她还是那么充满活力,精力充沛。她回到他的生活里,满脸刺鼻的秋日气息,哼着某出新音乐剧里的小曲,有时还会带回一袋很贵的食材。("迈克尔,难道你在餐馆里还没吃腻吗?再说,我喜欢为你做饭;我喜欢看着你吃我做的东西。")

即使当她的工作不那么好玩时,也还是很浪漫。

"我今天上班时哭了,"有次她垂着眼睛向他报告,"我控制不住——杰克抱着我直到我觉得好些,我觉得他真是个好人。"

"谁是杰克?"迈克尔没想到这么快他便吃醋了。

"哦,他是一个头儿,合伙人之一。另一个叫梅尔,他人也好,可是有时候脾气大。今天他冲我吼,以前从没这样过;所以我哭了。我觉得他后来也觉得很不好意思,下班回家前,他诚恳地向我道歉了。"

"那么这家公司有多大?只有那俩家伙吗?还是还有别人?"

"噢,不,有四个职员。一个叫埃迪,他二十六岁,我们是真正的好朋友。我们几乎每天一起吃午饭,有一次我们一路跳着探戈跳到了四十二街,就是想疯一下。埃迪打算当名歌手——我是说,他现在已经是歌手了——我觉得他棒极了。"

他决定不再问她上班的任何问题。他不想听那些事情,只要她每晚急着回家讨他欢心就行,那些事随它去吧。

当他看着简在公寓里走来走去时,当他跟她一起在傍晚的街道上散步时,或跟她一起坐在老白马酒吧里时,他不断地回想起比尔·布诺克常用的"非凡"一词。她是个"非凡"的姑娘。他开始觉得他永远也享用不够她的肉体,他工作时对她的思念意味着温柔的依恋。他甚至不再介意她做作的笑容和叹气——那是的她风格——但他希望她的生活没有那么丰富多彩就好了。

她十七岁那年结过婚,嫁给新罕布什尔一所高级寄宿学校的年轻老师,她在那里读书。然而这段婚姻太"可怕"了,不到一年她父母便宣告婚姻"无效"。

"不管怎样,这是我最后一次依靠父母,"她说,"我再也不想找他们帮忙。他们太忙了,忙着恨对方,忙着爱新人,我甚至有点瞧不起他俩。最糟的是,他们总觉得**对不起我**,天啊,真真气死人。我妈那边还好点,她人在加利福尼亚,可我爸就真烦人,因为他就在纽约。还有可爱的布兰达——你知道,那是他的新妻子、我的继母。奇怪的是我一开始还挺喜欢她的,她有点像姐姐,有一阵子我们来往密切,后来我意识到她是个控制欲很强的人。如果布兰达方法得当的话,她绝对能控制我的生活。"

可是所有这些家庭苦楚转眼间便消失得无影无踪。简有时候有用迈克尔的电话给她父亲打电话,她撒娇发嗲地聊上一个小时,每句话里都要说一次"爸",她父亲的笑话总把她逗得乐不可支,然后又要求跟布兰达说话,她俩又聊上半小时,大多数姑娘只有跟她们的闺中密友才会有这种神秘兮兮、东家长西家短的悄声闲聊。

也许因为他自己也有个女儿,这种温馨的谈话让迈克尔分外开心。当她在房间那头,用甜美的英国口音对着电话说个不停时，他甚至会自己一个人笑起来，他不止一次地想过他很想哪天会会她父亲。("我很高兴，"她父亲可能说，"看到简终于安定下来，找到了方向，真是高兴……")

她父亲并非一直都是公司主管。有次打完电话后，她解释道，当记者才是他的最爱。二战期间，他曾是伦敦一家主流报纸的顶尖记者。更早的版本是，她父亲在二战期间曾为英国政府从事危险的间谍工作，可是迈克尔并没有提醒她注意这一点，因为就他所知记者很可能从事间谍活动。

不过，在她说的其他事情中有很多前言不搭后语之处。

她"可怕的"前夫夺走了她的贞操，手段之拙劣，让她现在想起还是不寒而栗。不过，十六岁那年她有许多愉快的回忆，在缅因州一个湖边胜地，她把"一切，哦，一切的一切"奉献给在那里刚认识的一个男孩。

前年夏天在新泽西州，她经历了一场可怕的堕胎手术。她不得已自己找的江湖医生，用自己的工资付的钱，他的烂手艺害她好几个月身子虚弱，病恹恹的。也是前年夏天，她跟一个叫彼特的男孩搭便车游遍了整个西欧，玩得可真痛快，直到那年秋天，彼特的父亲坚持要儿子回家，回普林斯顿大学继续念书才结束。

迈克尔尽量理清这些故事中的一些疑点，但疑点太多，最后，大部分时候，他只能困惑地沉默不语。看来她有意考验他是否容易上当，有问题的孩子常常这么做。

在她五官精致的脸颊一侧，有块小伤疤，看来像是以前那里长过疖子或囊肿，拿掉后留下的疤痕。一天下午，躺在床上，迈克尔告诉她，他觉得那块疤痕让她看上去更美。

"哦，那个啊，"她说，"嗯，我讨厌那块伤疤，我讨厌它代表的一切。"她意味深长地停顿片刻后，接着说："盖世太保可不是以友善见称。"

他长吁一口气。"宝贝，你从哪里弄来个盖世太保？请不要跟我说什么盖世太保，甜心，还好我多少知道二战结束时你才六岁。现在，我们聊点别的，好吗？"

"哦，可这是真的，"她坚持道，"那是他们的一个惯用伎俩：折磨孩子，好让父母开口。事情发生时我还没到六岁，才五岁。我和妈妈住在法国占领区，因为我们无法回英国。我想当时处境一定很艰难，我们到处东躲西藏，诺曼底乡村景象我还记得很清楚，也记得我们认识的那家善良农夫。一天，这群可怕的人闯进家来，问我爸爸的消息。实际上，妈咪非常勇敢：她什么也不说，直到她看见刀刺破我的脸——她崩溃了，告诉了他们想知道的一切。如果她不说，我可能被杀掉，或留下终身残疾。"

"好了，"迈克尔说，"好了，那真是个可怕的故事，毫无疑问，可惜我不信。听着，亲爱的，你知道我为你神魂颠倒；你知道为了你我什么都愿意做，但是我不会信这种屁话，懂吗？天啊，我觉得你甚至分不清什么是真，什么是假。"

"啊，我当然不明白，就你这种态度我还能说什么。"她静静地说着下了床，走开去。从她紧绷的背影看，他觉得她可能有点不好意思。不过后来她转过身来，平静地上下打量他。"你真粗鲁，是不是？"她说，"起初我以为你多愁善感，其实你真的非常冷酷，非常刻薄。"

"行了，行了，行了。"他尽量装出疲倦不堪的样子说。

那年秋天情况有时就这样糟，即使他知道他们事后又会和好如初。如果他任她生会儿闷气，冲个凉，换件衣服，他知道她会找到什么轻松且不丢面子的方法，又变回那个甜美可人的伴侣；到那时，他愿不惜一切代价让她回来。

他不厌其烦地带她到别的男人面前显摆——哪怕是陌生人，哪怕是在她挑选的、他付不起钱的餐馆里的陌生人跟前——有一次，汤姆·尼尔森到纽约来，他很高兴带她去上城一间酒吧，跟汤姆见面。他知道汤姆见到她，会嫉妒得一脸傻相，事实也确实如此。不过，那个下午最后还是搞砸了，简迷人地往桌前靠，问汤姆："你是干什么的？"

"哦，我是个画家。"

"现代的？"她发问。

汤姆·尼尔森在酒杯后眨了好几下眼，看来多年来从没人问过这种问题，然后他说："是啊，我想是，当然。"

"噢，好啊，我想只要你喜欢你的工作，不管干什么都好玩。不过，要我说，我讨厌现代艺术，现代艺术让我觉得冷冰冰的。"

汤姆开始小心地折着垫在酒杯下被鸡尾酒浸湿的餐巾，迈克尔只好赶紧用能想到的任何无关痛痒的问题打破沉默。

关于简·普林格还有一件事：她真的什么都不懂。她继母教了她许多有关服装方面的知识；她在办公室里听到许多关于当前百老汇戏剧的看法，她把它们变成自己的观点——她可以告诉你哪些很不错，哪些是垃圾——问题是，自从她上了寄宿学校，自从她进入漫不经心、做白日梦的青春期以后，她就懒得学任何知识了。她太无知了，简直一窍不通，迈克尔心想，她撒谎可能是为了掩饰自己的无知。

她告诉他圣诞节她会和父亲、继母一道过，因为他们盼了好几个月；后来她从父亲家给他打来电话，说她决定留在那里过新年。

等她终于回到乐华街时，她看来有点心不在焉，甚至跟迈克尔一同坐下来后，她还在四处打量这间公寓，仿佛无法相信她真的住在这儿一般。有一两次她看着他的脸，也是那种不敢置信的样子。

"啊，我玩得好开心，"她告诉他，"我们去了十三个不同的聚会。"

"是吗？啊，那可真——可真多。"

她换了个新发型，太短了，他不喜欢，随之而来的还有些新做派：干脆、一本正经、没有废话。有人送她一个琥珀烟嘴，就是那种用来过滤有毒焦油的东西，那年冬天剩下的日子里她便一直忠实地用它，任它扭曲她的脸也无所谓，她咬紧牙关、歪斜着嘴的样子让她看上去老了十岁，一副蠢相。

二月，她说如果她有间自己的房子可能更明智点，他也同意。他帮她仔细研究《时代》上的"房屋出租"分栏广告，仿佛她是他女儿，正准备离家探索这个世界。他们在西二十街找到一处合适的地方，那里可以俯瞰圣公会总会神学院的公园，房东提议说，在简搬进来之前，可以把墙粉刷一遍，但她拒绝了，她想自己粉刷。她说："这样感觉更像我自己的公寓。"

然而那意味着迈克尔得跟她一道站在五金油漆店里，她犹豫不决，不知道挑哪种灰白色，不知道买滚漆筒好还是刷子好；这还意味着迈克尔得穿着满是污渍的工装裤，爬上梯子，闻着油漆味道，把自己累个半死，不知道他自己这样做到底是为了什么。

有一回，简穿着太节省布料的短裤和吊带小背心，爬上另一架梯子，探身到前面的窗外去够窗架。街对面灌木丛里传来圣公会年轻教徒们的喝彩声口哨声。她大笑着朝他们挥手，然后在梯子上摆了个更挑逗的姿势，给他们一个飞吻。

后来，她告诉迈克尔她想把卧室漆成黑色。

"为什么？"

"哦，没有什么为什么。我一直想要间黑色的卧室。难道那不会很可爱很性感吗？"

等油漆活干完，黑色卧室也刷完之后，他决定让她一个人待几天，甚至一周。

下次他去看她时，她迫不及待要和他上床，可是做完爱后，她说的话却并不那么谐调。她跟他解释说，她觉得他们的"关系"现在可能更"稳固"了，因为它"建立在更为现实的基础之上"。这种说话的腔调只可能是她最近从哪本流行心理学书（《如何爱》，德瑞克·法尔写的?）上学来的。

"是啊，是啊，行了，"他说，"那你什么时候再想来一次，星期二？"

又一个晚上，她说："今天两个神学院的男孩来过；他们棒极了，两个都十分害羞。我请他们喝茶，吃费格纽顿点心——噢，不是那种便宜的小东西；是从英国进口的那种——我们过得很开心。后来，有一个得去上课或有什么事先走了，但另一个留下来，待了几个小时。他叫托比·沃特森，跟我一样大。毕业后，他打算周游世界。难道那不会很过瘾吗？"

"是的。"

"他打算顺着亚马孙河而下，再沿尼罗河而上。他还打算一个人攀登喜马拉雅山。他说可能要用上两三年的时间，不过他说'我觉得我会因此而变得更好，成为更好的牧师'。"

"是啊，嗯，好的。"

分手来得十分突然，通过电话来的。一天，他打电话问那晚能不能过去。

"哦，不行。"她听起来很害怕，仿佛"不行"还不足以阻止他过来，她又添上："不，今晚我要出去，明晚也是；这周每晚我都会出去，实际上。"

"怎么可能？"

"是什么意思，'怎么可能？'"

"你知道；我的意思是说为什么？"

"因为我家里有客人。"

"家中有客。"他重复说，希望让她明白这话在他听来有多假。

"嗯，当然啊。正常积极的社交生活中，偶尔家中有客是非常正常的社交活动。"

"那么你是想我再也不要给你打电话了？"

"如果你愿意的话，你自己看着办吧。"

电话挂了几个小时后，他明白自己永远失去了这个姑娘，他觉得他从没真正拥有过她，心中纳闷他到底有没有真正想要过她，迈克尔边走边喃喃自语"去他妈的，去他妈的"。

"哦，见鬼，太糟了，"比尔·布诺克劝他道，"这么**漂亮**的小妞。那晚我看见你带她离开，简直杀了你的心都有。不过，你还是不能把自己关在这里离群索居，迈克，那最糟。天涯何处无芳草，只要你肯多花心思。"

有一段日子，他什么心思也没有。满心里只有性，或者说猎艳，这取代了他的生活激情。

有两个姑娘，一前一后，在跟他过了一晚以后都小心地解释为什么不想再见他。接下来，他跟一个健壮的女人交往了五六周，她靠失业救助金生活，但留着无数发黄的剪报来证明她是个舞蹈演员，她常常哭着抱怨他对她的感觉"不是爱，一点也不是爱"，她最后承认，她虚报了年龄：她并非三十一；她四十了。

有几次，他努力了，却仍以失败告终——他跟一个姑娘坐在餐馆里，在痛苦的谈话中挣扎。而那姑娘呢，要么四处打量这间餐馆，要么一直低头看着盘子，直到他送她回不管哪里的家为止；然后她说声"嗯，今天很开心"，而他则一路回家，满嘴失败的苦味。

到来年春天，他心灰意冷，只好找些更简单的法子来打发时间。去看看让人愉快的夫妇啦；找些单身汉一起喝喝酒啊；甚至还找来几本书读——他几乎把阅读全忘了——随着他白天工作的进展，到晚上他常常累得不想出去历险。

一位名叫鲍勃·奥斯本的年轻作家，还有他的女朋友玛丽，都刚二十出头，正准备着结婚，是他最愿意去看望的人。他觉得跟他俩在一起很愉快，他很谨慎，提醒自己去得不要太频繁，每次在那里待的时间不要太长，生怕别人觉得他在利用他们的年轻与慷慨。所以，一天下午，当这个女朋友出现在他家门口时，他像这家人的亲密朋友一样招呼她："哦，玛丽，见到你真高兴。"

"听着，"她说，"我能解释一切。"

他太迟钝了，没有听懂这句话。他请她坐下，去厨房给她倒点喝的。在厨房里，他想起上次见他俩时，他曾说"听着，我能解释一切"这句话是美国电影史上最常用的一句台词，博得他俩一阵大笑——同样是这个笑话，多年以前，在拉齐蒙汤姆·尼尔森楼上的公寓里，还让他赢得了汤姆和帕特夫妇俩的赞许。有时，他这辈子似乎曾说过七八件可笑的事情，但让他显得幽默的似乎总是那些巧妙的老调重弹，一遍又一遍地炒剩饭。

"你和鲍勃还没结婚吗？"他把喝的放在她椅子前的矮桌上时问道，这时他想起这姑娘叫玛丽·方塔纳。

"呃，还没有，"她说，"不过日子定好了，二十三号——我想，只有八天了。噢，谢谢，真可爱。"

于是他在她对面坐下，当她说话时，他有礼貌地微笑，看着她长长的光腿，还有她漂亮的夏天的裙子，一饱眼福。她的一切看来都那么美好。

鲍勃决定这周在乡下的家里闭门不出,她告诉他说,因为鲍勃想在婚礼之前对他的书进行最后的修改、定稿,所以她自个儿在纽约,处理最后几件小事——买点东西啦,退掉她的旧公寓啦,在购物中心见见鲍勃的母亲,跟她一起喝茶啦;诸如此类。

"嗯,好啊,"他说,"我很高兴你过来看我,玛丽。"

可他还没有明白她此次来访的惊异之举,最后他几乎逼她把它说清楚。

"……我今天跟我的心理医生聊了聊,"她平静轻声地说,弯腰把杯子放在咖啡桌上,"准确地说,我觉得他并不赞同,可是他也没有——也没有任何反对。所以,不管怎样……"她又坐直身体,将一缕黑发拂到脑后,十分严肃地望着他的眼睛。"不管怎样,你看,我来了。"

"嗯,玛丽,我想我不太明——哇,"他吞了口口水,"噢,天啊,噢,全能的主啊。"

他俩同时站了起来,可是他得笨拙地跨过咖啡桌,才能将她揽入怀中;她瘫倒在他怀里,那种泪眼婆娑的呻吟他永远不会忘。她高高的个子,身体柔软,身上有一股丁香香水味,还有淡淡的柠檬味,她的嘴真是不可思议。他简直不相信会发生这种事,可是它又似乎自有它的道理:世界上最好的姑娘们在婚期将至时,对婚姻十分恐惧,有逃婚的冲动,哪怕只有几天也要去找个她们感兴趣的男人——只有大傻瓜才会辜负这种事。

很快,她轻薄的裙子滑落在地,还有她轻薄的小内裤也是,当他还在拼命挣扎着从衣服里脱身时,她已钻进被子。

"噢,玛丽,"他说,"噢,玛丽·方塔纳。"

然后他压在她身上,用嘴用手尽情享受着她的肉体,令她喘息呜咽,可是没多久,一股恐惧向他袭来:如果不能勃起怎么办?

他真的不能。刚开始时,重要的是不让她知道,他精细复杂的前戏似乎永不停歇,他拖延着,拖延着,直到她的兴奋退去。

"……迈克尔,你没事吧?"

"天啊,我不知道;我似乎无法——似乎无法开始,就这样。"

"噢,那没什么大不了的,"她说,"我就这样突然闯进你这儿,也确实会让你这样。我们等一会儿,行吗?然后再试一次。"

可是直到午夜过后,他们还在尝试,什么也不管用。他们就像一对苦工,忙于微妙的工作却适得其反,所有的努力只让他们精疲力竭,垂头丧气。在长长的间歇当中,他们坐在黑暗里抽烟,靠说各自的故事做安慰。

噢,瓦萨大学对一个意大利姑娘来说并不容易。考渥得-麦肯恩[①]对一个意大利姑娘来说也不是很好,因为那里有些人总把她当成那种很随便、利欲熏心的人。看来她的生活一直不顺心,直到她遇到鲍勃之后,也许那样说不对?她提起鲍勃会不会让他不开心?

不,不,当然不会,要是那样可太傻了。他俩全都明白现在

---

① 考渥得-麦肯恩:一家位于纽约的出版社。

是怎么回事。

他俩也明白，再明白不过，这里真的什么也没发生。

呃，他真的不能说他的婚姻是个错，即使现在也不能——也许没有谁会这样说自己的婚姻——虽然他猜有可能是他妻子的钱在作怪。他妻子有钱这码事得解释一下，可能有点难以理解；但是玛丽想听吗？

玛丽想听，听完后，她说真了不起，他有这么坚定的立场，并坚持了这么些年。她觉得她以前还从不认识这么"有原则"的男人。

得了吧，见鬼；谁知道？也许靠着露茜的财产他俩本可能过得更快乐，劳拉也是；也许他甚至能出版更多作品。

但是，那他得变成另一个人，玛丽点出。没了这些基本品质，他就不是他了。而且，要是他不是他，她也不会在这里了。

迈克尔感觉良好——她知道怎么奉承人——他从她指间拿过香烟，掐灭在烟灰缸里，还有他自己的。然后他慢慢地吻了她几次，低声叫着她的名字，说她真可爱，又开始爱抚她。他让她坐在他身边，他的手令她相信这次会如愿以偿，接着他让她转过身，抬高腿，仰面躺下，然而这次还跟以前一样。

第二天，因为缺乏睡眠而神经兮兮，他想带着玛丽在西村里随意闲逛，多走一会儿，以抚平自己的羞愧之情。她挽着他的胳膊，时不时愉快地捏捏他，可是整个谈话主要是他在说话，说些美好的事情，语调淡漠疲倦，有点亨弗莱·鲍嘉的味道。如果他在她面前无法做个真男人，至少可以扮个人物。

可是，当他们走到白马酒吧，他停了脚步，想款待她一下。他在那里只是再次发现她是个漂亮姑娘，修长的颈项，漆黑的眼睛，甜美的嘴唇；仿佛啤酒与下午的光线合谋让她看上去更诱人，让他坏了的脑子无法抵挡。

不过还有时间——他们还有一周的时间——他知道过早放弃希望可不好。

回到住处，她羞涩地提了个他无法抗拒的建议——"想不想一起洗个澡？"——洗澡时，她也完美无比。整个下午他都盯着她那小小的乳头，当她抹香皂再冲干净时，它们骄傲地晃动震颤。他惊异于她可爱的大腿根部没有完全合在一起的样子：它们之间那慷慨的小地方宽得足以容纳下两三根手指，还有一簇浓密的阴毛，仿佛大自然让她比别的姑娘更特殊些。

哦，天啊，如果他真的想占有她，那就是现在。他越来越肯定，如果他们用毛巾为对方擦干身子的话，一切马上成真。

"现在，"他低吟着，"噢，现在，宝贝……"

"是的，"她告诉他，"是的……"

他们几乎无法走路，只想搂在一起，可他们还是走完了到床前的这段距离，躺下来完成好事，好让他们的生活恢复平静。

没有。没这好运。这次还是没这运气。最糟的莫过于他说光了道歉的话：他不知道再对她说什么好。

但是，又一次，他们努力尝试直到深夜。

"……宝贝，你觉得你能挠挠我这儿吗？用你的手？"

"你是说，这儿吗？像这样？"

"不，我是说再上一点。两边。两只手。那儿，就那儿。别太用力。噢，对了，对了，真好。真好……"

"它是不是有种——你觉得——我这样做对吗？"

"嗯，别管了，亲爱的；消失了，我又没感觉了……"

最后她说："噢，我觉得这是我的错，绝对是我的错。"

"别这样说，算了，玛丽，说这话可真傻，千万别这样说。"

"可我觉得是真的，我觉得我没留在鲍勃身边反倒跑你这儿来，你有点瞧不起我，也许我也有点瞧不起自己。"

"真是疯了，"他对她说，"我觉得你在这儿真是太好了。我喜欢你在这儿。如果我能——你知道——如果我能跟你做爱，你就不会再瞧不起自己了，我会做到的。"

于是他们详尽地讨论这两种观点，没讨论出任何结果，直到最后玛丽说她想睡了，明天她还有很多事要做。

第二天上午，她去上城买衣服和其他婚礼用品，回来换了套新裙子，又出去了，去看她以前住的公寓。

那天他觉得好孤单，有大把时间供他毫无意义地翻来覆去地想着阳痿。其他男人有没有类似经历？如果有，为什么除了当笑话说说以外，大家很少讨论？姑娘们在说笑闲谈时会不会聊到这个话题？她们私下里是不是对此很反感、很鄙视？机缘巧合的话，它是不是一个字、一个眼神或一杯酒就能解决？抑或你得花上几年时间去看心理医生才能找出它的症结？

那天下午她回来后，他们坐在一起喝了一杯，就是那个时候迈克尔突然冒出个草率的新念头：如果是因为性方面无法估量的愚蠢失败导致了这么多麻烦，也许注入点爱会有用。

于是他开始对玛丽·方塔纳说他爱她，自从那晚在鲍勃家他第一次认识她以来，他便无望地爱上了她，他对她恋恋不忘，无法接受她要结婚的事实，因为他太想拥有她了。"所以你明白吗，玛丽？"他结束道，"你会试着理解吗？我爱你，就这样。爱你。"

她显然很不好意思，红着脸垂下头盯着酒杯，十分迷人，他看得出她也很开心。如果事情真是那样简单，她也许不用再鄙视自己。她轻易便避开说爱他作为回报——毕竟几天前她出现在他家门口时，可没想过要付出这么多——尽管如此，从现在开始，他们的每一个举动中可能都含有种全新的浪漫意味。

可是最好之处莫过于迈克尔挽救的东西对他自己甚为重要。虽然对一个不举的男人你可以反感鄙视，这都说得过去，但这些情绪对于恋爱中的男人却不怎么适用。

"哦，听着，玛丽，"他说，"我不是想让你难堪；我只是觉得你知道真相对我们两人来说都更好；如果我不告诉你，那我就是一直在撒谎。"他觉得他可以察觉到他的声音里有种宁静全新的说服力：绝望之感消失了。爱就是不同。

他们又喝了一杯，仿佛在庆祝冥冥中爱的涓涓细流越来越浓烈，就像他们血管中的威士忌一般；很快他们又光着身子上了床，迫不及待地打算要让一切焕然一新。就像从前，他开始仔细抚摸她全身，仿佛想弄明白她到底是什么做的一般；然后他拿出她的乳头，一个捏在指间，一个含在嘴里，爱抚着它们，直到她的臀部开始按它们的节奏摆动起来。有一会儿，他想用手让她达到高潮，两根手指伸到她身体最温暖湿润的深处，嘴里呢喃不休说着永远永远爱她；然后他又来老一套，重新安放好两人的身体，好用嘴来占有她。不过，他早就知道，从玛丽到这里来的第一个下午他就知道了，她不在乎前戏高潮，除非它们能保证还有更好的、真正的高潮在后面。如果你拖延太久，想用手或用嘴让她完事，她总能感觉到你有麻烦；于是她不知怎么就失去了兴致，屁股也不摆动了。如果你时间算得正好，在那发生之前采取行动——如果你指望奇迹发生，爬到她身上，就像迈克尔今天这样——这仿佛像推进一截绳子：没人能推进一截绳子的。爱可能有帮助，但帮助不够大。

一天，她约好跟鲍勃的母亲在购物中心喝茶。她说她应付不来，她从没见过鲍勃的家人，他们都很有钱，是盎格鲁-撒克逊人。好多个月来，这事儿一直折磨着她。噢，天啊，她现在如何面对这个女人呢？

"行了，宝贝，"他劝道，同时帮她扣好她为这次见面新买裙子的扣子。"我不知道你为什么不能去那里迷死那个女人呢？她会爱你的。再说，并没有什么——你知道——你又没做什么可以责怪自己的事。"

玛丽转过身来看着他，脸上浮现出一丝不易察觉的讥讽之笑，说她明白他说得对。

她见面回来后，有点小兴奋，因为过得很开心——比她料想的要好——她端庄地坐在椅子上，接过迈克尔递来的饮料，这是迈克尔为她调的。她四下里打量整个房间，抬头看看他的脸，又低下头来：她似乎在问自己他是谁，她怎么会认识他，她在这间可笑的公寓里做什么。这令他想起简·普林格参加完十三个聚会后回到这里，也是四下里打量，他知道又是开始说他爱她的时候了。

"知道了吧，"他说，"我告诉你那没什么好怕的。我知道你会迷倒她的，任何人都看得出你是个特别的姑娘。你有自己的规矩，独具一格的人都是这样的。知道吗？你来这儿这么长时间，我没听你说过半句废话。噢，我猜当你说起你的心理医生时，你有一两次差点就说了，但那是因为心理医生让人们这样说话的。他们就是干这个的。我想你可能觉得自己有点与众不同，所以才去看医生，但是我不担心：他对你不会有害处，因为你**与众不同**，有些方面他永远接触不到。你让我想到一个姑娘。她的名字叫戴安娜，她嫁给了费城的一个家伙。她有一次告诉我，她喜欢我的一首名为'坦白'的诗，我还记得当时我想，好吧，行了。如果戴安娜·梅特兰喜欢《坦白》，我才不管这个该死的世界上其他人喜不喜欢呢。我一直偏爱与众不同的姑娘，你知道。她们知道自己是谁，能为自己做主……"

听着自己抑扬顿挫的声音，看着她的脸，他想，从以前在英国空军基地时的某个姑娘开始，不知道这种奉承话俘获过多少这样冷静保守的姑娘，他纳闷她们有没有觉得这全是一堆废话。而且，玛丽·方塔纳身上并没有一丝与众不同之处，她只是个想在结婚前跟陌生人做爱的普通姑娘罢了。但他无法住口，他担心如果他一停下，她可能会起身离去，或者她可能马上消失在椅子上。

"迈克尔?"当他给她机会说话时,她立即说,"让我们脱了衣服,到床上躺一会儿吧,好吗?我们就是光躺在那儿什么都不做也行。"

显然,在他们时间花完前,不管还剩下几个日夜,他们光是躺在那儿也行,她才不在乎。迈克尔不知道他该如何对待这个建议,但得承认这多少令人宽慰。

在白马酒吧里消磨的几个小时里,他们像对老夫老妻,也像以前从没有一同外出过的男孩女孩,还不想开始任何与性有关的事情。他们只是轮流说些愉快的话题,没有任何其他目的,只是不想让沉默来临。有一次,当他穿过人群走到吧台边再要一轮酒,希望她在看着他的背影时,他觉得自己很享受——感觉很好——这一发现很可怕:如果阳痿了你还能来一场风花雪月,那你准是疯了。

接着他们的最后一晚到了。明天下午,玛丽·方塔纳要搭火车去康涅狄格州的雷丁,后天,她父母、姐妹、朋友们会搭另一班火车赶到,她会在一个"迷人的"圣公会教堂里举行婚礼。

有一阵子,他们就是躺在那里,裹在干净的床单之间,什么也不做——他这周换了三次床单,因为经过这些失败后,它们发出的酸臭味太可怕了——他们说了点话,但想不起太多可说的。

当他开始用手抚摸她时,他心想他的手从没像了解这个姑娘一样了解过别的姑娘,然后是乳头,然后是晃动的屁股,然后是一股湿流,还有把握时机这个危险问题。

可是今晚令人惊异的是他居然设法让自己进入了她的身体:不是很硬,但他在里面,他知道她能感觉得到。

"噢,"她说,"噢,噢,我是你的女人。"

他记得当时他想她这样说真是太好了,但他一直都知道她是个好姑娘。问题在于他能感觉得出她这是装的;她这样说是因为他一直在说他爱她。她觉得对不起他,她想给他点东西让这晚继续下去——短短几秒钟内想到这一点,他便收缩了,从她身体里退了出来。后来就跟以前一样,他们之间也没再发生什么。

她得去罗德泰勒百货公司再买几样东西,第二天她解释道,但是时间不会太长,她的火车要五点钟才到——所以四点钟时他们可以在比特摩尔见个面,喝上一两杯话别。

"嗯,等等,"他说,"我们定在三点半吧,那样我们的时间更多点。"

"好。"

她走后,他开始为比特摩尔之行制订详细计划。鸡尾酒桌上不要有伤感、失败、自怨自艾。为了她他要显得轻松睿智,他要穿上最好的衣服,让这次道别成为一个姑娘在婚礼前最勇敢而明快的道别。

可是当三点钟电话响起来时,他知道这是玛丽,来取消约会的,果不其然。

"听着,我觉得比特摩尔的见面不是个好主意,"她说,"我宁愿自己去中央火车站——你知道——上火车。"

"哦,嗯,那好。"他想说别忘了我或者我永远记得你或者我爱你,但这种话听上去都不合适,所以他只说,"好的,玛丽。"

电话挂了后过了很久,他坐在那里,两手抱着头,十根手指挠着每寸头皮。

几乎可以肯定,玛丽会告诉鲍勃·奥斯本这个星期她干什么了——她是个乖乖女,肯定会这么做的,而且很快便会这么做——她肯定也会告诉鲍勃,什么也没"发生";于是鲍勃会要求更多的细节情况,她便会说得越来越多。最后,迈克尔·达文波特就精光赤条地呈现于别人面前。

他一连好几天身体不舒服。他生病了,瘦了,甚至无法工作。虽然他明白好死不如赖活,可常常也有没把握的时候。

不过,即使懊恼也不会永远持续下去。躺下来就好,等着某种意想不到的复苏的到来。那年夏末时的一个清晨,他接到经纪人简短扼要的电话,让他看到一丝希望:他很久以前的一个老剧本可能会被搬上加拿大电视屏幕,一家位于蒙特利尔的"微型"演播室正在拍摄制作。

他从中挣的钱几乎不够他来回蒙特利尔的路费,但他立即决定这是花掉它的最好办法。不管他们可能会怎么弄砸他的那个剧本,演员中总该有个把漂亮姑娘。

起初,他想叫比尔·布诺克跟他一起去,可是就旅行同伴而言,布诺克可能太烦人了;他有个更好的主意:打电话给汤姆·尼尔森。

"……我是说我们得用你的车,当然,"在他解释完整件事后,他说,"我会付油费的,车我们可以轮着开。"

汤姆答应得很痛快。他说,任何外出旅行的借口他都喜欢。

明媚温暖的一天,他们一起出发了。汤姆坐在方向盘前,看来精心打扮过,精力充沛。他穿着卡其布军衬衣,肩上还有肩章,那是军官服,他说了许多挖苦人的小笑话。

可是还没到奥尔巴尼①,迈克尔便开始想也许比尔·布诺克来更好——或者,还不如自己单身上路,不管是坐火车还是搭汽车。那样可能更明智。

"还跟那个英国妞在一起吗?"汤姆问。

"哦,没了,没多久我们便分手,跟她在一起大概五个月。"

"好。那以后呢?过得还好吗?"

"噢,我一直很忙。"

"好。我开始明白这次蒙特利尔之行了。你想着在这出戏里总会有漂亮妞的,她会走到你跟前,扑闪着大眼睛说'你是说你就是**作者**吗?'"

"没错,"迈克尔说,"你说对了。有点像那个博物馆的小妞走上前来问'你是说你就是托玛斯·尼尔森吗?'"

尼尔森本来在看路开车,现在笑着瞟了他一眼,笑容里有太多嘲讽。"你准备好了吗?"他问,"有没有带套套?"

迈克尔的口袋里有一盒,但是他没承认也没否认。

---

① 纽约州首府。

"别担心，小兵，"他说，"足够我俩用的。"

他们在蒙特利尔迷路了好几次，不过等找到电视台演播室时，还好没迟到。一个紧张兮兮的年轻导演说希望迈克尔会喜欢这个演出，他递给迈克尔一叠油印剧本，迈克尔读了一段后就知道这出戏给改得面目全非：对话多得像肥皂剧，节奏松散拖沓到无望的地步，结尾很可能是场灾难。

"对不起；您是达文波特先生吗？"一名年轻姑娘满怀希望地看着他的眼睛。她说她名叫苏珊·坎普顿，是今晚的主角；她说能见到他真是开心死了；她说她知道电视版很糟糕，因为刚拿到剧本时，她读了原著，觉得原著"很美"；她说恐怕现在她得走了，可是希望他们等会儿能再聚到一起，因为她很"爱"跟他聊天。迈克尔看着她步履蹁跹地走到其他演员当中去时，他知道再也找不到来这里的更好理由了。

后来他和汤姆·尼尔森坐在演播室后面的一个玻璃房里，靠近音效师，从与他们视线齐平的"监控"屏幕上看着这出戏。除了不断地用肘轻推汤姆，朝他皱眉，迈克尔没有别的法子来解释这完全不是他写的剧本，可是过了一会儿后，他觉得这无所谓。等这一切乱糟糟结束后，有个姑娘在等他——一个在中景镜头下举手投足全都那么美好的姑娘在等他，她的脸，在特写镜头里美极了。

结尾简直就是一场背叛，跟他担心的一样，但演播室的灯光一亮，他就走出来玻璃房，来到布景里，径直朝苏珊·坎普顿走去，跟她说他觉得她演得太棒了，然后问能不能请她喝一杯。

"噢，好啊，"她说，"不过事实上我们全都会一起出去，全体演职人员的聚会，你知道的，不过，当然你和你的朋友一定要来。"

不久，他们就置身于蒙特利尔一间明亮的大餐馆里，为了这个聚会，侍者们巧妙地把多张餐桌拼到一起。苏珊·坎普顿坐在前头的主位上，一边是导演，另一边是男主角，然后是其他演员和技术人员，一对一对的，汤姆·尼尔森和迈克尔作为不速之客，猫在另一头。

有一会儿，迈克尔想说：听着汤姆，我想我待会儿可能带这个坎普顿小姐上哪儿去，所以你最好去找间旅馆，明晚你一个人回去，行吗？但是他越观察那头的她，他越犹豫。那头的她谈笑风生，手里端着白色泡沫酒杯打着小手势，仿佛那是她今晚成功的象征。聚会结束时，就在人行道上，也许她会简单飞快地吻他一下，还带着白兰地的味道，然后跟某个男演员一道消失在蒙特利尔街头，那个男演员的手还揽着她的腰，而汤姆·尼尔森则站在那里看着——如果真那样，尼尔森的嘲笑会无情地一路伴他回纽约。

不，甩掉尼尔森的事可以再等等：重要的是先把这个姑娘弄到手。等他一有机会，他就要走上前去，问能不能送她回家。如果她说行，尼尔森的问题就自行解决了：几个快速而亲切的字眼就行了——如果尼尔森善解人意的话，也许一个意味深长的眼神足已。然后，剧本的原创作者就自由了，可以为自己和她叫辆出租车，今晚余下的时间就会充满希望。

他的计划差一点就实现了。终于，大部分电视台的人微笑着站起来，从桌前转过身，这时他只好侧身从人群中穿插而过——至少他得走近到能和她说上话的距离。

"苏珊？我能送你回家吗？"

"呃，那太好了；谢谢。"

"车就在外面。"汤姆·尼尔森说。

"噢，太好了，"她说，"你们有车。"

于是他们三人坐进这辆该死的车里，回到这座城市的郊区，一路上失败感伴随着迈克尔。

苏珊·坎普顿解释说她跟家人住在一起——她希望很快能有个自己的窝，但是蒙特利尔的公寓严重短缺——当他们到她父母家时，所有的窗户灯光都灭了。

她带他们悄声下到地下室里，扯亮电灯，地下室宽敞得惊人，墙上镶着橡木板，这是那种中上层阶级家庭引以为荣的那种"娱乐室"。

"你们想喝点什么吗？"她问。实际上房间的另一头就像个酒类丰富的酒吧，还摆着两三个手工缝制的厚实沙发。迈克尔又觉得这个晚上还有机会，如果汤姆·尼尔森能从这儿滚蛋的话，可是尼尔森喝了一杯又一杯，在房间里走来走去，视察木板墙，仿佛在挑小毛病，又或许是在四处查找，看他的水彩画挂在哪里最合适。

"我简直无法告诉你我多么希望能按你写的那样来演，"苏珊·坎普顿说，"所有这些改动都太低级了，完全没有必要。"

她坐在沙发上，迈克尔坐在她对面的皮椅垫上，姿势绷得很紧，心情却很愉快。

"嗯，我猜对电视的期望也就只能那样了，"他说，"不过，我觉得你的表演很美。你的扮相正是我心目中的那个姑娘。"

"你是说真的吗？嗯，我觉得这是我期待的最高赞扬了。"

"对我来说，"他说，"演戏等各种表演准是所有艺术中最残忍的——残忍是因为你永远没有下一次机会。你无法回头再去审视你的表演，一切都是即兴发挥，一切得在即时完成。"

她说这句话里蕴含着许多道理，他表述得太好了；没错，她眼里放出光芒，她觉得他很"有意思"。

后来她说："不过，我觉得创造性工作一直都是我最崇拜的——无中生有，化虚为实。你以前还写过别的什么剧本吗？"

"噢，有几个；我主要写诗。那算是我最擅长的，至少是我最感兴趣的。"

"喔，我的天啊，"她说，"我无法想象还有什么比写诗更难的了。它太纯粹：完全取决于诗歌本身。你有没有——出版过？"

"到目前为止出了两本。我不想推荐第二本，但我觉得第一本还行。"

"书店里还有卖吗？"

"噢，没有了。你可能在公共图书馆里找得到。"

"太好了。我要去找一本来看。"

接着，很显然该重新谈谈她了，于是他说："可是说真的，苏珊，今晚能来这里观看演出，我真是太高兴了。你真的——你真给了我一些东西,令我难忘。"

"哦,我真想告诉你——"她低垂下眼帘,"我真想告诉你,你这么说让我太惭愧了。"

汤姆·尼尔森还是不让他们单独在一起。看来他考察墙板累了,回来挨着他们坐下,问苏珊是不是一直都住在蒙特利尔。

是的,她一直住在这里。

"你家里人多吗?"

"嗯,三个弟弟两个妹妹,我最大。"

"你父亲做什么的?"

就这样一直聊着,直到苏珊·坎普顿开始不太像专业演员,而像个想念自己安静卧室的困倦女孩,卧室里成打的旧填充玩具动物摆成一线,等着勾起童年的美好回忆。

最后,她对他们说她明天早上还得回演播室做儿童节目,所以她觉得她最好还是睡一会儿。她说欢迎他们在这里过夜,橱柜里有毯子,她希望他们过得舒服。

然后她走了。最糟的是迈克尔发现他甚至没法说,**天啊**,尼尔森,为什么你不走呢?如果他那样说,那只会毁了他们的纽约回程;而且,从没人那样对托玛斯·尼尔森说过话。托玛斯·尼尔森习惯了别人的尊重与顺从,他安详而心不在焉地在这个社会上行走,愤怒在他这儿总是烟消云散。他太"**酷**"了,你没法责备他。

迈克尔翻过身把毛毯拉到肩上时也老实承认,在这间地下室里想要那个姑娘也不太可能。她家人全在楼上,一门之隔,门还没锁；当他向她下手时，不管她觉得他有意思与否，她都可能吓得缩成一团。好了，见鬼去吧。

早上，他们叠好毛毯，放回原处后，汤姆·尼尔森说："我们马上动身，行吗？因为我真的得赶回去干活了。"

"好吧。"

楼上，在这所房子的前廊里，在关着的门后，他们能听到这家人吃早餐的声音。

"知道如果你敲敲那扇门会发生什么吗？"尼尔森说，"一位和蔼的中年女士会打开门，探出头来"——他很内行地模仿着一位和蔼的中年妇女伸长脖子的样子——"说，'咖啡？'然后我们就会被困在那里几个小时。走吧。"

等到他们踏上归途，窗边掠过单调的魁北克风景后，迈克尔心里一阵揪心的后悔。为什么他**不去**敲敲那扇门呢？为什么他不走进去，在这家人的早餐桌前找个位置坐下呢？苏珊笑着，在一群小孩子中间显得很高很大。他还可以跟她一起回演播室，去看她十点钟的表演；然后他可以带她去吃中饭，喝点马蒂尼，他们可能整个下午都握着手。看在老天的分上，为什么他不能在蒙特利尔待上一个星期？简直没有任何理由！

这一切让他很快陷入一种新的更糟更丑陋的思绪之中：也许是胆小，也许他私底下有点害怕跟苏珊·坎普顿单独相处；也许他为有这个机会开溜而偷偷开心；也许跟玛丽·方塔纳惨痛的一周让他太过恶心，他甚至害怕任何诱人的姑娘。梦想着勾引女人，又对阳痿怕得要命。他成了那种自欺欺人、弄巧成拙的男人，总是逡巡不前，最后逃跑走人。

汤姆·尼尔森坐在驾驶位上开始嘲笑起他来，仿佛他身上有些不同寻常的可笑之处。

"知道那个姑娘会怎么想？"他问。

迈克尔马上猜出答案，他知道如果再也见不着汤姆·尼尔森，他也绝不会介意。

果然，尼尔森抖出了他的包袱："她可能觉得我俩是同性恋。"

八月份时，情况开始恶化。有一晚他只睡了四个小时，第二晚才睡了三小时，再下来一晚他根本睡不着；然后白天时，睡眠时不时给他来上沉重的一拳，他会穿着皱巴巴的衣服醒过来，不知道几点钟，不知道当天是几号。

他只记得他喝得太多，因为厨房地上到处是空酒瓶。他只好强迫自己吃点东西，吞嚼几口食物也要用很长时间，而且越来越长，因为任何食物的味道都令他厌恶。

过去半年来他写下的每个字是不是在告诉他它们有多差劲？如果是的话，那肯定要告诉普通读者。一天晚上，他把所有的手稿装在一个牛皮信封里，拿着它来到街上，把它扔进高高的市政垃圾箱里。他无比高兴，一口气走了二十个街区后，才发现自己没穿衬衣。

又一个晚上，他很夸张地戒酒：在水池里砸碎了最后一瓶威士忌，像个胜利者看着一堆碎玻璃；紧接着他又恐惧得头晕，他可能得了醉鬼们所谓的"戒酒综合征"，他躺在那里哆嗦着，等着幻觉或痉挛或不论什么戒酒综合征可能带来的后果。

不过准是第二天,他又出门走路了,走得很快。这次他穿着《连锁店时代》西装:深色冬季西装和丝质领带。街上的人和物看上去都在可笑地晃动,他根本搞不准他们在不在那儿,然而走走也好,因为待在家里只会更糟。

好些天,他的思维以发疯初期那种无用、绝望、循环往复的方式飞快地转着;只要他能让它停下,哪怕一秒钟,他都觉得救了自己。

有一次,在下百老汇靠近市政厅的一家报摊上,他让它们停下了,时间足够他抓起一份《纽约时报》,因为他想找报纸看看那天是星期几。那天是星期四;那意味着他明天得做好准备等劳拉来过周末。

"先生?"卖报的问他,一嘴烂牙。"想要我借你一毛钱买他妈的这份报吗?"

当他发现自己又坐在家里时,已经换过衣服了,也不知道还是不是星期四。手表显示是九点钟,可是不知道是上午九点还是晚上九点,朦胧的窗户让两者皆有可能。不管怎样,他拨通了老托纳帕克的电话——他只好拨它——跟女儿说话时,他听到她心存戒备,语气犹疑,接着不理解的恐惧让她抬高了嗓门。

然后露茜打回电话:"迈克尔?你可不可以告诉我出什么事了?……"

后来没多久,比尔·布诺克来了,笑得那么谨慎、不自然——"迈克?你还好吗?"——再后来前贝尔维尤时代就结束了。

第二章

　　当他从贝尔维尤放出来后,他发现自己什么都怕,一直这样。街上的警笛声,哪怕还在很远,也足以令他心惊胆战;看见警察也怕——任何警察,任何地方的警察;还有年轻的男性黑人,如果他们块头有点大的话,他躲避不迭,因为他们看起来像是贝尔维尤的男护工。

　　如果那时他有车,可能也不敢开,甚至点火、挂挡也不敢——因为一旦你发动车、挂上挡,任何说不清道不明的事皆有可能发生。如果要横穿宽阔的马路,走路也是件让人害怕的事;他甚至不喜欢街角转弯处,因为你不知道街角另一边有什么。

　　对他来说,现在这种胆小怯懦,不管隐藏与否,其实一直就在他灵魂深处。难道他不是一直害怕学校操场上的那些男孩,难道他不是讨厌橄榄球,只为了别人的期望才不得已去打的吗?甚至起初拳击也吓得他要命,直到他学会如何移动脚步、分配身体重量和运用他的双手后才好些。至于他在空军服役,当空中机枪手,这么多年来,他生命中的这个部分给很多人留下深刻印象,可他一直知道"勇气"或"胆量"都并非恰当之词。你和其他九个人一起困在高空；你尽力为之，支撑着你的是老式军人品质——挺住。你知道战争已接近尾声，胜算在握——战斗任务不可能永远持续下去——回到英格兰，听到同伴们讲他们也给吓得屁滚尿流，真是种享受。

现在，在医药柜前哆嗦着，他每天在他们规定的时间吞下治疗精神病的药片，从没误过；他还得一周一次爬回贝尔维尤去看那位危地马拉的心理医生，他负责他的门诊治疗。

"把你的脑子想象成一个电路，"此人告诉他，"当然，比那复杂得多，但是在这方面大致相似：如果某一部分负荷太大"——他抬起一根食指强调这点——"整个系统便会炸掉。电路完了，电灯灭了。现在，你的这个病例真的很危险，它的根源很清楚，可能只有一个解决之道：别喝酒。"

于是，迈克尔·达文波特有一年滴酒未沾。

"整整一年，"如果有人表示怀疑，或觉得这不是什么了不起的成就，他会坚持这样说，"十二个月甚至连杯啤酒也没碰过——你能想象吗？——全因为某个可笑的医生说什么我的大脑短路把我吓得要死。好了，我有时候还真是怕得要命，像这个世界上的任何人一样，但区别在于，我再也不是他妈的胆小鬼了。"

他发现他又可以做爱了。他无比感激那个证明他行的姑娘，以致一完事后，他差点想哭着衷心地感谢她，不过他尽量控制住了这种冲动。

她是《连锁店时代》的一位秘书。她告诉他她以前从未欺骗过她的男友，她觉得今天下午来乐华街很荒唐，她说，如果不是最近发现男友欺骗她的话。不过，她觉得她已够成熟，完全理解并能接受她男朋友的不忠：他在杰克森海德刚开始做牙医的生涯，压力很大。

"是啊，"迈克尔心情舒畅地说，"嗯，我猜像情绪紧张这类事情真的会——真的会给人带来麻烦，布兰达。"

一九六四年夏天，他的第三本诗集出版后，他应邀参加在新罕布什尔州举行的为期两周的作家会议，作一次演讲，朗读几首作品。地点在风景如画的高山校园里，离任何市镇都有几英里：一大片连绵的老式宿舍楼足以容纳三百名付费参会人员，宽敞的厨房及餐厅，光线明亮的演讲厅，那儿演讲滔滔不绝，讨论的话题只有一个：写作。

这次会议的策划者是查尔斯·托宾，五十开外的男人，他的好几本小说迈克尔都挺喜欢，他本人也是热情好客的主人。"等你安顿好后，到小木屋这儿来，我们都在那里，迈克，"他说，"看见路那边的房子了吗？"

那是一所小房子，四周绕着一圈游廊，坐落在校园深处，是教职员开会的地方——是外来人员只有获得特别邀请才能进去的俱乐部。每日午餐前一两小时便开始大量供应酒水，晚餐前几小时内更是酒的海洋；于是歌声、醉酒声常常持续到深夜。查尔斯·托宾热心保证酒水的大量供应看来基于这样一种观点：作家们比大部分人都要辛苦——可能比大部分人想象的要辛苦得多——所以他们每年夏天应该休息几周。而且，作家们懂得自律,他知道他们都值得信赖。

但是第一周快结束时,迈克尔·达文波特开始觉得他可能在沉沦——更准确地说他可能正在飞升出离。问题不在喝酒上,当然酒也没有帮助;问题出在演讲厅里。

他以前曾在小范围内朗诵过他的诗歌,可是从未获邀站在演讲台上,对着三百名专注肃穆的听众说真心话。他们想了解他从事了二十年的艰苦精湛的技艺,他也悉数告之。他的演讲完全即兴发挥,最多只随意涂抹了几张便笺纸,然而不管怎样,演讲结构完整,思路清晰,他大获成功。

"干得好,迈克。"查尔斯·托宾和他一起离开演讲厅时,不时这样说。迈克尔用不着他来告诉自己,因为经久不息的热烈掌声还在他身后的演讲厅内回响。

人们簇拥着他,拿着他的书要他签名;人们四处找他,想跟他单独聊聊他们自己的作品;而且,还有个姑娘。

她名叫艾琳,身段苗条,极其严肃,刚开始写作。艾琳在餐厅当招待来抵参会费用;每个晚上她害羞地敲敲他的门,然后一阵风似的卷进来,倒在他的怀里,仿佛这正是她这一生中最想要的那种浪漫。她说尽种种赞美之词,那些话他记得曾从别的姑娘那里听到过,甚至早在跟简·普林格时便听过。一个深夜,在他的床上,她说"你**懂**得真多"——这话让他一下回到一九四七年的剑桥。

"别,听着,别那样说,艾琳,"他告诉她,"因为首先这并不是真的。我的这些演讲只是随兴的,突如其来,我甚至不知道该死的它们是打哪儿冒出来的，它们让我听起来比我本人要聪明，你明白我说的话吗？第二，很久以前我妻子在我们结婚前对我说过同样的话，她花了许多年才明白她错得有多离谱，所以我们别再一直说那些了，好吗？"

"我觉得你很累了，迈克。"艾琳说。

"哦，宝贝，你说对了。我真的累得要命，这还只是个开头。听着，听着，艾琳。别害怕，但我觉得我可能要发疯了。"

"你可能要什么？"

"要发疯了。不过，听着：如果你听我解释几件事的话，没什么大不了的。我以前曾犯过一次，不过又好了，所以我知道这并不是什么世界末日。我觉得这次我发现得算早，甚至很**及时**，如果你明白我的意思的话，我基本上还能控制自己。如果我自己非常小心，在喝酒、演讲和其他事情上非常小心的话，也许我能撑过这场会议。不管怎样，只剩三四天了，对吗？"

"还有六天。"她说。

"行，好吧，六天。但问题是，艾琳，我真的需要你的帮助。"

在她说"怎么帮"之前，她停顿了好久。停顿以及说这句话时语调里的胆小防备之情让他立即明白他对这个姑娘要求太高了。这一周他俩除了翻云覆雨疯狂做爱之外，他们几乎还是陌生人。她可能把正常的他浪漫化了，可是没理由认为她该知道怎么应付发疯的他。如果需要"帮助"，她首先得非常肯定她知道他心里要的是哪种帮助。

"噢，见鬼，我不知道，宝贝，"他说，"我不该说这些的。

我的意思是我喜欢你待在我身边。我喜欢你当我女友，或者假装是我的女友，直到整个会议结束。我保证，我们会有更美好的时光的。"

可那也不对。会议一结束，她就要回约翰·霍普金斯大学研究生院去了，离纽约太远，没法常见面，虽然她可能很希望常见面。他也不该说"假装是我的女友"，因为世界上没有哪个姑娘愿意考虑那样一个建议。

"为什么你不睡一会儿呢？"她告诉他。

"好的，"他说，"不过先靠近来点，我可以——这儿，这儿。喔，天啊。你真是个漂亮姑娘。喔，别走。别走，艾琳……"

第二天早上，他朝演讲厅走去时，查尔斯·托宾跟他一道走，把他拉到一旁说："没这个必要了，迈克。"

"什么意思？"

"我的意思是你今天用不着面对那帮人了，有人会填补你这个空缺。"托宾停下脚步，迈克尔也只好停下，他们面对面站在烈日下，看着对方。"事实上，"托宾说，"我已经安排别人去了。"

"噢，那么我被'炒'了？"

"噢，得了吧，迈克；没人会被这种地方'炒掉'的。我关心的是你 我——"

"你从哪里弄来'关心'这个词的？你觉得我疯了吗？"

"我觉得你在这里给自己的压力太大，我觉得你精疲力竭。我早点发现就好了，不过昨晚在小木屋里发生那件事之后，我——"

"昨晚在小木屋怎么啦?"

托宾似乎在仔细察看迈克尔的脸。"你不记得了?"

"不记得。"

"噢,这样吧,听着,我们一起回你的房间,边走边聊,好吗?这儿有好多——好多看热闹的。"

那倒是真的,迈克尔刚才没注意而已:许多人,从大学生们到粉蓝头发的女士们,全停了下来,停在草坪上,停在路上,就为了看这场冲突。

他们回到他的房间里,迈克尔抖得很厉害,躺在床上舒服多了。查尔斯·托宾坐在唯一的一把椅子上,俯身看着他,告诉他昨晚发生了什么。

"……你不停地从弗莱彻·克拉克的酒瓶里倒酒喝。我明白你不知道自己在做什么,可麻烦的是你一直这样做,他要你住手你还这样,后来他真的生气了,你骂他是无耻小人,还给他一拳,我们四五个人才把你们分开,一张大桌子也给弄坏了。这一切你全不记得了?"

"不,我——噢,天啊。噢,我的天啊。"

"好了,现在都过去了,迈克;折磨自己也没有用。事后,我和比尔·布罗迪把你送回这里,你那时很平静。你说你不想我们进去,因为那会打搅到艾琳,看起来说话很有理性,所以我们就站在走廊里,看着你进了房间,就这样。"

"那她现在在哪里?艾琳呢?"

"嗯,快吃中饭了,我想她可能在餐厅里忙着。别担心艾琳,艾琳没事。我觉得你现在最好脱掉衣服,盖好被子,是不是?我过一会儿再来看看你。"

查尔斯·托宾再次走进房间时,迈克尔不知道是刚过一会儿,还是过了很久。这次,他身后跟着一个瘦小年轻的男人,穿着廉价的夏季西服。

"迈克,这位是布瑞纳医生,"他说,"布瑞纳医生准备给你打一针,你好好休息。"

有一边屁股上挨了一针,跟贝尔维尤医院相比,这一针锋利、快速,没那么羞辱;然后他穿好衣服,可不怎么整齐,被托宾和医生夹在中间来到大厅。他甩开他们的手,想证明他可以自个儿走。他们穿过草坪,一辆奶白色四门轿车停在路边等着,一位身材壮实、浑身素白的年轻男人从后座上出来,打开车门,他们小心翼翼地帮迈克尔上了车,仿佛迈克尔年老力衰需要搀扶。一切非常顺利。不过,当车子穿过绿意盎然的校园阴地时,他很快失去了意识,他似乎看到或梦到路边有身着夏季服装、稀奇古怪的各色人等,他们脸上的表情全都显得很惊异,当他们看着他们最喜爱的演讲者被押走了时全都显得很不好意思。

迈克尔在新罕布什尔州康科德的一家普通医院的精神科住了一个星期;不过这儿非常干净、明亮、安静,里面的人也永远彬彬有礼,一点也不像精神病科。

他甚至还有自己的单间——好几天后他才发现房门一直是半掩着的,走廊上的低声细语被挡在了外面。不过,怎么说这还是他自己的房间——所以无须面对其他受困扰的病人,也无须与他们为伍;每顿饭都味美多汁,并总是准时送到床头。

"如果你把现在吃的这些药拿回家接着吃,应该对你管用,达文波特先生,"一位打扮整洁漂亮的年轻精神科医生说,"但是我不能小看你在那儿发生的事,什么地方来着?作家协会是吧。看来这是你第二次发病了,说明今后这种现象也许还会发生,所以如果我是你的话,我会留神我自己。首先,我肯定会少喝酒,我会尽量避免任何情绪上的压力,在我的——你知道——我的生活中,不,你的生活中。"

当他独自一人后,他慢慢躺下来,想把事情理清楚。难道他还能把他的生活分成前贝尔维尤时期和后贝尔维尤时期吗?也许不能了?这件新发生的事需要建立起它自己的全新历史时期吗?也许这件事,像朝鲜战争那样,主要作用在于证明别指望历史会有什么道理可讲?

一天下午艾琳过来看他。她坐在床边椅子上,跷起漂亮的腿,说着她来年在约翰·霍普金斯的打算。她不止一次地说"跟他一起"在纽约会很"好玩",而他只说:"嗯,当然,艾琳,我们会保持联系的。"但是两人说那些话时自然优雅的姿态表明这些承诺从来就没打算兑现。

探访时间结束时,艾琳站起身,弯腰吻了他的嘴,他发现今天她来这里不仅是道别,而且受好奇心驱使,想简单体会一下假装他的女友是什么感觉。

一个护工给他拿来一叠纸和一支笔,他花了几小时起草一封给查尔斯·托宾的信。信不用很长,重要的是要找准并保持适当的语气,要表达出羞愧、歉意与感激,但又不能沉湎于懊丧,最好是能用那种嘲弄、谦逊而勇敢的语调来写,因为那正是托宾的文风。

他们让他出院的那天,他还在写那封信,坐飞机回纽约时,他还小声地念念有词。

当他拎着装满脏衣服的行李箱走进乐华街老房子的那一刹,一切还是乏味无聊至惨不忍睹,这房间比他记忆中的还要小。他写完给托宾的信,投进信箱;然后该开始工作了。

这个世界上工作可能不是全部,但它成了迈克尔唯一能信任的东西。如果他放松下来,如果他曾让他的思绪从工作上开点小差,那可能就会有第三个时期——而这第三个时期,在纽约这里,轻易便会把他送回贝尔维尤。

接下来的几年里,很多事令他感到自己在老去,其中之一便是,每次他去火车站接劳拉时,她都不一样了。

劳拉十三岁前,隔着十号通道的大门,他总能从人群中一眼找到她,因为他对她的生活了如指掌。这个女孩纤瘦敏捷,穿着她最好的衣服,有点点乱,白色的袜子有点不听话,滑落到鞋跟里。她的脸因为期盼而总是那么灿烂,她跑过最后一段距离扑进他的怀里——"爸爸!"——他紧紧抱着她,告诉她又见到她,他有多高兴。

可是慢慢地,随着时间流逝,长筒尼龙袜取代了总是有麻烦的白袜,别的变化也随之而来。她胖了,动作迟缓,看到他也没有明显的开心表示;笑容也只是为了显得礼貌,有时候她似乎在想,这可真够傻的!为什么我要来看我爸,如果我们做的不过是让彼此紧张?

十五岁那年,好像突然之间,她长了近四十磅,迈克尔几乎希望别再让他来接火车。一个大块头宽肩膀的姑娘咚咚咚走到你面前,阴沉着脸,看不出心里想什么,这有何快乐而言?

"嗨,宝贝。"他会说。

"嗨。"

"裙子真好看。"

"哦,谢谢。妈妈在卡尔多折扣店买的。"

"想不想先吃个午饭,然后我们再去市中心?或先去市中心然后再吃饭?你喜欢哪样我们便哪样。"

"无所谓。"

可是到十七岁时,她突然又瘦了回去;看上去那让她更开心些,也更聪明些。看到她抽着清淡型香烟,从火车站大门里走出来时,他真不习惯,好在她又开口说话了,这还不错——而且她说的不完全是那几句老调调,这就很好了。

一天晚上,他一个人在家,电话响了,是露茜打来的——这么多年来头一遭——在几句不太好意思的开场白后,她说起了正事:她为劳拉担忧。

"⋯⋯嗯,我知道青春期是个困难时期,"她说,"我当然明白可能她的青春期比大多数人的更困难些。噢，我跟其他人一样读了很多东西，我知道当今的一切对孩子们来说是如何疯狂，比如'嬉皮士'潮流之类，所以这也不是关键。我关注的不是劳拉的兴趣或活动，你知道吗，是比这些更糟的东西：她撒谎，她成了骗子。

"我来给你举个例子吧。我有几个朋友来过周末，他们的车停在我的车库里，一天夜里，劳拉溜进车库，把车开走了。我不知道她开车去哪里，或去做什么，反正她又把车开回车库。这还在其次，主要的是她撒谎。我们发现一边挡泥板上有道很明显的刮痕，你知道，所以我问劳拉她知不知道发生了什么，我这么问她我都觉得很丢脸。可她说：'噢，妈，你真的以为我会开别人的车吗？'但是当我们打开驾驶室的门，我们在前座上发现了劳拉的零钱包。

"所以你明白我在说什么了吗，迈克尔？我不**喜欢**她因这类事被逮到时脸上那种阴沉的傻相。那种罪犯屈服的表情，惊恐的表情。"

"是啊，"他说，"是啊，嗯，我明白你的意思。"

"噢.她还有很多东西让我搞不懂。"露茜停下来喘口气，也许吃惊于自己竟能跟一个疏远多年的男人滔滔不绝说上这么多。"你可能没意识到这一点，迈克尔，除非她露了馅，但是你在纽约见到她的几次绝不是她去纽约的唯一几次：她常常溜到纽约去，我没办法控制。有一次我们就'价值'做一场愚蠢的讨论时，她说漏了嘴，她认识一个住在比克街的英俊男孩，名叫拉里——哦，不用说，她解释他为什么这么漂亮的方式能让你起鸡皮疙瘩；他有着'美丽的心灵'什么的。于是我说：'好了，亲爱的，不如哪个周末你请拉里到这儿来玩吧？你觉得他在乡下呆几天会开心吗？'这让她很吃惊，当然，可好笑的是，她同意了。我几乎看得出她在心里打算盘：让比克街的拉里来这儿，就在这里，真正露面。正好可以显摆一下，在托纳帕克高中孩子们当中，这件事可能会成为今年的社交活动头条。

"后来，有一天，我从窗口望出去，看到了拉里，站在她身后，在前院里。这孩子脑后扎着马尾辫，穿着脏兮兮的皮背心，里面没穿衬衣。我想说除了眼里没有一丝神采外，他一点也不像个坏孩子，他就像个、像个需要洗澡的孩子，所以我走到院子里，对他说：'你好，你一定是拉里吧。'而他拔腿就跑——跑上大路，穿过田野，一头扎向两百码外的那座没人用的破谷仓。

"我说：'他怎么回事？'

"劳拉说：'他有点害羞。'

"我问：'他来这儿多长时间了？'

"她说：'噢，大约三天了。他待在谷仓里。那儿有许多稻草，我们整理了一下'。

"我说：'他吃什么？'

"而她说：'哦，我给他送点吃的去，还行。'

"呃，我想我把这一切说得很可笑，"露茜说，"我觉得也确实可笑；但是我想我有点跑题了，我觉得她的兴趣啊活动啊，这些问题会自行解决的——过一阵子她可能就会把这套波希米亚胡闹扔到一边去的——不过撒谎是另一回事。"

迈克尔对此表示同意。

"她长大了,也不好再'惩罚'她,"露茜继续说,"再说,你要如何惩罚一个染上说谎毛病的孩子呢?一个谎言套着另一个谎言,最后成了谎话连篇,然后这个孩子便生活在一个虚假世界里。"

"是的,"他说,"嗯,我觉得你的担忧是对的,我也担心。"

"还有一件事。这才是我打电话的原因。我在这里只认识一个心理医生,费恩医生,我对他态度复杂;我是想说在这种事情上我不太相信他,所以我不知道你有没有可能——认识纽约某位值得推荐的医生。我是为这个打电话来的。"

"不,我不认识,"他告诉她,"我从来不相信这种东西,露茜,从来不相信。我觉得整个所谓的'治疗'产业就是个骗局。"也许他一口气说得太多,说什么"西格蒙德·他妈的弗洛伊德",于是决定最好还是住嘴。至于之所以她认为他会"认识"某位心理医生的唯一合理解释是他曾两度崩溃;再说,如果他们现在吵起来,只会破坏这通即兴而愉快的电话。"我想我帮不上忙,"他说,"不过,听着,她很快就要上大学了,那时她绝不会像现在这样无聊,一半都不会。大学里多的是东西让她忙的,我觉得到时我们会发现一切都变了。"

"可是离上大学还有一年时间,"露茜说,"我希望我们可以——你知道——可以现在就有所行动。哦,那好吧,"她这样说意味着这次谈话要结束了。她会安排劳拉见费恩医生的,尽管她对他的态度复杂。"噢，说到大学，迈克尔，"她想起了又说，"我跟她们高中那个新来的辅导员谈过了，那姑娘叫什么来着，她说劳拉可以挑选几所好大学，她说她也会给你打电话说说这个事的，这是规矩。"

"规矩？"

"嗯，你知道，离异父母，父亲的意见总是也要参考的。她人很好——做这样的工作年轻了些，我觉得，不过人挺有能力。"

几天后，辅导员真的给他打电话了，问他哪天下午两点钟可以来学校一趟。她名叫萨拉·盖维。

"嗯，明天不行，"他说，"后天怎么样，盖维小姐？"

"好的，"她说，"行。"

他只能定在后天，因为得要这么长时间才能把他唯一一套西装洗干净熨好。自从离婚后，他大幅削减每月在《连锁店时代》的工作，以保证他有时间干自己的活。不过，他最近发现自己只剩下一套西装，衣服破的破、旧的旧，或者不合身了。他有点想像许多别的诗人一样去高校里谋份差事，西村这样的生活他也过腻了。在西村做个衣衫褴褛的孩子还行，可是人到中年还衣衫褴褛就不太合适，迈克尔已经四十三岁了。

不过，待他刮完胡子，穿上干净整洁的衣服，他知道他看起来还行。有时候他从玻璃里看到自己甚至都很吃惊，他现在的样子比十年、二十年前还要好看。

他搭上去托纳帕克的火车时感觉还行，好情绪一直持续到他穿过吵吵闹闹的高中走廊，他一想到自己的女儿在这样一所蠢笨的蓝领学校上学就愤愤然。他来到萨拉·盖维的办公室门前，敲了敲门。

托纳帕克高中学生的母亲们可能很正式地坐在那里跟盖维小姐谈话，问些得体的问题，得到得体的回答，留神不要超过了约定的时间——可是在这个小房间里父亲们肯定备受折磨，无望地想象着萨拉·盖维光着身子会是什么样子，摸她的手感怎么样？她闻起来、尝起来会是什么味道？她在做爱的极度兴奋中会是什么声音？

办公室墙上挂着一块可钉大头钉的白板，不过上面什么也没钉，没有任何装饰的背景让你很容易相信眼前这位是世界上最可爱的姑娘。她苗条而温驯，黑发齐肩，褐色眼睛清澈明亮，嘴唇大而饱满。她坐在办公桌前，无法看到她胸部以下是什么样，但是她不会让你等太久。谈话中，她两次起身，走到高高的档案柜处，于是你看到了她的全身：裙子下完美的腿和脚踝，线条简洁的小小臀部，曲线足以令你渴望不已。你最初的冲动是想锁上门，就在这里，就在地板上要她，但是不用太多自控你便能想出更为明智的计划。带她离开这里，不管带她去哪里，占有她。快点。

萨拉·盖维猜得到你脑子里在想什么吗？如果猜得到，她可真是一点不露声色。她一直在谈瓦萨大学、卫尔斯利女子学院和巴纳德学院，她可能也提到了霍优克学院；现在她满腔热情、详尽地谈到佛蒙特的沃宁顿学院。

"你是说那个搞艺术的小地方？"他说，"不过，那里的姑娘不是早就会——你知道——这门或那门艺术吗？"

"我觉得它可能有这种名声，"她说，"但它是所开放的学校，环境很激励人，我觉得劳拉在那里会表现不错。她特别聪明，也很敏感，你知道。"

"嗯，她当然是这样，可她什么都**不会**。她不会画画，不会写作也不会表演；不会玩乐器，也不会唱歌或跳舞。我们没有这样培养她。我们家里也没有紧身连体裤，如果你明白我的意思的话。"

这席话让萨拉·盖维漂亮的眼睛和嘴角有了一丝笑意。

"我所理解的是，盖维小姐，"他说，"我觉得她可能会被那些有才华的姑娘们吓到。我最不愿意看到她变得胆小，不管在大学还是在哪里。"

"嗯，完全理解，"她说，"不过，不管怎么说，也许你愿意考虑一下沃宁顿；我这里有招生简章。还有一个原因，你知道，她母亲似乎觉得那里最适合她。"

"噢，好吧，我想我得和她母亲好好谈谈。"

事情似乎到此结束——萨拉·盖维把纸张、文件夹收起来，把它们放进桌子抽屉里——迈克尔不知道有没有机会邀她出去，没准她指望他快点走，但是她扫了他一眼，那样子对一个漂亮姑娘来说有点太害羞了。

"见到你真高兴，达文波特先生，"她说，"我很喜欢你的书。"

"噢？但是你怎么可能——"

"劳拉借给我的。她非常为你自豪。"

"是吗？"

他惊愕不已，当他理清头绪后，发现劳拉为他自豪是最棒的。他从没想过劳拉会这样。

走廊上的钢锁一把把锁上了——学校里人走光了，他很容易邀请她出去喝一杯。她看上去又有点羞涩，但说她很乐意。

她领着他进了教职员停车场，他想即使劳拉碰巧在孩子们中间，看到他们一起走也没关系，她可能以为他们只是换个更舒服的地方接着讨论她的大学规划。

"一个人怎样才能当上辅导员？"走在路上时，他问萨拉·盖维。

"噢，这并没什么了不起的。"她说。"你在大学里修几门社会学课程；然后再读个研究生，然后你就可以找这种工作。"

"你看上去这么年轻，怎么就研究生毕业了？"

"哦，我快二十三了，是比一般人年轻点，但也不太多。"

那么他们相差二十岁——二十年是个很好的整数，迷人的时间段，迈克尔觉得挺好。

她开车穿过托纳帕克一片他不熟悉的乡村，那还行——他不愿经过老"唐纳安"邮箱，以及任何熟悉的东西。迈克尔低头瞟了一眼，发现她脱掉鞋子，穿着丝袜的小脚踩在汽车踏板上，他觉得这是他见过的最美好的事。

她领他去的酒吧和餐馆也是他没去过的地方——自从他离开

这里后,这个镇上一定新开张了许多小店——当他说这里真不错时,她扫了他一眼,仿佛他在开玩笑。"呃,不算太好,"他们在半圆形人造革火车座里面对面坐下后,她说,"不过我常来这里,因为很方便,我就住在这个街角。"

"你一个人住?"他问道,"还是……"

在她回答的那一刻,他担心她会说"不,我跟一个男人"——最近这种回答在年轻漂亮姑娘中已经蔚然成风,她们老这样说让人觉得她们在吹牛。

"不,我跟另外两个女孩合租,不太好;我有点想自己找个地方。"然后她举起重重的珠形玻璃杯,里面是特干马蒂尼,说,"好吧,干杯。"

真的一饮而尽。看来这可能是多年来迈克尔·达文波特最开心,最想欢呼的一个下午。真是难以置信这么年轻的姑娘竟然这般心如止水。在帕特南这种乡下,她不会有多少生活——偶尔有点意思的工作、不太喜欢的室友、在这种普通餐馆里吃饭。唯一能把它们合在一起的是,她每个周末肯定会溜去纽约,投入某个让她知道自己是谁的男人的怀抱。

"你常去纽约吗?"他问她。

"很少去,"她说,"我真的付不起那些费用,再说每次去那里也不怎么愉快。"

他又长舒了一口气。

坐在这里比在办公室里更靠近她,她也没有在车内那么害羞,迈克尔能清楚地看到之前只能猜测的地方,而一旦看清后便想扒光她的衣服。她的肌肤就像完美无瑕的杏或桃，发着光，让人想要摘下来吃掉。从她 V 形衣领的开口处，他似乎瞥到了蕾丝花边，她每次发笑时，蕾丝花边随着每一下呼吸与笑声颤动而移动，这种无意中的轻佻调情令他欲火中烧。

喝第二杯酒时，他们很轻松地直呼起对方的名字，她说："我猜我最好还是跟你说的好，迈克尔；也许你早就发现了。今天你其实没必要来，我们在办公室里讨论的事情都可以在电话里讨论。其实是这样的：我想见见你。"

为此他吻了她的嘴，想要像男孩们那样飞快一吻，小心不要因此被人扔出一间家庭式餐馆。

"那种感觉肯定特棒，"过了一会儿她说，"写出一首完整的诗，不会散架——不可能散架。我试着写了好多——噢，现在没写了，主要是在大学里——我还没写完，它们就已经支离破碎了。"

"我的大部分诗也是，"他告诉她，"所以我出版的很少。"

"噢，但是当你写完后，"她说，"它们真的能立得起来。它们创作出来便能流传下去。它们像塔矗立在那里。当我读到《坦白》的最后几行诗时，我一阵战栗——浑身战栗——我都哭了。我想当代诗歌里再也没有别的诗让我哭过。"

他宁愿她挑另一首诗——《坦白》人人都喜爱——但是，管它呢，这已很好了。

当一个女招待把晚餐菜单放在他们桌上时，他俩都明白毫无疑问要一起吃晚饭了。

"我们能去你那里吗?"他贴着她芳香的头发问。

"不行,"她说,"每天的这个时候那里没有任何隐私可言。她们都在家,吹头发、做巧克力曲奇或不管什么。但是有家——"他一直会记得她为了看着他的眼睛而侧着头的模样,她说——"离这儿不远有家汽车旅馆。"

因为他一下午都在想象萨拉·盖维脱了衣服的样子,所以当她在一间大门紧锁、宽敞安静的汽车旅馆房间里真的脱光了时,也就没有多大惊喜:他知道她会有多可爱。从他的手抚摸她那发光的胴体那一刻起,他知道多年来每当他与别的姑娘在一起时,玛丽·方塔纳纠缠不散的最后一缕阴魂也终于消失了。今晚不会失败。

看来不管是他还是萨拉·盖维都不可能独自达到完美,只有他们俩合在一起才行。直到那时,他们都想不如为对方而死算了:没有足够的空气让他俩呼吸,没有任何办法让他们激荡的血液安静下来。只有结合在一起,他们才完全鲜活、强壮,他们缠绵缱绻,不能自已共赴高潮;当他们终于分开时,也只是在等待,甚至无须多说,等着他们下一次的结合。

等到白天蓝色日光照进百叶窗时,可以想象他们会利用一切可能的晚上及周末在一起。这是此刻他们唯一的打算;睡吧,他们知道还有的是时间来规划他们的余生。

第三章

比尔·布诺克离开《连锁店时代》，找了一份公关工作，他常说那是小菜一碟。他也不再写小说，现在他觉得自己是剧作家。

"哦，可是，听着，"一天晚上，在白马酒吧里，他抬起一只手挡住迈克尔的嫉妒。"听着，迈克，我知道你写了好多年剧本，但没有真正起步，可我总觉得这是因为你是个诗人。嗯，现在你是颇有名气的诗人，人人都知道。我没法靠写诗来摆脱困境，但你能。你做到了。你有你的长处，我有我的长处。

"首先，我知道我一直擅长对话。哪怕在我收到的最狗屁的退稿信里，总有一句'布诺克先生的对话处理得很好'这样的话。所以我想，见鬼，去他妈的，如果我擅长于对话，那我就来写剧本。"

他最近写完了一部三幕剧，名叫"黑人"——"嗯，当然，标题有点生硬，不过我要的正是这种生硬的效果"——他觉得他写对白的天赋可以让他很好地探讨美国黑人对话的美感。

"比如说，"他说，"纵贯整个剧本，里面的人物一直在说

'他妈额'、'他妈额'——我也就原样写下来。好了，显然，这个词其实是'他妈的'，不过有时候如果你把听到的写下来，你会发现你真的深入素材了。不管怎样，我觉得这个剧本很精彩，迈克，我觉得它的时机也适合。"

他想让它上演，采取的第一个行动便是写上一封简洁友好的信，将它寄给了费城集团剧院的拉尔夫·莫林。

"天啊，"迈克尔说，"为什么寄给他？"

"行了，为什么**不能**是他？"比尔立即准备反击。"为什么**不能**是他？这个问题更值得好好想想，你不这样看吗，迈克？我是说，见鬼，我们都是成年人，我和戴安娜之间的那点事结束好多年了；为什么还要有什么不快？再说——"他喝了一大口啤酒——"再说，"他擦掉嘴边的白沫接着说，"这家伙很有希望。你在他妈的《星期日泰晤士报》上能读到关于他的介绍。他把费城这个小项目经营得有声有色，实际上在全国都已有一定名气。只要他搞到好的商业剧本——我是说**好的**商业剧本——时，他会跟费城吻别说再见的，会拿着它到这里来，成为百老汇的顶尖导演。"

"那好。"

"好了，所以不管怎样，他给我回了一封非常亲切、非常得体的信。他说：'我已告诉亨德森夫人我很喜欢你的剧本，她这个周末也会拜读的。'"

"什么夫人？"

"嗯，是这样，她是整个剧院的幕后出资人；她承担他们的一切费用,所以没有她的批准他们无法行动。而我猜她肯定也喜欢《黑人》,因为很快拉尔夫就给我打电话,问我多快能到他办公室去一趟,谈谈。好了,见鬼,我放下一切,第二天我就到了那里。"

"你见到戴安娜了吗?"

"噢,是的,是的,当然见到了,很愉快,不过那是后话,先让我把第一部分说完,好吗?"他舒服地靠在木椅子背上。"好了,首先,我发现我真的很喜欢这家伙,"他说,"你不由自主便会喜欢他。我是说,你可以感觉得出他是个非常敏感的人,可是他并没打算给你留下深刻印象:他来得非常平静、直接,没有废话。

"他说:'跟你实话实说吧,比尔。你剧本中的人物全是黑人,当然那很好;你这样做了。'他说:'你抓住了他们的苦闷、他们的愤怒,还有那种可怕的无助感,这是部很有分量的作品。'他说:'不过,我们的难处是,我们手头上已有一部有关种族题材的剧本,也是个新秀写的,只不过这个剧本是关于种族间的爱情故事。'"

这时,比尔猛地往前一靠,两个手肘撑在湿乎乎的桌上,摇着头,懊恼地笑着。迈克尔想起很久以前跟露茜解释过,比尔·布诺克有个招人喜欢之处就是对于失败他可以耸耸肩,一笑置之。"恐怕我不怎么明白,"她说,"为什么他不能做成一件事,然后因此而讨人喜欢呢?"

"好了,当他说到这里,"比尔还在说,"我知道我输了。

接着他告诉我那个剧本的一些情况,那个剧本名叫'黑夜忧郁'——这标题有点老套,可是他妈的;你永远不知道。剧本说的是南方一个年轻的世家小姐,她爱上了一个黑人,你知道,她的第一冲动是跟他一起逃得远远的,逃到别的国家去,可是这个男孩不屈服:他想待在家乡,沉着面对。而这个姑娘的父亲得到了风声,所以麻烦开始了,然后是一步步持续的营造直到最后的大悲剧。好了,去他妈的,我说的比他写的要简单得多,迈克,可是你可以看得出这种题材在舞台上能产生多么不凡的效果。

"可是他又告诉我,他们的问题是要找个合适的姑娘来演这个角色。他说:'她得十分年轻,仅是个好演员还不够——她得要非常有才气。'你也知道他那样说的意思:如果让某个不怎么优秀的姑娘来演的话,整个剧本可能沦为——你知道——可能被指责品位可疑什么的。后来他说:'所以即使真的找到这么完美的姑娘——那时我们能做什么?如果我们无法向她保证能在百老汇首演,肯定也不能指望她对费城这点小钱感兴趣,对不对?'

"所以你明白他跟我说的了吗,迈克?他在说如果这出戏在选演员上泡汤了的话,他和亨德森夫人可能会考虑我的剧本——所以他首先请我过去谈谈。我觉得他这样把牌亮在桌上,处理得很好,非常得体。"

"我还是不明白,"迈克说,"他为什么不能打电话,或者写封信告诉你?"

"我猜,是想见见我吧,"比尔说,"那也很公平,我也想见他。后来我正要准备走时,他说:'我希望你别急着走,比尔。

我告诉戴安娜你今天要来这里,她说她尽量抽空过来看看。'

"这时——哇。正在这时,门砰地开了,她走了进来,拖着三个小男孩。戴安娜·梅特兰,天啊,这是一九五四年后我第一次见她。"

比尔从桌前站起身,重演着那场景。"她这样走了进来,"他说着开始了哑剧表演,撞到墙上,摇晃着重新站稳,蹒跚着往前走。

"我不得不说,"他重新在椅子上坐好后,脸上再次浮现出抖掉失败的那种笑容,"我不得不说,这真的让我想起了好多从前的事情,因为这正是我不喜欢她的一点,你知道的,那种笨拙。我还记得我想,嗯,她绝对漂亮,人绝对很好,我绝对爱她——或至少我觉得我爱她——可她为什么就不能再优雅一点呢,像别的姑娘那样?"

有一两秒钟,迈克尔真想探过身去,将手中那杯满满的啤酒泼到比尔·布诺克的脸上。他想看看布诺克头发、衬衫湿透时,他脸上的震惊与迷惑;然后他要站起身,在桌上放上几块钱,说你真不是个东西,布诺克。你一直都不是个东西,然后跟他永远断交。

然而,他静静地坐在那里,控制着自己,说:"在我看来,她一直都很优雅。"

"是啊,嗯,伙计,你从来没跟她住在一起过。你从来不用——啊,算了;见鬼去吧。他妈的。算了。不管怎样,"比尔如释重负地重新说回费城那部分,"我在她脸上吻了一下,我们坐在那里说了几分钟话，非常愉快。后来我提议说我们出去喝一杯，但是戴安娜说孩子们太累了什么的，所以我们大家就下来，在办公楼前道别后走了，就这样。不，我是说真的，我感觉很好。我很高兴我把剧本送给了莫林，我很高兴我认识了他。我觉得我搭上了这个关系，交了个好朋友。"

是啊，迈克尔默默地说，是啊，你也自取其辱了，不是吗，布诺克？

从白马酒吧回家的半道上，他因为生气走得很快很急，他突然想到，他再也用不着因为比尔·布诺克曾经拥有过戴安娜·梅特兰而恨他，也无须隔着不可能的时空来渴望戴安娜·梅特兰了。他之所以今晚出来跟比尔·布诺克喝酒，唯一原因是这是六周以来他第一次一个人，其余时间萨拉·盖维一直跟他在一起。她明天又会回来，萨拉·盖维跟从前的戴安娜一样好、一样清新、一样滋润。

回到公寓，他发现没写完的简历还卷在打字机里，那是布诺克打电话来时他留在那里的。他睡得很晚，写完了简历。明天他要给萨拉看看，她可以在托纳帕克高中办公室里复印几份，然后他要把它们寄到他在公共图书馆里所能找到的所有美国大专院校的英文系去。

在多年诅咒发誓说英文老师是他最不愿做的差事后，他现在准备当英文老师了。随便美国什么地方都行，因为萨拉说她无所谓。如果有必要的话，她可以在任何一所高中找到类似的工作，即使找不到，她也不担心。对他们两人来说，唯一重要的是，开始新生活。

"嗯,萨拉?"几天后的一个晚上,他们在他喜欢的一家名叫蓝磨坊的餐馆里吃饭时,他问道,"我有没有跟你说过一个叫汤姆·尼尔森的家伙,住在金斯莱的?那个画家?"

"我想是的,你说过。他是那个当木匠的吗?"

"不,那是另一个,他们千差万别,尼尔森是个完全不同的人。"他似乎用了很长时间来解释尼尔森的不同在哪儿。

"听起来好像你有点嫉妒他。"他说完后她说。

"好吧,是的,我想我有点,我想我一直都有点妒忌他。有次我们一起去了趟蒙特利尔,很不愉快,我很生他的气,那之后我们关系就不怎么好了。那之后,我只在他举办的聚会上见过他几次,而我去参加那些聚会的唯一原因也只是去认识姑娘们。不过,不管怎样,他今天给我打电话了,真没想到——他很不好意思,很亲热——请我星期五晚上去他家,我的感觉是他又想和我交朋友了。事实上我真的愿意去,萨拉,但是除非你跟我一道去。"

"嗯,这可不是个——怎么漂亮的邀请,"她说,"可是我当然愿意,为什么不去?"

当他们到尼尔森家时,只有几辆车停在他家车道上。几个到得早的男人有点紧张地在客厅里走动——那间房里吓人的几千册藏书足以让任何人紧张,等喝上酒后才会好些。女人们大部分都在厨房里帮帕特的忙，或假装帮忙，因为帕特总是自己打理一切。迈克尔骄傲地领着萨拉来到厨房介绍她。

"认识你很高兴，"帕特说，她看来确实为迈克尔找到这么个年轻的好姑娘而高兴；但她眼神里也有一丝调侃，仿佛他是五十岁而非四十岁一样，他不太喜欢这点。

他问汤姆在哪，帕特一脸愠怒。"哦，在后院玩他的玩具——他整天泡在那里。不如你去找他，迈克尔，跟他说，他妈说该回家了。"

后院又长又宽，跟尼尔森家的一切一样。他从远处首先看到一个姑娘，她双手抱在胸前，头发在风中微微扬起。他边走边想，用了好几秒钟才发现原来是佩基·梅特兰。然后他看到汤姆·尼尔森蹲在她脚下，背对着她，全神贯注地盯着一个小土包，像在玩球的男孩。直到那时他才认出十到十五码开外的第三个人，他侧着身子，一只手肘撑地，一身工装：是保罗。

整个小心堆砌的战场上，大部分作战部队都已阵亡。所有炮火全都用完——两把塑料飞镖手枪也卸下弹药扔在草地上——现在是和平与纪念的时候。

汤姆·尼尔森热情地招呼着迈克尔，说见到他太高兴了，他喜气洋洋地解释说这是他玩过的最精彩的一次战斗。

"这家伙可不是吃闲饭的，"他赞赏地说保罗，"他真的知道如何保护他的侧翼部队。"接着他又说："你在这儿等着，保罗，别碰任何东西。我去拿照相机，然后我们可以在草地上放些烟雾，拍张照。"他往家里跑去。

"真见鬼,"梅特兰站起身跟迈克尔握手时,迈克尔说,"没想到在这儿见到你。"

"哦,情况变了,"梅特兰说,"这几年我和汤姆成了好朋友。我们在同一家画廊,你知道,我们是这样认识的。"

"是吗?我不知道你有了画廊,保罗,那真是好消息。祝贺你。"

"噢,我的画在那里卖得**不太好**,他们也还没有给我办过画展。不过,总比没有画廊的好。"

"嗯,那当然,"迈克尔说,"真是好消息。"

保罗·梅特兰这边那边地活动活动他的背,缩了几下,缓解刚才作战造成的肌肉痉挛,用手理着脖子上的蓝丝巾。"不,可是我真的很吃惊,我竟然这么喜欢汤姆,"他说,"没想到我居然也这么喜欢他的作品。我过去总觉得他是那种无足轻重的家伙,你知道吗?一个画插图之类的人?可是你看他的画越多,你会越喜欢。你知道他最擅长什么吗?化难为易!"

"是啊,"迈克尔说,"是啊,我也常常有这种感觉。"

这时汤姆·尼尔森拿着照相机大步跑过来了,佩基·梅特兰像个小姑娘般快乐地拍起手来。

一两个小时后,晚会活跃起来——他们家里至少有五十人——迈克尔问萨拉她玩得好不好。

"嗯,当然,"她说,"不过你知道,这里人人都比我大得多,我有点不知道做什么、说什么才好。"

"啊,当你自己就好,"他告诉她,"你就站在这儿,做个一目了然最漂亮的姑娘,剩下的就好办了,我保证。"

有位艺术史学家日前正在写一本有关汤姆·尼尔森的专著;一位上了年纪的著名诗人的下一本诗集即将发行限量版,两百块一本,每隔一页会有一张汤姆·尼尔森的插图;还有位出名的百老汇女演员,她说自己像"飞蛾扑火似的"被吸引到尼尔森家来,因为惠特尼博物馆里他的画作深深打动了她;还有位作家,最近声称在他的九本小说里没有任何艺术错误,今晚之前他从未见过汤姆·尼尔森,但现在他亦步亦趋,跟着汤姆到处走,拍着他穿着伞兵夹克的背,嘴里说着"你说的,士兵。你说的"。

萨拉跟其他几个年轻人"躲"到厨房里去了,正当迈克尔觉得自己有点喝多了时,保罗·梅特兰飘了过来,问他这些日子在忙些什么。

"在找份当老师的工作。"他说。

"嗯,我也是,"保罗说,"我们今年秋天会到伊利诺伊州去——汤姆有没有跟你说过?——伊利诺伊大学,在尚佩恩-乌尔班纳或者类似地名,真好笑。"保罗摸着他的胡须。"我一直发誓我永远不会当老师的,我想你也是。不过,到我们这个年纪,看来这是最恰当的选择。"

"没错。当然。"

"我想你若能甩掉《链锯时代》,准会很开心。"

"连锁店。"

"什么?"

"它叫《连锁店时代》,"迈克尔说,"是一本关于——你知道——以连锁形式经营的各种零售店的杂志。明白了吗?"然后,他失望地慢慢摇摇头,"真该死。自打布诺克和我告诉你我们做什么以来,这么多年了,你一直以为我们谈的是他妈的链锯。"

"哦,我现在明白了,"保罗说,"可是没错;我确实有印象你们俩都忙着——宣传链锯,或者那之类的东西。"

"是啊,嗯,我猜在你看来这是个情有可原的错误,因为你从来没仔细听过,是不是,保罗?在这个世界上,除了你自己,你从来就没注意过别人,是不是?"

保罗往后退了一两步,眯起眼,笑着,仿佛想搞清楚迈克尔这话是开玩笑还是当真。

毫无疑问,迈克尔是当真的。"我要跟你说件事,梅特兰,"他说。"早在我和露茜第一次认识你跟你妹妹时,我们觉得你们真是与众不同,我们觉得你们高人一等。只要能让我们更像你们,或者更接近你们,我们非常乐意屈从迎合——噢,该死,你明白我说什么了吗?我们觉得你们他妈的魅力非凡。"

"听着,老头,"保罗说,"我刚才说的话并非想冒犯你,我绝对没有这个意思。无论说了什么,我非常非常抱歉,好吗?"

"当然,"迈克尔说,"算了吧。无意冒犯,没事。"不过他为自己刚才赤裸裸的爆发而羞愧,那句"我们觉得你们他妈的魅力非凡"还悬在空中,被其他客人们品咂着,还好萨拉在厨房里听不到。"那么,想不想握个手?"他问。

"嗯,当然。"保罗说。他俩都喝多了,握手变得一本正经。

迈克尔接着说:"好。现在,我们来玩个游戏吧。你先来。"

他敞开身上这套唯一的西装，指着衬衣中间说，"你用尽全力朝我这儿打一拳，"他说，"就这儿。"

保罗看起来有点迷惑，但马上就明白过来，这是那种在阿默斯特玩的游戏。不管怎样，多年的体力活让他身强体壮。他出拳又快又重，迈克尔跟跄着往后退了好几步，努力控制着自己不弯下腰去。

"打得好，"迈克尔能开口后马上说，他走回来。"这一拳打得好，现在该我了。"

他不急不忙，仔细审视保罗·梅特兰的脸：那睿智的双眼，幽默的嘴，反对偶像崇拜的无畏的胡须，然后他双脚站好，聚集起全身力量，将一切全放在右手上。

令人惊异的是保罗并没有马上倒下。他缩成一团，后退几步，眼神呆滞。他甚至还小声说了句"不错"，接着跟跄着后退了三四步，扶着一把古董木椅倒了下去，仰面躺在地上，不省人事。

在离他们近些的、看到这一切的人群中，有个女的尖叫起来，另一个浑身发抖，两手捂着脸，还有个男人用力抓着迈克尔的胳膊，嘴里说着："你最好滚出去，伙计。"

但是迈克尔上下打量了一下这个男人，说："滚开，甜心，我哪儿都不去。这是场游戏。"

佩基·梅特兰飞快赶过来，把丈夫的头抱在怀里，迈克尔担心她会抬起头来，露出多年前在年轻的达蒙太太脸上的那种责备神情，但是她没有。

迈克尔和佩基让保罗醒过来,搀扶着他一条腿颤抖着站起来,站稳后,他们扶着他小心地穿过人群,有些看到的人,甚至想不到他受伤了。

保罗尽量忍着不吐在房间里,直到他们出来到外面车道上,在那里呕吐不会破坏什么后,他吐了。吐完后,他似乎有了点力气。

梅特兰的车并不难找。月光下一排排车辆中,唯一一辆高大笨重的车、唯一一辆一九五〇年前造的车就是他们的。迈克尔打开乘客门,帮保罗坐进去时,里面一股浓烈的汽油味,还有靠垫的霉味。等保罗在伊利诺伊州当上教授后,梅特兰夫妇很快就能买辆中产阶级的闪亮新车了。而此刻,这是辆在家里作画多年、没加入工会的木匠的车。

"嘿,保罗?"迈克尔说,"听着,我并非故意要打伤你,你明白吗?"

"噢,当然,还用说。"

"嘿,佩基?我真的很抱歉。"

"太晚了,"她说,"行了,我知道这是场游戏,迈克尔。我只是觉得这种游戏很无聊罢了。"

迈克尔转身回来面对着尼尔森家漂亮的大房子。现在唯一可做的是穿过草坪到厨房去,找到萨拉,回家。

对迈克尔的申请,没有几所大学作出回应,唯一愿意录用他,而且看来值得考虑的是堪萨斯州的比灵斯州立大学。

"嗯，堪萨斯听起来有点荒凉，"萨拉说，"我是说太荒凉了点。你觉得呢？"

但是他俩都说不上来，他在新泽西州长大，而她在宾夕法尼亚州长大，他们对美国其他地方几乎一无所知。他等了一段时间，看有没有更好的选择出现；然后接下了堪萨斯的工作，因为担心如果自己还不接受的话，这工作会被别的什么人抢走。

现在唯一要决定的是如何度过萨拉暑假的这几周。他们决定去长岛的蒙托克，因为那里有连绵蜿蜒的海滩，远离时髦的"汉普顿"村镇，也更便宜些。他们的夏季小木屋很小很窄，一个人可能都觉得难以忍受，可至少这是个有着四面墙、有窗户的房子，光线、空气可以进来。他们要的只有这么多，因为他们在那里每天下午、每个晚上，除了做爱还是做爱。

还是个男孩时，他相信男人们到四十岁时，像他父亲那样，就会没有这种能力了。但现在证明男孩们错了。他孩提时代的另一个假想是四十岁的男人通常喜欢找跟他们年纪相仿的女人，像他妈妈那样的，而姑娘们则更愿意与男孩们做爱——可是见鬼，这也错了。年轻的萨拉·盖维，刚从海风吹拂的沙滩上回来，一股盐味，就在他耳边低声唤着他的名字，让他知道她才不想要什么男孩，她只想要他。

有一次，他们一起沿着坚实的沙地走着，就在浪花近处。她冲动地两手抱着他的胳膊说："噢，我觉得我们是天造地设的一对，你觉得呢？"

现在回头再看，似乎就是在那时，他们决定结婚的。

那年夏天，还有些要操心的小事：他们要去宾夕法尼亚萨拉父母家去待几天，在那里举行一个简单婚礼。然后，他们一起出发，无论"堪萨斯"意味着什么，他们将共同面对。

第四章

　　结婚后，他们在堪萨斯州比灵斯租了一所高效能的现代化房子，迈克尔第一次知道还有这样的房子——萨拉说她也是生平第一次住这种房子。它是所平房，像那种"农舍"，从路上望去不太显眼：你得走进去才知道里面有多长多宽多高，明亮的走道通往宽敞的房间。每间房的窗户上都挂着窗式空调，抵挡着八月末的炎热。还有带自动调温装置的全新炉子，保证冬天能抵御严寒。一切运转良好。

　　他走在坚实的地板上，鄙夷地回想起以前住的托纳帕克那可笑的小房子，懊悔自己为了现在看似根本不成理由的理由，让露茜和劳拉每天过得那么不舒服。不过，只有傻瓜才会让自己一天到晚后悔。无论何时他往前看，每次想到萨拉，他总还是无比惊异，这个世界居然愿意给他第二次机会。

　　萨拉说对了重要的一点：堪萨斯州太过荒凉。土地那么平坦，天空那么高远，如果你不得已在阳光灿烂的日子里出门，你没法躲避烈日暴晒，直到最后它壮丽地落山。牲畜围栏和屠宰场就在大学那边一两里远处，下午顺风时，会飘来一丝微弱的、让你皱起鼻子的臭味。

前两周,这所房子是他们绝佳的庇护所——迈克尔甚至写了首小诗《堪萨斯》,似乎还不错,值得保留下来,不过他后来还是扔了——接着,该去学校了。

除了在新罕布什尔作过非常简短的演讲之外,他觉得自己对教学这种工作并没什么经验,显然就是那次演讲刺激得让他发疯。这些年来靠《连锁店时代》维生让人反感,但至少那里没有让他害怕的地方。现在,每次走进教室他都焦虑不安,他不敢看那些年轻学生的脸,看不出他们是无聊,还是在做白日梦,抑或在认真听讲,每节课的时间总那么长。

但是他安然度过了讲课,安然度过了"诗歌研讨会",并没什么羞愧之处,与个别学生的谈话也很轻松。回到家后,他握笔伏案批改他们拙劣、让人不太满意的诗歌作业,或者批改他们热切但重点全无的诗歌论文,这些东西让他觉得对得起他的薪水。

"嗯,但是为什么你要花那么多时间在这上头?"萨拉有一次问他。"我觉得这份工作的意义在于它能给你自由干你自己的活。"

"嗯,是的,"他告诉她,"等我工作上手后,等我用左手也可以做的时候,我会的。你等着吧。"

这所大学所在的小镇上只有一家药房①里有售《纽约时报》周日版,迈克尔每周都买,只为了皱着眉头看上一小时的书评,

---

① 美国的药房兼售杂货。

他发现那些他瞧不起的年轻诗人名气越来越大,而他喜欢的那几个老一辈的诗人却逐渐淡出人们的记忆。

有时候,受了那种小小折磨后,他会挑几页戏剧版来看看,结果他发现《黑夜忧郁》成了百老汇轰动一时的最热门新戏。

……由罗伊·基德执笔,才华横溢的导演拉尔夫·莫林执导的《黑夜忧郁》,成为美国戏剧舞台上难得一见的划时代作品。它将不同种族之间的爱情故事演绎得极具尊严、极为细腻,震撼人心。

这出戏观看时并不轻松——或者说如果没有艾米莉·沃克的出色表演的话,观看起来并不轻松。艾米莉·沃克扮演不到二十岁的南方世家小姐,金斯莱·杰克逊扮演她那位倔强反叛的黑人情人。这两位优秀的年轻演员上个星期二晚上才首次登上舒伯特剧院的舞台,再次登台时已成了明星。不止一位评论者认为,这出戏将成为经典流传下去。

迈克尔跳过一两段关于剧作家的介绍,因为他不想知道那狗娘养的年轻作家是谁,也不愿看到他被称作"戏剧家"。然而,这篇专栏再往下一点,他读到下面这段:

……不过,也许这个震撼之夜的最高赞美应该送给拉尔夫·莫林。多年来身为费城集团剧院的导演,他因多部作品的技巧与感性而赢得一定声誉,但费城不是纽约,即使像《黑夜忧郁》这样震撼的戏剧,如果不是莫林将一切处理得当的话,也会湮没无闻。他召集了一批几近完美的演职人员,反复排练,直到每句话、每个沉默都符合他的要求,在艺术上臻于完美后,才携这部戏来到纽约。

昨日,莫林在曼哈顿酒店下榻处接受采访时,尽管当时已过午后,他仍身穿着睡袍、睡衣,莫林先生说这出戏获得如此成功,他至今"依然十分震惊"。

"我还不太敢相信,"他孩子气地笑道,十分亲切,"但是我希望它能一直保持下去。"

四十二岁的莫林,有着适合戏剧表演的英俊面孔,他曾经也是一名有志于舞台的演员,可以说他正是那种历尽磨炼终有所成的导演。

他的妻子戴安娜在首演之夜从费城赶来观看演出,但第二天就得返家照看他们三个年幼的孩子。"所以,接下来,"他说,"等我把一切安排妥当后,我要在这里找个像样的地方让我们一家人安顿下来。"

看来戴安娜和孩子们丝毫无须担心:拉尔夫·莫林是个筹划安排的高手。

"你在看什么?"萨拉问。

"啊,一堆废话而已。吹捧文章,说的人我知道,他娶了我以前认识的一个姑娘,现在他在百老汇执导一出热门戏。"

"你是说那个叫什么的来着,《黑夜忧郁》吗?你怎么会认识他的？"

"哦，那就说来话长了，亲爱的。如果我讲出来的话，你会听得烦的。"

可他还是讲了，关于他对戴安娜的痴迷部分一带而过，说到保罗时，对两人互打之处忽略不提。最后以贬损比尔·布诺克的费城之旅结束了这个故事，他看得出在说比尔的时候她有点走神了，因为她从没读到过或见过比尔。

"噢，"等他说完后，她说，"是啊，嗯，我明白你跟它是种什么关系了。不过听上去像垃圾剧，是不是？噢，志向远大、'意义深远'什么的，但是怎么说还是垃圾。如果这是部电影的话，他们会把它称为励志片。"

"是的。"他说，他很高兴她先说了出来。

一天下午，他从学校开车回家，发现两辆崭新的自行车停在车库边——这是萨拉给他的小惊喜——他赶紧进门谢谢她。

"嗯，我觉得做做锻炼好。"她说。

"一定非常不错，"他对她说，"这是个好主意。"

他是说真的。每天下午他们可以沿着这条路骑下去，跨过无边无际的大草原。他可以拼命蹬车，任风拂面，大口喘气，将工作毒素排出体外。回家后，洗个热水澡，换身干净柔软的衣服，他兴奋的血液、安静的神经会觉得十分畅快，饭前再也用不着喝上一两杯了。

可是他们第一次自行车之旅毫无乐趣可言。当他还在努力让车身立在沥青路上不倒下去时,她已像只鸟儿般从他身边飞走了——他简直不明白她那娇弱的身躯和纤细的小腿里哪来那么多力量。也许他能在汤姆·尼尔森家的客厅里一拳将人打昏,但他的腿不中用了,这是那天下午他的第一个糟糕发现,接着他发现肺也烂掉了。

他知道唯一能追上她的法子是站在踏板上,勾着腰用力踩,哪怕心要蹦出来。于是他这样做了,膝盖火烧火燎地痛,嘴巴大咧着呼哧喘粗气,虽然汗流得遮住了眼睛,几乎什么也看不见,他还是感觉得出他追上了她,打她车边经过,最终超过了她。

"你还好吧?"她叫道。

接下来,他无可奈何地让她又超过了他,因为世界上任何一位体育教练都会告诉他他需要休息。他把自行车停下,蹲在车旁,强迫自己在路上清空鼻孔,先是这边然后那边,因为他知道如果不这样做的话,他可能会因透不过气导致恶心呕吐而死。

当他能重新开始呼吸后,他看着空气流动的远方,萨拉已骑得太远,再也追不上了。她在路那头转了个大弯,开始往回骑了。她骑过来经过他时,笑着朝他挥手,好像在说如果他想从这里开始跟她一起骑回家也行,于是他将车掉个头,跟在她身后骑起来,不过距离越拉越大。现在主要的问题是他骑得摇摇晃晃,老是偏出沥青路。路基处的沥青成片剥落,路上这里那里有些硬疙瘩,害得他的轮胎和车身抖得厉害。只要一那样,路边高高的黄色杂草就抽打着他的脸,他只得扭动车把手再骑回坚实的路面,然后才能向前骑。

他看到萨拉立起身,站在脚踏板上,飞快地蹬上他们家的水泥车道坡道,然后顺势滑行到车库阴影中,他发誓要节约力气,这样他才能也这般自信轻松地完成最后行程。可是从他踏上车道那一刻起,他知道那完全不可能。他只好下了这辆该死的自行车,推着它走进车库,头抵着下巴,紧闭着嘴,免得自己跟妻子打招呼时说出类似:"嗯,我猜你觉得自己他妈的非常年轻,是不是?"

后来,洗过澡换上干净衬衫和裤子后,他坐在客厅里,对着他的威士忌,告诉她这不管用。"我做不到,宝贝,"他解释说,"我就是做不了这该死的事,没办法,我做不到。"

"哦,听着,这只是第一次而已,"她开口说,那腔调和说的话都像极了玛丽·方塔纳,也许像任何一位试图安慰阳痿男人的好姑娘,这一发现令他冷彻心扉。"我知道你很快就会恢复的,"她还在说,"说到底,这种小玩意不足挂齿,重要的是不要跟它斗,也不用太紧张,你试着放松。噢,下次我不会这样显摆自己了,我不会像这次这样骑在你前面跑掉。我等你,跟你一起骑,直到你觉得舒服为止,好吗?"

好的。就像阳痿男人会被心地善良的好姑娘给打动一般——一直以来她什么也不知道,他担心这不幸的事情永远恢复不了——他答应争取每天都骑骑自行车。

在比灵斯大学,每个月都会有几次教师聚会,达文波特夫妇基本上都参加了,直到迈克尔开始抱怨这些聚会看上去都差不多。

大部分教师的家里，墙上都贴着老电影明星的大幅黑白照——W. C. 菲尔德的，秀兰·邓波儿的，克拉克·盖博的——因为这种装饰据说显得很"夸张做作"。有些人家中干脆整面墙上倒挂着美国国旗，以示对越南战争的强烈反对及痛恨。有一次在这样一户人家中找洗手间时，他碰巧看到一张仿制的征兵海报：

参军

异国风情之旅

外加杀人

"我说那是些什么狗屁？"晚上他们开车回家时，他问萨拉。"将战争怪罪于士兵这是从什么时候开始的？"

"好了，那不是什么好海报，"她说，"但我想它也没有那种意思，我觉得它主要是想表达整个战争是个错误。"

"那为什么不那样说呢？天啊，现在参军的孩子们，要不是强行征兵入伍，要不就是到处找不到工作不得已而为之的。士兵是战争的**受害者**，人人都知道。"沉默了几里路后，他说，"我觉得要是这些人没这么热衷于'政治'的话，我可能会更高兴参加他们的聚会。他们让你觉得除了反战运动外，生活中没有其他事可做。也许我想说的是，如果我在聚会上能喝到点像样的酒，我也会乐于参加的。可是天啊，葡萄酒，除了葡萄酒还是葡萄酒，还全跟尿一样温热。"

于是他们找种种借口不再怎么参加这类聚会，直到有一天，英语系主任在走廊上叫住迈克尔，友好地扯了扯他的袖子，半开玩笑似的说，现在该轮到达文波特夫妇举办聚会了。

"哦？"当晚萨拉说，"我没想到这种事还是种——义务。"

"嗯，我觉得它们不是的，不一定，"他告诉她，"不过我们的行为有点不合群，在这种小镇上可能不太好。"

她看来在仔细考虑。"那好吧，"她最后说，"但是如果我们要办聚会，我们就要做得好点。我们要有真正的威士忌，大量的冰块，我们要在桌上摆出真正的面包和肉，而不是什么饼干和蘸酱。"

聚会开始之前那天下午，一个年轻小伙子打来电话，电话里传出拘谨迟疑的声音。"迈克吗？不知道你还记不记得我——我是泰瑞·瑞安。"声音确实耳熟，但是名字没有一点印象，好在他马上听到对方说"我过去在蓝磨坊餐馆里当招待，在纽约时。"

"见鬼，我当然记得，泰瑞，"迈克尔说，"真该死，你还好吗？你从哪里打的电话？"

"嗯，事实是我现在在比灵斯，准备待上几天，然后我——"

"比灵斯？你在堪萨斯？"

泰瑞·瑞安短促、谦逊地一笑，立即让他在迈克尔的记忆中活了过来。"当然，"他说，"不行吗？这里可以说是我的母校——如果我的外语能过关的话，它就是我的母校。那都是我去纽约之前的事了，你知道。"

"那你最近忙什么,泰瑞,你现在做什么?"

"嗯,说起来有点好笑。我应征入伍了,我想军队可能想让我多少接受点训练,明天下午我就在旧金山了。"

"噢,天啊,他们要派你去越南吗?"

"我听说是这样,没错。"

"你在什么部队?"

"嗯,步兵,没什么特别的。"

"天啊,泰瑞,那真是——真是个坏消息。太讨厌了。"

"我特意绕道来比灵斯,来看看这里的老朋友。我听说你在这里教书,我想我得给你打个电话,也许你愿意出来喝杯啤酒什么的。"

"好啊,"迈克尔说,"不过我有个更好的主意。今晚我家有个聚会,如果你能来的话,我们会很高兴。带个姑娘一起来。"

"嗯,我不能保证带姑娘来,"他说,"其他都没问题。聚会什么时候开始?"

谈话尚未结束,迈克尔已开始觉得自己高人一等,慷慨仁慈了。

泰瑞·瑞安比蓝磨坊的其他招待都要年轻、瘦小,显然也比其他招待要聪明。他脸上生动而紧张的表情总在告诉你他有好笑的东西要说,然后通常是趁着把你点的菜端上桌时说出来,每次他都会飞快地走开,一头扎向厨房或吧台,以免你觉得他干涉了你的隐私。有些晚上,他下班后,会和迈克尔一起在酒吧那边喝酒,直到打烊。泰瑞的理想是当名喜剧演员——他谦逊地转弯抹角地提过一次，说有人跟他说他很有喜剧天分——但是他最怕的是以戏剧票友的身份告终。

"你现在就担心以什么而告终还太年轻了点吧，是不是，泰瑞？"

"嗯，我明白你的意思。不过，人人都会以某种形式而结束人生的，对不对？"

对。

"萨拉？"迈克尔说，漫步到她站着吸尘的地方。"听着，我们今晚有位特别嘉宾。"

系主任和他妻子约翰·霍华德和格蕾丝·霍华德是第一批到的客人。他俩都已五十出头了，常常被人们称为模范夫妇。约翰高个子，身材挺拔，胡须精心修剪过。格蕾丝有两个酒窝，还留着年轻得多的女人才有的"可爱"表情，不过她的头发都白了，她常穿那种短短的大摆裙，以强调她那漂亮的腿。在最近一次的聚会上，他俩在空地上跳了一曲华尔兹，二十分钟长，最后格蕾丝躺倒在约翰的怀中，以一种女孩般着迷的表情凝视着约翰，看他们跳舞的人几乎都认为这是他们见过的最美好的事。

"恭喜啊，迈克尔，"约翰·霍华德说，"这个镇上真该有人招待一番真正的酒水。"

其他客人们也随声附和——大家不管彼此合不合得来，总会在这些场合露面，因为在堪萨斯州的比灵斯这里，大家实在无事可干。来客主要是教师，也有些研究生，带着妻子或女友——有些人像孩子参加大人聚会般迟疑地笑着，还有些人靠墙而立，一脸不屑地打量一切。

泰瑞·瑞安走进来时，迈克尔觉得他比记忆中的还要瘦小——肯定刚到征兵入伍的身高标准——他有意没穿军装，穿了牛仔裤和灰色套头衫，对他来说有点大。

"来吧，泰瑞，"迈克尔说，"我们先给你拿杯喝的，然后找个地方坐下来，那些介绍什么的后面再说。你是我今晚的贵客。嘿，不过，听着，你还记得萨拉吗？"

"我想我不记得。"

"对了，我猜我是在你辞去那里的工作后，才带她去蓝磨坊的。不管怎样，现在我们结婚了，她想见见你。看到窗边那个人了吗？黑头发的？"

"不错，"泰瑞说，"很不错。你真有眼光，迈克。"

"哦，他妈的。能娶个漂亮妞的话，为什么要去娶普通姑娘呢？"从自己说话的语调里，迈克尔知道自己喝得有点太急太多了，不过他还够清醒，知道接下来这一小时里如果他滴酒不沾的话，他还能弥补这个过失。

"你在这儿等着，"他对泰瑞说，泰瑞手里端着杯兑水的波旁酒，坐在一张木头高脚凳上，那是从厨房里拿过来的。"我去找她过来。"

"宝贝，"他对妻子说，"你愿意来见见这位战士吗？"

"我很高兴。"

迈克尔看到他们很谈得来，便让他俩待着，自己走开去。他去厨房喝水,然后在洗碗池边忙活,洗酒杯,尽量打发时间,然后好让自己能再次走近酒水桌。两三名学生来到厨房,他跟他们说了会话,安静、幽默、好客的样子似乎证明他的酒醒了些,不过他的手表告诉他还要等半小时。他踱回客厅,让其他客人感觉到他的存在,他差点撞到约翰·霍华德,约翰看上去很累、不舒服的样子。

"对不起,"霍华德说,"聚会真他妈的好,但是恐怕我不习惯这些烈酒了——也许我太老了,我想我们最好还是回家。"

但是格蕾丝不愿意走。"那你回去吧,约翰,"她跟朋友们坐在沙发上。"开车回去吧,如果你愿意。我总能找到人送我的。"迈克尔觉得格蕾丝·霍华德这辈子肯定总能找到人送一程,这点毋庸置疑。

整整一小时总算过去了,他觉得理所当然可以去酒水桌前好好喝上一杯。那种奇怪的、令人振奋的底气一直伴着他转身回到客人当中。他似乎更愉快了,越来越多站在墙边表情阴郁的学生被他吸引过来,他让他们展颜微笑,甚至开怀大笑。真他妈是个好聚会!而且在越来越好!他环顾四周,看着平时他视为愚蠢、无聊,或更糟的那些人,可现在身处他们以及他们精心打扮的女人们之中竟有种同志般的感觉。这就是他妈的英语系;他是个他妈的英语系的人——如果他们现在突然提高嗓门,唱起《友谊地久天长》来,他肯定会流着泪跟着唱的。

不久他就记不清他到酒水桌前给自己添了多少回酒了,可是无所谓,因为聚会刚开始时的紧张阶段早就过去了。他最大的快乐是看着萨拉在这群人那群人中走来走去，像个完美的年轻女主人。没人想到她原来是多么不想办这次聚会。

接着他转过身，看到泰瑞·瑞安还坐在高脚凳上，没人交谈。也许萨拉带他走了一圈，见过其他客人，说完客套话后回来了。但是也可能，他一直坐在那里，任自己在美国最后一晚的自由慢慢消散在眼前。

"要我再给你拿点什么东西吗，泰瑞？"

"不，谢谢了，迈克，我很好。"

"你见过这些客人了吗？"

"哦，当然，见了大部分。"

"嗯，"迈克尔说，"我觉得我们可以做得更好些。"他走过来，站在他身旁，紧紧搂着他毛衣下瘦弱的肩膀。

"这个年轻人，"他宣布道，声音大得整个房间的人都注意听他说话——而大部分其他正在交谈的人都停止了交谈——"这个年轻人看起来还像个学生，他曾经是学生，但现在不是了，现在他是个步兵，即将去越南。我想，在那里他的个人状况很快就会比我们大多数人要差得多了。所以，请大家暂时忘掉大学，让我们为泰瑞·瑞安鼓掌吧。"

只有稀稀拉拉的掌声，很是出乎他的意料，掌声甚至还没结束，泰瑞就说："真希望你没那样做，迈克。"

"为什么？"

"我不知道，不为什么。"

然后，在房间那头，迈克尔看到萨拉在望着他，脸上写满失望或不赞同。他觉得仿佛他在尼尔森家跟某人打拳了,或者有人告诉她,他在作协会议上骂弗莱彻·克拉克是无耻小人了。

"哦,天啊,泰瑞,我并不是想让你难堪,"他说,"我只是觉得他们应该知道你是谁,如此而已。"

"噢,我知道,没事,算了吧。"

但这事并没就此结束。

格蕾丝·霍华德站起来,穿过烟雾,朝泰瑞·瑞安冲过来,一根硬邦邦的食指指着他的胸膛。

"我能问你件事吗?"她问道,"你为什么想杀人?"

他局促不安地笑着。"得了吧,女士,"他说,"我这辈子从没杀过人。"

"那好,可是你现在有机会了,是不是?用自动步枪和手榴弹吗?"

"够了,格蕾丝,"迈克尔说,"你有点失礼了。这孩子是应征入伍的。"

"也许他们还会给你一个小无线电对讲机,"她还在说,"这样你就能呼叫送弹药、炸弹和汽油弹来对付妇女儿童。嗯,听着——"

"噢,别说了。"萨拉叫道,赶快跑到泰瑞身边仿佛要保护他。

"——听着,"格蕾丝·霍华德说。"你别想糊弄谁。**我**知道你为什么想杀人,你想杀人是因为你个头那么小。"

格蕾丝的几个朋友尽量照料她,他们陪她转过身,穿过房间，从前门走出去，门轻轻在她身后合上了。

"泰瑞，我真的非常非常抱歉，"迈克尔告诉他，"我知道她喝醉了，但是我不知道她有这么疯狂。"

"听着，见他的鬼去吧，好吗？"他说，"他妈的，说多错多，越描越黑。"

"没错。"萨拉平静地说。

聚会散后，萨拉在空房里铺好床，泰瑞可以在这儿过夜。但是夜晚没剩多少了，他们还得早起，开车送泰瑞去他朋友那里。他去那儿取行李并换回军装，萨拉说他穿军装"很好看"，然后再送他去二十里路之外的机场。在车内，他们偶尔轻声、愉快地聊上几句——他们三人都进入了那种境界：轻松良好的幽默。有时候，几乎一夜没睡后，会有这种状态——但是谁都没提起格蕾丝·霍华德。

在登机口，该说再见了，迈克尔握着他的手，像个热心过头的老兵。"好了，放松点，泰瑞。挺住！"

萨拉朝他张开双臂，她比他要高，但个头差距并没让这个拥抱显得笨拙。她拥抱他，哪怕就那么简单的一抱，也是以即将奔赴前线的男人应该被拥抱的样子，虽然这是场人人都不理解的战争。

他们开车回家时，一路沉默，直到迈克尔说："好了，见鬼，整件事都是我的错；我知道。我不该说那番傻话的。"他还说："可是问题在于，宝贝，我当兵那会，去海外前的一个晚上，谁都想得到大家的关注。看到老百姓为你大惊小怪，你会感觉很好——如果你运气好的话。"

"行了，我知道，"萨拉说，"问题是那是另一个时代。那是我出生之前的事，也是泰瑞出生之前的事。"

他的眼光从路上移开，看了她一眼，发现她在无声地流泪。

回家后，萨拉很快就睡着了。他趁此机会去厨房喝杯啤酒，试着让自己恢复正常。

这时电话铃响了。"迈克尔吗？我是约翰·霍华德。听着，昨晚你家聚会上的那个男孩是谁？"

"我的一个朋友，从纽约来的，路过这里。怎么啦？"

"哦，我听说他对格蕾丝非常粗鲁、无礼。"

"哦？"迈克尔马上意识到澄清整个事实也于事无补。泰瑞·瑞安现在远在几千英里之外，永远离开了比灵斯、堪萨斯，没有谁能再义正词严地为他辩护。"呃，我很抱歉有些不愉快的地方，约翰。"他说，希望语气里有一丝奚落。没等霍华德有机会再说什么，他挂上电话。

如果霍华德接着又打过来，坚持他无中生有的冤情，那他没办法，只好据实相告，告诉他格蕾丝的所作所为。不过，电话没有再响起。

他希望萨拉醒着，那样她能安慰他，说他做得对。不过，可能她还是睡着为好，那样就无需交谈，无需再来一次讨论。

六月，快期末的一天晚上，露茜·达文波特打来电话，告诉他女儿不见了。

"'不见了'是什么意思?"

"嗯,我觉得她应该是去了加利福尼亚,"露茜说,"可我不知道准确的地址。她想浪迹天涯,你知道。她想跟那些脏兮兮、臭烘烘的小流浪汉一起上路——不管哪条路,不管去哪里。她不想担任何责任,她放纵自己,千方百计搞迷幻药,想把自己吃傻。"

劳拉在沃宁顿的第一年,显然除了坏习惯,别的什么也没学到。她母亲汇报说——"我觉得在这个该死的小校园里麻醉品交易肯定十分普遍。"而昨天劳拉回家时,她显得"很可笑",还带着三个朋友,估计是周末来客。一个是沃宁顿女学生,表现得也很"可笑",另外两个男孩嘛,露茜觉得难以形容。

"我是说他们像是从城里来的,迈克尔。他们是那种工人阶级的孩子,纺织厂工人的孩子似的。他们只会含糊咕哝着说话,竭力模仿马龙·白兰度——不过我想马龙·白兰度的头发从来没有长及肚脐眼和屁股处。我说清楚了吗?"

"是的,"迈克尔说,"是的,我想我想象得出那副样子。"

"他们到家还不到二十四小时,劳拉便宣布他们打算去加利福尼亚。我跟她讲不通,根本没法跟她说话,接下来我只知道她走了。他们全走了。"

"天啊,"他说,"我不知道说什么好。"

"我也是。我根本不明白。我打电话来只是因为我觉得——你知道——我觉得你有权知道。"

"哦，好的。我很高兴你打电话来，露茜。"

萨拉跟他说这可能也没什么值得担心的。"劳拉十九岁了，"她说。"实际上是个成人了。她可以像这样外出历险一下，对她自己不会有什么风险的。嗑药听上去有点可怕，但我想她母亲说得有点夸张，你说呢？再说，美国的孩子们都跟麻醉药打过交道，这些药大部分还没有酒精和尼古丁的害处大。要记住，迈克尔，如果她真有什么麻烦的话，她会给你打电话的。她知道你在哪。"

"嗯，她知道，那倒是真的，"他说，"可是有件事，你知道吗？自她出生后这是第一次我不知道她在哪里。"

第五章

比妻子老二十岁的一个好处在于,当她对你一点也不感兴趣的东西产生兴趣时,你能大度包容。

多年前,当露茜把德雷克·法尔写的《如何爱》带回家时,迈克尔可能震惊甚至害怕;但是在堪萨斯的这个家中,当咖啡桌上摆着一本又一本让人沮丧的新近作家——凯特·米勒特、杰曼·格里尔、埃尔德里奇·克利弗——写的书时,他几乎没有什么不适。

甚至当萨拉加入了名为"国际和平与自由妇女联盟"的严肃组织时,他也不觉得有何困扰,不过他得承认有那么一两回,当有车来接她去开会时,让他想起从前露茜独自去见心理医生费恩的情形。

好了,随她们去吧,姑娘们总是个谜。关键是这个特别的女孩大部分时间还是在家里——当她的心不在那些宣传上时,她还是活跃迷人、十分健谈的。

到目前为止,她简单完整的一生中大部分的事情——大学、高中、小学;父母、家人还有家——几乎都跟他讲过,讲到他觉得了解她几乎跟了解自己一样。在这些忆旧故事里,他总是着迷于她的坦白、幽默,她选材精炼,从不言过其实、夸大吹嘘,也从不妄自菲薄,更不会让她的听众发闷无聊。

这是个什么样的女孩呵!那些夜晚,坐在他们家的二手沙发上,在台灯下看着她说话,迈克尔惊异于自己这么好运,居然发现了她;惊异于自己竟然这么安全地拥有了她。他知道如果不是真心爱他——如果她不是相信他会至死保守这些琐细可怕的小秘密的话,她不会那么亲密地自揭老底。

一天晚上,躺在床上,她轻声细语地说他们该要个孩子了。
"你是说马上吗?"他问道,随即意识到这句话出卖了他,显露出他的恐惧,他在黑暗里畏缩了。再生个孩子他就太老了;噢,天啊,太老了。

"嗯,我是说一两年内,"她说,"后年你觉得怎么样?"
他越想越觉得她有理。难道健康的姑娘会不想生孩子吗?如果不想生孩子的话,那还结婚干什么?还有,再养一个自己的孩子可能也不坏——有机会弥补以前跟劳拉在一起时犯的那些让人揪心的错误。

"好,行啊,"过了一会儿他说,"可我肯定是个老爸爸了,知道我刚才在琢磨什么吗?到这孩子二十一岁时,我都七十了。"

"哦?"她说,仿佛从没想过。"嗯,那么,我猜为了我俩我得年轻点,是不是?"

当接线员问他愿不愿接劳拉从旧金山打来的要他付费的电话时，他说："我当然愿意。"当劳拉的声音从电话里传过来时——"爸爸？"——声音那么微弱，一定是电话线路连接不好的原因。

"嗨，劳拉？"他提高嗓门说，仿佛那对听清劳拉的话有帮助似的。

"爸爸？"这次他听清楚了。

"你好吗，宝贝？"

"嗯，我不知道。我还在——你知道——还在旧金山，可是我觉得不太好，就这样。许多事搅在一起，我是说我在外度空间里很好，但是自从我们——自从我从那里回来后我一直——我不知道。"

"那是家什么夜总会吗？外度空间？"

"不，是一种心理状态。"

"喔。"

"我只有一块三毛钱了，你看，所以我真的没办法收拾安顿好自己——当然要看我想怎么安顿了，要看你觉得我说安顿自己是什么意思。"

"好了，听着，亲爱的，我想我最好还是马上到你那儿去，你觉得呢？"

"嗯，我想我也有点希望你能来——是的。"

"那好，如果我现在出门，三点半左右或者四点钟我就能到你那里。但是首先你得给我你的地址，你那条街叫什么。"他朝萨拉急打手势，让她拿支铅笔来。

"二九七，"劳拉在背——"不，等等；二九三，南，什么街来着——"

"拜托，"他说，"拜托，宝贝；什么南街？尽量想想。"当她终于拼出那条街名后，他只希望门牌号码是正确的。他说："好吧。现在告诉我电话号码。"

"房子里没有电话，爸。我是用街上的投币电话打的。"

"噢，天啊，那好吧，听着。我要你回你的住处去，在那里等我，不管等多久。答应我，今晚别再出去了，不管什么借口都不能出去，好吗？"

"好的。"

萨拉开车送他去机场，冒险近距离超了好多辆车。当他冲到售票处时，正好有一班飞往旧金山的航班准备登机，他买了票，上气不接下气地赶到登机口，也许正是他们送泰瑞·瑞安登机的同一登机口。无疑飞往旧金山对泰瑞·瑞安来说是最轻松的一环，它对迈克尔来说也是。

"你肯定地址是对的吗？"出租车司机在与另外两位同行就劳拉那含混不清的地址皱眉商量后，还在不停地问。然后，等他发现终于找对送乘客过去的路线后，他说："嗯，我不懂，你去的地方脏乱差，那里像另一个世界。我他妈才不管那儿怎么样，那地方甚至都不适合黑人——强调一下，我并不是对黑人有什么偏见。"

任何一幢房子的门铃处都没有住户名字，迈克尔摁了三四个门铃后，得出结论：这些门铃可能都没用了——有几个甚至从墙上脱落下来，吊在早已不通电的电话线上，接下来他发现正门上的两把锁都给砸烂了。他扭动把手，一个肩膀用力挤了进去。

"有人吗？"他叫道，走进一楼大厅，四五个脑袋从半掩着的门里探出来——他们全都很年轻，男孩多过女孩，男孩们的发型都狂乱至极，换在几年前没人相信眼前这一幕。

"好吧，你们听着，"迈克尔说，才不管他的声音听上去像不像是在模仿詹姆斯·卡格尼①。"我是劳拉·达文波特的父亲，我想知道她在哪儿。"

这些年轻的面孔要么缩回去了，要么茫然地看着他——那种茫然是恐惧抑或毒品所致？——不过，这时，大厅深处黑暗中有个声音说："顶楼，右手边最顶头。"

这幢房子可能有四五层或六层楼高，迈克尔没有数。他屏住呼吸，走上一层满是垃圾，散发着尿骚、垃圾臭味的楼梯，站在那里喘口气，等有力气后，再上另一层。他知道已到顶楼，是因为突然没有楼梯可上了。

沿着走廊一路走到右手边最顶头的房门口，这是扇脏兮兮的白门。他停下来，又喘了口气，其实更是为了祈祷，然后他敲敲门。

"爸爸？"劳拉叫道，"你可以进来，门是开着的。"

她就在那里，躺在一张单人床上，房间那么小，似乎无法再放下一把椅子，他的第一个念头是她很漂亮。她瘦了那么多——

---

① 美国著名男影星，奥斯卡影帝，有"黑帮片皇帝"之称。

脏牛仔裤包裹着的长腿太细了，油腻腻的工装衫下的上身看来也很脆弱——可是那因为极度饥饿而苍白的脸、湛蓝的大眼睛、精致的薄唇，像楚楚可怜的少女，她母亲一直希望她变成这副模样。

"哇，"他挨着她的膝边在床上坐下。"哇，宝贝，我从没这么高兴见到你。"

"嗯，我也是，"她说，"我能抽你一支烟吗，爸？"

"当然，给。可是，听着，我觉得你很久没吃东西了，对吗？"

"嗯，我猜自从我——大约有两个星期了吧。"

"那好。那么首先我们要做的是在哪儿让你吃个饱，然后我们今晚先找间酒店住下，明天我带你回堪萨斯。怎么样？"

"哦，听上去不错——好的，我想，不过我不怎么了解你妻子。"

"你当然了解。"

"嗯，可我是说我不知道她当你妻子是什么样。"

"哦，劳拉，这话可真傻。你们会处得来的。现在，这儿你有什么想带走的吗？你有袋子装它们吗？"

在清理狭窄的地面时，他发现两根黑色松紧带的蝴蝶结领结，餐厅侍者戴的那种，泰瑞·瑞安在蓝磨坊上班时就戴过。当他从墙边拖过她那脏兮兮的尼龙背包时，看到第三个领结从后面掉出来。难道有三个年轻侍者上到这里来过，占有她，意外留下他们的纪念品？不，很可能是同一个侍者，来了三次——或者五次或十次，或者更多。

("嘿,埃迪,你去哪儿啦?"

"去找那个我跟你说过的瘦高个女孩,在顶楼,右手边最顶头。她可是热情如火,伙计。"

"那好,可是见鬼,埃迪,如果我是你,我可不想在那房子里浪费时间,那帮孩子都是些疯子。"

"是吗?你是说我也是疯子吗,还是说像你一样疯?听着,我在哪儿找到这妞的,我就在哪儿上她,伙计。")

"准备好了吗,亲爱的?"迈克尔问。

"我想是的。"

但是街上找不到出租车;他们只好步行到几个街区之外,才找到一辆愿意停下来的车。

"晚上这个时候哪里有吃的?"迈克尔问司机。

"嗯,晚上**这个**时候,"司机告诉他,"只有在唐人街才有吃的。"

他觉得很可笑,中国菜居然是他给快饿死的孩子吃的最好的食物。芙蓉蛋、肉丝炒饭、龙虾糊——大部分美国人在不太饿时,偶尔换换口味才吃的东西——现在劳拉一勺接一勺、津津有味地吃着。她没有说话,甚至头也没抬,直到最后一个空碟子给撤走。

"我还能再抽一支烟吗,爸?"

"当然。你觉得好些了吗?"

"我想是的。"

另一位出租车司机推荐了一间酒店。他们在前台排队等着,迈克尔担心房间服务生很可能误会：紧张兮兮的教授带着个长相甜美、吸过毒的嬉皮士女孩。

"我想要两间房，给我和女儿，"他小心地说，直盯着那个男人的眼睛，他立马发现哆哆嗦嗦的老色鬼很可能常这么说。"就一晚，"他补上一句，结果让情况更糟。"我想最好是两间相邻的房间。"

"没有，"服务生断言道。迈克尔硬着头皮以免有人要求他马上离开这里。但结果是根本没什么可怕的，他的呼吸又顺畅了。"没有，今晚没法给你找两间相邻的房间，"服务生说，"今晚我只能给你有两张床的双人间。行吗，先生？"

可能是"先生"一词，还有余下的那些话，让迈克尔步履轻松地穿过铺着地毯的休息室，进了电梯。他活了大半辈子，可是到现在别人称他为"先生"时他还没学会坦然受之。

劳拉睡得很熟，整晚甚至没有动一下，翻个身，可是她爸爸在旁边另一张床上几乎整晚没睡。天快亮时，就像其他那些失眠之夜一样，他开始低声朗诵第一本诗集里那首长诗《坦白》，戴安娜·梅特兰和萨拉·盖维都喜欢这首诗。他声若游丝，离枕头几寸远便听不见，可这还是非常准确而清晰的背诵——说出了所有音节、表达出所有停顿，抑扬顿挫都正合其适，一点不错，因为这首诗他实在是烂熟于胸。

该死的！噢，耶稣上帝，这是他写过的最好诗篇。它不会消失，虽然这本书早已绝版，在图书馆里也越来越难找到。噢，它不会消失，还是会有人把它翻出来，以经典诗选的形式重印，可能成为高校的标准教材。

接着他又重新背诵,不急不忙,从头开始。

"爸?"劳拉从她床上喊他。"你醒了吗?"

"是的。"他怕她会说听到他的低声诵读,心情不安,赶紧准备了一套说辞:我准是做了个噩梦。

"我有点饿了,"她说,"你觉得我们可以马上下楼去吃早饭吗?"

"当然。如果你愿意,马上起床,先用洗手间,亲爱的,我马上穿好衣服。"

他如释重负,因为她似乎并没有听到他的低吟。可就在他拉裤子拉链时,突然想到,也许她听到了,觉得有点"怪异",有点"出格",但是决定不提这回事。据说嬉皮士都很尊重别人的生活隐私。做你自己的事去吧。

那天下午,当他们的飞机穿行在高得不可思议的天空中时,劳拉从窗前回过身来,说:"爸?有件事我觉得还是告诉你的好。我想我可能怀孕了。"

"哦?"迈克尔笑了,想表示这个消息并没有让他太过震惊。

"嗯,我是说有可能,因为我有两三个月没来例假了,因为我没有——你知道——我一直觉得不太舒服,不过不确定。我不知道是谁——你知道——那个男孩是谁。我记不清了,这个夏天发生太多事。"

"噢,"他说,"亲爱的,我觉得你没必要担心。我们会带你去大学医院,给你做个检查,看看是不是真怀孕了,如果真的,我们马上小心处理。好吗?"自己的这番好意让他有点心烦意乱。他告诉她,他认识医院里的一位医生,他可以私下推荐她到密苏里的一家诊所,可以立即"人工流产";他向她保证她会没事的。

但是当打消了劳拉的疑虑,她重新转身对着窗口后,迈克尔凄凉地坐在空中。女儿十九岁,可能怀孕了,却不知道孩子的爸爸是谁。

萨拉在机场迎接他们,她抱着劳拉,轻轻吻了一下,说明她不再是辅导员了,接着他们三人开车回家,气氛非常友好。

劳拉说过惯了城市生活后,这里的景色看来十分"好玩",接着她又说:"我们这趟出门没有经过堪萨斯,但我们穿过了内布拉斯加。"

现在她说"我们"了,迈克尔简直忍不住想问她一个问题,昨晚他在那间破房子里找到她时就想问的问题:她那些朋友们怎么样了?他们嬉皮士不是一直哀怨地说"爱"吗,难道他们不是该团结,该互相照应吗?这些人怎么能把一个女孩扔在那种残酷陌生的地方呢?

他什么也没说,可他知道他今晚急需跟萨拉说说话,一旦他们能单独在一起时。

劳拉像个婴儿,吃饱就想睡。萨拉带她穿过走道去那间空房间,迈克尔给自己倒了杯酒,站在壁炉边。每当他想理清思路时,他就去壁炉那儿站着,那里似乎最适合思考。

萨拉回到客厅后,在沙发上坐下,望着他。听到飞机上劳拉告诉他的消息时,她镇静自若。

"哦,明天我们可以带她去医院做个验孕测试,"她说,"也许没事,检查结果出来之前,我看没必要操心。"

"我知道,我知道,"他飞快地说,"我也是这样对她说的。我还告诉她我可以安排堕胎手术。不过,我还是很难过——最糟的是她居然不知道这男的是谁。还有比这更糟的吗?"

萨拉点了根烟。她一周只抽四五根,只在心绪不平时才抽。他一直将此视为她在努力理解他。

"噢,好吧,"她说,"我想嬉皮士的行事之道就是这样子的,对不对?而且,我想姑娘们发现这一招很管用,总能把父亲们吓一大跳。"

他走出客厅再去倒杯酒,他哭了,简直无法回到壁炉前。他赶紧转过身,躲开她——不该让年轻妻子看到衰老的丈夫在流泪——可是太迟了。

"迈克尔,你哭了吗?"

"呃,我昨晚没睡好,"他用手捂住脸说,"重要的是我这么多年来第一次——第一次为自己骄傲。噢,天啊,宝贝,她一个人在那里,她迷失了——她迷失了——也许我这一辈子从没做对过什么事,可是狗娘养的,我去了那里,我找到她,我带她回来,现在我他妈的很骄傲,就这样。"但是即便在说话当时,他疑心这不是事情的全部,还有些东西他不能说出来。

待他心绪平缓后,他道歉,并假意大笑证明他并没真的哭,任萨拉领着他回卧室。他知道《坦白》里最后的诗行让他流泪——今天在飞机的压力舱里,他曾低吟那些诗行,现在它们仍在他脑子里回响——他知道那是他在劳拉五岁时写下的。

验孕结果是阴性——从现在起劳拉不会再怀孕了,除非她嫁给某个年轻人,除非他也像她现在这样对验孕感兴趣——所以,最坏的压力消除了。

但是接下来——如果不是萨拉的主意的话,迈克尔本不想这么做——他们带劳拉去看了大学医院里的心理医生。

他坐在候诊区橙色椅子上等了有一个小时,极力克制着自己的紧张。医生送劳拉出了治疗室,她可以在这里坐一会儿,因为医生想跟她父亲交流一下意见。迈克尔很是欣慰,至少他们没找个自以为是的年轻人来。这位医生年纪五十开外,礼数周到、为人庄重,从他保守的着装、擦得锃亮的棕色皮鞋来看,他已经安顿下来,是个居家男人。他名叫麦克黑尔。

"嗯,达文波特先生,"门一关上,他俩单独在房间内坐下后,医生说,"我觉得这显然是一例精神性崩溃。"

"等等,"迈克尔说。"你从哪里搞来'精神性'一词的?她只不过是吸了点毒而已。难道你不觉得'精神性'很难听,不能到处乱说的吗?"

"我觉得这是我们能用的最准确的词。你知道,有些毒品可以诱发精神错乱,导致严重的精神迷乱;让人的情绪时而'高昂振奋',时而'消沉低落',有时出现幻境,最后就成了通常意义上的精神病。"

"好吧,那好,但是听着,医生。她现在没再用那些药品了。

她跟我、跟她继母一起生活,日子平静。难道我们不能给她一个机会让她自己好起来吗?"

"是的,在有些病例上,我可能会同意你的观点,但是你女儿的困扰很严重,非常迷惑。我暂时不建议她住院,但我要一周见她两次。三次可能更好,不过我们可以从一周两次开始。"

"天啊,"迈克尔说,"她跟你在这儿肯定比在家里要疯狂得多。"但是他明白这场辩论他输了。以前他跟这种滑头争论从来都输,可能以后也仍是如此。"我是说她在家里也不是完全正常,"他说,"但主要是行动懒散、迟缓。"

"话不多?"

"不多,根本不怎么说话。"

"嗯,那好,"医生狡黠地瞥了他一眼,眼神中带着一抹令人痛苦的意味,"我想你还没机会听她说起'外度空间'那种事吧。"

一天清晨,收到一封沃宁顿大学的来信,皱巴巴的,上面是露茜转寄的笔迹,信上同意劳拉以"留校察看"的身份回去读完大学二年级课程。

"呵,真他妈了不起,"迈克尔说,"听着,宝贝,我可不想你以留校察看的身份回那儿去。去他妈的沃宁顿大学,好吗?让她们去穿包屁股的紧身裤吧。"

话刚出口,他想起正安静吃着早饭的萨拉就是当初那位推荐沃宁顿大学的平静体贴的年轻辅导员。

"对不起，亲爱的。"他说。最近"亲爱的"、"宝贝"还有"甜心"这些词在这个家里满天飞，有时候他都不知道他在对哪个姑娘说。但是这次他知道，他是在对萨拉说。"听着，这次尝试不错，但我总觉得沃宁顿不适合她，她在比灵斯这儿受教育可能要比那间鲜花工厂要好。再说，如果她在比灵斯大学读书，还可以继续看那个医生，不管要花多长时间。如果她想转到什么更好的学校，以后也行。"

萨拉仔细考虑后，承认这是个合理的安排。

"你们知道吗，真好笑，"劳拉隔着早餐桌说，眼神、声音都很梦幻，"沃宁顿我真的不怎么记得了——有点模糊。我记得那些下午，我们一群人穿过田野到高速公路上去，我们在那里等着，等车来。车靠边停下后，有个家伙摇下车窗，我们给他钱，他把些褐色小纸袋递给我们。各种迷幻药，安非他命，可卡因和麻醉品，甚至很普通的大麻。然后我们走回学校——噢，有时候那片田野上的落日漂亮极了——我们全都觉得很富有，棒极了，因为我们知道又够吃一周的。"

"是啊，"迈克尔说，"很怀旧，很有田园风味，甜心，可是我想跟你说件事。你不再是个嬉皮士了，你明白我的话吗？你不负责任，你自我放纵，你一贯这样，现在你还是个精神病人，我和你继母正在尽全力帮你恢复正常。所以，听着，如果你的饭吃完了，不如回房间再去睡上四个小时，要么去做点有用的事。"

"难道你不觉得那样有点过分吗？"萨拉等劳拉走后问他。

他只是阴郁地盯着盘子里凉了的煎鸡蛋。上午九点还没过，他已经发了两次脾气。

那天,比灵斯大学注册处的办事人员告诉他,现在为劳拉申请今年秋季入学已太迟了,最好的办法是让她填个明年二月的入学申请。所以他们三人,在这间现在看来太小了的房子里还得一起待上五个月。

"嗯,我想我们会熬过来的,"萨拉说,"再说,我觉得她还没做好上大学的准备,你觉得呢?我觉得她精神还是不集中。"

不久收到了露茜的一封信。非常简洁的几句话写在信纸当中,形式和内容她都小心处理过,说明她一定写了好几遍,才找到合适的语气。

亲爱的迈克尔,

今年夏天你担负起照顾劳拉的责任,令我无比感激。她需要你时,你在她身边,一切你都处理得那么好,那么明智。

代我问候萨拉,也代我感谢她的帮助。

问好。

L.

附:我想我很快会搬到波士顿剑桥去了,到时候会告诉你具体情况。

"嗯,当然,我只见过她一次,"萨拉说,"但是她给我印象很深，她是个非常——体面的女人。"

"哦，非常体面，当然，"他说，"在我们这个三人之家里，人人都很体面，可惜有两个是疯子。"

"噢，迈克尔。你打算开始说'发疯'这类胡话吗？"

"这怎么是胡话？你更喜欢心理医生用的那种词吗，'精神病'？'狂躁-抑郁症'？'妄想分裂症'？听着，尽量理解这一点：我小时候，在莫里斯敦，从没人听说过西格蒙·弗洛伊德，我们只知道三种基本类型，有点疯、发疯、癫狂。**它们**才是我信任的术语。我常常想**有点疯**我才不介意，因为那样会让一个男人在姑娘们眼里变得很迷人，但如果说我是为了你才跻身这一类型，那我是在撒谎。我是个疯子，有文件可以证明。劳拉也是个疯子，至少暂时是，除非她和我小心从事，不然我们俩可能会变得癫狂。就这么简单。"

"你知道有时候你自己做的事吗？"萨拉问他，"你任自己这么口若悬河地说个不停，其实不知道自己在说什么。有点像你想告诉我阿德莱·斯蒂文森的事，结束时说得他好像钉在十字架上的耶稣一样。我绝对希望你在教书时能比这更好地控制自己，不然你会有许多迷惑不已的学生。"

过了一会儿——不管用了多长时间才决定不冲她发火——他说："我想我们最好还是让我来操心教书、学生这些事，行吗？"

然后他走开躲到自己的工作室里，自认最后一句话说得非常有尊严。

这次她确实有点越过界了。居然对他作为一名老师的"控制"能力说三道四。在这类越来越多的小吵闹中,她曾稍稍犯过错。她可能会认错,噢,但她不会马上道歉,很可能要等到那天的所有困难过去后,到傍晚过后,直到他们最后能一起坐下来,在斑驳黯淡的堪萨斯月光之下,倒在他怀中,她可能才会道歉。也许,到那时根本无需道歉了。

"嘿,劳拉?"一天他问女儿,"你早上怎么从不叠被子?"

"我不知道。叠它有什么用?我马上又要回去睡的。"

"行,我想从某种程度上说这算个理由。"他说,"如果你的头发马上又会纠成一团,那也就别梳头了,是吗?如果你又会脏的话,那还洗什么澡?也许我们都会同意一个月冲一次马桶——听上去是个好主意,啊?"

然后他走近前来,在她畏缩的脸前晃着一根食指。"听着,宝贝。我觉得,你得做个选择。要么过得像个有教养的姑娘,要么你打算像只老鼠一样活着。你好好想想,自己做个决定,好吗?我希望你能在接下来的半分钟内做出决定。"

要不是萨拉一直从中调解,这种场面可能更多,可能越来越糟。是萨拉,正如那几次他尽力告诉她的那样,是萨拉让大家熬过这几个月。她只比继女大五岁,但她总能冷静地掌控一切。她自己包揽下所有家务事,从不在乎劳拉帮不帮她打扫卫生、做饭。她会开车送劳拉到镇上看麦克黑尔医生。有几次,还趁着心理治疗的时间,为劳拉买回几件有品位、有款有型的衣服。

在学校、在教室里或办公室里,迈克尔开始放松下来,安慰自己等回家时，一切都会好的，它们也真是那样。在他们最好的日子里，在下午那些宁静、有分寸的饮酒时间里，他们三人有时坐在一起愉快地聊天，仿佛劳拉是邻家女孩——一个"有意思的"女孩，太年轻了，还没有太多独创性，但是看着她慢慢啜着那听可口可乐，就像个温顺有教养的姑娘。不过，他们三人都清楚，他们全都明白，要她好起来，光这还不够。

有一天，他回家时看到她坐在一把大椅子里，穿着新买的裙子，全神贯注地看着现代图书馆版的《红字》。

"不错，"他对她说，"我很高兴你又开始阅读了，亲爱的，况且那是本好书。"

"我知道。"她说。当他经过她身边时，顺便低头看了一眼，看她读到哪页了：第九十八页。他走进书房，伏案阅卷，学生们的诗歌试卷——整个教学的窍门就是，尽可能用一两天时间把这些东西搞完——绝对是两小时后，他才走出来，再次经过劳拉身边，发现她还在看第九十八页。

好了，见鬼，这孩子怎么回事？难道那个该死的心理医生什么也没做？她那双让人心碎的蓝眼睛在想些什么呢？

萨拉在厨房里，打开一盒冰块，给他准备一杯饮料，因为五点钟了，他只能说："噢，天啊，你真是太好了。"

那晚他不得不等到他们上床后，隔着两扇紧闭的门、一条走道，确保轻声细语不会传出去后，他才告诉她劳拉和那本书的事情。

"噢？"她说，"你肯定还是那页？"

"我当然肯定。否则,我为什么要跟你说自己孩子的坏话?"

她若有所思地想了一会儿,说:"嗯,我觉得我明白你说'坏'是什么意思,不过如果我们能找到一个更恰当的词的话,也许更好些。不过,这真是非常——非常让人沮丧,是不是?因为我以为她在好转呢,你说呢?"

那年初冬,他们认为劳拉参加些更积极的活动会更好,恰好镇上一家打字学校新开张。萨拉打字"生疏"了,她自己说的,劳拉则从没真正学过打字,如果她俩一起报名学打字也许不错。

于是,每天一大早她们就出门去上打字课,上课时间经过精心安排,好让劳拉不会误了看心理医生,迈克尔有点犹豫,但还是认为这是件好事。打字是种不用脑子的活,有时候能让你摆脱烦恼——当然,除非你正在努力把写的诗打印出来。他记得很久以前在纽约、在拉齐蒙、在托纳帕克的有些晚上,在打他写的那些诗时,为了那些可笑的打字错误,他畏首畏尾,诅咒着那台机器,他撕下纸又重新卷上新纸,然后再犯下别的更糟的错。最后还是露茜接过手来,她总能飞快地打好那些诗,一次便非常完美,像个最理想的秘书。

打字课开始几周后的一天下午,劳拉跌跌撞撞地冲进家门,面对着他,萨拉正在车库里泊车。

"听我说,爸,这种事我做不来,行了吧?"她话音里带着哭腔,脸和脖子通红。"你知道有些人就是永远学不会外语或乐器什么的吗?好了,我不会打字,就是不会。我一直用两根手指,我甚至不懂他妈的键盘。上这种课让我像个傻瓜，他们把我弄得像个傻瓜，让我想吐。"说到"吐"这个词时，她的眼泪夺眶而出，她用手擦掉它们，飞快地走过走廊，进了她的房间。多年来他第一次看见她哭。

萨拉正好从车库里进来，刚好看到劳拉最后爆发的这一幕，她试着跟他解释："今天过得不怎么好。老师对她不耐烦，有几个孩子嘲笑她。"

"嗯，见鬼，"他说，"我可不想别人嘲笑她现在的样子。任何时候我都不想有人嘲笑她，不管为什么。我总是觉得嘲笑奚落是这个世界上最可恶的事。"

萨拉生气地瞟了他一眼。"那你为什么一直奚落她？"

如果他停顿一下，也许他可以说"那不同"，但他只是说："嗯，那好，你说得对。我老嘲笑她，我以后会注意。可即便如此，我得说看到她哭我很欣慰。我是说，她一直这么木讷呆板。"

"哦，你根本没听懂我的意思，"萨拉说，"嘲弄是世界上最可恨的事，但是哭泣对你而言就好了吗？哭泣是'治疗'吗？那是我们十六岁时就该懂得的道理！"

她态度坚决地走进厨房，明知现在准备晚饭还早了点，他知道最好别跟着她进去。他懒懒地靠着风雨窗站着，看着窗外。昨天一场小雪后，一望无际的田野里灰白交杂，他心头突然涌上一阵不祥之感。如果萨拉打算离开他（"嗯，现在你根本不懂得我"），他相信他知道那会是种什么感觉。

打字学校的事情慢慢有了好转。两个姑娘常常一起笑着回家，在课程结束时，她们带着假装的自豪和掩饰不住的快乐，向他展示了两张粗糙的小小毕业证。

"好了，可是我想知道她怎么能毕业的？"迈克尔等劳拉走到听不到的地方后迫不及待地问。

"噢，她终于找到了打字的窍门，"萨拉说，"这只是个小把戏而已，我从一开始就这样跟她说过，老师也是这样说。我觉得她现在做好了读大学的准备，你说呢？"

还有些其他准备工作。萨拉觉得大学小镇上的百货商店不够"齐全"，所以她带着劳拉到最近的城市去，就是机场所在的城市，姑娘们在那儿能找到整条街的时装店、百货店。劳拉在那里买了满满一衣柜好看的冬春季新衣服。她绝对会是比灵斯大学里穿着最好的姑娘之一，没人会想到她曾经看起来像个流浪汉。

一月末一个异常暖和的下午，他看见她们这样购物后开车回来，劳拉打开前门，探进头来，叫道："爸爸，我能不能借用一下你的自行车？"

"当然，宝贝，"他回叫道，"骑吧。"

他走到前窗，看着她们骑走了。过去几年内，劳拉可能做了很多损害她健康的事情，可是当她们蹬着自行车飞快地沿着大路一起骑向远方时，她看上去跟萨拉一样健康，她们的头发迎风飘扬。看着这两个迅速消失的可爱姑娘，他说不清谁更轻盈、更敏捷、更优雅。

一天，他们带上劳拉所有的衣服，送她去大二女生的四人间宿舍。那儿有拥抱、有亲吻，但没有拖泥带水的道别。他们住的地方不过几里路远，随时可以见面，所以只有祝你好运之类的话可说——噢，祝你好运，亲爱的——再见。

家里突然间宽敞起来，家重新恢复了他们刚到堪萨斯时的那种愉快模样：这是他们知道的最好的家，设计好得惊人的现代化的家，一切运转正常。

"好了，宝贝，"他说，"没有你，我绝对撑不过这几个月，劳拉也是。"

他们站在客厅里，像主人还没有请坐的来客，他伸手握紧她的手，让她抬头看着自己。他现在只想带她穿过走廊，进他们的房间，在这间重新成为、终于成为他们自己的房子里，整个下午他们可以彼此拥有，直至夜幕降临，再也不用担心他们的喘息、叫喊会被人听到。

"我觉得你真的很了不起。"他告诉她。

"哦，"她说，"你也不差。"

她由他领着轻快地出了客厅，进了走道。他把这当成鼓舞人心的忠诚声明，无论这个姑娘有时多么冷淡多么干脆，她始终还是那个姑娘，在离一本正经的辅导员办公室不远的那间餐馆里，是她首先示意不远处有家汽车旅馆。噢，主啊；噢，感谢全能万能的主，萨拉总是那个想要做爱的姑娘。

他要了她。这一年半来，在堪萨斯大草原上，在他兑现承诺之前，她完全属于他。

"你觉得后年怎么样？"前年她问他——时间过得飞快——所以，在一九七一年的圣诞节期间，当她告诉他她怀孕了时，除了快乐自豪外再无其他。

第六章

在萨拉怀孕的那几个月里,他们在中西部做了好几次汽车旅行——探索他妈的乡村,迈克尔如是说——有一次,当他们发现他们身处伊利诺伊中部时,他决定去找保罗·梅特兰。

这也许有点冒险,但值得一试。很久以来,那晚在尼尔森家发生的事一直纠缠于迈克尔的记忆中,令他沮丧不已。现在,在保罗·梅特兰家度过一个愉快的下午可能会轻松地将事情理顺。

他在路边电话亭里汗流浃背,朝电话投币口里塞进硬币,草地那边来往的大型货柜车呼啸而过。他总算接通了电话,电话里传来保罗·梅特兰的声音。

"迈克!听到你的声音真高兴!"

"真的吗?"

"什么?"

"我说你真的——你知道——听到我的声音你真的高兴吗?我以为我可能上了你的黑名单呢。"

"哦,别傻了,伙计。我们都喝醉了,我们互打了一拳嘛,你的那一拳更厉害点。"

"他妈的，伙计，你那一拳也不错。"迈克尔说，他现在呼吸顺畅了些。"一星期后我还有感觉。"

保罗问他是从哪里打来的电话，于是乎一长串详尽的指路，告诉他们如何去梅特兰家。离开电话亭后，迈克尔很开心，他在阳光下举起一只手，做了个胜利的手势，萨拉坐在车里，在挡风玻璃后朝他笑。

"……好了，我们不远万里从迪兰西街而来，老伙计，"一小时后，他们坐在梅特兰家的客厅里，迈克尔说，"还有不远万里从白马酒馆而来。"他不喜欢自己这种假装的热情语气，但是无法把它压下去——实际上，甚至无法住口，他是这间房里唯一说话的人。

保罗回忆起过往，偶尔愉快地咕哝一两句，或忧郁地笑笑。佩基一直沉默着——但是那时候，大家都已意识到佩基已沉默了几个小时了——萨拉除了一两句应酬的客套话外，也没什么好说。

梅特兰现在有两个金发小姑娘，都是在迈克尔离开帕特南县后生的。她们害羞地从另一间屋子里进来，被介绍给客人们认识，礼貌地待了一会儿后，起身离去。她们的母亲站起身跟着出去了。不管是去哪儿，她都在那里待了好久，看得出她宁愿跟她们做伴，也不愿跟客人们在一起。

沉默中，迈克尔第一次发现保罗穿的是白色衬衫，熨得极好的卡其布长裤，再也没穿旧工作服了。他身往后靠，打量着这间房子。他知道前门口不会再有工具箱了,旁边不会再摆着沾满泥巴的工作靴。即使这样,他也无法想象保罗·梅特兰困于这样一间干净、整洁的中产阶级客厅里,他想知道戴安娜会不会认为他会"死"在这里。

"喜欢教书吗,保罗?"他问,因为看起来应该有人再说点什么了。

"嗯,如果以前从没做过这个的话,有点难,但是,从某些方面来说,还行。我想你也有同感吧。"

"是啊,"迈克尔说,"是的,我也这样。你还有足够的时间做自己的事吗?"

"噢,没我想的多,"保罗说,"我发现在讲课之前,我得读很多书才行。比如,我来这儿时对非洲艺术几乎一窍不通,可是许多学生们却想了解。"

直到现在,随着上颚和喉咙一上一下,迈克尔才完全理会这次来访出了什么毛病:到现在为止,他们连口喝的也没有,甚至连杯啤酒也没有。怎么回事?他想说。你戒酒了吗,保罗?但是他紧闭着干得生痛的嘴。他知道戒酒意味着什么,他猜最好别去盘问保罗。这种事是男人自己的事。

佩基推着小车回来了,车上装着咖啡,上面一层里有一碟大大的葡萄干曲奇,下一层摆着丁当作响的四套杯碟。

"这些真好看,"萨拉说那些曲奇饼,"是你自己做的吗?"

佩基谦虚地透露说,所有糕点都是她自己亲手做的,她甚至自己烤面包。

"真的吗?"萨拉说,"嗯,你可真——真行啊。"

迈克尔没要曲奇——它看起来抵得上一顿饭——一直等到他不想喝的咖啡差不多喝完后,他才开口聊起一个新话题:

"我看你妹夫现在很有名了。"

"噢,那个啊,是的,"保罗说,"嗯,真没想到有时候一出戏竟能获得这么大的商业成功。成功让他们的生活发生了翻天覆地的变化——当然,大部分是好的,因为他们有很多钱了,但是有些变化可能不怎么好。"

为了解释他说的那些不太好的变化,保罗说去年他和佩基在纽约莫林家待了几天。在他们的新家,一套豪华高层公寓里,戴安娜看起来有点"失落"——他记得以前从没见过她有那种表情,甚至小时候也没有——男孩们看起来也有点失落。拉尔夫·莫林几乎一直在打电话,谈工作,或忙别的什么,每天都有关于演出,或者今后演出的紧急会议要开。

"有点——不太舒服,"保罗总结道,"不过,我想一切都会安顿好的。"

迈克尔把他的咖啡杯放回碟子上,发出轻微的丁当声。

"你有没有汤姆·尼尔森的消息,保罗?"

"噢,我们通过几封信。他写的信好玩极了,我相信你也知道。"

"嗯,不,事实上,我从没收到过汤姆的信。他以前偶尔给我画过几张漫画,配上台词,但是从没写过信。"就这其实也是夸大其辞,汤姆只画过一幅漫画,讽刺地画着头戴学士帽、身穿学士袍、皱着眉头、表情严肃的迈克尔,台词是,"年轻思想家的缔造者"。

"我一直很后悔没有早点认识汤姆,"保罗说,"多年前你就提议过,我那时真傻。"

"不,我能理解你的感觉,"迈克尔安慰他,"不管是谁,二十六七岁时就获得那么大的商业成功,对不熟悉他的人而言一定很可怕。如果我不是偶然结识了他,我可能永远也不会——你知道——找出他来,也许我也会同样不想结识他。"

"嗯,但是'商业'这个词对汤姆来说真的不是很贴切,"保罗反驳道,"它可以用在像莫林这种侥幸成功的人身上,但是那另当别论。汤姆是行家,他年纪轻轻便找到了他所擅长的并一直保持下来,你不得不崇拜他这一点。"

"好了,我觉得你可以说佩服他,但我不觉得有什么值得你崇拜的。"迈克尔不喜欢这样谈话。就在几年前他还站在汤姆这一边跟保罗·梅特兰争论,发现他的辩护之词在保罗的进攻下土崩瓦解。现在角色换了过来,他心神不宁地觉得这次又会输。不公平——世道变得真快——最糟的是,对于正反两方而言,可以说任何一方都不用当心会失去什么:为了勉强维生,他俩都只好放下身段来到这种农业州的大学里来教书,而汤姆·尼尔森一直宁静悠闲地享受着成功事业。

"他的标准跟我知道的其他任何画家一样高,"保罗还在热心辩论,"没有信心的画他从不拿出去卖。我觉得人们对画家的要求也不过如此。"

"呃,好吧,在他的专业方面,你可能是对的。"迈克尔让步说,故意采取丢车保帅的战略。"但是这人本身又是另一回事。尼尔森如果有心想为难你,那他可真是个刺头。即便不是刺头,也会让你非常难受。"

他还没意识到说个不停的嘴要说什么之前,这张嘴已开始说起了蒙特利尔之行。用的时间比他想的要长得多——已够糟了——而且,他不可避免地把自己描绘得有点傻。

在他说话时,萨拉的褐色眼睛平静地从稳稳端着的咖啡杯上方凝视着他。在他以泰瑞·瑞安为代价醉酒搞砸聚会后,她默默地哭了;后来她偶尔公开地表示对他的失望("嗯,你根本没明白我")。到现在,她完全听之任之,由他自己丢脸去。

"……不,但问题是尼尔森**知道**我那天晚上可以得到那个姑娘,"他听到自己讲完这个故事后,还在试着解释和挽回声誉,"他嫉妒——你从他脸上看得出来——他也知道,所以他留在那里不走,当个讨厌鬼。这对他不会有任何影响,因为那里没有别的朋友,谁也不知道那里发生过什么,于是他一定要害我倒霉,这个小杂种决定这样干,你从他脸上可以看到这个决心:狡诈、自以为是、洋洋得意。噢,还有,在回去的路上,他说那个姑娘会以为我们是一对同性恋,有趣的是,尼尔森这辈子最怕别人误以为他是个同性恋。他深受困扰。我记得一连好多天他除了这个不谈其他,我总是在想,可能为此他才一直打扮成一个士兵。"

但是,无论是这个故事,还是对它的解释,这几个听众都不太能接受:他们三人的脸上全写着怀疑和不满。

"可是我不明白，迈克尔，"萨拉说，"如果你真的想得到那个姑娘，为什么你不在蒙特利尔多待几天呢？"

"问得好，"他对她说，"从那以后，我也一直在问自己这个问题。我想唯一的答案是那时我受汤姆·尼尔森的蒙骗，我愿意跟他去任何他想去的地方，不管哪里。"

"这是个奇怪的字眼，'蒙骗'，"保罗若有所思地说，"我当然崇拜汤姆，自从我认识他以来，但是我觉得我并没有受他'蒙骗'。"

"是啊，好吧，你我不同，"迈克尔说，"所以你能收到他的来信，而我只得到他妈的漫画。"

还好，这时他们设法转换了话题，谈话回到夏季度假上来。

保罗说，今年他们一家还付不起出远门的钱，但是明年夏天他们打算去科德角半岛度假。

"听上去真诱人。"萨拉说。

"是啊，不过我觉得我更喜欢淡季时的科德角半岛，"佩基说。"以前冬天我们在那里时，认识了一些极有趣的人，狂欢的吉卜赛人。"

迈克尔知道她又会讲吞剑人的小故事，十年前她在帕特南县讲过的那个故事，曾让年轻的、一心想当演员的拉尔夫·莫林做作地、本着演艺人员精神地放声大笑的那个故事。当然，在她说到最后一句高潮时，她一字一顿地说：

"……于是我说'那会受伤？'而他说'你以为我会告诉你吗？'"

萨拉报以愉快的笑声，迈克尔也能哈哈附和一两声，保罗·梅特兰则捋着胡须，仿佛在掩饰已听过无数次的事实。

半小时后，梅特兰夫妇微笑着站在车道上，朝他们挥手道别，模样迷人，仿佛他们在摆姿势拍照——安逸的伊利诺伊美术教师和妻子，没钱出远门旅行但至少从不会被任何人"蒙骗"的好人，不远万里从迪兰西街而来、愿意将就于与梦想相距甚远的非洲艺术和家制面包的聪明人。

"好了，当然，保罗人很好，"当他们开车上了回家的路后萨拉对他说，"我没觉得他有什么与众不同之处，我不明白为什么你这么多年来一直如此美化他。"

"你什么意思？我觉得我从没那样过。"

"噢，你当然有。得了吧，迈克尔，那晚在你把他打昏前，你对他说你一直觉得他'魅力非凡'。"

"天啊，"他说，"我以为你在厨房呢。"

"呃，我本来是在厨房里，但我出来了。当你把他打昏后，我又回去了，因为我知道你会去厨房里找我的。"

"真该死。你怎么到现在才提起来？"

"哦，我想是因为我知道你会跟我解释，"她说，"而我不想听你解释。"

儿子詹姆斯·盖维·达文波特一九七二年六月出生了。他健康、漂亮，用医生的话说，萨拉恢复得相当快，但是分娩的过程却极其困难。

从迈克尔听到的情况看,一开始这个孩子的脚先出来,有个傻瓜产科医生想用产钳把它翻转过来。然后许多人给传唤到产房外,皱眉低声讨论。最后,他们只好把昏迷不醒的萨拉推进电梯,下到另一层楼,总算做了紧急剖腹产手术——几乎在最后关头。

"堪萨斯!"迈克尔坐在萨拉床边说,她正用一根纸吸管从纸杯里喝着姜汁汽水。"这种无知无能的大错除了在堪萨斯,别的地方不会犯。"

"噢,别傻了,"她告诉他,"不管怎样,我觉得他好极了。"

他以为她是说某个医生,在她从麻醉中清醒过来后,某个慈父般的堪萨斯混蛋可能糊弄过她一两句体贴话。"谁?"他问道,"谁那么好?"

"孩子啊,"她说,"难道你不觉得他漂亮极了吗?"

隔着玻璃,他只看到皱巴巴晃动的脑袋,看起来比核桃大不了多少,小嘴张开着在哭,但是哭声与周遭的新生儿没有两样。

"嗯,起初他看起来是青紫色的,"一个上了年纪的护士在婴儿房窗外向他承认。她的消毒面罩拉到下巴下,说明此时她已下班。"他刚生出来时是青紫色的,等我们把他放进保育箱后,他才马上有了血色。"

那晚,他坐在一家没有啤酒执照的餐馆里嚼着熟过头的汉堡包时,心里一直在想那种出生时是"青紫色的"婴儿。那些孩子的眼睛会很可笑吗?他们只会笑、只会淌口水,语无伦次、结结巴巴,却不会好好说话?过马路时,他们被分成几组,在小心照顾下手牵手蹒跚而行?在学业方面,他们会编篮子就是你最大的指望了?

好了,不过,如果那位女士不觉得孩子"马上有了血色"是让人安心的消息的话,她肯定不会那么开心地报告说这个蓝色婴儿"马上有了血色"——她可能根本不会告诉他青紫色那部分。

即使这样,他付完账,走出那间糟糕的餐馆,往家走时,他还是承认他希望生个女儿。噢,据说生儿子风光——有些人在生了女儿后公开表示他们的失望,有些人甚至直到生了儿子才会狂欢雀跃——但是迈克尔今晚没心思理会《旧约》上的那套废话。

女孩——嗯,女孩比男孩要好,人人都知道。跟女儿在一起时,你只需把她抛到空中,再抱着她、吻她,告诉她有多美就行了。当她长大了,不能骑在你肩上时,你可以带她去动物园,给她买一盒杰克薄脆饼和一个气球(你总是把气球绳子绑在她的手腕上,这样气球不会飞走),或者你可以带她去看日场的《音乐人》,看着她悲伤的小脸随着舞台上的意外奇迹而重新露出欢天喜地的表情。到了让人心碎的微妙年龄,当劳拉十三岁时,可能是在她母亲的建议下,她从托纳帕克给他打来电话说:"爸爸?你猜怎么着?我来月经了!"

当然,当然后来也有麻烦:女孩可能逐渐显示出尖刻、让人痛苦的天分,学会些吓老爸一跳的花招。她可能一连好几个月在家里萎靡不振,要逼着才去铺床叠被,不管看什么书,永远看不过——老天才知道这是为什么——看不过第九十八页。不过,即使在这种糟糕的时候,也总看得到她会好起来的希望。女孩几乎能从各种消沉中走出来,因为她们能屈能伸,性情开朗。她们优雅,她们敏捷,她们聪明。

但是,噢,天啊,男孩可真让人头痛。睡觉前,如果你跟穿着连身睡衣的男孩假模假式过上几招,他可能指望你把他当作"拳击家",而你竟然忘了这么称呼他,他立刻会皱起小脸号啕大哭。到九或十岁时,他会缠着你,让你带他去后院,在那里教他如何摔跤,才不管你会不会摔跤。然后会有消防部门、退伍老兵们组织的剧烈父子活动,在那里,面对其他父亲或他们招人嫌的儿子,你发现自己不知道说什么才好。

十六岁左右,如果他变成一个没有幽默感、比较知性的孩子,他可能想要你跟他一起坐下来严肃地探讨荣誉、正直和道德勇气,直到你脑袋里塞满了这种抽象的东西。要不然,更糟的是,他可能变成那种典型的年轻人:乖戾、懒散,根本很少开口说话,要说也只蹦出一个字;除了汽车他对世上一切都不感兴趣。

不管是哪种人,到了上大学的年纪,他可能站在你房门口,你正忙着干活呢,他会说:"爸,你知道今天你往血液里灌了多少酒精吗?你知道你抽了多少包烟吗?好吧,听着,我觉得你在自杀。我想告诉你一件事,如果你想自杀,我希望你动作快点,早点结束。因为坦白说,你知道,我才不关心你,我担心的是妈妈。"

噢,见鬼;还有种种更可怕的可能性,不敢再想下去了。要是在说到什么让他觉得可笑的事情时，你儿子会说"我爱它"或"噢，多美"该怎么办？如果他想一只手插在腰上在厨房里走来走去，跟他妈说昨晚他跟朋友们在城里一个叫什么装饰艺术的新地方玩得有多痛快该怎么办？

凌晨三点钟时，迈克尔·达文波特总算上了床，喝得太多，甚至没意识到这是他第一次独自一人睡在这幢房子里。当他拖过被子随意盖在身上时，他只知道，太不公平了。不该再指望他经受一次这种事情，因为他妈的，他太老了。他四十九了。

一连好几个月，这幢房子似乎因脆弱、柔嫩、长时间的沉默而不安。萨拉刚出院还很虚弱疲惫，但她是个理想的年轻妈妈。喂奶让她觉得有种少女的骄傲；不知是家里人还是学校同事谁送了个音乐盒，伴着它迷人的曲调，她抱着孩子极其缓慢地在走道里走来走去。当她把孩子放进摇篮，轻轻合上门后，她老是把一根食指放在嘴唇上，朝丈夫"嘘——嘘"。

迈克尔发现他可以附和这种恭敬——他喜欢这样，哪怕只是因为这从一个新角度展示出萨拉那么好、那么值得敬佩，如果哪个男人竟然不懂得珍惜，那真是个傻瓜——不过他对这些东西唯一的一点了解也是二十年前的事了。他可以发誓劳拉还是个婴儿时从没这么难闻，也没弄脏过这么多尿布，她不会哭这么久这么大声，也不会常常吐，更不会让他没日没夜永远处于紧张状态中。

行了，你这个小杂种。好多次，当萨拉睡了，轮到他抱着孩子伴着音乐盒丁当作响的旋律走来走去时,他会轻声说,行了,你这个小笨蛋,狗娘养的,你最好值得我这样做。你他妈以后最好能证明你配得上这一切,要不然我永远不会原谅你。听明白了吗?

令人吃惊的是,儿子出生后的头一年,迈克尔的诗写得很好,也许是忙里偷闲的缘故。新诗进展顺利,修改重写以前那些失败的旧作也很成功。到吉米①·达文波特能够站起来,扶着咖啡桌蹒跚走路时,迈克尔桌上完工的诗稿多得够再出一本新诗集的了。

迈克尔愿意承认第四本诗集可能不太精彩,但也没什么可惭愧的,每页中都透着多年来他的专业水准。

"嗯,我想它们——很精彩,迈克尔,"一天晚上萨拉说,她终于抽时间读完了全部诗作。"所有的诗都很有意思,它们写得很好。它们非常——无可挑剔。我找不出什么弱点。"

她坐在客厅沙发上,笼罩在台灯灯光之中,看上去年轻漂亮,还跟他以前看到的她一样,眉头微蹙,手指抚弄着书页,仿佛在搜寻她第一次阅读时忽略了的不足之处。

"你有什么特别喜欢的吗?"

"我想没有。没有,我觉得我全都喜欢,差不多同样喜欢。"

去厨房再添威士忌时,他不得不承认,他期望听到更高的赞

---

① 吉米是詹姆斯的昵称。

扬。这本诗集里的诗都是认识她以后写的,他会把她的名字放在献辞页上。她应该表现出一些兴奋才公平,哪怕假装的也行。不过,他明白让她知道他的失望也不好。

"嗯,听着,亲爱的,"他端着两杯刚倒好的酒回到房间。"我刚冒出一个念头,这只是本过渡时期的书——某种平台期的书,如果你明白我的意思的话。我觉得我还是知道如何干大事,如何冒大风险,如何实现它,但是这些事还得等等,等到下一本书。第五本书。我已经开始构思那本书了,我觉得那会是我自从——你知道,自从《坦白》以来最值得兴奋和期待的一本书。我现在需要的只是时间。"

"嗯,听起来——听起来真好。"萨拉说。

"同时我觉得这本书可以出版了,如果你也这么想,那我就太高兴了。"

"是的,"她说,"嗯,我当然这么想。"

"可是我要告诉你我的一个决定,"他在房间里慢慢踱步,对她说,"我不打算马上出版它,我想我宁愿再等等,因为我现在要写的新诗也许有办法让这本书更完善。我是说,现在它看似完工了,但是里面有些诗还可以拿出来再斟酌。"

他希望她反对这个想法——他希望她说不,迈克尔,这本书完工了;如果我是你的话,我会就这样送去出版——可她没有。

"那也好,"她说,"我觉得在这种事情上你得相信自己的判断。"说完,她把手稿放在沙发上,她说她真的不想喝刚倒的酒,因为她实在太困了。

天气暖和起来后，他们在后院里铺块毯子，中午在草地上野餐。真好，迈克尔喜欢一手支在地上，一手端着冰凉的啤酒，看可爱的妻子把三明治、魔鬼蛋摆放在纸盘上；他喜欢看儿子在阳光与阴影中摇摇晃晃，急切地走着，仿佛在探索这个世界。

嗯，你开始有个大致了解了，小兄弟，他想说。有些地方明亮，有些地方阴暗，那边有些大东西是树，这里没有伤害你的东西。你只要记住别走出这个世界，因为外面的世界里可能有滑腻的石头，有泥泞和荆棘，你可能会看到蛇，而它会把你吓个半死。

"你觉得这个年纪的孩子会怕蛇吗？"他问萨拉。

"不会，我想不会怕。我觉得他们什么也不怕，是大人们教他们要怕什么的。"过了一会，她又问。"为什么是蛇？"

"噢，我想是因为我没有不怕蛇的时候，也因为蛇身上有某种可怕复杂的东西，我一直想搞明白。"

他若有所思地拔出一根草，仔细观察。过去，与萨拉讨论自己的想法似乎总有收获——她的提问和评论都十分清晰，有时能让他穿透自己困惑的思绪——但蛇这个念头能不能拿来讨论，他没有把握。也许这个话题太大、太复杂。再说，他知道说出来他可能会遗憾的：这是自从《坦白》以来最雄心勃勃、最鼓舞人心的一首诗的素材。

萨拉还在这里，准备着听他讲下去；天空湛蓝怡人，啤酒极棒，所以他无法犹豫太久。

"事情是这样的,我想写贝尔维尤,"他说,"我想把它跟我生活中的很多事情联系在一起,有些发生在我进那里去之前,有些在其后。有些很容易联结起来,有些却有点微妙甚至困难,可我想我能组织好。"

然后他开始跟她讲起精神病院的日常生活——一群赤足、衣衫不整的男人们从墙这头走到另一头,然后转过身又走回出发点——他说得很简短,因为他知道他以前跟她说过了。

"只要你捣乱,你知道,男护工便会揪住你,给你打上一针强力镇静剂,让你晕过去,把你扔进一间铺着垫子的小房间里,锁起来,把你一个人关在那里三四个小时。"

这个部分他以前也告诉过她,但是现在重温它、尽可能让它重新鲜活起来似乎很重要。

"如果可以的话,你得想象一下那些小房间。里面没有空气;你完全被密闭在软垫之中,它们非常有弹性,你甚至有种失重感;你无法分清上下。

"我脸紧贴着地上的垫子半天才清醒过来——噢,它们脏得要命,那些垫子,因为它们多年不换——那时我会想到蛇会爬过我的身上。有时候我觉得一串高速炮弹会在我附近爆炸,我还没反应过来,就被杀死了,自己还不知道。"

萨拉嚼着最后一点三明治,看起来听得很专注,不过有时候要转过身子看看孩子。

"后来我从贝尔维尤出来了,"他说,"我一直都害怕,怕走过街角。那里不会再有蛇,但是对防空炮弹的恐惧还是阴魂不散。我过去总觉得我再走过几个街区，走到第七大道，我会走进高射炮火区，走进炸弹区，那就一切结束了。要么我死了，要么会有警察过来把我送回贝尔维尤去——我说不出哪个更可怕。

"好了，当然这些只是一个部分，还有很多。但是你知道，中心思想是恐惧与疯狂的不可分割。恐惧令你发疯；发疯令你恐惧。噢，其中还有第三元素，如果我想从这两者中提取更重要的东西的话。"

他住口，想等萨拉问第三元素是什么。然而，她没有问，他只好告诉她。

"第三元素是阳痿，你无法做爱。对此我有过一小段——个人体会。"

"你有过吗？"她问，"什么时候？"

"噢，那是很久以前了。多年之前的事了。"

"这事在男人们中很常见，是不是？"

"我想可能跟恐惧一样常见，"他说，"或者跟发疯一样平常。我要相当寻常地对待这三者，你知道，我要说明这三者如何相互作用，说明它们其实就是一码事。"

那时，他知道自己很想把玛丽·方塔纳的事告诉她，可能也是他为什么会一开始便提及第三元素的原因。以前跟萨拉说起其他姑娘们总是很轻松很愉快——他跟她说起简·普林格时，甚至有些喜剧效果，其他故事他也讲得不错——但是玛丽·方塔纳一直是他的秘密，一直如此。此刻，在堪萨斯的阳光下，没理由不能公开讨论乐华街那可悲的一周：萨拉甚至可以提供必要的话语让它们在他记忆里安顿下来，最终消失。

但是萨拉一直在忙活，收好纸碟，把它们装进纸袋；站起身，抖掉地毯上的面包屑，现在她把地毯整齐地叠好，一下、两下，这样好拿。

"好了，迈克尔，有些地方我可能听得不认真，"她说，"因为我觉得有点病态。自从我认识你以来，你一直在说'发疯'啊、'变疯'啊，当然一开始时可以理解，因为我们都想把自己的一切告诉对方。哪怕劳拉在这里时，你都没放松过。如果有一刻你没有提起它，那可是我们的大幸。所以，你看，我开始觉得整个谈话只是你的任性而为，是自怜与自夸的奇怪组合，我不知道你怎么能让它听上去诱人，哪怕是在一首诗里。"

说完她往屋里走去，迈克尔除了举着温暖的空啤酒罐外，不知如何是好。萨拉在穿过草地时，停下来，弯腰伸手抱起儿子，将他抱在一侧腰间，这两个人看上去完全自足自成一体。

从几本全国性杂志上看，当一名单身母亲在美国已成为一种新浪漫。单身母亲勇敢、自豪、机敏；她们有"需求"、有"目标"，这令她们在传统保守的社会中显得格格不入。但是今天，时代变了，她们可以找到焕然一新的开放地区，比如说，加利福尼亚的马林县，现在就成了刚离婚的年轻女人活跃诱人的圣殿并以此闻名，大多数女人已身为人母——同时那里也成了许多赶时髦、优秀的年轻男人的圣殿。

当他独自坐在麦克黑尔医生诊室外等候区的橙色椅子上时，

迈克尔发现手掌湿乎乎的。他在裤子上乱擦一气,想擦干,但是它们很快又湿了。

"达文波特先生?"

他站起身走进去,迈克尔确信他的第一印象错不了:麦克黑尔医生还是彬彬有礼,威严庄重的模样,还是那个安定、居家型的男人。

"呃,医生,这次不是关于我女儿,"当他们关上门坐好后,迈克尔说,"我女儿现在没事了,至少我觉得她好了,但愿如此。这次是关于别的,关于我自己。"

"噢?"

"在我们开始前,我想告诉你我从来不信你们这种行当。我觉得西格蒙·弗洛伊德是个讨厌的傻瓜,我觉得你们这些人说的'治疗'通常是种有害的营生。我来这儿只是因为我想找人说说话,找个信得过、嘴巴闭得紧的人。"

"那好,"医生脸上神色宁静,一副乐于专心倾听的表情。"发生了什么事?"

迈克尔觉得他仿佛正步入虚空之中。"问题是,"他说,"我觉得妻子打算离开我,我觉得这快要把我逼疯了。"

第七章

迈克尔五十二岁时，脑子里成天想的、嘴上说的就是——离开堪萨斯 回家乡去。他心中的"家乡"与纽约无关，他一直很清楚这点，也强调这点。他想回波士顿、回剑桥，战后那里的一切在他心中一直栩栩如生，他迫不及待地等着好运来临，让梦想成真。

萨拉常说她觉得波士顿可能"很有意思"，那更让他有信心，不过有时候她说起它时有点心不在焉。

"我没说非去哈佛不可，"他好几次跟她这样解释，"我向那些小镇大学都交了申请，有些应该会管用。"

"噢，并不是我的要求太过分，你明白吗？这种升迁是我应得的。我在这里干得很好，我已够资格找一份更好的工作，我老了，我知道我属于哪儿。"

保罗·梅特兰可以任其生命、才华湮没在中西部的平庸之中，但是，就像他不喝烈酒体现出的刻意的平淡无奇一样，这种选择也只有保罗·梅特兰能够解释。其他有才华的人总想要个振奋激励的环境——从某一方面来说，迈克尔觉得自己早就需要一个振奋激励的环境,自从萨拉打消了他写贝尔维尤一诗的积极性后,他一首诗也没写出来。

不过,他内心清楚,这么急着离开的真正原因是:且不论合不合理,他觉得如果他能带萨拉回波士顿,留住她的把握可能更大。

每天,他朝车道尽头的大锡铁盒邮箱走去时都凝神静气;一天清晨,他在那儿发现一封改变一切的信。

是波士顿大学英语系主任的来信,一封聘书,清清楚楚,绝对错不了。信中最后一句话,让迈克尔大步跑回家中,冲进厨房,萨拉在那里洗早餐的碗碟——这句话让他双膝发软,让他脊梁挺得笔直,他就这样颤抖着把这封信递到萨拉惊愕的脸前:

请容我撇开工作说一句,我一直认为《坦白》是这个国家二战后最出色的诗歌之一。

"哦,"她说,"这可真是——真是非常好,是不是?"

它很好,毫无疑问。他读了起码不下三次,在客厅里走来走去,不敢相信这是真的。

这时萨拉走到门口,在洗碗巾上擦干手。

"那么,我想,回波士顿的事已成定局了,"她说,"对不对?"

对,全定了。

但是这个姑娘,曾几何时,那首诗的最后几行让她"浑身战栗"、让她哭泣;此时此刻,看上去却那么冷静平淡,像其他家庭主妇一般考虑着搬到新地方去的种种实际情况，他不知道是什么造成了这种转变。

"也好，"麦克黑尔医生说，"有时候换个环境很有帮助。你也许能找到一种全新的视野来看待你的——家庭形势。"

"是啊，"迈克尔说，"全新的视野，我正期盼这个，也许是个新开始。"

"没错。"

然而迈克尔早就不耐烦这种一周一次的谈话。每次谈话总是很尴尬，也谈不出什么结果。你早就知道医生才不管你，又怎能指望你会在乎他呢？

这个堪萨斯居家男人晚上在家里都做些什么？他会埋在沙发里看电视吗？也许会，是不是旁边还坐着十来岁的孩子，不管一个还是两个，他们找不到更好的事可做，只好陪他坐在那儿看电视？他妻子会端上爆米花吗？他会一把一把吃得满手油腻吗？当他专心致志看节目时，他会冲着泛着蓝光的屏幕微微张开嘴吗？他下巴上会流下一条化了的黄油印渍吗？

"嗯，不管怎样，医生，感谢你为我花了这么多时间，给我这么多帮助。我觉得在我走之前，我们不用再见面谈话了。"

"那很好，"麦克黑尔医生说，"祝你好运。"

飞往波士顿那天，在机场，萨拉迷离得如梦游般，他以前也见过她这样子，往往是上午喝过几杯后，那是飘飘然、惬意的宿醉,午后小睡总能让它消失,但这种情绪在这种道别场合下真不合适。

在巨大的候机厅里,她走得离他远远的,儿子蹒跚着跟在她身边,抓着她的食指。她看似对一切都兴致盎然,仿佛以前从未曾见过机场。当她回到他拿着票站着的地方时,她说:"真有意思,你知道吗?距离不再是问题,地理位置也几乎不存在。你只要在密闭的机舱里打个盹,一会儿工夫——多长时间没关系,因为时间也不再重要——等你恢复意识时,你已身处洛杉矶、伦敦,或东京了。如果你不喜欢你的目的地,你可以又打个盹,再飘上一会儿,你就到了你想去的任何地方。"

"是啊,"他说,"好了,你瞧,我觉得那边开始登机了,所以,亲爱的,照顾好自己,好吗?我会尽快给你打电话的。"

"好的。"

"嗯,我觉得你会发现这是本转型时期的诗集,阿诺德,"迈克尔对他的出版商说,他们在纽约一间餐馆里共进午餐。"有点像平台期的表现,如果你明白我的意思的话。"

阿诺德·卡普兰冲着第二杯满满的马蒂尼点点头,那样子说明他的耐心与理解。他的出版社出版了迈克尔早前的诗集,次次都亏钱。但是,并非利润动机促使你去出这种诗集;如果说有什么原因的话,那便是你知道如果放走他,别的商业出版社可能会很高兴把他接手过去,亏点钱没关系。好了,这是个可笑的行当,人人都知道。

迈克尔还在解释说他觉得自己还能干一番大事，不过要冒点风险才能成功，但是阿诺德·卡普兰对这些话已充耳不闻了。

多年前，当他们还是大学同班同学时，阿诺德·卡普兰也曾"文艺"过。他像其他人那样拼命努力，想找到法子写点自己的东西，表达出自己的心声。时至今天，在康涅狄格州斯坦福他家的地下室里，还有满满三箱以前的手稿：一部诗集、一本长篇小说和七个短篇小说。

写得并不太糟，它们甚至完全拿得出手。那些东西几乎人人都想读，且读得津津有味。那么，阿诺德·卡普兰为何不把它们变成铅字呢？怎么回事？

他现在是这家出版社的资深副总裁，他赚的钱比孩提时代想象的要多得多，但代价是他得花上太多时间用于这种应酬——自己掏钱喝得个半醉，假装在听达文波特这种老得飞快的斗士说废话。

"……噢，我不想给你留下这种印象，认为这种作品是次品，阿诺德，"迈克尔还在说，"它们我全都喜欢，如果不喜欢我也不会拿来出版。我觉得它非常——非常成熟了。我妻子也喜欢它们，她是个严厉的批评家。"

"好的。露茜怎么样？"

"不，"迈克尔皱着眉说，"我和露茜早就离婚了。我以为你知道呢，阿诺德。"

"嗯，可能我知道，不过我忘了，有时候会这样。那么你又结婚了？"

"是的，是的，她——非常好。"

他俩都没吃什么——在这种午餐中你别指望谁能吃下多少——当乱七八糟的盘子被撤走后，他们陷入沉默，偶尔说两句客套话应酬一下。

"你怎么去波士顿，迈克尔？坐飞机还是火车？"

"嗯，我想租辆车，开过去，"迈克尔说，"因为我想顺道停一下，看望几位老朋友。"

租来的车很大，黄色的，很轻松地便开着上路了，仿佛车自己会驾驶，他就这样神奇地开着，一下便到了帕特南县。

"不，家里没别人，就我们俩，"帕特·尼尔森在电话里告诉他，"我们都很想见你。"

"真是艘好船，老爹，"汤姆·尼尔森站在车道上说。迈克尔停好车，从车里走出来。"轮胎很漂亮，"说完这个小笑话后，他才走上前来跟迈克尔握手。

他看起来老多了，眯着眼，人有点干瘪，但这正是他刻意培养了多年才有的样子。很久以前，他还不到三十岁时，有位崇拜者给他拍了张户外照，在乌云密布的天空下，在他年轻的脸上意外地捕捉到中年人的表情，汤姆把那张照片放大后一直挂在工作室的墙上。"这是什么？"迈克尔曾问他。"展示自己的照片，怎么样？"汤姆只说喜欢它，他喜欢把它挂在那里。

当他们一起进到屋内，迈克尔看到汤姆又弄了一套军装：一套真正的老式"飞行员夹克"，只有二十世纪四十年代初期才做才分发的那种。到目前为止,汤姆一定穿遍了所有军种的军装。

帕特笑着张开双臂从房间那头走过来——"噢,迈克尔"——他觉得她看上去状态很好,比她年轻时还要好。如果运气够好,钱够多,加上先天的好身材,有些女人似乎能永葆青春。

倒完第一轮酒,他们围坐在一组沙发上,谈话慢慢开始了。尼尔森家的四个儿子都"很好",不过全都大了,离开家了。大儿子最让父亲骄傲,因为他成了专业爵士鼓手——"从未给他的工作惹过任何麻烦"——其他两个孩子都有份别人羡慕的工作。但是当迈克尔问起跟劳拉差不多大的泰德时,做父母的垂下眼睛,似乎在搜肠刮肚想着怎么说。

"哦,"帕特说,"泰德在——你知道——在如何认识自己这个问题上有些麻烦。但是他现在稳定多了。"

"是啊,嗯,劳拉也经历过一段痛苦时期,"迈克尔告诉他们,"她不喜欢沃宁顿,后来她在外面晃荡了一阵子,但没多久她便回到正常生活中来了,她在比灵斯还不错。"

汤姆抬起头看着他,脸上是柔和迷惑的表情。"什么不错?在'比灵斯'?"他说话的样子让人觉得他以为"比灵斯[①]"类似于应付账款部、数据处理中心或人事部门之类的地方,可能是某个干净整洁、组织有序的商业公司的内部机构,四处游荡的姑娘总算找到了安全的职业港湾。

"比灵斯州立大学,在堪萨斯,"迈克尔告诉他,"是所高等

---

① 比灵斯:原文为"Billings",在英文中有记账的意思。

401

教育机构，好吗？可以说它有点像哈佛、耶鲁，只不过是有着大草原、每天能闻到从牲畜围栏那边飘来的可笑气味的哈佛、耶鲁，那就是我他妈赖以为生的地方。"

"噢，我**明白**了。劳拉在那儿读书，对吗？"

"对。"迈克尔说，现在他有点不好意思。在这所房子里，他最不想做的就是，扮演那个失败的、被逐出门的邻居。

"我们再也没见过露茜了，"帕特说，"也没再听人说起过她。你知道她现在在哪里吗？你知道她在剑桥做什么吗？"

"嗯，我想她用不着'做什么'，"他说，"她从来不用去挣钱，你知道，永远用不着。"

"噢，好了，我当然知道这点，"帕特不耐烦地说，仿佛他说穿这点太粗俗，"可是她当然得让自己忙活。这么多年来我从没见谁像她那样有热情有干劲的——或者说精力充沛的。不管怎样，如果你上那儿去，见着她、跟她说话的话，记着向她表达一下我们的问候。"

迈克尔保证他会的，接着帕特去厨房"看看晚饭怎么样了"，于是他跟着汤姆进了工作室闲聊。

"嗯，露茜几乎什么都尝试过，"汤姆说，穿着飞行员夹克的肩膀耸起来，两手插在裤兜里，走路的样子像个真正的飞行员在讨论一次不太成功的飞行任务。"艺术领域内的每样东西，我是说，除了音乐和舞蹈以外。而我猜不管哪一样，你都得从小开始。她试过演戏、试过写作、试过画画。真正全身心投入每一门艺术之中，非常努力——只是，画画那一段让我有点不好意思。"

"怎么不好意思?"

"嗯,因为她请我评论她的画作,我没什么好说的。我有点临时发挥,给她一些表扬,但她并没上当。我感觉得出她很失望,这让我觉得很讨厌,但是我无能为力。

"所以,事后我想,嗯,如果她当不成画家,那她也成不了作家,或演员——听着,我知道这听起来有点刺耳,迈克,但是真的有许多女人忙于**尝试**一些东西。噢,你会发现男人们也这样做,但是男人们一生中选择更多,要么就是他们压根没有那么认真开始过。那些女人让你伤心,我是说她们大部分都是很好,很聪明,让人佩服的姑娘——你不能用'愚蠢'那类词打发她们——而且她们一直在努力尝试,直到她们的脑子乱了,或者直到她们太累了,她们才想放弃。有时候,你真想搂着那种姑娘的肩说:'嘿,听着,亲爱的,放松点,好吗?没什么大不了的?没人说过你非得做这个不可呀。'啊,好了,见鬼,这并不是我真的想说的,不过也差不多这个意思。"

"噢,我觉得你说得很清楚了。"迈克尔说。

看来他们三人都急于快点吃完这顿简便的晚餐,仿佛今晚有聚会。他们想回客厅去,那儿有白兰地,有咖啡,再聊上一两个小时——而帕特·尼尔森想说的,显然,只有露茜。

"嗯,关于她,有一件事我真的到现在也不明白,"当帕特重新在沙发上坐好后,她说,"就是她对心理疗法的信任——她相信它,她依赖它。她似乎把它当成一种宗教,所以你会觉得你想说的有关它的任何贬损之辞或玩笑之语都是种亵渎。我是说,有几次我几乎想抱着她,摇醒她说:'在这点上,你这么**聪明**,露茜,你这么聪明风趣的人,不要被这种一点也不好玩的弗洛伊德式的混账话给**骗**了。'"

"是啊。"迈克尔说。

"噢,等等。等等,"帕特转身对她丈夫说,"那个差劲的大众心理学家叫什么来着?"她问道,"那个在五十年代赚了几百万的人?"

"你是说写《如何爱》的那个家伙吗?"汤姆的话很有帮助,但还是迈克尔补充上了作者的名字:

"德瑞克·法尔。"

"对,德瑞克·法尔。"帕特在沙发中动了两动,把自己埋在沙发里。看来不管她要讲露茜的什么事,她都能从其中得到某种肉体上的快感,迈克尔担忧地看着她。但他开始体会到极棒的、有白兰地味道的超脱之感——是对这两位可能从来也不是朋友的老朋友的免疫——他准备好了。

"嗯,"她开始说,"一天下午露茜来我们这儿——**容光焕发**的样子——告诉我们她刚刚在电话里跟德瑞克·法尔聊了半小时。她说她花了好多天才弄到他的电话号码,她说拨号时,她很不好意思,结果一通话她就向他道歉,而他的声音悦耳,说的话也让人愉快、让人安心。她是怎么描述他的声音来着的,汤姆?"

"我想是'甘醇'。"

"没错。就是这种'甘醇'的声音。接下来他问她有什么问题。"

"嗯，你了解露茜，"帕特说着露出那种向来讨人喜欢的笑容，眼里全是笑意，"她不会跟我们谈起**那部分**的，她跳过去了。她一直很保守，十分注重隐私。她说她不懂为什么他对她告诉他的任何事全有种'极为罕见的天生的洞察力，简直难以置信'——她就是这么说的。"

"好了，我这样说可能不太好，"帕特承认道，"你得承认，那天她来我们这儿之前，可能喝过一两杯。不过，我记得最清楚的是她总结时说的话。她说：'德瑞克·法尔在半个小时内教给我的东西比我十一年来的心理治疗都有用得多。'"

迈克尔搞不清他们是等着他笑笑呢，还是皱眉抑或难过地摇头，但是他不想做出以上任何一种反应，所以他只好微微挪动上身向前靠了靠，埋头冲着酒杯。

可能是时候重新上路了。现在回想起来有点记不清，为什么他把这里定为第一站？他猜是因为他想让汤姆·尼尔森知道他还活着。如果今晚的谈话有点不同的话，他可能会抓住任何一个谈话机会告诉汤姆·尼尔森波士顿大学那人对于那首诗的评价。

"……你真的不想在这儿住一晚再走吗？"帕特说，"家里有很多空房间，你来这里我们都很高兴，明天早上你可以精神饱满地出发。如果你愿意，也可以住到明天下午，那样的话，你可以结识很多住在路上的很棒的新朋友。他们算得上——是名人，个个名字掷地有声。嗯，拉尔夫·莫林一家，你知道吗？《黑夜忧郁》？"

"哦，实际上我认识他们。男的只见过一次，但是女的我认识很久了。"

"是吗?那你**一定**要留下来。他们人很好,不是吗?她很迷人,对吧?她真是出类拔萃!"

"她当然是。"

"这么说也许有点傻,"帕特说,"但是我觉得我从没见过像她这么美丽的脸庞。而她的整个姿态,举手投足,姿态曼妙,只要她一进门似乎就能电倒屋内所有人。"

"是啊,"迈克尔说,"噢,是的,我同意。真好笑,我第一次见她时,我便知道我没救了,我这一辈子都晕晕沉沉、无药可救地爱着她。"

"噢,那么年轻,"她说,"那么纯洁无瑕。"

"嗯,"他很大度地表示异议,"也不太年轻,真的不年轻了,帕特,我们全都老了。"

她有点迷惑,迈克尔也是。接着她说:"噢,噢,不。你一定说的是他那位可恶的**前妻**。我说的是艾米莉·沃克,你知道,那位女演员。"

迈克尔花了两三秒钟才弄明白,于是他问:"你从哪里弄来'可恶'这个词的?"

"嗯,拉尔夫提到她时没有一次不是哆嗦的,那样子你能感觉得出来——他偶尔说她很'没劲'。他告诉我们那段婚姻在——你知道——在他结束那段婚姻之前早就死了;现在她每个月还要从他这里挖走大笔钱。按他的说法她**当然**算不上个宝。"

"嗯,好吧。那他有没有偶尔跟你们提起她是保罗·梅特兰的妹妹呢?"

尼尔森夫妇面面相觑,一脸茫然,赶紧又转身对着迈克尔;汤姆这才反问道——并没指望迈克尔回答——这是不是他妈最该死的事儿。

"嗯,我们都非常喜欢梅特兰夫妇,"帕特解释说,"可是你知道在他们搬走之前我们交往不过一两年,所以现在我们都不记得保罗有没有说起过他有个妹妹。"

"不,他说起过她的,亲爱的,"汤姆说,"说了很多。有一次他还请我们过去见见她,那次她带着孩子们来他家,但是我们那天没有去。只是,好笑的是,我一直有这种印象,她嫁给费城某个拼命努力的三流小人物。"回忆了片刻之后,他说:"狗娘养的。"

"嗯,"迈克尔说,"有时候要花很长时间才能认识一个人。"

他离去时,他们磨蹭着——从壁柜里给他拿来雨衣,为他打开前廊的灯,跟他一起走出门来,来到车道上,然后是老一套的握手,礼节性的小小亲吻。尼尔森夫妇似乎想道歉,但又不知道要为什么道歉。他可以从他们脸上看出很可能得等他走了之后他们才会自在。

在波士顿的收费高速公路上肯定开了有一个小时,这辆黄色汽车在自己的行车道上突然一个急转弯,迈克尔急打方向摆直车身,虚空之中,他听到自己愤怒地大声说:

"噢,还有件事,只此一件,尼尔森,我觉得你最好脱掉那件飞行员夹克,你听到我说话了吗?因为如果你不脱的话,我打算把它从你他妈的背上给扒下来,我还要一拳打爆你的嘴。"

第八章

剑桥喜来登酒店的房间里只有一样东西让迈克尔觉得不舒服,便是那面全身穿衣镜。站在它面前,皱眉、微笑、弯腰或站直,一举一动无法逃脱他已五十三岁的模样。当他洗完澡出来,光身子的样子总让他吃惊——嗨,老头!——他只得急急穿上衣服遮住自己的身体。还有什么好说的,两条腿虚弱得踩不动自行车,一个毁掉的中量级拳手有何美感可言?打电话时,他发现自己时不时忍不住转过身,看一眼镜中讲电话的老头。

他每天给萨拉打电话,不管有没有新鲜事可说,他急切地盼望着打电话,仿佛她的声音可以挽救他的生命。

第四还是第五天下午拨堪萨斯的电话时,他想起此时还没到下午五点钟,他应该在五点以后打电话,那时长途电话费便宜些。昨天他已犯了这种错,萨拉温和地说他在浪费钱。于是他坐在小小的奶白色电话桌前等着,无事可做,只好偷眼看着这个驼着背等待的老男人。

过了一会儿,为了打发时间,他漫无目的地顺手拿起小架子上的本市电话簿，一页页翻起来，低头看着达文波特这一栏，他看到了露茜的名字。

听到他就在这座城市里，她十分高兴——"噢，我以为你还在堪萨斯"——他问她愿不愿意今晚一起吃个饭，她犹豫了一两秒，然后说："好的，行啊，为什么不呢？七点钟怎么样？"

当他们挂上电话后，他很高兴他听从内心冲动给她打了电话。**可能**会很好的，只要他们彼此客气、小心，他也许能找到一些谈话方法，了解多年来他一直想知道的她的一些事情。

当他的手表告诉他是时候可以给堪萨斯打电话了时，他立即跟萨拉说了起来。

"……关于公寓恐怕我还是没什么新情况可以报告。"他对她说。

"哦，我没指望会有什么新情况，"她说，"你到那里才几天。"

"我绝对已见过一打地产经纪了，但他们手上全都没有房子。除此之外，你知道，我大部分时间都被大学事务占去了，我要把工作安顿好。"

"当然。嗯，没关系，不着急。"

"噢，我今天见到我的头儿了。你知道吗，给我写信的那家伙？真好笑，我以为他是个老头——我总觉得喜欢我的诗的人可能比我老——可他只有三十五岁。不过人很好，很热情。"

"哦，"她说，"好啊。"

"所以我猜从现在开始，我的大部分读者可能都比我要年轻，可能早就这样了，如果还有人看我的书的话。"

"行了,"她说,"当然还有,"她声音里透着厌倦,令他觉得过去他老是从她那里寻求这种安慰。

"不管怎样,这周剩下的时间,还有接下来的整个一周我会用来找房子。如果市里没有什么好房子的话,我会去市郊看看。"

"行。但是说真的,这又不着急。为什么你不随它——你知道——随它多久呢。我在这里过得很舒服。"

"我知道你过得舒服,"他说,手中的电话开始变得潮湿滑溜。"我知道你过得舒服,但是我不,事实上我有点绝望,萨拉。我想带你上这边来,免得——"

"免得什么?"

"免得失去你,也许我已经失去你了。"

他不敢相信居然沉默了那么久后她才说:"难道你不觉得这种说法真好笑吗?一个人怎么会'失去'另一个人?真有那种事?"

"没错,真有其事,绝对发生过!"

"好了。不过,难道那不意味着从一开始彼此便有种隶属关系吗?那说得通吗?我宁愿相信每个人都是独立的,"她说,"我们的第一要务从来都是我们自己,我们得尽力过好。"

"是啊,好的,听着。我不知道你到底在看些什么东西,萨拉,但是我不想再听这类女权主义的狗屁话了,听清楚了吗?如果你想说大话套话,你最好找个跟你同龄的男人去说。我老了,我不吃这一套。我在世上混了这么久,我太了解了,我太了解了。现在,我想在这次愉快交谈中再提及一点,你愿意听吗?"

"当然。"

但是他得等到心跳没那么快后,等他的呼吸平静下来后,他才能再张口说话。

"你跟我说过我们是天造地设的一对,"他开始说起来,声音突然平静得很夸张,"就在不久之前。"

"是的,我记得我说过。"她说,"我说那话时就知道你以后会重提的,早晚会的。"

这次的沉默长得足以让人淹没其中。

"见鬼,"他说,"噢,该死。"

"嗯,不管怎样,波士顿这个问题可能得等一段时间再说,"她告诉他,"因为我想带吉米去宾州我父母家去住上几星期。"

"哦,见鬼,去几星期?"

"我不知道,两周,或者三周。我需要点我自己的时间,迈克尔,关键在这里。"

"是啊,"他说,"好吧,那好。这样设想一下如何?在宾夕法尼亚过上三星期,然后搭上另一架飞机,打个盹,飘到加利福尼亚的马林县去。"

"**什么县**?"

"噢,得了吧,你知道的。人人都知道,这是美国最性感的地方,所有的单身妈妈都去那里约会男人。你在那里会玩得开心的,每个周六晚上,你可以为不同的男人叉开双腿。你可以——"

"我不想听这个,"萨拉说,"我不想再跟你说话。我不愿挂你的电话,迈克尔,但是,除非你先挂电话,否则我就会挂掉了。"

"好的,对不起,对不起。"

啊!这有点太那个了。

再次独自一人,沉默着坐在奶白色桌前,他知道他说错话了。难道他还是这样说话不经过大脑吗?难道他在这个世上活了五十三年,还没学会一点人情世故?

桌上有叠干净的便笺纸,旁边放着支喜来登铅笔,这是干他这一行的必备工具,看到它们让他心头一热。

有时候,如果你把心里话写出来,也许能帮你理清思绪。所以,他俨然一个心平气静的行家,俯身写起来:

> 别折磨我,萨拉。你到底来不来这儿跟我一起过,你得做出决定。

看来还行,找对了语气,甚至有点像那种幸运的一气呵成、不用再修改的稿子。

原来露茜·达文波特的住处是幢木结构老屋,剑桥地产界视若珍宝的那种房子,与她三四百万美元的身家颇为相衬。但是当她打开门的那一刹,他还以为她不太舒服呢:她很瘦,面容灰白,嘴似乎也有点毛病。

可是，当他们面对面坐下后，在明亮的光线下，他才看清她身体其实很好。刚才的歪嘴可能只是由于门口那阵子不好意思的缘故，不知道该以什么样的笑容（正式的？矜持的？友好的？深情的？）来迎接他才好，所以，在最后尴尬的一刻，几种笑容同时出现。但是现在，她的嘴跟她身体其余部分一样，控制得很好。她其余部分——纤细的四肢，梳得整齐的灰白头发和那种可以称之为"漂亮"的女人的脸——都说出了她四十九岁的年纪。

"你看起来气色不错，露茜。"他说，她说他也是。是不是那些离婚很久的夫妇都用这种开场白来打破沉默，迟疑着开始谈话呢？

"恐怕我没法给你端上酒来，迈克尔，"她说，"我家里多年没有烈酒了，但是有些白葡萄酒。你想喝点吗？"

"当然，好的。"

她进了厨房，他借机四处打量了一下她的住处。这幢房子轩敞开阔，正是那种女继承人该住的房子，有很多宽大的窗户，但是房间里几乎空空如也：一张桌子，一个沙发，几乎没有别的地方可以坐。接下来他发现她家的窗帘也不配对。它们全都一样长，用本色布做成的饰带扎起来，但是没有两块窗帘是一样的。这扇窗户上一半窗帘是红白条纹，另一半却是白色小圆点；还有一扇窗户，一半窗帘是鲜艳的印花棉布，而与之配对的却是一块粗糙的燕麦色布——整个房间全这样。如果他以陌生人的身份来此拜访，尤其是小男孩的话，他准会认为这家里住着个疯女人。

"这些窗帘是——怎么回事？"当露茜端着两杯葡萄酒进来

时,他问。

"噢,那个啊,"她说,"我现在有点烦它们了,但是当我刚搬进来时,这些窗帘看来是个好主意:有意让一切不协调。你知道,并非想表明我是个怪人,或者我是个波希米亚者。这不过是对两者的拙劣模仿而已。"

"'模仿'?我不明白。"

"嗯,我觉得没必要说'明不明白'的,"她不耐烦地说,仿佛在责备愚钝的听众老想着一切故事必须要有个理由似的。"不过,我想这个夸张得有点过头了。我可能最终还是会挂上普通窗帘。"

她想听听劳拉的事情,所以他告诉她一年前,劳拉带三个姑娘到家里来玩的快乐时光。

"……从头到尾,她们几个人全坐在地上,咯咯直笑,谈论男孩,说些小秘密,讲只有她们才明白的小笑话。我发誓她们当中没有一个'耍酷的'或'嬉皮的'或任何自以为是的女孩,就是些普通女孩而已,在一起傻里傻气,只因她们喜欢。言行举止显得比她们实际年龄要小,因为她们受够了装成熟。"

"嗯,"露茜说,"听上去——我放心了。我不太明白为什么要读研究生,为什么要在堪萨斯读?为什么要去学社会学那样可笑的专业?"

"嗯,我觉得主要是因为她喜欢那个系里的一个男生,"他解释说,"姑娘们常常那样做,你知道,她们喜欢跟风追男孩子。"

"是啊,我想她们是这样。"

然后她去拿雨衣,两根手指勾住衣领,飞快甩过一个肩膀穿好,他想起很久以前那个甜美的拉德克利夫女生,也是这样穿上雨衣的。

他们走过几个街区,来到一间灯光昏暗的餐馆。这间餐馆名叫费迪南,这是那种你一进去就知道菜单上那些菜的价格是成本两倍的地方。领班说了句"晚上好,露茜",显然她是这里的常客。

"以前这儿可没有这类女里女气的东西。"迈克尔隔着他的第一杯酒说。

"什么女里女气的东西?"她看起来好像她可能准备一场争辩。

"噢,好了,"他赶紧说,"我不是说这地方,绝对不是,但是整个剑桥现在都有种圆滑、虚假、'做作'的风气。我老是看到一些名叫'似曾相识'、'另一件事'这样的小酒吧,好像这里的人决定爱上这些坏主意。这种现象甚至蔓延到波士顿去了。"

"哦,风格在变,"她说,"对此谁也无能为力。我们无法让时间永远停留在一九四七年。"

"是的,是啊,我们当然不能。"此刻他希望他什么也没说就好了,他们没有开个好头。他垂下眼帘,直到她先开口说话时才抬头看着她。

"你的身体还好吧,迈克尔?"

"你是说精神健康?还是另一方面?"

"两方面的,所有的。"

"嗯，我觉得我的肺不太好，"他说，"老毛病了。我甚至不再想发疯这种事了，因为是恐惧让你发疯，而发疯最后留给你的只有恐惧。"

这个想法他曾跟萨拉谈过，在那天那顿不愉快的室外午餐时说的，但这次，他似乎表达得更清楚。也许区别在于，露茜家的窗帘让他怀疑她可能也有点疯；又或者——可能这更接近事实——有些事情跟你的同龄人讨论更容易些。

"在堪萨斯时，有一阵子，"他告诉她，"我觉得我可以以此为主题写首诗——写有关恐惧与疯狂的厉害宣言——但是我把它们撕掉、扔了。整个想法看似有点病态。"当"病态"一词刚说出口，他才想起这是萨拉说的。"可笑的是，"他接着说，"可笑的是，最开始我也许根本没发疯。难道不可能吗？也许那晚比尔·布诺克做得有点过分，也许他签那份承诺书更能说明是他病了，而不是我。我不想老抓住那点不放，但真的值得思考。还有一点：心理医生自视过高，难道不可能吗？"

露茜若有所思地看着他，他没把握她会不会回答。最后她说："嗯，我觉得我明白你的意思。我在金斯莱花了很多时间在心理治疗上，后来看来，根本没有用，毫无用处。"

"好。"他说，"我是说，你知道的，你能明白我说什么这可真好。"然后他举起酒杯，伸过桌子。"听着"——他冲她眨眨眼，让她知道如果她愿意，她可以将此看成一个玩笑。"听着，去他妈的心理治疗，好吗？"

她起初犹豫了一下，然后举起酒杯，碰了一下他的酒杯。"好的,"她面无表情地说道,"去他妈的心理治疗。"

这下好多了,几乎可以说他们处得愉快起来。

当侍者把重重的餐盘摆在他们面前时,迈克尔觉得可以安全地换个新话题了。

"你为什么要搬回来,露茜?我这样问你没事吧?"

"怎么会?"

"嗯,我只想说我不是想打听你的私生活而已。"

"噢。我想我搬回来是因为回到这里有种回家的感觉。"

"是啊,我在这里也有种'家'的感觉。可是我想说,对你而言,一切不同些,你想去哪儿便可以去哪儿。"

"噢,当然。'想去哪儿就去哪儿,想做什么就做什么。'我无法告诉你这种话过去我听过多少,但是现在问题简单多了,你知道吗,因为没剩下多少钱了,我几乎把所有钱全捐了出去。"

这句话得花点时间来理解。露茜没钱了?在他认识她的这么多年间,他从来没想象过这种新发现:没钱的露茜。他甚至不愿去想,如果一开始露茜就没钱的话,他的生活可能会是什么样。会更好?抑或更差?又有谁能知道?

"啊,天啊,那——天啊,这真是了不起。"他说,"我能问问你把钱捐给谁了吗?"

"我把它捐给了国际特赦组织。"她说出这个名字时的羞涩与自豪让他意识到,这个组织对她来说意味着整个世界。"你了解他们的工作吗?"

"哦,一点点,只是报纸上读到过一些。不过我知道它是个——值得敬佩的组织。我是说那些人不是闹着玩的。"

"是的,"她说,"是的,他们当然不是,我现在积极参与他们的工作。"

"你说的'积极'是什么意思?"

"噢,我在委员会里任职,协助组织他们的一些会议,组织成员讨论,我还为他们写新闻稿,做些类似的事情。一两个月后他们可能派我去欧洲一趟,至少我希望如此。"

"很好。那真是很——很好。"

"我喜欢这份工作,你知道,"露茜说,"因为这是真正的工作,真正的。没人能否认它,没人能耸耸肩一带而过,或拿它开玩笑,甚至不把它当回事。有许多政治犯,全世界有许多不公正和压迫,当你做这种工作时,你觉得每天你都在与真实打交道,那跟我以往尝试过的任何——任何别的东西都不同。"

"是啊,"他说,"我听说你试过很多东西。"

她的脸飞快地微微一仰,脸色立即沉了下来,显然他不该提这个。

"噢,"她说,"你听说。你从哪里听说的?"

"从尼尔森夫妇那听到的。我想他们真的很想念你,露茜,他们让我保证转达对你的问候。"

"啊,是的,"她说,"嗯,他俩都很会取笑人,不是吗?尼尔森家那些人。取笑人到有点嘲弄的地步,我是说,还有永远忸怩作态的卖弄风情。好多年后我算是想明白了。"

"等等,你从哪里搞来'嘲弄'这个词的?我觉得从没人

'嘲弄'过你。你是个坚强的姑娘，没人能嘲弄你。"

"是吗？"她眯起眼睛说。"你愿意打赌吗？好了，听着。也许你不知道这个——我觉得我为了不让你知道，一直忍着相当大的痛苦——但是有时候，当我回顾我这一生时，我什么也看不到，只看到那个受嘲弄、挨挑剔，不招人待见的可怜寄宿女生，这个世上唯一的朋友是她的艺术老师。我可能从没跟你说起过那位老师，因为她是我多年来的秘密，直到你走了很久后，我才把她写进一个小说里。

"戈达德小姐，一位可笑、瘦长、孤独的女孩，比我大不了多少；非常热情，极度害羞——噢，很有可能是个女同性恋，不过那时候我从没往这上头想过。但是她说我的画画得极好，她是说真的。那些夸奖之词我能配得上一半就不错了。

"我是学校里唯一一个下午可以去戈达德小姐房间里喝雪利酒、吃英国饼干的学生，我觉得很神圣，我感到既敬畏又神圣。你能想象吗？你能想象对我这种人来说，还有哪两种感觉的结合比这更美妙呢？

"那时我一心想的是在某种程度上要合格——要配得上——戈达德小姐所说的'艺术世界'里的参与者。'艺术世界'，你想想，那真是个可悲而不真实的表达方式，在这里，'艺术'这个词本身不就是个令人抓狂、不可信任的小词吗？不管怎样，我建议我们再干一杯，如果我可以的话。"露茜举起她的葡萄酒杯，与视线齐平。

"去他的艺术，"她说，"我是说真的，迈克尔。去他的艺术，好吗？难道不可笑吗？我们一生都在追求它，渴望接近任何一个看似懂它的人，仿佛那会有所帮助；从来不会停下来想想也许它根本就超出了我们的理解范围——甚至它或许根本就不存在，也许这对你来说会是个有趣的命题：如果它不存在呢？"

他思索着，或者装作一副认真思考的样子，他的酒杯一直放在桌上没动。

"嗯，不，对不起，亲爱的，"他开口说，立即意识到"亲爱的"应该从这句话中省略掉，"在这一点上我不能同意你的看法。如果我觉得它不存在的话，我想我会——我不知道。打爆我的头或做出类似举动的。"

"不，你不会，"她告诉他，又放下酒杯，"你可能会有生以来第一次放松下来，你可能会戒烟。"

"是吗，嗯，好吧，但是听着，你还记得很多年前我在第一本诗集里写的那首长诗吗？"

"《坦白》。"

"是的。嗯，就是这首诗让我得到这份工作，在波士顿大学的工作。那家伙甚至写信这样告诉我，他说——他说他觉得这是二战后这个国家中最优秀的诗篇之一。"

"哦，"她说，"哦，那真是非常——我非常非常为你骄傲，迈克尔。"她飞快地低下头，也许因为说了"为你骄傲"那般亲密的话而不好意思，而他也有点尴尬。

不久，他们便静静地走在剑桥，它的风格他不再理解，也不打算去弄明白，只要他能在河的波士顿这边安顿下来就行了。跟这样一位友善、勇敢、坦率的女人一起走着感觉真好——只要她愿意,这个女人知道如何表达自己的想法,也明白沉默是金的道理。

当他们回到她的住处时,他等她找钥匙,然后说:"好了,露茜,今晚过得真愉快。"

"我知道,"她说,"我也过得很愉快。"

他双手扶住她的肩膀,在她脸颊上非常非常轻地吻了一下。"保重。"他说。

"我会的,"她向他保证,街上的灯光还够亮,看得到她的眼里闪闪发亮。"你也是,迈克尔,你也保重,好吗?"

当他离开时,心中希望她在看着他的背影——别的男人可曾想要女人看他们的背影呢?——他突然想到三个小时了,他压根没有想起过萨拉。

噢,很快他脑子里又全是她了。他写在喜来登酒店便笺纸上的那些话可能还在桌上——"别折磨我,萨拉"——现在某个上晚班的女清洁工可能走进房间,收拾整理床铺时,顺手收走了。

多么讨厌的话!脆弱、歇斯底里,乞求怜悯,"别折磨我,萨拉"就像"噢,别离开我"或"为什么你要伤我的心呢"这种台词一样糟。人们真会那样说话吗?也许那只出现在电影里?

萨拉这种好姑娘,你永远不能指责她会"折磨"男人,这点他早就知道。不过,她从来也不是那种与敌合谋毁掉自己未来的姑娘,这点他也早就知道。

此时,要不了多久,离这儿一千五百里远的堪萨斯,萨拉在收拾整理房间。孩子睡了，电视关了，家里一片沉寂，碗碟洗好，放起来。她可能穿着那条齐膝长的棉睡裙——蓝色的，印着草莓图案——他很喜欢那件睡袍，因为露出她漂亮的腿，因为那意味着她是他的妻子。他熟悉那种气息。她肯定也在思索今天下午他们在电话里的谈话，眉宇间那道竖纹因困惑更深了。

离喜来登酒店还有很远一段路——酒店楼顶上亮着红光的酒店标志在这里几乎看不清——迈克尔不介意走回去，没人会死于走路。他开始搜索活了半世纪的一些小小满足感来：你走在街上的样子显出你是多么平静多么有责任感的人；你不会再去追求那些朝生暮死的东西；收拾打扮一番后，你看上去也颇有威严，真假姑且不论，但可以肯定几乎人人都会尊称你一声"先生"。酒店内的酒吧还在营业，那很好，因为这意味着迈克尔·达文波特可以坐在暗处，在嘈杂声中独自与他的怀疑论为伍，喝上一杯后再上楼去。

她可能会来这儿跟他一起生活，也可能不来，更为可怕的是，她可能来这儿跟他过上一阵，暂时的顺从，等她想好后再解放自己。

"……人骨子里都是孤独的，"她对他说过，他开始领悟其中的道理。再说现在他老了，现在他回家了，故事后续如何也许不再重要。